P9-DJL-274

COLLECTION FOLIO

Guy de Maupassant

Boule de suif
La Maison
Tellier

SUIVI DE

Madame Baptiste

ET DE

Le Port

*Édition présentée
établie et annotée
par Louis Forestier*

Professeur à l'Université de Paris X

Gallimard

MAUPASSANT OU
LE JEU DES MASQUES

Maupassant, « vous aimez ça ? » La question marque
l'étonnement et le scandale. Elle reconnaît aussi une
évidence : on lit Maupassant ; du bout des yeux, peut-
être, comme d'autres ne touchent les objets que du bout
des doigts de crainte de se salir par un contact prolongé.
Mais enfin, on le lit.

C'est que le narrateur, aussi bien que l'homme, est
séduisant, agréable, facile à prendre et à laisser. On le
croirait sans autre problème que celui de bien conter une
histoire entre gens du monde : scabreuse, terrifiante
ou sensible, selon les auditoires supposés. Il offre à son
lecteur l'image de l'aisance et du talent. Il éveille donc
la méfiance et déroute les plus ordinairement perspicaces :
nul auteur n'est « plus propre à faire accéder à une sorte
de basic-french littéraire, où manquent tous les éléments
subtils » ; c'est Julien Gracq qui parle. Sans doute,
Maupassant n'est pas Stendhal, M. de La Palice
s'en fût avisé, s'il eût vécu en d'autres temps. Pourquoi
faire grief à la pivoine de ne pas être une rose ? Mais
libre, à qui voudra, de préférer la rose...

Au fait, la pivoine domine en ces décors floraux —
tapisseries ou peintures — dont le second Empire laisse
le goût à ses successeurs. Un peu prétentieuse, un peu
lourde et sans parfum, elle manque peut-être de subtilité,
en effet. Elle serait le symbole d'un Maupassant discuté :

de l'*odieux* Maupassant *qui masque le* cher Maupassant.

On ne sait pas bien à qui l'on a affaire avec cet écri-
vain. Cela met mal à l'aise. Il y a, chez lui, un côté
romancier de boulevard (comme on parle de théâtre de
boulevard), une facilité apparente à écrire à la demande,
une âpreté à forger et entretenir le succès. Tout cela est
irritant. Agaçants aussi tous les masques posés sur son
visage : tradition qui fait de lui « le petit taureau triste »
ou « l'étalon modèle littéraire et plastique du grand haras
Flaubert, Zola et Cie ».

On s'est appliqué à éloigner Maupassant, à le figer
dans les artifices d'une époque fin de siècle, à l'égard de
laquelle nous commençons pourtant à reconnaître nos
dettes. Comment le ramener parmi nous ?

Il faut le saisir dans la diversité de sa personnalité ;
ou plutôt de ses personnages ; car il joue, le plus souvent.
C'est une façon de fuir les autres et de fuir ses hantises
et son pessimisme. Malheureusement, c'est fournir à
la postérité des images pour être méconnu. Maupassant
n'est jamais vraiment tel qu'il se donne, ni tel qu'on le
voit à un moment précis. Bel ami ? Normand ? Cano-
tier ? Malade ? Il joue, et finit par vivre ces divers
rôles, en des circonstances variées. Il n'est totalement
aucun de ces « emplois ». Il les unit en une vitalité pleine
de contrastes.

C'est à son héros, Bel-Ami, qu'on identifie le plus
naturellement Maupassant. Il figure l'homme d'une
époque ; une image de mode, pour ainsi dire. On croit
le reconnaître encore en certains contes, sous l'aspect
des séducteurs dont le raffinement suprême est de se
laisser prendre par une femme avant de la mener jus-
qu'où ils désirent. Il est aussi bien le cousin qui conso-
lera Mme Lebrument (dans « La Dot ») que Joseph
de Bardon, dans « Les Tombales » : « Célibataire et vivant
la vie parisienne de la façon la plus complète et la plus
fantaisiste. Ce n'était point un débauché ni un dépravé,
mais un curieux, un joyeux encore jeune ; car il avait
à peine quarante ans. Homme du monde dans le sens

le plus large et le plus bienveillant que puisse mériter ce mot. »

Gardons-nous de trop lire l'œuvre à travers l'homme. On risque d'y trouver un mécompte. Il séduit pourtant, par son physique et par son esprit. Marie Bashkirtseff, qui a choisi d'écrire à Guy sans se faire connaître et qui poursuivra quelque temps ce jeu, s'explique ainsi sa fantaisie : « *C'est parmi les jeunes, celui qui m'a plu.* » Attirance pour un homme, qui le sait et l'avoue avec une certaine satisfaction : « *Je reviens aux lettres d'inconnues. J'en ai reçu depuis deux ans cinquante ou soixante environ.* »

Ce qu'on ne dit pas, ce qu'il n'avouera lui-même que bien plus tard, c'est qu'il n'est pas dupe du rôle de jeune premier qu'il assume jusque dans ses conséquences dernières et agréables. Il est conscient d'être idole. Il mesure la valeur des compliments, il sait le pourquoi de tant d'attentions et de gâteries : « *depuis quelques années, on recherche assez l'homme de lettres* ». On, ce sont les femmes, bien entendu. Et l'homme accepte le jeu sans renier en lui l'écrivain. La distanciation s'établit entre l'un, qui se prête, et l'autre, qui regarde :

« *Le romancier présente des dangers [...] il ronge, pille et exploite tout ce qu'il a sous les yeux. Avec lui on ne peut jamais être tranquille [...] Rien ne lui échappe [...] Et ce qu'il y a de terrible, c'est qu'il fera ressemblant, le gredin...* »

Ce Bel-Ami couche la femme nue, à la fois dans un lit et, comme il dit, entre les pages d'un livre.

Ce n'est pas seulement par snobisme ou désir de parvenir qu'il fréquente chez la comtesse Potocka, chez l'exquise M^me Cahen ou chez la femme remarquable qu'est M^me Kann, selon les expressions de Proust. Il y trouve à satisfaire un réel goût mondain et un appétit de romancier qui sait voir. Sans doute est-il trop indulgent pour cette société. Il ne croit pas vraiment que ce monde soit celui où l'on s'ennuie. Il aime y rencontrer Bourget, Barrès, Montesquiou, Fauré. En écrivain jaloux

de ses succès il se plie aussi, avec une certaine complai-
sance, à l'attente de son public. Il en va différemment
dans les contes, et l'on décèle, dans « Rose » ou « Boule
de suif », par exemple, qu'il entrevoit la valeur de la
société qu'il fréquente. S'y mêle-t-il pour mieux la
combattre ? La dépeint-il pour en montrer les tons déjà
flétris ? Aurait-il découvert, après Julien Sorel, que
l'hypocrisie est la « seule vraie forme moderne de l'in-
soumission » ?

Il fuit. C'est le canotage sur la Seine, d'abord; puis
les longues croisières, quand il sera devenu assez riche
pour s'offrir un yacht. On retient surtout l'image du
canotier joyeux viveur, beau mâle musclé sous le maillot
rayé : un vrai Manet. C'est l'amateur de jolies filles
et de « parties de campagne ».

Maupassant donne libre cours à son amour de la vie,
à sa sensualité : « Nous n'avions souci de rien que de
nous amuser et de ramer. »

Employé de ministère, il a hâte de s'échapper dès qu'il
le peut, en compagnie de quelques camarades. C'est sa
façon de tourner le dos au quotidien et de narguer les
conventions bourgeoises. Il suffit, pour s'en convaincre,
de relire telle lettre qu'il adresse, en 1878, à l'éditeur
Charpentier : « C'est dimanche prochain la fête de Be-
zons et je crois qu'on y verra des choses farces, tous les
habitants du pays, qui ont pour moi une horreur pro-
fonde, étant à mon avis très comiques [...] nous cano-
terons un peu et nous esbahirons les bourgeois. » C'est
ce que font les deux canotiers d'« Une partie de cam-
pagne »; ils s'amusent de la stupéfaction des boutiquiers
et ils épouvantent « la famille par le récit de leurs fatigues
prodigieuses, de leurs bains pris en sueur, de leurs
courses dans le brouillard des nuits ».

Mais cette existence est encore factice. Ils savent bien,
tous ces canotiers, ces filles de Lesbos, ces « chahuteurs »
de la Grenouillère et Maupassant lui-même, qu'ils ne
s'agitent que pour tromper le temps. La durée, pulvé-
risée en instants vécus avec intensité, ne disparaît pas :

elle guette, sûre de retrouver sa proie un peu plus tard.
Chez Maupassant canotier, se marque à la fois le désir
de se mêler aux foules joyeuses et le sentiment d'être
étranger aux autres. La rivière, qui révèle à l'homme la
souplesse du corps et la joie de vivre, le renvoie, para-
doxalement, à la solitude et à l'angoisse. Seul, sur son
yacht, il se retrouve tendu vers le moindre bruit, l'ima-
gination sollicitée, « la pensée en éveil, les nerfs vibrants ».
Le narrateur du conte « Sur l'eau » présente les mêmes
réactions. Le canotier ne se possède que dans la cons-
cience de son étrangeté ou la dissolution de son être.

Alors, toucher terre! reprendre force, comme Atlas, au
contact de l'élément solide et sécurisant. Maupassant
a le choix : Côte d'Azur, Corse, Italie, Sicile, Afrique
du Nord. Ce ne sont là que des étapes, des passages, pas
des refuges ; il y a trop de soleil, de « pesante chaleur »
et « d'éblouissement furieux de la lumière ». L'imagina-
tion de l'écrivain y suscite la présence de la mort : c'est
le cimetière des Capucins à Palerme, les tuberculeux
à Cannes, c'est la vision fugitive d'un chameau épuisé
attendant la mort en plein désert.

La vraie terre, la seule en laquelle Maupassant se
retrouve d'instinct, c'est la Normandie. Nouveau masque
jeté sur la physionomie de l'écrivain : liens provinciaux,
terroir, régionalisme, que sais-je ? Une chose est vraie :
son attachement viscéral à ce pays qu'il aime et connaît
depuis son enfance. Il en sait les contrastes : du littoral
à l'intérieur, les visages de la Normandie sont différents.
Il en possède les nuances : fraîcheur ombreuse de la
rivière de Valmont ; vaste plateau des environs de Tôtes ;
forêts des boucles de la Seine près de Rouen ; aspect
bocager de certaines parties de l'Eure. Élevé dans le
pays, possesseur d'une maison à Étretat, il a de ces
régions la connaissance physique de celui qui les a par-
courues, à pied, en toutes saisons. Il lui suffit de fermer
les yeux pour voir les colzas jaunissants, la campagne
au printemps, pour sentir la griserie des parfums
d'été ; il entend le bruit du bois mort qui casse dans la

campagne gelée, et le vacarme de l'Océan par les nuits
d'équinoxe ; et l'automne a pour lui le charme des chasses,
plein de feuilles froissées et de buissons battus. « His-
toire d'une fille de ferme », « La Maison Tellier », « Boule
de suif », « Coco » restituent les éléments d'un sentiment
existentiel de cette région : il la possède dans son étendue
et sa diversité ; il en vit les saisons dans leur fuite et leur
identité. Image de son propre moi.

Aussi ne s'intéresse-t-il pas uniquement à la Nor-
mandie pour ce qui la rend originale. N'attendons pas
un guide (il les déteste!) ni une œuvre d'anthropologue,
ou d'écrivain séduit par le régionalisme à la mode. Ses
paysans patoisent ? Sa campagne est « réelle » ? Ces
paroles et ce « réalisme » sont ceux d'un citadin qui parle
à des citadins. Le point de vue est, presque constamment,
celui du Parisien. Rien de comparable avec La Vie d'un
simple ou Jacquou le Croquant. Il aurait pu situer
ailleurs les anecdotes qu'il conte et en tirer les mêmes
effets : « Le Bonheur », « Une Vendetta » ou « Marroca »,
qui se passent en Corse ou en Afrique, le prouvent. La
Normandie est pour lui autre chose ; c'est l'occasion de
renouer inconsciemment avec ses attaches les plus pro-
fondes. Elle est son royaume d'enfance, le lieu où il se re-
trouve avec une joie sérieuse. Ce Bel-Ami pourrait presque
dire, avant Colette : « Je suis d'un pays que j'ai quitté. »

Chacune des images successives de Maupassant n'est
qu'un aspect de sa personnalité. Il y aurait aussi beau-
coup à dire sur sa maladie et sa folie : mais un recueil
comme Le Horla ou La Petite Roque appellerait ce
développement plus à propos que les contes qui suivent.
en tout cas, la démence ne conditionne ou n'explique
En rien la création littéraire, comme on l'a parfois affirmé.
L'œuvre est d'un homme lucide, qui s'aventure, il est
vrai, avec passion, aux frontières du raisonnable : fan-
tastique, parapsychologie, maladies nerveuses. Auditeur
de Charcot, il apprend à saisir quels liens ténus et surpre-
nants relient notre moi conscient à l'inconscient. Il ne décrit
pas la folie d'un être, mais, d'une façon très moderne,

*se demande si ses manifestations, qui paraissent étranges,
doivent être appelées* folie. *Quand Maupassant suppose
un journal de fou, comme dans « La Chevelure », ce n'est
pas pour aboutir à quelque description clinique ou réa-
liste. Il tente, avec ce journal de bord d'une raison qui
se dédouble, de trouver le chemin de l'inconnaissable.
D'autres, vers 1920, érigeront en méthode ce qui reste
encore, ici, un artifice littéraire.*

*A force de lever les masques, on aperçoit un écrivain
plus riche, plus nuancé qu'on ne le croyait d'abord. Il
connaît le sentiment d'étrangeté, la nausée, ainsi qu'on
dira plus tard ; il s'intéresse à l'inconscient d'une façon
plus suggestive que la majorité de ses contemporains.*

*Moderne, il l'est encore par l'attention qu'il porte aux
signes et aux objets. Pas n'importe lesquels : le ramassis
concerté que constitue l'Exposition universelle, qui se
prépare pour 1889, le dégoûte. Il va vers le détail ori-
ginal et significatif, vers l'objet donné par le hasard. Il
aime, comme Breton, fouiner chez les boutiquiers et les
brocanteurs. Les « vieux objets » le ravissent. Avouons
qu'il garde, quelquefois, devant eux, l'attitude d'un
romantique attardé : ils sont chargés d'une âme, ils véhi-
culent des souvenirs. Mais ils donnent l'essor à l'imagi-
nation ; ils établissent un certain ordre, ou désordre, dans
l'univers dont ils font partie. Il est joui par les objets,
plutôt qu'il n'en jouit comme font les esthètes de son
temps : un Goncourt ou un Montesquiou. Il réagit aux
objets comme aux femmes (pour lui c'est tout un) : il
aime le rare, l'insolite, le piquant, le séduisant, mais il
ne tient pas à collectionner. Il y a une forme de nécro-
philie à vouloir amasser, pour le seul plaisir, des pièces
de musée. Or, si Maupassant peut confondre la femme et
l'objet, c'est qu'ils excitent également les sens, sont vivants
et actifs. « La Chevelure » le montre : « Je restais souvent
pendant des heures, des heures et des heures à regarder
une petite montre du siècle dernier. Elle était si
mignonne, si jolie avec son émail et son or ciselé. Et elle
marchait encore comme au jour où une femme l'avait*

achetée dans le ravissement de posséder ce fin bijou. Elle n'avait point cessé de palpiter, de vivre sa vie de mécanique. » Dans le même conte, le meuble italien, qui contient une chevelure féminine, tente le narrateur, il le poursuit avec force. *Quant à la tresse de cheveux que l'acheteur y découvre, elle oriente de façon décisive le reste de son existence.* Il en va de même pour la parure prêtée par Mᵐᵉ Forestier, ou, en d'autres recueils, de la ficelle ramassée par Maître Hauchecorne ou le parapluie de M. Oreille. L'objet a son pouvoir autonome et sa force, il est souvent la référence par rapport à laquelle le monde s'explique, le moteur des actions, le support d'un récit qui devient aussi, à la limite, un bel objet refermé sur lui-même.

Du même coup, on voit ce qui rapproche Maupassant du naturalisme et ce qui l'en éloigne. Il accepte l'idée que tout écrivain, désireux de donner l'image de la vie, doit se refuser aux enchaînements exceptionnels d'une intrigue bien agencée. Le conte, par sa forme courte et ramassée, le dispense de courir ce risque. Il met l'accent sur « l'humble vérité » du petit fait quotidien. Il le choisit entre mille autres possibles et regarde s'accomplir un instant d'une existence.

Maupassant agit en expérimentateur, mais pas comme Zola. En transférant à un narrateur la maîtrise du récit, il donne l'illusion que le conte se crée au fur et à mesure qu'il avance : il n'est que cette parole, il commence et il finit avec elle. De plus, il ne prétend rien expliquer : il prend le monde tel qu'il est, objectivement. Du même coup, il lui est impossible d'y faire évoluer d'autres personnages que des êtres ordinaires, souvent médiocres, quelquefois ratés. Il a conscience d'un renouvellement des techniques du récit. Elles ne trouveront leur application et leur épanouissement que plus d'un demi-siècle après sa mort.

Il sait, mieux qu'on ne l'a prétendu, ce qu'est l'acte d'écrire. En ce domaine, il a été à l'école d'un romancier dont on découvre l'actualité : Flaubert. Auprès du

« *Vieux* » *de Croisset, il apprend à se soucier des mots et des choses.*

Écrire ! C'est l'ambition du jeune Guy, dès son adolescence. L'œuvre du conteur et du romancier masque, une fois de plus, l'ampleur et la variété de sa production littéraire : plus de trois cents contes, dont une partie seulement constitue, de son vivant, la matière de quinze recueils ; six romans, sans compter les fragments de deux autres, inachevés : l'équivalent de trois volumes de chroniques, un de théâtre, trois d'impressions de voyages, enfin un de vers. En tout, une trentaine de volumes dont certains sont devenus introuvables, en dehors des collections de l'œuvre complète.

Comme presque tout le monde, Maupassant commence par la poésie. Tantôt c'est une pièce libertine, tantôt un poème énamouré pour une égérie qui lui pouffe au nez. Ce n'est pas encore bien sérieux, sauf pour l'adolescent qu'il est. Il renonce à la poésie en 1880, à partir du moment où « Boule de suif » le rend célèbre du jour au lendemain comme nouvelliste. Le conteur n'a pourtant pas tué le poète. La campagne enneigée, une yole sur la Seine, les nuits de brouillard sur l'eau, le clair de lune, les vigueurs printanières et jusqu'à la course folle d'une jeune fille à travers champs, tout cela revient, repris, retravaillé dans « Boule de suif », « Une partie de campagne », « Histoire d'une fille de ferme » ou « La Femme de Paul ».

Le dramaturge aussi persiste dans les contes. Maupassant possède le sens de l'effet : le réveil de la grand-mère, dans « En famille », le montre. Il a le génie du dialogue et du mot au point que certains contes sont traités comme de véritables saynètes (« Le Cas de Madame Luneau »). Il connaît l'art de la mise en scène et du tableau : « Parfois, un champ tout entier semblait arrosé de sang tant les coquelicots l'avaient envahi. Et au milieu de ces plaines colorées ainsi par les fleurs de la terre, la carriole, qui paraissait porter elle-même un bouquet de fleurs aux teintes plus ardentes, passait au

trot *du cheval blanc, disparaissait derrière les grands arbres d'une ferme, pour reparaître au bout du feuillage et promener de nouveau à travers les récoltes jaunes et vertes, piquées de rouge ou de bleu, cette éclatante charretée de femmes qui fuyait sous le soleil.* » L'écrivain manifeste sa sympathie pour l'impressionnisme ; ailleurs ce sera un Toulouse-Lautrec, ici c'est un Renoir. Ce qu'on ne sait pas, c'est à quel Renoir l'attribuer : le peintre ? ou le cinéaste ? Panoramique, travelling, attention portée aux « plans » et au « découpage » : Maupassant, de façon prémonitoire, possède une écriture de l'image. Il est bien naturel qu'il ait tenté et qu'il continue de solliciter les cinéastes. J'ajouterai que la forme ramassée, réduite et quasi confidentielle du conte s'adapte admirablement à la technique moderne de la télévision. Parmi les textes qui suivent, nombre ont été mis en images, certains plusieurs fois, en des pays différents : « Boule de suif », « La Maison Tellier », « Une partie de campagne », « Histoire d'une fille de ferme », « La Chevelure », « Les Tombales », « La Parure », « En famille ». Le caractère spécifiquement cinématographique se confirme par une contre-épreuve : les adaptations théâtrales tirées de quelques-uns des contes n'ont jamais eu de franc succès (« Boule de suif » par exemple). Ces constatations rejoignent les observations déjà faites sur la conception moderne du récit chez cet écrivain. Il ouvre la voie, en quelque sorte, aux cinéromans d'un Robbe-Grillet.

On ne peut s'arrêter à la seule technique. La lecture des contes révèle un certain nombre de sujets ou de thèmes obsédants, par lesquels s'exprime une certaine vision du monde et à travers lesquels l'écrivain se démasque malgré lui.

La femme tient une place de choix dans cette œuvre. De tout âge, de toute origine, de toute condition, elle est l'objet d'une observation souvent dénuée d'aménité. Vraiment, elle est objet : soit qu'on la brise ou qu'on en joue.

Elle est parfois naïve, voire un peu gauche, comme M^{lle} Cordier dans « La Dot ». Ou bien, elle est trop portée à l'économie ; ou trop confiante ; ou réprouvée au

nom d'une morale discutable. De toute façon, elle se trouve livrée, faible et sans défense, à l'homme ou à la société qui la réduisent à l'état de victime. Cette situation illustre une dialectique, sous-jacente, du maître et de l'esclave. Elle correspond à l'idée qu'une société donnée se fait de la femme. Le témoignage en est fourni par « Histoire d'une fille de ferme », « La Dot », « L'Aveu » et, avec éclat, par « Madame Baptiste ».

La femme est aussi un être capricieux, velléitaire comme un enfant, capable de se détruire elle-même pour la satisfaction d'obtenir le calorifère qu'elle veut absolument (« Première neige »).

Si l'on cherche un peu au-delà de cette « inquiétude féminine toujours agitée », de cette « ruse colorée en bonne foi », on découvre une « canaillerie charmante », toutes sortes de « perverses qualités ». Bien sûr, c'est Maupassant qui parle ! Et il fournit, en guise de preuves, nombre d'histoires : « La Femme de Paul » ou « Rose ». La saveur de l'insolite pimente les goûts amoureux de la femme. L'image ainsi reflétée renvoie à l'idée que certains se font de « notre petite compagne », un peu sphinge, un peu féline, un peu vampire : inassouvie, perverse, inconnaissable. Ainsi apparaît-elle chez Barbey d'Aurevilly, Huysmans, Cros ou Goncourt, mais aussi chez les peintres comme Gustave Moreau, Félicien Rops, Beardsley ou Chéret. Devant une telle attitude, Maupassant voit pour l'homme deux solutions : se laisser prendre au piège, si l'on est « imbécilement crédule », et se donner la mort ; ou bien, dominer la femme par la conscience de sa ruse et jouir à la fois d'un corps et d'un esprit pervers. La dialectique se poursuit ; et les masques tombent. Ce qui s'affirme, en effet, c'est une mésentente fondamentale entre les deux sexes :

« L'homme et la femme sont toujours étrangers d'âme, d'intelligence ; ils restent deux belligérants ; ils sont d'une race différente ; il faut qu'il y ait toujours un dompteur et un dompté, un maître et un esclave ; tantôt l'un, tantôt l'autre. »

Autant aller chez les « filles »! Après tout, quand Flaubert dresse le bilan de l'éducation sentimentale de Frédéric et Deslauriers, il leur fait avouer que ce qu'ils ont eu de meilleur c'est une visite (sans conséquence, d'ailleurs) chez les prostituées.

Les voici promues aux premiers rangs dans cette œuvre, bataillon des joies tristes, ménagères de la « débauche honnête et médiocre ». Les voici toutes : filles de maison, filles en carte, clandestines. Ces dernières sont les plus misérables, traquées par la police, à moins qu'elles n'aient l'idée admirable, selon Maupassant, d'exercer leur métier sous le masque. « Les Tombales », déguisées en veuves, font « le cimetière comme on fait le trottoir », et tâchent, auprès des maris ou des amants solitaires, « d'exploiter les regrets d'amour qu'on ranime en ces lieux funèbres ».

La pensionnaire de maison close tient dans l'œuvre de Maupassant une place importante, comme dans celle de Toulouse-Lautrec. Le rapprochement a été souvent fait ; il s'impose. « Au Salon » ou « Le Canapé », qui datent de la mort de Maupassant, traduisent, chez le peintre, des sentiments que « La Maison Tellier » fait éprouver au lecteur. Au moment où Guy se met à écrire, la peinture de la prostituée n'est pas une nouveauté (on citerait Zola, Goncourt, Huysmans ou Alexis). « Boule de suif », « Le Port », « La Maison Tellier », « L'Ami Patience », « Le Lit 29 » s'inscrivent dans une tradition. Maupassant rejette, délibérément, le côté naturaliste aussi bien que le penchant égrillard, sauf lorsqu'ils servent, passagèrement, à typer des créatures comme Patience, Loiseau ou le commis voyageur.

Devant la prostituée, il s'interroge sur une destinée, un caractère, un comportement. Ni thèse, ni réquisitoire, comme son époque en offre tant d'exemples, simple observation. « Le Port », dont il faut rapprocher « L'Odyssée d'une fille », met en évidence le rôle du hasard, des circonstances imprévues qui font qu'une femme devient, un jour, objet d'usage public. « J'ai passé trois jours

sans manger et puis ne trouvant pas d'ouvrage, je suis entrée en maison, comme bien d'autres. » « Est-ce que c'est ma faute ? » demande une autre héroïne, et elle ajoute : « Si tu savais, ça n'est pas gai, va. » Maupassant ne cherche pas les responsabilités, il ne les dénonce pas. Pourtant, l'écriture même finira par les démasquer.

On pourrait aller loin dans l'étude de cette question. L'auteur y invite, car il le dit : il a de l'intérêt pour ces abandonnées. Il observe, avec beaucoup de justesse, leurs pudeurs, leurs révoltes, leurs élans de sensibilité, leurs crises religieuses et leur tendresse pour les enfants. Sans doute, tout cela correspond à des nostalgies et à des transferts d'affection que leur métier explique. Boule de suif timide devant les autres voyageuses ou courant à un baptême, les filles s'attendrissant devant la communiante, Rosa éclatant en sanglots à l'église, autant de notations appuyées sur la stricte vérité. La preuve en est faite par un curieux ouvrage du temps (La Prostitution, par le Dr Reuss, 1889). J'en extrais ces quelques lignes :

« Les filles publiques, malgré l'état de dégradation dans lequel elles vivent, ont conservé au fond d'elles-mêmes des sentiments moraux qui s'éveillent parfois avec une énergie singulière, elles ont gardé, du milieu d'où elles sont sorties, ce besoin de solidarité, de commisération et de pitié qui frappe tant l'esprit d'un observateur consciencieux [...] Les filles publiques ont plus de retenue devant les femmes, devant les mères de famille surtout, que devant les hommes [...] Quelques prostituées ont conservé des sentiments religieux exaltés [...] Je ne saurais passer sous silence [...] l'amour qu'elles témoignent en général à leurs enfants. »

Je pourrais citer aussi les passages qui soulignent la vivacité des haines chez les prostituées. Madame s'applique à ne pas les laisser naître dans sa « maison Tellier ». Maupassant, lui, les utilise pour en faire un élément, ou l'essentiel, d'un conte et, le plus fréquemment, il les associe au sentiment patriotique. Boule de suif comme Rachel (dans « Mlle Fifi ») crie son horreur

au Prussien ; la belle Irma (« Le Lit 29 »), qui s'applique à contaminer les ennemis, jette à son ancien amant, officier : « Je te dis que je leur ai fait plus de mal que toi, moi, et que j'en ai tué plus que tout ton régiment réuni... va donc... capon ! »

Finalement, la prostituée accuse. A travers ses récits, Maupassant regarde fonctionner le mécanisme par lequel certains éléments de la société causent la déchéance de filles qu'ils méprisent ensuite. Mécanisme qui ne marche que pour appeler à sa destruction.

D'ailleurs, il ne manque pas, de par le monde, de machines à briser les êtres : la bureaucratie, la guerre. Deux sujets de choix.

Maupassant n'oublie pas qu'il a passé presque dix ans de sa vie comme employé dans des ministères. Il en a éprouvé les lenteurs et les complications ; il y a traité toutes les affaires, importantes et stupides ; il y a côtoyé mille pères Soupe et toute une variété de « ronds-de-cuir ». Dès ses débuts, il songe à des récits qui s'appelleraient Grandes misères des petites gens. Il montre le ridicule, l'étroitesse d'esprit de ces employés dans les « Dimanches d'un bourgeois de Paris ». Il fait défiler toute une galerie de forçats du bureau : Loisel en est un (« La Parure ») ; le cousin de la jolie Mᵐᵉ Lebrument en est un autre, mais il commence à limer sa chaîne.

Au fur et à mesure que les années passent, peut-être quand il a lui-même quitté la galère ministérielle, Maupassant s'égaie de moins en moins aux dépens des petits employés. Il prend en pitié ces vies gâchées, ces années de misère vouées au néant, ces éternels Sisyphes roulant sans fin le vide de chaque journée, hommes poussés à l'hébétude, aliénés, amoindris, jetés dans la médiocrité d'une existence aussi réglée que le papier de leur pupitre. « En famille » dresse un triste tableau de cette vie misérable, matériellement et moralement. C'est la déchéance masquée sous la dignité conférée par une décoration inattendue : où sont les valeurs et les non-valeurs ?

On ne lit pas, sans surprise ni sans intérêt sous la

plume de Maupassant, les protestations suivantes :

« De toutes les classes d'individus, de tous les ordres de travailleurs, de tous les hommes qui livrent quotidiennement le dur combat pour vivre, ceux-là sont le plus à plaindre, sont les plus déshérités de faveurs.

« On ne le croit pas. On ne le sait point. Ils sont impuissants à se plaindre ; ils ne peuvent pas se révolter ; ils restent liés, bâillonnés dans leur misère, leur misère correcte, leur misère de bachelier.

« Comme je l'aime, cette dédicace de Jules Vallès : " A tous ceux qui, nourris de grec et de latin, sont morts de faim !" »

La guerre, enfin, semble à Maupassant la chose la plus scandaleuse. Tout la condamne : les actes de barbarie, comme les manifestations d'un courage parfois involontaire. Le fait remarquable est qu'il va à contre-courant des sentiments que le pouvoir s'applique à susciter dans l'opinion. Les campagnes coloniales prennent des allures de croisades : après l'Afrique du Nord, c'est le Tonkin. La revanche contre l'Allemagne devient un objectif sacré ; Déroulède en est le chantre. Toutes les nouvelles qui évoquent la guerre de 1870 doivent être lues dans cette perspective de mensonge et d'absurdité.

Le sujet nous vaut une des chroniques les plus virulentes que Maupassant ait jamais écrites :

« Quand j'entends prononcer ce mot : la guerre, il me vient un effarement comme si on me parlait de sorcellerie, d'inquisition, d'une chose lointaine, finie, abominable, monstrueuse, contre nature [...]

« Eh bien oui, puisque les gouvernements prennent ainsi le droit de mort sur les peuples, il n'y a rien d'étonnant à ce que les peuples prennent parfois le droit de mort sur les gouvernements. »

Comme on aurait une vue différente de Maupassant, si l'on allait plus souvent lire ses chroniques ! Un écrivain méconnu s'y cache.

En même temps que des préoccupations sociales,

*confirmées et précisées par les chroniques, les contes
démasquent des hantises personnelles.*

Le thème du bâtard en est une. Il apparaît fugitive-
ment dans « Boule de suif », nettement dans « Histoire
d'une fille de ferme », « Le Papa de Simon », « L'Aveu ».
On dit souvent qu'il vient des expériences de Maupassant :
élevé dans une famille désunie d'abord ; ensuite, père de
trois enfants qu'il ne reconnaîtra jamais. L'explication
a du vrai, elle ne suffit pas. En dehors de tout problème
personnel, ce qui l'intéresse c'est l'existence et le devenir
du produit des rencontres du couple. Le problème moral
ne se pose guère à ses yeux ; comme l'affirme la mère
Malivoire, « Céleste n'était pas la première à qui pareille
chose arrivait ; mais ça la contrariait tout de même vu
les propos et leur position » (« L'Aveu »). Il sait, et le
dit, que « la fleur d'oranger ne vaut pas cher ». Ces
enfants sont livrés à la solitude, matérielle ou morale,
comme Simon. Ils sont les victimes de deux pièges aux-
quels se prend l'homme : celui des sens, celui de la cellule
familiale. Celle-ci réprouve, dès l'origine, l'enfant né
hors mariage. « Quelle honte pour l'humanité d'avoir
établi une pareille morale et fait un crime de l'embrasse-
ment libre de deux êtres ! » s'écrie Maupassant (« L'En-
fant ») qui s'interroge, avec les plus évolués de ses contem-
porains, sur la place de l'enfant naturel dans la société,
sur l'infanticide et sur l'avortement. Le problème de
l'enfant révèle, chez l'écrivain, une vision du monde
hardie mais pessimiste.

Alors ? Combattre ? Ou regarder couler le flot ? Mau-
passant choisit cette dernière attitude, réfléchie, mais
passive. Une fois de plus, il retrouve l'eau :

« Aujourd'hui, je ne sais pas vraiment quelle fan-
taisie me pourrait faire lever du fauteuil où je somnole.
Comme c'était simple, et bon, et difficile de vivre ainsi,
entre le bureau à Paris et la rivière à Argenteuil. Ma
grai , ma seule, mon absorbante passion, pendant
dix ans, ce fut la Seine. Ah ! la belle, calme, variée et
puante rivière pleine de mirage et d'immondices. Je l'ai

tant aimée, je crois, parce qu'elle m'a donné, me semble-t-il, le sens de la vie » (« Mouche »).

Curieux Maupassant, conscient d'être assis dans son inconfort intellectuel ! A la recherche d'une ancienne vie difficile à vivre ! Au moins a-t-il appris que l'existence est mirage, jeu d'illusion, mascarade, comme brouillards au-dessus du fleuve ; et ces charognes que le rameur accroche sont aussi l'image de toutes les immondices charriées par la vie.

Une fois pour toutes, il s'est assis en spectateur au milieu du fleuve et il a jeté sur son visage le masque de l'impassible. Mais il a peur.

Peur de l'inconnu et de l'inconnaissable qui affleure en folie, en visions fantastiques. L'eau est le lieu privilégié de ces phénomènes, ou bien les cimetières, qu'il imagine peuplés de tous les morts ressuscités, venus témoigner de leur inconduite, cortège hallucinant comme dans J'accuse d'Abel Gance.

Peur d'un monde dont il profite, mais dont il voit les faiblesses. L'argent conduit tout : c'est un moteur essentiel dans l'œuvre de Maupassant, comme dans celle de Balzac. On devient grosse pour huit francs ; on épouse une dot de trois cent mille francs et on « lâche » la mariée ; on rembourse, sans le savoir, à trente-six mille francs contre cinq cents. C'est un monde où l'argent travaille et où l'argent tue. C'est aussi un monde où le salarié modeste ne doit pas attendre beaucoup de son employeur : le bureaucrate vit dans la misère ; la servante de ferme enrichit son patron : « Elle commença à songer avec un peu d'amertume que si le fermier encaissait, grâce à elle, cinquante ou cent écus de supplément tous les mois, elle continuait à gagner ses 240 francs par an, rien de plus, rien de moins. » Maupassant pourrait, comme quelques-uns de ses contemporains, trouver là une illustration de cette lutte de classes qui ébranle son temps. Il n'en fait rien. Il se tait ou se cantonne en des représentations d'un traditionalisme affadi : mythe du bon ouvrier, ou de l'ouvrière dévergondée (« Le Papa de Simon »,

« *Au Printemps* »). *La classe dirigeante, elle, apparaît dans une singulière ambiguïté (il est vrai que Maupassant écrit surtout pour elle) : profiteurs, protecteurs ou paternalistes (« Boule de suif », « Le Protecteur ») ; en tout cas, toujours en position avantageuse. Il adhère à cette société, tout en condamnant une part de ses agissements. Il donne à son·public virtuel l'occasion de s'admirer dans sa laideur et ses contradictions ; il ne met pourtant pas, dans cette attitude, la volonté systématique d'un Sartre. Si bien que le texte de Maupassant est moins ambigu que dissonant.*

Au lecteur d'apercevoir tout ce qui remet en question les vieux tabous : la prostitution, l'homosexualité (« La Femme de Paul »), la bâtardise, la religion. Qu'attendre de cette dernière ? Maupassant est un homme angoissé, mais sans Dieu. Le prêtre n'apparaît, le plus souvent, chez lui, que sous la figure d'un être naïf, incompréhensif ou dangereux (« La Maison Tellier », « Histoire d'une fille de ferme », « Le Protecteur »). Il ne saurait être le vrai ministre d'une transcendance. Après tout, là où l'on enterre un cadavre ne revivra qu'une herbe drue, et rien d'autre.

S'il y a bonheur, il est de ce monde. Encore cela n'est-il pas sûr : il faut, peut-être, pour y parvenir, l'âme fruste de certains primitifs. Il n'y a, en fin de compte, que des jouissances d'un instant.

Maupassant aboutit à une vue pessimiste de l'existence. Il la tient de Schopenhauer ; mais la vue de ses contemporains le confirme dans cette philosophie. Il vit, avec une immense pitié, un univers mal fait, absurde et sans finalité, plein de pièges pour l'homme.

Ce masque d'observateur que Maupassant arbore ne doit pas tromper. L'ayant jeté, l'écrivain vient vers nous avec la vision d'un monde dont les problèmes ne nous sont pas étrangers. Dans la parole pure du conte il en donne le symbole ou l'allégorie. Ce qu'il écrit, c'est la fable de son temps, *toujours signifiante.*

Louis Forestier.

Boule de suif

BOULE DE SUIF [1]

Pendant plusieurs jours de suite des lambeaux d'armée en déroute avaient traversé la ville. Ce n'était point de la troupe, mais des hordes débandées. Les hommes avaient la barbe longue et sale, des uniformes en guenilles, et ils avançaient d'une allure molle, sans drapeau, sans régiment. Tous semblaient accablés, éreintés, incapables d'une pensée ou d'une résolution, marchant seulement par habitude, et tombant de fatigue sitôt qu'ils s'arrêtaient. On voyait surtout des mobilisés, gens pacifiques, rentiers tranquilles, pliant sous le poids du fusil ; des petits moblots alertes, faciles à l'épouvante et prompts à l'enthousiasme, prêts à l'attaque comme à la fuite ; puis, au milieu d'eux, quelques culottes rouges, débris d'une division moulue dans une grande bataille ; des artilleurs sombres alignés avec ces fantassins divers ; et, parfois, le casque brillant d'un dragon au pied pesant qui suivait avec peine la marche plus légère des lignards.

Des légions de francs-tireurs aux appellations héroïques : « les Vengeurs de la Défaite — les Citoyens de la Tombe — les Partageurs de la Mort » — passaient à leur tour, avec des airs de bandits.

Leurs chefs, anciens commerçants en draps ou en graines, ex-marchands de suif ou de savon, guerriers de circonstance, nommés officiers pour leurs écus ou la longueur de leurs moustaches, couverts d'armes, de

flanelle et de galons, parlaient d'une voix retentissante, discutaient plans de campagne, et prétendaient soutenir seuls la France agonisante sur leurs épaules de fanfarons : mais ils redoutaient parfois leurs propres soldats, gens de sac et de corde, souvent braves à outrance, pillards et débauchés.

Les Prussiens allaient entrer dans Rouen, disait-on.

La Garde nationale qui, depuis deux mois, faisait des reconnaissances très prudentes dans les bois voisins, fusillant parfois ses propres sentinelles, et se préparant au combat quand un petit lapin remuait sous des broussailles, était rentrée dans ses foyers. Ses armes, ses uniformes, tout son attirail meurtrier dont elle épouvantait naguère les bornes des routes nationales à trois lieues à la ronde, avaient subitement disparu [1].

Les derniers soldats français venaient enfin de traverser la Seine pour gagner Pont-Audemer par Saint-Sever et Bourg-Achard [2] ; et, marchant après tous, le général, désespéré, ne pouvant rien tenter avec ces loques disparates, éperdu lui-même dans la grande débâcle d'un peuple habitué à vaincre et désastreusement battu malgré sa bravoure légendaire, s'en allait à pied, entre deux officiers d'ordonnance.

Puis un calme profond, une attente épouvantée et silencieuse avaient plané sur la cité. Beaucoup de bourgeois bedonnants, émasculés par le commerce, attendaient anxieusement les vainqueurs, tremblant qu'on ne considérât comme une arme leurs broches à rôtir ou leurs grands couteaux de cuisine.

La vie semblait arrêtée ; les boutiques étaient closes, la rue muette. Quelquefois un habitant, intimidé par ce silence, filait rapidement le long des murs.

L'angoisse de l'attente faisait désirer la venue de l'ennemi.

Dans l'après-midi du jour qui suivit le départ des troupes françaises, quelques uhlans, sortis on ne sait d'où, traversèrent la ville avec célérité. Puis, un peu

plus tard, une masse noire descendit de la côte Sainte-Catherine, tandis que deux autres flots envahisseurs apparaissaient par les routes de Darnetal et de Bois-guillaume [1]. Les avant-gardes des trois corps, juste au même moment, se joignirent sur la place de l'Hôtel-de-Ville ; et, par toutes les rues voisines, l'armée allemande arrivait, déroulant ses bataillons qui faisaient sonner les pavés sous leur pas dur et rythmé.

Des commandements criés d'une voix inconnue et gutturale montaient le long des maisons qui semblaient mortes et désertes, tandis que, derrière les volets fermés, des yeux guettaient ces hommes victorieux, maîtres de la cité, des fortunes et des vies de par le « droit de guerre ». Les habitants, dans leurs chambres assombries, avaient l'affolement que donnent les cataclysmes, les grands bouleversements meurtriers de la terre, contre lesquels toute sagesse et toute force sont inutiles. Car la même sensation reparaît chaque fois que l'ordre établi des choses est renversé, que la sécurité n'existe plus, que tout ce que protégeaient les lois des hommes ou celles de la nature, se trouve à la merci d'une brutalité inconsciente et féroce. Le tremblement de terre écrasant sous les maisons croulantes un peuple entier ; le fleuve débordé qui roule les paysans noyés avec les cadavres des bœufs et les poutres arrachées aux toits, ou l'armée glorieuse massacrant ceux qui se défendent, emmenant les autres prisonniers, pillant au nom du Sabre et remerciant un Dieu au son du canon, sont autant de fléaux effrayants qui déconcertent toute croyance à la justice éternelle, toute la confiance qu'on nous enseigne en la protection du ciel et la raison de l'homme.

Mais à chaque porte des petits détachements frappaient, puis disparaissaient dans les maisons. C'était l'occupation après l'invasion. Le devoir commençait pour les vaincus de se montrer gracieux envers les vainqueurs.

Au bout de quelque temps, une fois la première

terreur disparue, un calme nouveau s'établit. Dans
beaucoup de familles, l'officier prussien mangeait à
table. Il était parfois bien élevé, et, par politesse, plai-
gnait la France, disait sa répugnance en prenant part
à cette guerre. On lui était reconnaissant de ce senti-
ment ; puis on pouvait, un jour ou l'autre, avoir besoin
de sa protection. En le ménageant on obtiendrait peut-
être quelques hommes de moins à nourrir. Et pour-
quoi blesser quelqu'un dont on dépendait tout à fait ?
Agir ainsi serait moins de la bravoure que de la témé-
rité. — Et la témérité n'est plus un défaut des bourgeois
de Rouen, comme au temps des défenses héroïques où
s'illustra leur cité. — On se disait enfin, raison suprême
tirée de l'urbanité française, qu'il demeurait bien per-
mis d'être poli dans son intérieur pourvu qu'on ne se
montrât pas familier, en public, avec le soldat étranger.
Au dehors on ne se connaissait plus, mais dans la
maison on causait volontiers, et l'Allemand demeurait
plus longtemps, chaque soir, à se chauffer au foyer
commun.

La ville même reprenait peu à peu de son aspect
ordinaire. Les Français ne sortaient guère encore, mais
les soldats prussiens grouillaient dans les rues. Du
reste, les officiers de hussards bleus, qui traînaient avec
arrogance leurs grands outils de mort sur le pavé, ne
semblaient pas avoir pour les simples citoyens énormé-
ment plus de mépris que les officiers de chasseurs, qui,
l'année d'avant, buvaient aux mêmes cafés.

Il y avait cependant quelque chose dans l'air, quel-
que chose de subtil et d'inconnu, une atmosphère
étrangère intolérable, comme une odeur répandue,
l'odeur de l'invasion. Elle emplissait les demeures et
les places publiques, changeait le goût des aliments,
donnait l'impression d'être en voyage, très loin, chez
des tribus barbares et dangereuses.

Les vainqueurs exigeaient de l'argent, beaucoup
d'argent. Les habitants payaient toujours ; ils étaient
riches d'ailleurs. Mais plus un négociant normand

devient opulent et plus il souffre de tout sacrifice, de toute parcelle de sa fortune qu'il voit passer aux mains d'un autre.

Cependant, à deux ou trois lieues sous la ville, en suivant le cours de la rivière, vers Croisset, Dieppe-dalle ou Biessart [1], les mariniers et les pêcheurs rame-naient souvent du fond de l'eau quelque cadavre d'Allemand gonflé dans son uniforme, tué d'un coup de couteau ou de savate, la tête écrasée par une pierre, ou jeté à l'eau d'une poussée du haut d'un pont. Les vases du fleuve ensevelissaient ces vengeances obscures, sauvages et légitimes, héroïsmes inconnus, attaques muettes, plus périlleuses que les batailles au grand jour et sans le retentissement de la gloire.

Car la haine de l'Étranger arme toujours quelques Intrépides prêts à mourir pour une Idée.

Enfin, comme les envahisseurs, bien qu'assujétissant la ville à leur inflexible discipline, n'avaient accompli aucune des horreurs que la renommée leur faisait commettre tout le long de leur marche triomphale, on s'enhardit, et le besoin du négoce travailla de nouveau le cœur des commerçants du pays. Quelques-uns avaient de gros intérêts engagés au Havre que l'armée fran-çaise occupait, et ils voulurent tenter de gagner ce port en allant par terre à Dieppe où ils s'embarque-raient [2].

On employa l'influence des officiers allemands dont on avait fait la connaissance, et une autorisation de départ fut obtenue du général en chef.

Donc, une grande diligence à quatre chevaux ayant été retenue pour ce voyage, et dix personnes s'étant fait inscrire chez le voiturier, on résolut de partir un mardi matin, avant le jour, pour éviter tout rassem-blement.

Depuis quelque temps déjà la gelée avait durci la terre, et le lundi, vers trois heures, de gros nuages noirs venant du nord apportèrent la neige qui tomba sans interruption pendant toute la soirée et toute la nuit.

A quatre heures et demie du matin, les voyageurs
se réunirent dans la cour de l'Hôtel de Normandie [1],
où l'on devait monter en voiture.

Ils étaient encore pleins de sommeil, et grelottaient
de froid sous leurs couvertures. On se voyait mal dans
l'obscurité ; et l'entassement des lourds vêtements
d'hiver faisait ressembler tous ces corps à des curés
obèses avec leurs longues soutanes. Mais deux hommes
se reconnurent, un troisième les aborda, ils causèrent :
— « J'emmène ma femme », — dit l'un. — « J'en fais
autant ». — « Et moi aussi. » — Le premier ajouta :
— « Nous ne reviendrons pas à Rouen, et si les Prus-
siens approchent du Havre nous gagnerons l'Angle-
terre. » — Tous avaient les mêmes projets, étant de
complexion semblable.

Cependant on n'attelait pas la voiture. Une petite
lanterne, que portait un valet d'écurie, sortait de
temps à autre d'une porte obscure pour disparaître
immédiatement dans une autre. Des pieds de chevaux
frappaient la terre, amortis par le fumier des litières,
et une voix d'homme parlant aux bêtes et jurant s'en-
tendait au fond du bâtiment. Un léger murmure de
grelots annonça qu'on maniait les harnais ; ce mur-
mure devint bientôt un frémissement clair et continu,
rythmé par le mouvement de l'animal, s'arrêtant par-
fois, puis reprenant dans une brusque secousse qu'ac-
compagnait le bruit mat d'un sabot ferré battant le
sol.

La porte subitement se ferma. Tout bruit cessa. Les
bourgeois gelés s'étaient tus ; ils demeuraient immo-
biles et roidis.

Un rideau de flocons blancs ininterrompu miroitait
sans cesse en descendant vers la terre ; il effaçait les
formes, poudrait les choses d'une mousse de glace ; et
l'on n'entendait plus, dans le grand silence de la ville
calme et ensevelie sous l'hiver que ce froissement vague
innommable et flottant, de la neige qui tombe, plutôt
sensation que bruit, entremêlement d'atomes légers

qui semblaient emplir l'espace, couvrir le monde.

L'homme reparut, avec sa lanterne, tirant au bout d'une corde un cheval triste qui ne venait pas volontiers. Il le plaça contre le timon, attacha les traits, tourna longtemps autour pour assurer les harnais, car il ne pouvait se servir que d'une main, l'autre portant sa lumière. Comme il allait chercher la seconde bête, il remarqua tous ces voyageurs immobiles, déjà blancs de neige, et leur dit : — « Pourquoi ne montez-vous pas dans la voiture, vous serez à l'abri, au moins. »

Ils n'y avaient pas songé, sans doute, et ils se précipitèrent. Les trois hommes installèrent leurs femmes dans le fond, montèrent ensuite ; puis les autres formes indécises et voilées prirent à leur tour les dernières places sans échanger une parole.

Le plancher était couvert de paille où les pieds s'enfoncèrent. Les dames du fond, ayant apporté des petites chaufferettes en cuivre avec un charbon chimique, allumèrent ces appareils, et, pendant quelque temps, à voix basse, elles en énumérèrent les avantages, se répétant des choses qu'elles savaient déjà depuis longtemps.

Enfin, la diligence étant attelée avec six chevaux au lieu de quatre à cause du tirage plus pénible, une voix du dehors demanda : — « Tout le monde est-il monté ? » — Une voix du dedans répondit : — « Oui. » — On partit.

La voiture avançait lentement, lentement, à tout petits pas. Les roues s'enfonçaient dans la neige ; le coffre entier geignait avec des craquements sourds ; les bêtes glissaient, soufflaient, fumaient ; et le fouet gigantesque du cocher claquait sans repos, voltigeait de tous les côtés, se nouant et se déroulant comme un serpent mince, et cinglant brusquement quelque croupe rebondie qui se tendait alors sous un effort plus violent.

Mais le jour imperceptiblement grandissait. Ces flocons légers qu'un voyageur, Rouennais pur sang, avait comparés à une pluie de coton, ne tombaient plus. Une

lueur sale filtrait à travers de gros nuages obscurs et lourds qui rendaient plus éclatante la blancheur de la campagne où apparaissaient tantôt une ligne de grands arbres vêtus de givre, tantôt une chaumière avec un capuchon de neige.

Dans la voiture on se regardait curieusement, à la triste clarté de cette aurore.

Tout au fond, aux meilleures places, sommeillaient, en face l'un de l'autre, M. et M{me} Loiseau, des marchands de vin en gros de la rue Grand-Pont [1].

Ancien commis d'un patron ruiné dans les affaires, Loiseau avait acheté le fonds et fait fortune. Il vendait à très bon marché de très mauvais vin aux petits débitants des campagnes et passait parmi ses connaissances et ses amis pour un fripon madré, un vrai Normand plein de ruses et de jovialité.

Sa réputation de filou était si bien établie, qu'un soir, à la préfecture, M. Tournel, auteur de fables et de chansons, esprit mordant et fin, une gloire locale, ayant proposé aux dames qu'il voyait un peu somnolentes de faire une partie de « Loiseau vole », le mot lui-même vola à travers les salons du préfet, puis, gagnant ceux de la ville, avait fait rire pendant un mois toutes les mâchoires de la province.

Loiseau était en outre célèbre par ses farces de toute nature, ses plaisanteries bonnes ou mauvaises ; et personne ne pouvait parler de lui sans ajouter immédiatement : — « Il est impayable, ce Loiseau. »

De taille exiguë, il présentait un ventre en ballon surmonté d'une face rougeaude entre deux favoris grisonnants.

Sa femme, grande, forte, résolue, avec la voix haute et la décision rapide, était l'ordre et l'arithmétique de la maison de commerce qu'il animait par son activité joyeuse.

A côté d'eux se tenait, plus digne, appartenant à une caste supérieure, M. Carré-Lamadon, homme considérable, posé dans les cotons, propriétaire de

trois filatures, officier de la Légion d'honneur et
membre du Conseil général. Il était resté, tout le
temps de l'Empire, chef de l'opposition bienveillante,
uniquement pour se faire payer plus cher son rallie-
ment à la cause qu'il combattait avec des armes cour-
toises, selon sa propre expression. M^me Carré-Lamadon,
beaucoup plus jeune que son mari, demeurait la
consolation des officiers de bonne famille envoyés à
Rouen en garnison.

Elle faisait vis-à-vis à son époux, toute petite, toute
mignonne, toute jolie, pelotonnée dans ses fourrures,
et regardait d'un œil navré l'intérieur lamentable de
la voiture.

Ses voisins, le comte et la comtesse Hubert de
Bréville, portaient un des noms les plus anciens et
les plus nobles de Normandie. Le comte, vieux gen-
tilhomme de grande tournure, s'efforçait d'accen-
tuer, par les artifices de sa toilette, sa ressemblance
naturelle avec le roy Henri IV qui, suivant une légende
glorieuse pour la famille, avait rendu grosse une dame
de Bréville dont le mari, pour ce fait, était devenu
comte et gouverneur de province.

Collègue de M. Carré-Lamadon au Conseil géné-
ral, le comte Hubert représentait le parti orléaniste
dans le département. L'histoire de son mariage avec la
fille d'un petit armateur de Nantes était toujours
demeurée mystérieuse. Mais comme la comtesse avait
grand air, recevait mieux que personne, passait même
pour avoir été aimée par un des fils de Louis-Philippe,
toute la noblesse lui faisait fête, et son salon demeu-
rait le premier du pays, le seul où se conservât la
vieille galanterie, et dont l'entrée fût difficile.

La fortune des Bréville, toute en biens-fonds, attei-
gnait, disait-on, cinq cent mille livres de revenu.

Ces six personnes formaient le fond de la voiture, le
côté de la société rentée, sereine et forte, des honnêtes
gens autorisés qui ont de la Religion et des Principes.

Par un hasard étrange, toutes les femmes se trou-

vaient sur le même banc ; et la comtesse avait encore
pour voisines deux bonnes sœurs qui égrenaient de
longs chapelets en marmottant des *Pater* et des *Ave*.
L'une était vieille avec une face défoncée par la petite
vérole comme si elle eût reçu à bout portant une bordée
de mitraille en pleine figure. L'autre, très chétive,
avait une tête jolie et maladive sur une poitrine de
phtisique rongée par cette foi dévorante qui fait les
martyrs et les illuminés.

En face des deux religieuses, un homme et une
femme attiraient les regards de tous.

L'homme, bien connu, était Cornudet le démoc,
la terreur des gens respectables. Depuis vingt ans,
il trempait sa grande barbe rousse dans les bocks de
tous les cafés démocratiques. Il avait mangé avec les
frères et amis une assez belle fortune qu'il tenait de
son père, ancien confiseur, et il attendait impatiem-
ment la République pour obtenir enfin la place méri-
tée par tant de consommations révolutionnaires. Au
quatre septembre, par suite d'une farce peut-être, il
s'était cru nommé préfet, mais quand il voulut entrer
en fonctions, les garçons de bureau, demeurés seuls
maîtres de la place, refusèrent de le reconnaître, ce
qui le contraignit à la retraite. Fort bon garçon, du
reste, inoffensif et serviable, il s'était occupé avec une
ardeur incomparable d'organiser la défense. Il avait
fait creuser des trous dans les plaines, coucher tous
les jeunes arbres des forêts voisines, semé des pièges
sur toutes les routes, et, à l'approche de l'ennemi,
satisfait de ses préparatifs, il s'était vivement replié
vers la ville. Il pensait maintenant se rendre plus
utile au Havre, où de nouveaux retranchements
allaient être nécessaires.

La femme, une de celles appelées galantes, était
célèbre par son embonpoint précoce qui lui avait
valu le surnom de Boule de suif [1]. Petite, ronde de
partout, grasse à lard, avec des doigts bouffis, étran-
glés aux phalanges, pareils à des chapelets de courtes

saucisses ; avec une peau luisante et tendue, une gorge énorme qui saillait sous sa robe, elle restait cependant appétissante et courue, tant sa fraîcheur faisait plaisir à voir. Sa figure était une pomme rouge, un bouton de pivoine prêt à fleurir ; et là dedans s'ouvraient, en haut, deux yeux noirs magnifiques, ombragés de grands cils épais qui mettaient une ombre dedans ; en bas, une bouche charmante, étroite, humide pour le baiser, meublée de quenottes luisantes et microscopiques.

Elle était de plus, disait-on, pleine de qualités inappréciables.

Aussitôt qu'elle fut reconnue, des chuchotements coururent parmi les femmes honnêtes, et les mots de « prostituée », de « honte publique » furent chuchotés si haut qu'elle leva la tête. Alors elle promena sur ses voisins un regard tellement provocant et hardi qu'un grand silence aussitôt régna, et tout le monde baissa les yeux à l'exception de Loiseau, qui la guettait d'un air émoustillé.

Mais bientôt la conversation reprit entre les trois dames que la présence de cette fille avait rendues subitement amies, presque intimes. Elles devaient faire, leur semblait-il, comme un faisceau de leurs dignités d'épouses en face de cette vendue sans vergogne ; car l'amour légal le prend toujours de haut avec son libre confrère.

Les trois hommes aussi, rapprochés par un instinct de conservateurs à l'aspect de Cornudet, parlaient argent d'un certain ton dédaigneux pour les pauvres. Le comte Hubert disait les dégâts que lui avaient fait subir les Prussiens, les pertes qui résulteraient du bétail volé et des récoltes perdues, avec une assurance de grand seigneur dix fois millionnaire que ces ravages gêneraient à peine une année. M. Carré-Lamadon, fort éprouvé dans l'industrie cotonnière, avait eu soin d'envoyer six cent mille francs en Angleterre, une poire pour la soif qu'il se ménageait à toute

occasion. Quant à Loiseau, il s'était arrangé pour
vendre à l'Intendance française tous les vins communs
qui lui restaient en cave, de sorte que l'État lui devait
une somme formidable qu'il comptait bien toucher au
Havre.

Et tous les trois se jetaient des coups d'œil rapides
et amicaux. Bien que de conditions différentes, ils
se sentaient frères par l'argent, de la grande franc-
maçonnerie de ceux qui possèdent, qui font sonner de
l'or en mettant la main dans la poche de leur culotte.

La voiture allait si lentement qu'à dix heures du
matin on n'avait pas fait quatre lieues. Les hommes
descendirent trois fois pour monter des côtes à pied.
On commençait à s'inquiéter, car on devait déjeuner
à Tôtes ¹ et l'on désespérait maintenant d'y parvenir
avant la nuit. Chacun guettait pour apercevoir un
cabaret sur la route, quand la diligence sombra dans
un amoncellement de neige et il fallut deux heures
pour la dégager.

L'appétit grandissait, troublait les esprits ; et aucune
gargote, aucun marchand de vin ne se montraient,
l'approche des Prussiens et le passage des troupes
françaises affamées ayant effrayé toutes les industries.

Les messieurs coururent aux provisions dans les
fermes au bord du chemin, mais ils n'y trouvèrent
pas même de pain, car le paysan défiant cachait ses
réserves dans la crainte d'être pillé par les soldats qui,
n'ayant rien à se mettre sous la dent, prenaient par
force ce qu'ils découvraient.

Vers une heure de l'après-midi, Loiseau annonça
que décidément il se sentait un rude creux dans l'es-
tomac. Tout le monde souffrait comme lui depuis
longtemps ; et le violent besoin de manger, augmen-
tant toujours, avait tué les conversations.

De temps en temps quelqu'un bâillait ; un autre
presque aussitôt l'imitait ; et chacun, à tour de
rôle, suivant son caractère, son savoir-vivre et sa
position sociale, ouvrait la bouche avec fracas ou

modestement en portant vite sa main devant le trou
béant d'où sortait une vapeur.

Boule de suif, à plusieurs reprises, se pencha comme
si elle cherchait quelque chose sous ses jupons. Elle
hésitait une seconde, regardait ses voisins, puis se
redressait tranquillement. Les figures étaient pâles et
crispées. Loiseau affirma qu'il payerait mille francs un
jambonneau. Sa femme fit un geste comme pour
protester ; puis elle se calma. Elle souffrait toujours
en entendant parler d'argent gaspillé, et ne compre-
nait même pas les plaisanteries sur ce sujet. — « Le
fait est que je ne me sens pas bien, dit le comte,
comment n'ai-je pas songé à apporter des provisions ? »
— Chacun se faisait le même reproche.

Cependant Cornudet avait une gourde pleine de
rhum ; il en offrit ; on refusa froidement. Loiseau seul
en accepta deux gouttes, et, lorsqu'il rendit la gourde,
il remercia : — « C'est bon tout de même, ça réchauffe,
et ça trompe l'appétit. » — L'alcool le mit en belle
humeur et il proposa de faire comme sur le petit navire
de la chanson : de manger le plus gras des voyageurs.
Cette allusion indirecte à Boule de suif choqua les
gens bien élevés. On ne répondit pas ; Cornudet seul
eut un sourire. Les deux bonnes sœurs avaient cessé
de marmotter leur rosaire, et, les mains enfoncées
dans leurs grandes manches, elles se tenaient immo-
biles, baissant obstinément les yeux, offrant sans doute
au ciel la souffrance qu'il leur envoyait.

Enfin, à trois heures, comme on se trouvait au
milieu d'une plaine interminable, sans un seul village
en vue, Boule de suif se baissant vivement, retira de
sous la banquette un large panier couvert d'une ser-
viette blanche.

Elle en sortit d'abord une petite assiette de faïence,
une fine timbale en argent, puis une vaste terrine dans
laquelle deux poulets entiers, tout découpés, avaient
confi sous leur gelée ; et l'on apercevait encore dans le
panier d'autres bonnes choses enveloppées, des pâtés,

des fruits, des friandises, les provisions préparées
pour un voyage de trois jours, afin de ne point toucher
à la cuisine des auberges. Quatre goulots de bouteilles
passaient entre les paquets de nourriture. Elle prit une
aile de poulet et, délicatement, se mit à la manger
avec un de ces petits pains qu'on appelle « Régence »
en Normandie [1].

Tous les regards étaient tendus vers elle. Puis
l'odeur se répandit, élargissant les narines, faisant
venir aux bouches une salive abondante avec une
contraction douloureuse de la mâchoire sous les
oreilles. Le mépris des dames pour cette fille devenait
féroce, comme une envie de la tuer, ou de la jeter en
bas de la voiture, dans la neige, elle, sa timbale, son
panier et ses provisions.

Mais Loiseau dévorait des yeux la terrine de pou-
let. Il dit : — « A la bonne heure, madame a eu plus
de précaution que nous. Il y a des personnes qui
savent toujours penser à tout. » — Elle leva la tête
vers lui : — « Si vous en désirez, monsieur ? C'est
dur de jeûner depuis le matin. » — Il salua : — « Ma
foi, franchement, je ne refuse pas, je n'en peux plus.
A la guerre comme à la guerre, n'est-ce pas, madame ? »
— Et, jetant un regard circulaire, il ajouta : — « Dans
des moments comme celui-ci, on est bien aise de trou-
ver des gens qui vous obligent. » — Il avait un journal
qu'il étendit pour ne point tacher son pantalon, et
sur la pointe d'un couteau toujours logé dans sa
poche, il enleva une cuisse toute vernie de gelée, la
dépeça des dents, puis la mâcha avec une satisfaction
si évidente qu'il y eut dans la voiture un grand soupir
de détresse.

Mais Boule de suif, d'une voix humble et douce,
proposa aux bonnes sœurs de partager sa collation.
Elles acceptèrent toutes les deux instantanément, et,
sans lever les yeux, se mirent à manger très vite
après avoir balbutié des remerciements. Cornudet
ne refusa pas non plus les offres de sa voisine, et l'on

forma avec les religieuses une sorte de table en développant des journaux sur les genoux.

Les bouches s'ouvraient et se fermaient sans cesse, avalaient, mastiquaient, engloutissaient férocement. Loiseau, dans son coin, travaillait dur, et, à voix basse, il engageait sa femme à l'imiter. Elle résista longtemps, puis, après une crispation qui lui parcourut les entrailles, elle céda. Alors son mari, arrondissant sa phrase, demanda à leur « charmante compagne » si elle lui permettait d'offrir un petit morceau à M^me Loiseau. Elle dit : — « Mais oui, certainement, monsieur », avec un sourire aimable, et tendit la terrine.

Un embarras se produisit lorsqu'on eut débouché la première bouteille de bordeaux : il n'y avait qu'une timbale. On se la passa après l'avoir essuyée. Cornudet seul, par galanterie sans doute, posa ses lèvres à la place humide encore des lèvres de sa voisine.

Alors, entourés de gens qui mangeaient, suffoqués par les émanations des nourritures, le comte et la comtesse de Bréville, ainsi que M. et M^me Carré-Lamadon souffrirent ce supplice odieux qui a gardé le nom de Tantale. Tout d'un coup la jeune femme du manufacturier poussa un soupir qui fit retourner les têtes ; elle était aussi blanche que la neige du dehors ; ses yeux se fermèrent, son front tomba : elle avait perdu connaissance. Son mari, affolé, implorait le secours de tout le monde. Chacun perdait l'esprit, quand la plus âgée des bonnes sœurs, soutenant la tête de la malade, glissa entre ses lèvres la timbale de Boule de suif et lui fit avaler quelques gouttes de vin. La jolie dame remua, ouvrit les yeux, sourit et déclara d'une voix mourante qu'elle se sentait fort bien maintenant. Mais, afin que cela ne se renouvelât plus, la religieuse la contraignit à boire un plein verre de bordeaux, et elle ajouta : — « C'est la faim, pas autre chose. »

Alors Boule de suif, rougissante et embarrassée, balbutia en regardant les quatre voyageurs restés

à jeun : — « Mon Dieu, si j'osais offrir à ces messieurs et à ces dames... » Elle se tut, craignant un outrage. Loiseau prit la parole : — « Eh, parbleu, dans des cas pareils tout le monde est frère et doit s'aider. Allons, mesdames, pas de cérémonie, acceptez, que diable! Savons-nous si nous trouverons seulement une maison où passer la nuit ? Du train dont nous allons, nous ne serons pas à Tôtes avant demain midi. »— On hésitait, personne n'osant assumer la responsabilité du « oui ».

Mais le comte trancha la question. Il se tourna vers la grosse fille intimidée, et, prenant son grand air de gentilhomme, il lui dit : — « Nous acceptons avec reconnaissance, madame. »

Le premier pas seul coûtait. Une fois le Rubicon passé on s'en donna carrément. Le panier fut vidé. Il contenait encore un pâté de foie gras, un pâté de mauviettes, un morceau de langue fumée, des poires de Crassane, un pavé de Pont-l'Évêque, des petits-fours et une tasse pleine de cornichons et d'oignons au vinaigre : Boule de suif, comme toutes les femmes, adorant les crudités.

On ne pouvait manger les provisions de cette fille sans lui parler. Donc on causa, avec réserve d'abord, puis, comme elle se tenait fort bien, on s'abandonna davantage. Mmes de Bréville et Carré-Lamadon, qui avaient un grand savoir-vivre, se firent gracieuses avec délicatesse. La comtesse surtout montra cette condescendance aimable des très nobles dames qu'aucun contact ne peut salir, et fut charmante. Mais la forte Mme Loiseau, qui avait une âme de gendarme, resta revêche, parlant peu et mangeant beaucoup.

On s'entretint de la guerre naturellement. On raconta des faits horribles des Prussiens, des traits de bravoure des Français ; et tous ces gens qui fuyaient rendirent hommage au courage des autres. Les histoires personnelles commencèrent bientôt et Boule de suif raconta, avec une émotion vraie, avec cette chaleur de parole

qu'ont parfois les filles pour exprimer leurs emporte-
ments naturels, comment elle avait quitté Rouen :
— « J'ai cru d'abord que je pourrais rester, disait-
elle. J'avais ma maison pleine de provisions, et j'ai-
mais mieux nourrir quelques soldats que m'expatrier
je ne sais où. Mais quand je les ai vus, ces Prussiens,
ce fut plus fort que moi ! Ils m'ont tourné le sang de
colère ; et j'ai pleuré de honte toute la journée. Oh ! si
j'étais un homme, allez ! Je les regardais de ma fenêtre,
ces gros porcs avec leur casque à pointe, et ma bonne
me tenait les mains pour m'empêcher de leur jeter mon
mobilier sur le dos. Puis il en est venu pour loger chez
moi ; alors j'ai sauté à la gorge du premier. Ils ne sont
pas plus difficiles à étrangler que d'autres ! Et je l'aurais
terminé, celui-là, si l'on ne m'avait pas tirée par les
cheveux. Il a fallu me cacher après ça. Enfin, quand
j'ai trouvé une occasion, je suis partie, et me voici. »

On la félicita beaucoup. Elle grandissait dans l'es-
time de ses compagnons qui ne s'étaient pas montrés
si crânes ; et Cornudet, en l'écoutant, gardait un
sourire approbateur et bienveillant d'apôtre ; de même
un prêtre entend un dévot louer Dieu, car les démo-
crates à longue barbe ont le monopole du patriotisme
comme les hommes en soutane ont celui de la religion.
Il parla à son tour d'un ton doctrinaire, avec l'emphase
apprise dans les proclamations qu'on collait chaque
jour aux murs, et il finit par un morceau d'éloquence
où il étrillait magistralement cette « crapule de Badin-
guet [1] ».

Mais Boule de suif aussitôt se fâcha, car elle était
bonapartiste. Elle devenait plus rouge qu'une guigne,
et, bégayant d'indignation. — « J'aurais bien voulu
vous voir à sa place, vous autres. Ça aurait été du
propre, ah oui ! C'est vous qui l'avez trahi, cet homme !
On n'aurait plus qu'à quitter la France si l'on était
gouverné par des polissons comme vous ! » — Cornudet,
impassible, gardait un sourire dédaigneux et supérieur,
mais on sentait que les gros mots allaient arriver

quand le comte s'interposa et calma, non sans peine, la fille exaspérée, en proclamant avec autorité que toutes les opinions sincères étaient respectables. Cependant la comtesse et la manufacturière, qui avaient dans l'âme la haine irraisonnée des gens comme il faut pour la République, et cette instinctive tendresse que nourrissent toutes les femmes pour les gouvernements à panache et despotiques, se sentaient, malgré elles, attirées vers cette prostituée pleine de dignité, dont les sentiments ressemblaient si fort aux leurs.

Le panier était vide. A dix on l'avait tari sans peine, en regrettant qu'il ne fût pas plus grand. La conversation continua quelque temps, un peu refroidie néanmoins depuis qu'on avait fini de manger.

La nuit tombait, l'obscurité peu à peu devint profonde, et le froid, plus sensible pendant les digestions, faisait frissonner Boule de suif, malgré sa graisse. Alors Mme de Bréville lui proposa sa chaufferette dont le charbon, depuis le matin, avait été plusieurs fois renouvelé, et l'autre accepta tout de suite, car elle se sentait les pieds gelés. Mmes Carré-Lamadon et Loiseau donnèrent les leurs aux religieuses.

Le cocher avait allumé ses lanternes. Elles éclairaient d'une lueur vive un nuage de buée au-dessus de la croupe en sueur des timoniers, et, des deux côtés de la route, la neige qui semblait se dérouler sous le reflet mobile des lumières.

On ne distinguait plus rien dans la voiture ; mais tout à coup un mouvement se fit entre Boule de suif et Cornudet ; et Loiseau, dont l'œil fouillait l'ombre, crut voir l'homme à la grande barbe s'écarter vivement comme s'il eût reçu quelque bon coup lancé sans bruit.

Des petits points de feu parurent en avant sur la route. C'était Tôtes. On avait marché onze heures, ce qui, avec les deux heures de repos laissées en quatre fois aux chevaux pour manger l'avoine et souffler,

faisait quatorze. On entra dans le bourg et devant l'Hôtel du Commerce on s'arrêta [1].

La portière s'ouvrit! Un bruit bien connu fit tressaillir tous les voyageurs ; c'étaient les heurts d'un fourreau de sabre sur le sol. Aussitôt la voix d'un Allemand cria quelque chose.

Bien que la diligence fût immobile, personne ne descendait, comme si l'on se fût attendu à être massacré à la sortie. Alors le conducteur apparut tenant à la main une de ses lanternes qui éclaira subitement jusqu'au fond de la voiture les deux rangs de têtes effarées, dont les bouches étaient ouvertes et les yeux écarquillés de surprise et d'épouvante.

A côté du cocher se tenait, en pleine lumière, un officier allemand, un grand jeune homme excessivement mince et blond, serré dans son uniforme comme une fille en son corset, et portant sur le côté sa casquette plate et cirée qui le faisait ressembler au chasseur d'un hôtel anglais. Sa moustache démesurée, à longs poils droits, s'amincissant indéfiniment de chaque côté et terminée par un seul fil blond, si mince qu'on n'en apercevait pas la fin, semblait peser sur les coins de sa bouche, et, tirant la joue, imprimait aux lèvres un pli tombant.

Il invita en français d'Alsacien les voyageurs à sortir, disant d'un ton raide : — « Foulez-fous tescentre, messieurs et tames ? »

Les deux bonnes sœurs obéirent les premières avec une docilité de saintes filles habituées à toutes les soumissions. Le comte et la comtesse parurent ensuite, suivis du manufacturier et de sa femme, puis de Loiseau poussant devant lui sa grande moitié. Celui-ci, en mettant pied à terre, dit à l'officier : — « Bonjour, monsieur », par un sentiment de prudence bien plus que de politesse. L'autre, insolent comme les gens toutpuissants, le regarda sans répondre.

Boule de suif et Cornudet, bien que près de la portière, descendirent les derniers, graves et hautains

devant l'ennemi. La grosse fille tâchait de se dominer
et d'être calme : le démoc tourmentait d'une main
tragique et un peu tremblante sa longue barbe rous-
sâtre. Ils voulaient garder de la dignité, comprenant
qu'en ces rencontres-là chacun représente un peu son
pays; et pareillement révoltés par la souplesse de leurs
compagnons, elle, tâchait de se montrer plus fière que
ses voisines les femmes honnêtes, tandis que lui, sen-
tant bien qu'il devait l'exemple, continuait en toute
son attitude sa mission de résistance commencée au
défoncement des routes.

On entra dans la vaste cuisine de l'auberge, et l'Al-
lemand, s'étant fait présenter l'autorisation de départ
signée par le général en chef et où étaient mentionnés
les noms, le signalement et la profession de chaque
voyageur, examina longuement tout ce monde, compa-
rant les personnes aux renseignements écrits.

Puis il dit brusquement : — « C'est pien », et il dis-
parut.

Alors on respira. On avait faim encore ; le souper
fut commandé. Une demi-heure était nécessaire pour
l'apprêter ; et, pendant que deux servantes avaient
l'air de s'en occuper, on alla visiter les chambres. Elles
se trouvaient toutes dans un long couloir que terminait
une porte vitrée marquée d'un numéro parlant.

Enfin on allait se mettre à table, quand le patron
de l'auberge parut lui-même. C'était un ancien mar-
chand de chevaux, un gros homme asthmatique, qui
avait toujours des sifflements, des enrouements, des
chants de glaires dans le larynx. Son père lui avait
transmis le nom de Follenvie.

Il demanda :
— « Mademoiselle Élisabeth Rousset ? »
Boule de suif tressaillit, se retourna :
— « C'est moi.
— Mademoiselle, l'officier prussien veut vous par-
ler immédiatement.
— A moi ?

— Oui, si vous êtes bien mademoiselle Élisabeth Rousset. »

Elle se troubla, réfléchit une seconde, puis déclara carrément :

— « C'est possible, mais je n'irai pas. »

Un mouvement se fit autour d'elle ; chacun discutait, cherchait la cause de cet ordre. Le comte s'approcha :

— « Vous avez tort, madame, car votre refus peut amener des difficultés considérables, non seulement pour vous, mais même pour tous vos compagnons. Il ne faut jamais résister aux gens qui sont les plus forts. Cette démarche assurément ne peut présenter aucun danger; c'est sans doute pour quelque formalité oubliée. »

Tout le monde se joignit à lui, on la pria, on la pressa, on la sermonna, et l'on finit par la convaincre ; car tous redoutaient les complications qui pourraient résulter d'un coup de tête. Elle dit enfin :

— « C'est pour vous que je le fais, bien sûr ! »

La comtesse lui prit la main :

« Et nous vous en remercions. »

Elle sortit. On l'attendit pour se mettre à table.

Chacun se désolait de n'avoir pas été demandé à la place de cette fille violente et irascible, et préparait mentalement des platitudes pour le cas où on l'appellerait à son tour.

Mais, au bout de dix minutes, elle reparut, soufflant, rouge à suffoquer, exaspérée. Elle balbutiait : — « Oh la canaille ! la canaille ! »

Tous s'empressaient pour savoir, mais elle ne dit rien; et comme le comte insistait, elle répondit avec une grande dignité : — « Non, cela ne vous regarde pas, je ne peux pas parler. »

Alors on s'assit autour d'une haute soupière d'où sortait un parfum de choux. Malgré cette alerte, le souper fut gai. Le cidre était bon, le ménage Loiseau et les bonnes sœurs en prirent, par économie. Les autres demandèrent du vin ; Cornudet réclama de la bière.

Il avait une façon particulière de déboucher la bouteille, de faire mousser le liquide, de le considérer en penchant le verre, qu'il élevait ensuite entre la lampe et son œil pour bien apprécier la couleur. Quand il buvait, sa grande barbe, qui avait gardé la nuance de son breuvage aimé, semblait tressaillir de tendresse ; ses yeux louchaient pour ne point perdre de vue sa chope, et il avait l'air de remplir l'unique fonction pour laquelle il était né. On eût dit qu'il établissait en son esprit un rapprochement et comme une affinité entre les deux grandes passions qui occupaient toute sa vie : le Pale Ale et la Révolution ; et assurément il ne pouvait déguster l'un sans songer à l'autre.

M. et M^me Follenvie dînaient tout au bout de la table. L'homme, râlant comme une locomotive crevée, avait trop de tirage dans la poitrine pour pouvoir parler en mangeant; mais la femme ne se taisait jamais. Elle raconta toutes ses impressions à l'arrivée des Prussiens, ce qu'ils faisaient, ce qu'ils disaient, les exécrant, d'abord, parce qu'ils lui coûtaient de l'argent, et, ensuite, parce qu'elle avait deux fils à l'armée. Elle s'adressait surtout à la comtesse, flattée de causer avec une dame de qualité.

Puis elle baissait la voix pour dire les choses délicates, et son mari, de temps en temps, l'interrompait :
— « Tu ferais mieux de te taire, madame Follenvie. » — Mais elle n'en tenait aucun compte, et continuait :

— « Oui, madame, ces gens-là, ça ne fait que manger des pommes de terre et du cochon, et puis du cochon et des pommes de terre. Et il ne faut pas croire qu'ils sont propres. — Oh non ! — Ils ordurent partout, sauf le respect que je vous dois. Et si vous les voyiez faire l'exercice pendant des heures et des jours; ils sont là tous dans un champ : — et marche en avant, et marche en arrière, et tourne par-ci, et tourne par-là. — S'ils cultivaient la terre au moins, ou s'ils travaillaient aux routes dans leur pays ! — Mais non, madame,

ces militaires, ça n'est profitable à personne! Faut-il
que le pauvre peuple les nourrisse pour n'apprendre
rien qu'à massacrer! — Je ne suis qu'une vieille femme
sans éducation, c'est vrai, mais en les voyant qui s'es-
quintent le tempérament à piétiner du matin au soir, je
me dis : — Quand il y a des gens qui font tant de
découvertes pour être utiles, faut-il que d'autres se don-
nent tant de mal pour être nuisibles! Vraiment, n'est-
ce pas une abomination de tuer des gens, qu'ils soient
Prussiens, ou bien Anglais, ou bien Polonais, ou bien
Français? — Si l'on se revenge sur quelqu'un qui vous
a fait tort, c'est mal, puisqu'on vous condamne ; mais
quand on extermine nos garçons comme du gibier,
avec des fusils, c'est donc bien, puisqu'on donne des
décorations à celui qui en détruit le plus? — Non,
voyez-vous, je ne comprendrai jamais ça! »

Cornudet éleva la voix :

— « La guerre est une barbarie quand on attaque
un voisin paisible ; c'est un devoir sacré quand on
défend la patrie. »

La vieille femme baissa la tête :

— « Oui, quand on se défend, c'est autre chose ;
mais si l'on ne devrait pas plutôt tuer tous les rois qui
font ça pour leur plaisir ? »

L'œil de Cornudet s'enflamma :

— « Bravo citoyenne! » dit-il.

M. Carré-Lamadon réfléchissait profondément. Bien
qu'il fût fanatique des illustres capitaines, le bon sens
de cette paysanne le faisait songer à l'opulence qu'ap-
porteraient dans un pays tant de bras inoccupés et
par conséquent ruineux, tant de forces qu'on entre-
tient improductives, si on les employait aux grands
travaux industriels qu'il faudra des siècles pour ache-
ver.

Mais Loiseau, quittant sa place, alla causer tout bas
avec l'aubergiste. Le gros homme riait, toussait, cra-
chait ; son énorme ventre sautillait de joie aux plaisan-
teries de son voisin, et il lui acheta six feuillettes [1]

de bordeaux pour le printemps, quand les Prussiens
seraient partis.

Le souper à peine achevé, comme on était brisé de
fatigue, on se coucha.

Cependant Loiseau, qui avait observé les choses, fit
mettre au lit son épouse, puis colla tantôt son oreille
et tantôt son œil au trou de la serrure, pour tâcher de
découvrir ce qu'il appelait : « les mystères du corridor ».

Au bout d'une heure environ, il entendit un frôle-
ment, regarda bien vite, et aperçut Boule de suif qui
paraissait plus replète encore sous un peignoir [1] de
cachemire bleu, bordé de dentelles blanches. Elle tenait
un bougeoir à la main et se dirigeait vers le gros numéro
tout au fond du couloir. Mais une porte, à côté, s'en-
tr'ouvrit, et, quand elle revint au bout de quelques
minutes, Cornudet, en bretelles, la suivait. Ils parlaient
bas, puis ils s'arrêtèrent. Boule de suif semblait
défendre l'entrée de sa chambre avec énergie. Loiseau,
malheureusement, n'entendait pas les paroles, mais,
à la fin, comme ils élevaient la voix, il put en saisir
quelques-unes. Cornudet insistait avec vivacité. Il
disait :

— « Voyons, vous êtes bête, qu'est-ce què ça vous
fait ? »

Elle avait l'air indignée et répondit :

— « Non, mon cher, il y a des moments où ces cho-
ses-là ne se font pas ; et puis, ici, ce serait une honte. »

Il ne comprenait point, sans doute, et demanda
pourquoi. Alors elle s'emporta, élevant encore le ton :

— « Pourquoi ? Vous ne comprenez pas pourquoi ?
Quand il y a des Prussiens dans la maison, dans la
chambre à côté, peut-être ? »

Il se tut. Cette pudeur patriotique de catin qui ne se
laissait point caresser près de l'ennemi, dut réveiller
en son cœur sa dignité défaillante, car, après l'avoir
seulement embrassée, il regagna sa porte à pas de
loup.

Loiseau, très allumé, quitta la serrure, battit un

entrechat dans sa chambre, mit son madras [1], souleva
le drap sous lequel gisait la dure carcasse de sa compa-
gne qu'il réveilla d'un baiser en murmurant : —
« M'aimes-tu, chérie ? »

Alors toute la maison devint silencieuse. Mais bien-
tôt s'éleva quelque part, dans une direction indéter-
minée qui pouvait être la cave aussi bien que le grenier,
un ronflement puissant, monotone, régulier, un bruit
sourd et prolongé, avec des tremblements de chaudière
sous pression. M. Follenvie dormait.

Comme on avait décidé qu'on partirait à huit heures
le lendemain, tout le monde se trouva dans la cuisine ;
mais la voiture, dont la bâche avait un toit de neige,
se dressait solitaire au milieu de la cour, sans chevaux
et sans conducteur. On chercha en vain celui-ci dans
les écuries, dans les fourrages, dans les remises. Alors
tous les hommes se résolurent à battre le pays et ils
sortirent. Ils se trouvèrent sur la place, avec l'église
au fond et, des deux côtés, des maisons basses où l'on
apercevait des soldats prussiens. Le premier qu'ils
virent épluchait des pommes de terre. Le second, plus
loin, lavait la boutique du coiffeur. Un autre, barbu
jusqu'aux yeux, embrassait un mioche qui pleurait
et le berçait sur ses genoux pour tâcher de l'apaiser ;
et les grosses paysannes dont les hommes étaient à
« l'armée de la guerre », indiquaient par signes à leurs
vainqueurs obéissants le travail qu'il fallait entre-
prendre : fendre du bois, tremper la soupe, moudre le
café ; un d'eux même lavait le linge de son hôtesse, une
aïeule toute impotente

Le comte, étonné, interrogea le bedeau qui sortait
du presbytère. Le vieux rat d'église lui répondit :
— « Oh ! ceux-là ne sont pas méchants ; c'est pas
des Prussiens à ce qu'on dit. Ils sont de plus loin ; je ne
sais pas bien d'où ; et ils ont tous laissé une femme et
des enfants au pays ; ça ne les amuse pas, la guerre,
allez ! Je suis sûr qu'on pleure bien aussi là-bas après
les hommes ; et ça fournira une fameuse misère chez

eux comme chez nous. Ici, encore, on n'est pas trop
malheureux pour le moment, parce qu'ils ne font pas
de mal et qu'ils travaillent comme s'ils étaient dans
leurs maisons. Voyez-vous, monsieur, entre pauvres
gens, faut bien qu'on s'aide... C'est les grands qui font
la guerre. »

Cornudet, indigné de l'entente cordiale établie entre
les vainqueurs et les vaincus, se retira, préférant
s'enfermer dans l'auberge. Loiseau eut un mot pour
rire : — « Ils repeuplent. » M. Carré-Lamadon eut un
mot grave : — « Ils réparent. » Mais on ne trouvait pas
le cocher. A la fin on le découvrit dans le café du village,
attablé fraternellement avec l'ordonnance de l'officier.
Le comte l'interpella :

— « Ne vous avait-on pas donné l'ordre d'atteler
pour huit heures ?

— Ah bien oui, mais on m'en a donné un autre
depuis.

— Lequel ?

— De ne pas atteler du tout.

— Qui vous a donné cet ordre ?

— Ma foi ! le commandant prussien.

— Pourquoi ?

— Je n'en sais rien. Allez lui demander. On me
défend d'atteler, moi je n'attelle pas. — Voilà.

— C'est lui-même qui vous a dit cela ?

— Non, monsieur, c'est l'aubergiste qui m'a donné
l'ordre de sa part.

— Quand ça ?

— Hier soir, comme j'allais me coucher. »

Les trois hommes rentrèrent fort inquiets.

On demanda M. Follenvie, mais la servante répon-
dit que monsieur, à cause de son asthme, ne se levait
jamais avant dix heures. Il avait même formellement
défendu de le réveiller plus tôt, excepté en cas d'in-
cendie.

On voulut voir l'officier, mais cela était impossible
absolument, bien qu'il logeât dans l'auberge. M. Fol-

lenvie seul était autorisé à lui parler pour les affaires civiles. Alors on attendit. Les femmes remontèrent dans leurs chambres, et des futilités les occupèrent.

Cornudet s'installa sous la haute cheminée de la cuisine où flambait un grand feu. Il se fit apporter là une des petites tables du café, une canette, et il tira sa pipe qui jouissait parmi les démocrates d'une considération presque égale à la sienne, comme si elle avait servi la patrie en servant à Cornudet. C'était une superbe pipe en écume admirablement culottée, aussi noire que les dents de son maître, mais parfumée, recourbée, luisante, familière à sa main, et complétant sa physionomie. Et il demeura immobile, les yeux tantôt fixés sur la flamme du foyer, tantôt sur la mousse qui couronnait sa chope ; et chaque fois qu'il avait bu, il passait d'un air satisfait ses longs doigts maigres dans ses longs cheveux gras pendant qu'il humait sa moustache frangée d'écume.

Loiseau, sous prétexte de se dégourdir les jambes, alla placer du vin aux débitants du pays. Le comte et le manufacturier se mirent à causer politique. Ils prévoyaient l'avenir de la France. L'un croyait aux d'Orléans, l'autre à un sauveur inconnu, un héros qui se révélerait quand tout serait désespéré : un du Guesclin, une Jeanne d'Arc peut-être ? ou un autre Napoléon Ier ? Ah! si le prince impérial n'était pas si jeune [1]? Cornudet, les écoutant, souriait en homme qui sait le mot des destinées. Sa pipe embaumait la cuisine.

Comme dix heures sonnaient, M. Follenvie parut. On l'interrogea bien vite ; mais il ne put que répéter deux ou trois fois, sans une variante, ces paroles : — L'officier m'a dit comme ça : « Monsieur Follenvie, vous défendrez qu'on attelle demain la voiture de ces voyageurs. Je ne veux pas qu'ils partent sans mon ordre. Vous entendez. Ça suffit. »

Alors on voulut voir l'officier. Le comte lui envoya

sa carte où M. Carré-Lamadon ajouta son nom et tous ses titres. Le Prussien fit répondre qu'il admettrait ces deux hommes à lui parler quand il aurait déjeuné, c'est-à-dire vers une heure.

Les dames reparurent et l'on mangea quelque peu, malgré l'inquiétude. Boule de suif semblait malade et prodigieusement troublée.

On achevait le café quand l'ordonnance vint chercher ces messieurs.

Loiseau se joignit aux deux premiers ; comme on essayait d'entraîner Cornudet pour donner plus de solennité à leur démarche, il déclara fièrement qu'il entendait n'avoir jamais aucun rapport avec les Allemands ; et il se remit dans sa cheminée, demandant une autre canette.

Les trois hommes montèrent et furent introduits dans la plus belle chambre de l'auberge où l'officier les reçut, étendu dans un fauteuil, les pieds sur la cheminée, fumant une longue pipe de porcelaine, et enveloppé par une robe de chambre flamboyante, dérobée sans doute dans la demeure abandonnée de quelque bourgeois de mauvais goût. Il ne se leva pas, ne les salua pas, ne les regarda pas. Il présentait un magnifique échantillon de la goujaterie naturelle au militaire victorieux.

Au bout de quelques instants il dit enfin :

— « Qu'est-ce que fous foulez ? »

Le comte prit la parole : — « Nous désirons partir, monsieur.

— Non.

— Oserai-je vous demander la cause de ce refus ?

— Parce que che ne feux pas.

— Je vous ferai respectueusement observer, monsieur, que votre général en chef nous a délivré une permission de départ pour gagner Dieppe ; et je ne pense pas que nous ayons rien fait pour mériter vos rigueurs.

— Che ne feux pas... foilà tout... Fous poufez tescentre. »

S'étant inclinés tous les trois ils se retirèrent.

L'après-midi fut lamentable. On ne comprenait rien à ce caprice d'Allemand ; et les idées les plus singulières troublaient les têtes. Tout le monde se tenait dans la cuisine et l'on discutait sans fin, imaginant des choses invraisemblables. On voulait peut-être les garder comme otages — mais dans quel but ? — ou les emmener prisonniers ? ou, plutôt, leur demander une rançon considérable ? A cette pensée une panique les affola. Les plus riches étaient les plus épouvantés, se voyant déjà contraints, pour racheter leur vie, de verser des sacs pleins d'or entre les mains de ce soldat insolent. Ils se creusaient la cervelle pour découvrir des mensonges acceptables, dissimuler leurs richesses, se faire passer pour pauvres, très pauvres. Loiseau enleva sa chaîne de montre et la cacha dans sa poche. La nuit qui tombait augmenta les appréhensions. La lampe fut allumée, et comme on avait encore deux heures avant le dîner, M\me Loiseau proposa une partie de trente et un [1]. Ce serait une distraction. On accepta. Cornudet lui-même, ayant éteint sa pipe par politesse, y prit part.

Le comte battit les cartes — donna — Boule de suif avait trente et un d'emblée ; et bientôt l'intérêt de la partie apaisa la crainte qui hantait les esprits. Mais Cornudet s'aperçut que le ménage Loiseau s'entendait pour tricher.

Comme on allait se mettre à table, M. Follenvie reparut ; et, de sa voix graillonnante, il prononça : « L'officier prussien fait demander à M\lle Élisabeth Rousset si elle n'a pas encore changé d'avis. »

Boule de suif resta debout, toute pâle ; puis, devenant subitement cramoisie, elle eut un tel étouffement de colère qu'elle ne pouvait plus parler. Enfin elle éclata : « Vous lui direz à cette crapule, à ce saligaud, à cette charogne de Prussien, que jamais je ne voudrai ; vous entendez bien, jamais, jamais, jamais. »

Le gros aubergiste sortit. Alors Boule de suif fut entourée, interrogée, sollicitée par tout le monde de dévoiler le mystère de sa visite. Elle résista d'abord : mais l'exaspération l'emporta bientôt : — « Ce qu'il veut ?... ce qu'il veut ? Il veut coucher avec moi ! » cria-t-elle. Personne ne se choqua du mot, tant l'indignation fut vive. Cornudet brisa sa chope en la reposant violemment sur la table. C'était une clameur de réprobation contre ce soudard ignoble, un souffle de colère, une union de tous pour la résistance, comme si l'on eût demandé à chacun une partie du sacrifice exigé d'elle. Le comte déclara avec dégoût que ces gens-là se conduisaient à la façon des anciens barbares. Les femmes surtout témoignèrent à Boule de suif une commisération énergique et caressante. Les bonnes sœurs, qui ne se montraient qu'aux repas, avaient baissé la tête et ne disaient rien.

On dîna néanmoins lorsque la première fureur fut apaisée ; mais on parla peu, on songeait.

Les dames se retirèrent de bonne heure ; et les hommes, tout en fumant, organisèrent un écarté [1] auquel fut convié M. Follenvie qu'on avait l'intention d'interroger habilement sur les moyens à employer pour vaincre la résistance de l'officier. Mais il ne songeait qu'à ses cartes, sans rien écouter, sans rien répondre ; et il répétait sans cesse : — « Au jeu, messieurs, au jeu. » Son attention était si tendue qu'il en oubliait de cracher, ce qui lui mettait parfois des points d'orgue dans la poitrine. Ses poumons sifflants donnaient toute la gamme de l'asthme, depuis les notes graves et profondes jusqu'aux enrouements aigus des jeunes coqs essayant de chanter.

Il refusa même de monter, quand sa femme, qui tombait de sommeil, vint le chercher. Alors elle partit toute seule, car elle était « du matin », toujours levée avec le soleil, tandis que son homme était « du soir », toujours prêt à passer la nuit avec des amis. Il lui cria : — « Tu placeras mon lait de

poule devant le feu », et se remit à sa partie. Quand
on vit bien qu'on n'en pourrait rien tirer on déclara
qu'il était temps de s'en aller, et chacun gagna son
lit.

On se leva encore d'assez bonne heure le lende-
main, avec un espoir indéterminé, un désir plus grand
de s'en aller, une terreur du jour à passer dans cette
horrible petite auberge.

Hélas! les chevaux restaient à l'écurie, le cocher
demeurait invisible. On alla, par désœuvrement,
tourner autour de la voiture.

Le déjeuner fut bien triste ; et il s'était produit
comme un refroidissement vis-à-vis de Boule de suif,
car la nuit, qui porte conseil, avait un peu modifié
les jugements. On en voulait presque à cette fille,
maintenant, de n'avoir pas été trouver secrètement
le Prussien, afin de ménager, au réveil, une bonne
surprise à ses compagnons. Quoi de plus simple?
Qui l'eût su, d'ailleurs? Elle aurait pu sauver les appa-
rences en faisant dire à l'officier qu'elle prenait en
pitié leur détresse. Pour elle, ça avait si peu d'im-
portance!

Mais personne n'avouait encore ces pensées.

Dans l'après-midi, comme on s'ennuyait à périr,
le comte proposa de faire une promenade aux alen-
tours du village. Chacun s'enveloppa avec soin et la
petite société partit, à l'exception de Cornudet, qui
préférait rester près du feu, et des bonnes sœurs, qui
passaient leurs journées dans l'église ou chez le curé.

Le froid, plus intense de jour en jour, piquait
cruellement le nez et les oreilles ; les pieds deve-
naient si douloureux que chaque pas était une souf-
france ; et lorsque la campagne se découvrit, elle leur
apparut si effroyablement lugubre sous cette blan-
cheur illimitée que tout le monde aussitôt retourna,
l'âme glacée et le cœur serré.

Les quatre femmes marchaient devant, les trois
hommes suivaient, un peu derrière.

Loiseau, qui comprenait la situation, demanda
tout à coup si cette « garce-là » allait les faire rester
longtemps encore dans un pareil endroit. Le comte,
toujours courtois, dit qu'on ne pouvait exiger d'une
femme un sacrifice aussi pénible, et qu'il devait
venir d'elle-même. M. Carré-Lamadon remarqua que
si les Français faisaient, comme il en était question,
un retour offensif par Dieppe, la rencontre ne pour-
rait avoir lieu qu'à Tôtes. Cette réflexion rendit les
deux autres soucieux. — « Si l'on se sauvait à pied »,
— dit Loiseau. Le comte haussa les épaules : — « Y
songez-vous, dans cette neige ? avec nos femmes ?
Et puis nous serions tout de suite poursuivis, rattrapés
en dix minutes, et ramenés prisonniers à la merci
des soldats. » — C'était vrai ; on se tut.

Les dames parlaient toilette ; mais une certaine
contrainte semblait les désunir.

Tout à coup, au bout de la rue, l'officier parut.
Sur la neige qui fermait l'horizon, il profilait sa
grande taille de guêpe en uniforme, et marchait,
les genoux écartés, de ce mouvement particulier
aux militaires qui s'efforcent de ne point maculer
leurs bottes soigneusement cirées.

Il s'inclina en passant près des dames, et regarda
dédaigneusement les hommes qui eurent, du reste,
la dignité de ne se point découvrir, bien que Loiseau
ébauchât un geste pour retirer sa coiffure.

Boule de suif était devenue rouge jusqu'aux oreilles ;
et les trois femmes mariées ressentaient une grande
humiliation d'être ainsi rencontrées par ce soldat,
dans la compagnie de cette fille qu'il avait si cava-
lièrement traitée.

Alors on parla de lui, de sa tournure, de son visage.
M^me Carré-Lamadon, qui avait connu beaucoup d'offi-
ciers et qui les jugeait en connaisseur, trouvait
celui-là pas mal du tout ; elle regrettait même qu'il
ne fût pas Français, parce qu'il ferait un fort joli hus-
sard dont toutes les femmes assurément raffoleraient.

Une fois rentrés, on ne sut plus que faire. Des paroles aigres furent même échangées à propos de choses insignifiantes. Le dîner, silencieux, dura peu, et chacun monta se coucher, espérant dormir pour tuer le temps.

On descendit le lendemain avec des visages fatigués et des cœurs exaspérés. Les femmes parlaient à peine à Boule de suif.

Une cloche tinta. C'était pour un baptême. La grosse fille avait un enfant élevé chez des paysans d'Yvetot. Elle ne le voyait pas une fois l'an, et n'y songeait jamais ; mais la pensée de celui qu'on allait baptiser lui jeta au cœur une tendresse subite et violente pour le sien, et elle voulut absolument assister à la cérémonie.

Aussitôt qu'elle fut partie, tout le monde se regarda, puis on rapprocha les chaises, car on sentait bien qu'à la fin il fallait décider quelque chose. Loiseau eut une inspiration : il était d'avis de proposer à l'officier de garder Boule de suif toute seule, et de laisser partir les autres.

M. Follenvie se chargea encore de la commission, mais il redescendit presque aussitôt. L'Allemand, qui connaissait la nature humaine, l'avait mis à la porte. Il prétendait retenir tout le monde tant que son désir ne serait pas satisfait.

Alors le tempérament populacier de M^me Loiseau éclata : — « Nous n'allons pourtant pas mourir de vieillesse ici. Puisque c'est son métier, à cette gueuse, de faire ça avec tous les hommes, je trouve qu'elle n'a pas le droit de refuser l'un plutôt que l'autre. Je vous demande un peu, ça a pris tout ce qu'elle a trouvé dans Rouen, même des cochers! oui, madame, le cocher de la préfecture! Je le sais bien, moi, il achète son vin à la maison. Et aujourd'hui qu'il s'agit de nous tirer d'embarras, elle fait la mijaurée, cette morveuse!... Moi, je trouve qu'il se conduit très bien, cet officier. Il est peut-être

privé depuis longtemps ; et nous étions là trois qu'il
aurait sans doute préférées. Mais non, il se contente
de celle à tout le monde. Il respecte les femmes
mariées. Songez donc, il est le maître. Il n'avait
qu'à dire : « Je veux », et il pouvait nous prendre
de force avec ses soldats. »

Les deux femmes eurent un petit frisson. Les
yeux de la jolie Mme Carré-Lamadon brillaient, et
elle était un peu pâle, comme si elle se sentait déjà
prise de force par l'officier.

Les hommes, qui discutaient à l'écart, se rappro-
chèrent. Loiseau, furibond, voulait livrer « cette
misérable » pieds et poings liés à l'ennemi. Mais le
comte, issu de trois générations d'ambassadeurs, et
doué d'un physique de diplomate, était partisan de
l'habileté : « Il faudrait la décider », — dit-il.

Alors on conspira.

Les femmes se serrèrent, le ton de la voix fut
baissé, et la discussion devint générale, chacun don-
nant son avis. C'était fort convenable du reste. Ces
dames surtout trouvaient des délicatesses de tour-
nures, des subtilités d'expression charmantes, pour
dire les choses les plus scabreuses. Un étranger n'au-
rait rien compris tant les précautions du langage
étaient observées. Mais la légère tranche de pudeur
dont est bardée toute femme du monde ne recou-
vrant que la surface, elles s'épanouissaient dans cette
aventure polissonne, s'amusaient follement au fond,
se sentant dans leur élément, tripotant de l'amour
avec la sensualité d'un cuisinier gourmand qui pré-
pare le souper d'un autre.

La gaieté revenait d'elle-même, tant l'histoire leur
semblait drôle à la fin. Le comte trouva des plaisan-
teries un peu risquées, mais si bien dites qu'elles
faisaient sourire. A son tour Loiseau lâcha quelques
grivoiseries plus raides dont on ne se blessa point ;
et la pensée brutalement exprimée par sa femme
dominait tous les esprits : « Puisque c'est son métier

à cette fille, pourquoi refuserait-elle celui-là plus qu'un autre ? » La gentille M^me Carré-Lamadon semblait même penser qu'à sa place elle refuserait celui-là moins qu'un autre.

On prépara longuement le blocus, comme pour une forteresse investie. Chacun convint du rôle qu'il jouerait, des arguments dont il s'appuierait, des manœuvres qu'il devrait exécuter. On régla le plan des attaques, les ruses à employer, et les surprises de l'assaut, pour forcer cette citadelle vivante à recevoir l'ennemi dans la place.

Cornudet cependant restait à l'écart, complètement étranger à cette affaire.

Une attention si profonde tendait les esprits, qu'on n'entendit point rentrer Boule de suif. Mais le comte souffla un léger : « Chut » qui fit relever tous les yeux. Elle était là. On se tut brusquement et un certain embarras empêcha d'abord de lui parler. La comtesse, plus assouplie que les autres aux duplicités des salons, l'interrogea : — « Était-ce amusant, ce baptême ? »

La grosse fille, encore émue, raconta tout, et les figures, et les attitudes, et l'aspect même de l'église. Elle ajouta : — « C'est si bon de prier quelquefois. »

Cependant, jusqu'au déjeuner, ces dames se contentèrent d'être aimables avec elle, pour augmenter sa confiance et sa docilité à leurs conseils.

Aussitôt à table, on commença les approches. Ce fut d'abord une conversation vague sur le dévouement. On cita des exemples anciens : Judith et Holopherne, puis, sans aucune raison, Lucrèce avec Sextus, Cléopâtre faisant passer par sa couche tous les généraux ennemis, et les réduisant à des servilités d'esclave. Alors se déroula une histoire fantaisiste, éclose dans l'imagination de ces millionnaires ignorants, où les citoyennes de Rome allaient endormir à Capoue Annibal entre leurs bras et, avec lui, ses lieutenants, et les phalanges des mercenaires. On

cita toutes les femmes qui ont arrêté des conqué-
rants, fait de leur corps un champ de bataille, un
moyen de dominer, une arme, qui ont vaincu par
leurs caresses héroïques des êtres hideux ou détestés,
et sacrifié leur chasteté, à la vengeance et au dévoue-
ment.

On parla même en termes voilés de cette Anglaise
de grande famille qui s'était laissé inoculer une hor-
rible et contagieuse maladie pour la transmettre à
Bonaparte sauvé miraculeusement, par une faiblesse
subite, à l'heure du rendez-vous fatal.

Et tout cela était raconté d'une façon convenable
et modérée, où parfois éclatait un enthousiasme voulu
propre à exciter l'émulation.

On aurait pu croire, à la fin, que le seul rôle de la
femme, ici-bas, était un perpétuel sacrifice de sa
personne, un abandon continu aux caprices des sol-
datesques.

Les deux bonnes sœurs ne semblaient point entendre,
perdues en des pensées profondes, Boule de suif ne
disait rien.

Pendant toute l'après-midi on la laissa réfléchir.
Mais, au lieu de l'appeler « madame » comme on
avait fait jusque-là, on lui disait simplement « made-
moiselle », sans que personne sût bien pourquoi,
comme si l'on avait voulu la faire descendre d'un
degré dans l'estime qu'elle avait escaladée, lui faire
sentir sa situation honteuse.

Au moment où l'on servit le potage, M. Follenvie
reparut, répétant sa phrase de la veille : — « L'offi-
cier prussien fait demander à Mlle Élisabeth Rousset
si elle n'a point encore changé d'avis. »

Boule de suif répondit sèchement : — « Non,
monsieur. »

Mais au dîner la coalition faiblit. Loiseau eut trois
phrases malheureuses. Chacun se battait les flancs
pour découvrir des exemples nouveaux et ne trou-
vait rien, quand la comtesse, sans préméditation

peut-être, éprouvant un vague besoin de rendre hommage à la Religion, interrogea la plus âgée des bonnes sœurs sur les grands faits de la vie des saints. Or, beaucoup avaient commis des actes qui seraient des crimes à nos yeux ; mais l'Église absout sans peine ces forfaits quand ils sont accomplis pour la gloire de Dieu, ou pour le bien du prochain. C'était un argument puissant ; la comtesse en profita. Alors, soit par une de ces ententes tacites, de ces complaisances voilées, où excelle quiconque porte un habit ecclésiastique, soit simplement par l'effet d'une inintelligence heureuse, d'une secourable bêtise, la vieille religieuse apporta à la conspiration un formidable appui. On la croyait timide, elle se montra hardie, verbeuse, violente. Celle-là n'était pas troublée par les tâtonnements de la casuistique ; sa doctrine semblait une barre de fer ; sa foi n'hésitait jamais ; sa conscience n'avait point de scrupules. Elle trouvait tout simple le sacrifice d'Abraham, car elle aurait immédiatement tué père et mère sur un ordre venu d'en haut ; et rien, à son avis, ne pouvait déplaire au Seigneur quand l'intention était louable. La comtesse, mettant à profit l'autorité sacrée de sa complice inattendue, lui fit faire comme une paraphrase édifiante de cet axiome de morale : « La fin justifie les moyens. »

Elle l'interrogeait.

— « Alors, ma sœur, vous pensez que Dieu accepte toutes les voies, et pardonne le fait quand le motif est pur ?

— Qui pourrait en douter, madame ? Une action blâmable en soi devient souvent méritoire par la pensée qui l'inspire. »

Et elles continuaient ainsi, démêlant les volontés de Dieu, prévoyant ses décisions, le faisant s'intéresser à des choses qui, vraiment, ne le regardaient guère.

Tout cela était enveloppé, habile, discret. Mais

chaque parole de la sainte fille en cornette faisait
brèche dans la résistance indignée de la courtisane.
Puis, la conversation se détournant un peu, la femme
aux chapelets pendants parla des maisons de son ordre,
de sa supérieure, d'elle-même, et de sa mignonne
voisine, la chère sœur Saint-Nicéphore. On les avait
demandées au Havre pour soigner dans les hôpitaux
des centaines de soldats atteints de la petite vérole.
Elle les dépeignit, ces misérables, détailla leur maladie.
Et tandis qu'elles étaient arrêtées en route par les
caprices de ce Prussien, un grand nombre de Français
pouvaient mourir qu'elles auraient sauvés peut-être !
C'était sa spécialité, à elle, de soigner les militaires ;
elle avait été en Crimée, en Italie, en Autriche, et,
racontant ses campagnes, elle se révéla tout à coup
une de ces religieuses à tambours et à trompettes qui
semblent faites pour suivre les camps, ramasser des
blessés dans les remous des batailles, et, mieux qu'un
chef, dompter d'un mot les grands soudards indis-
ciplinés ; une vraie bonne sœur Ran-tan-plan dont la
figure ravagée, crevée de trous sans nombre, paraissait
une image des dévastations de la guerre.

Personne ne dit rien après elle, tant l'effet sem-
blait excellent.

Aussitôt le repas terminé, on remonta bien vite
dans les chambres pour ne descendre, le lendemain,
qu'assez tard dans la matinée.

Le déjeuner fut tranquille. On donnait à la graine
semée la veille le temps de germer et de pousser ses
fruits.

La comtesse proposa de faire une promenade dans
l'après-midi ; alors le comte, comme il était convenu,
prit le bras de Boule de suif, et demeura derrière les
autres, avec elle.

Il lui parla de ce ton familier, paternel, un peu
dédaigneux, que les hommes posés emploient avec
les filles, l'appelant : « ma chère enfant », la traitant
du haut de sa position sociale, de son honorabilité

indiscutée. Il pénétra tout de suite au vif de la question :

— « Donc vous préférez nous laisser ici, exposés comme vous-même à toutes les violences qui suivraient un échec des troupes prussiennes, plutôt que de consentir à une de ces complaisances que vous avez eues si souvent en votre vie ? »

Boule de suif ne répondit rien.

Il la prit par la douceur, par le raisonnement, par les sentiments. Il sut rester « monsieur le comte », tout en se montrant galant quand il le fallut, complimenteur, aimable enfin. Il exalta le service qu'elle leur rendrait, parla de leur reconnaissance ; puis soudain, la tutoyant gaiement : — « Et tu sais, ma chère, il pourrait se vanter d'avoir goûté d'une jolie fille comme il n'en trouvera pas beaucoup dans son pays. »

Boule de suif ne répondit pas et rejoignit la société.

Aussitôt rentrée, elle monta chez elle et ne reparut plus. L'inquiétude était extrême. Qu'allait-elle faire ? Si elle résistait, quel embarras !

L'heure du dîner sonna ; on l'attendit en vain. M. Follenvie, entrant, alors, annonça que M^{lle} Rousset se sentait indisposée, et qu'on pouvait se mettre à table. Tout le monde dressa l'oreille. Le comte s'approcha de l'aubergiste, et, tout bas : : « Ça y est ? » — « Oui. » — Par convenance, il ne dit rien à ses compagnons, mais il leur fit seulement un léger signe de la tête. Aussitôt un grand soupir de soulagement sortit de toutes les poitrines, une allégresse parut sur les visages. Loiseau cria : — « Saperlipopette ! je paye du champagne si l'on en trouve dans l'établissement » ; — et M^{me} Loiseau eut une angoisse lorsque le patron revint avec quatre bouteilles aux mains. Chacun était devenu subitement communicatif et bruyant ; une joie égrillarde emplissait les cœurs. Le comte parut s'apercevoir que M^{me} Carré-Lamadon était charmante, le manufacturier fit des compliments à la comtesse. La conversation fut vive, enjouée, pleine de traits.

Tout à coup, Loiseau, la face anxieuse et levant les bras, hurla : — « Silence! » — Tout le monde se tut, surpris, presque effrayé déjà. Alors il tendit l'oreille en faisant « Chut » des deux mains, leva les yeux vers le plafond, écouta de nouveau, et reprit, de sa voix naturelle : — « Rassurez-vous, tout va bien. »

On hésitait à comprendre, mais bientôt un sourire passa.

Au bout d'un quart d'heure il recommença la même farce, la renouvela souvent dans la soirée; et il faisait semblant d'interpeller quelqu'un à l'étage au-dessus, en lui donnant des conseils à double sens puisés dans son esprit de commis voyageur. Par moments il prenait un air triste pour soupirer : — « Pauvre fille » ; — ou bien il murmurait entre ses dents d'un air rageur : — « Gueux de Prussien, va! » — Quelquefois, au moment où l'on n'y songeait plus, il poussait d'une voix vibrante plusieurs : — « Assez! assez! » — et ajoutait, comme se parlant à lui-même : — « Pourvu que nous la revoyions ; qu'il ne l'en fasse pas mourir, le misérable! »

Bien que ces plaisanteries fussent d'un goût déplorable, elles amusaient et ne blessaient personne, car l'indignation dépend des milieux comme le reste, et l'atmosphère qui s'était peu à peu créée autour d'eux était chargée de pensées grivoises.

Au dessert, les femmes elles-mêmes firent des allusions spirituelles et discrètes. Les regards luisaient ; on avait bu beaucoup. Le comte, qui conservait même en ses écarts sa grande apparence de gravité, trouva une comparaison fort goûtée sur la fin des hivernages au pôle et la joie des naufragés qui voient s'ouvrir une route vers le sud.

Loiseau, lancé, se leva, un verre de champagne à la main : — « Je bois à notre délivrance! » — Tout le monde fut debout ; on l'acclamait. Les deux bonnes sœurs, elles-mêmes, sollicitées par ces dames, consentirent à tremper leurs lèvres dans ce vin mousseux dont

elles n'avaient jamais goûté. Elles déclarèrent que cela
ressemblait à la limonade gazeuse, mais que c'était plus
fin cependant.

Loiseau résuma la situation.

— « C'est malheureux de ne pas avoir de piano
parce qu'on pourrait pincer un quadrille. »

Cornudet n'avait pas dit un mot, pas fait un geste ;
il paraissait même plongé dans des pensées très graves,
et tirait parfois, d'un geste furieux, sa grande barbe
qu'il semblait vouloir allonger encore. Enfin, vers
minuit, comme on allait se séparer, Loiseau qui titu-
bait, lui tapa soudain sur le ventre et lui dit en
bredouillant : — « Vous n'êtes pas farce, vous, ce
soir ; vous ne dites rien, citoyen ? » — Mais Cornudet
releva brusquement la tête, et parcourant la société
d'un regard luisant et terrible : — « Je vous dis à tous
que vous venez de faire une infamie ! » — Il se leva,
gagna la porte, répéta encore une fois : « Une infamie ! »
et disparut.

Cela jeta un froid d'abord. Loiseau interloqué res-
tait bête ; mais il reprit son aplomb, puis tout à coup,
se tordit en répétant : — « Ils sont trop verts mon vieux,
ils sont trop verts. » — Comme on ne comprenait
pas, il raconta les : « mystères du corridor ». Alors il y
eut une reprise de gaieté formidable. Ces dames s'amu-
saient comme des folles. Le comte et M. Carré-Lama-
don pleuraient à force de rire. Ils ne pouvaient croire.

— « Comment. Vous êtes sûr ? Il voulait...

— Je vous dis que je l'ai vu.

— Et, elle a refusé...

— Parce que le Prussien était dans la chambre à
côté.

— Pas possible ?

— Je vous le jure. »

Le comte étouffait. L'industriel se comprimait le
ventre à deux mains. Loiseau continuait :

— « Et, vous comprenez, ce soir, il ne la trouve pas
drôle, mais pas du tout. »

Et tous les trois repartaient, malades, essoufflés.

On se sépara là-dessus. Mais M^me Loiseau, qui était de la nature des orties, fit remarquer à son mari, au moment où ils se couchaient, que « cette chipie » de petite Carré-Lamadon avait ri jaune toute la soirée :
— « Tu sais, les femmes, quand ça en tient pour l'uniforme, qu'il soit Français ou bien Prussien ça leur est, ma foi, bien égal. Si ce n'est pas une pitié, Seigneur Dieu ! »

Et toute la nuit, dans l'obscurité du corridor coururent comme des frémissements, des bruits légers, à peine sensibles, pareils à des souffles, des effleurements de pieds nus, d'imperceptibles craquements. Et l'on ne dormit que très tard, assurément, car des filets de lumière glissèrent longtemps sous les portes. Le champagne a de ces effets-là ; il trouble, dit-on, le sommeil.

Le lendemain, un clair soleil d'hiver rendait la neige éblouissante. La diligence, attelée enfin, attendait devant la porte, tandis qu'une armée de pigeons blancs, rengorgés dans leurs plumes épaisses, avec un œil rose, taché, au milieu, d'un point noir, se promenaient gravement entre les jambes des six chevaux, et cherchaient leur vie dans le crottin fumant qu'ils éparpillaient.

Le cocher, enveloppé dans sa peau de mouton, grillait une pipe sur le siège, et tous les voyageurs radieux faisaient rapidement empaqueter des provisions pour le reste du voyage.

On n'attendait plus que Boule de suif. Elle parut.

Elle semblait un peu troublée, honteuse ; et elle s'avança timidement vers ses compagnons, qui, tous, d'un même mouvement, se détournèrent comme s'ils ne l'avaient pas aperçue. Le comte prit avec dignité le bras de sa femme et l'éloigna de ce contact impur.

La grosse fille s'arrêta, stupéfaite ; alors, ramassant tout son courage, elle aborda la femme du manufacturier d'un « bonjour, madame » humblement murmuré. L'autre fit de la tête seule un petit salut

impertinent qu'elle accompagna d'un regard de vertu
outragée. Tout le monde semblait affairé, et l'on se
tenait loin d'elle comme si elle eût apporté une infec-
tion dans ses jupes. Puis on se précipita vers la voiture
où elle arriva seule, la dernière, et reprit en silence la
place qu'elle avait occupée pendant la première partie
de la route.

On semblait ne pas la voir, ne pas la connaître ;
mais M^me Loiseau, la considérant de loin avec indi-
gnation, dit à mi-voix à son mari : — « Heureusement
que je ne suis pas à côté d'elle. »

La lourde voiture s'ébranla, et le voyage recom-
mença.

On ne parla point d'abord. Boule de suif n'osait
pas lever les yeux. Elle se sentait en même temps indi-
gnée contre tous ses voisins, et humiliée d'avoir cédé,
souillée par les baisers de ce Prussien entre les bras
duquel on l'avait hypocritement jetée.

Mais la comtesse, se tournant vers M^me Carré-
Lamadon, rompit bientôt ce pénible silence.

— « Vous connaissez, je crois, M^me d'Étrelles ? »

— Oui, c'est une de mes amies.

— Quelle charmante femme !

— Ravissante ! Une vraie nature d'élite, fort ins-
truite d'ailleurs, et artiste jusqu'au bout des doigts ;
elle chante à ravir et dessine dans la perfection. »

Le manufacturier causait avec le comte, et au milieu
du fracas des vitres un mot parfois jaillissait : « Cou-
pon — échéance — prime — à terme. »

Loiseau, qui avait chipé le vieux jeu de cartes de
l'auberge engraissé par cinq ans de frottement sur les
tables mal essuyées, attaqua un bésigue [1] avec sa femme.

Les bonnes sœurs prirent à leur ceinture le long ro-
saire qui pendait, firent ensemble le signe de la croix,
et tout à coup leurs lèvres se mirent à remuer vivement,
se hâtant de plus en plus, précipitant leur vague mur-
mure comme pour une course d'*oremus* ; et de temps
en temps elles baisaient une médaille, se signaient de

nouveau, puis recommençaient leur marmottement
rapide et continu.

Cornudet songeait, immobile.

Au bout de trois heures de route, Loiseau ramassa
ses cartes : — « Il fait faim », dit-il.

Alors sa femme atteignit un paquet ficelé d'où elle
fit sortir un morceau de veau froid. Elle le découpa
proprement par tranches minces et fermes, et tous deux
se mirent à manger.

— « Si nous en faisions autant », — dit la comtesse.
On y consentit et elle déballa les provisions préparées
pour les deux ménages. C'était, dans un de ces vases
allongés dont le couvercle porte un lièvre en faïence,
pour indiquer qu'un lièvre en pâté gît au-dessous, une
charcuterie succulente, où de blanches rivières de lard
traversaient la chair brune du gibier, mêlée à d'autres
viandes hachées fin. Un beau carré de gruyère, apporté
dans un journal, gardait imprimé : « faits divers » sur
sa pâte onctueuse.

Les deux bonnes sœurs développèrent un rond de
saucisson qui sentait l'ail ; et Cornudet, plongeant les
deux mains en même temps dans les vastes poches de
son paletot sac, tira de l'une quatre œufs durs et de
l'autre le croûton d'un pain. Il détacha la coque,
la jeta sous ses pieds dans la paille et se mit à mordre
à même les œufs, faisant tomber sur sa vaste barbe
des parcelles de jaune clair qui semblaient, là dedans,
des étoiles.

Boule de suif, dans la hâte et l'effarement de son
lever, n'avait pu songer à rien ; et elle regardait, exas-
pérée, suffoquant de rage, tous ces gens qui mangeaient
placidement. Une colère tumultueuse la crispa d'abord,
et elle ouvrit la bouche pour leur crier leur fait avec un
flot d'injures qui lui montait aux lèvres ; mais elle
ne pouvait pas parler tant l'exaspération l'étranglait.

Personne ne la regardait, ne songeait à elle. Elle
se sentait noyée dans le mépris de ces gredins honnêtes
qui l'avaient sacrifiée d'abord, rejetée ensuite, comme

une chose malpropre et inutile. Alors elle songea à
son grand panier tout plein de bonnes choses qu'ils
avaient goulûment dévorées, à ses deux poulets luisants
de gelée, à ses pâtés, à ses poires, à ses quatre bouteilles
de bordeaux ; et sa fureur tombant soudain, comme
une corde trop tendue qui casse, elle se sentit prête à
pleurer. Elle fit des efforts terribles, se raidit, avala
ses sanglots comme les enfants, mais les pleurs mon-
taient, luisaient au bord de ses paupières, et bientôt
deux grosses larmes se détachant des yeux roulèrent
lentement sur ses joues. D'autres les suivirent plus
rapides, coulant comme les gouttes d'eau qui filtrent
d'une roche, et tombant régulièrement sur la courbe
rebondie de sa poitrine. Elle restait droite, le regard
fixe, la face rigide et pâle, espérant qu'on ne la verrait
pas.

Mais la comtesse s'en aperçut et prévint son mari
d'un signe. Il haussa les épaules comme pour dire :
« Que voulez-vous, ce n'est pas ma faute. » M^me Loi-
seau eut un rire muet de triomphe et murmura : —
« Elle pleure sa honte. »

Les deux bonnes sœurs s'étaient remises à prier,
après avoir roulé dans un papier le reste de leur sau-
cisson.

Alors Cornudet, qui digérait ses œufs, étendit ses
longues jambes sous la banquette d'en face, se ren-
versa, croisa ses bras, sourit comme un homme qui
vient de trouver une bonne farce, et se mit à siffloter
la *Marseillaise* [1].

Toutes les figures se rembrunirent. Le chant popu-
laire, assurément, ne plaisait point à ses voisins. Ils
devinrent nerveux, agacés, et avaient l'air prêts à
hurler comme des chiens qui entendent un orgue de
barbarie. Il s'en aperçut, ne s'arrêta plus. Parfois même
il fredonnait les paroles :

Amour sacré de la patrie,
Conduis, soutiens, nos bras vengeurs,

Liberté, liberté chérie,
Combats avec tes défenseurs !

On fuyait plus vite, la neige étant plus dure ; et jusqu'à Dieppe, pendant les longues heures mornes du voyage, à travers les cahots du chemin, par la nuit tombante, puis dans l'obscurité profonde de la voiture, il continua, avec une obstination féroce, son sifflement vengeur et monotone, contraignant les esprits las et exaspérés à suivre le chant d'un bout à l'autre, à se rappeler chaque parole qu'ils appliquaient sur chaque mesure.

Et Boule de suif pleurait toujours ; et parfois un sanglot qu'elle n'avait pu retenir passait, entre deux couplets, dans les ténèbres.

La Maison Tellier

A

IVAN TOURGUÉNEFF

*Hommage d'une affection profonde
et d'une grande admiration.*

GUY DE MAUPASSANT

LA MAISON TELLIER [1]

On allait là, chaque soir, vers onze heures, comme au café, simplement.

Ils s'y retrouvaient à six ou huit, toujours les mêmes, non pas des noceurs, mais des hommes honorables, des commerçants, des jeunes gens de la ville ; et l'on prenait sa chartreuse en lutinant quelque peu les filles, ou bien on causait sérieusement avec *Madame*, que tout le monde respectait.

Puis on rentrait se coucher avant minuit. Les jeunes gens quelquefois restaient.

La maison était familiale, toute petite, peinte en jaune, à l'encoignure d'une rue derrière l'église Saint-Étienne [2] ; et, par les fenêtres, on apercevait le bassin plein de navires qu'on déchargeait, le grand marais salant appelé « la Retenue » et, derrière, la côte de la Vierge avec sa vieille chapelle toute grise.

Madame, issue d'une bonne famille de paysans du département de l'Eure, avait accepté cette profession absolument comme elle serait devenue modiste ou lingère. Le préjugé du déshonneur attaché à la prostitution, si violent et si vivace dans les villes, n'existe pas dans la campagne normande. Le paysan dit : — « C'est un bon métier » ; — et il envoie son enfant tenir un harem de filles comme il l'enverrait diriger un pensionnat de demoiselles.

Cette maison, du reste, était venue par héritage
d'un vieil oncle qui la possédait. *Monsieur* et *Madame*,
autrefois aubergistes près d'Yvetot, avaient immédia-
tement liquidé, jugeant l'affaire de Fécamp plus avan-
tageuse pour eux ; et ils étaient arrivés un beau
matin prendre la direction de l'entreprise qui périclitait
en l'absence des patrons.

C'étaient de braves gens qui se firent aimer tout de
suite de leur personnel et des voisins.

Monsieur mourut d'un coup de sang deux ans plus
tard. Sa nouvelle profession l'entretenant dans la mol-
lesse et l'immobilité, il était devenu très gros, et la
santé l'avait étouffé.

Madame, depuis son veuvage, était vainement
désirée par tous les habitués de l'établissement ;
mais on la disait absolument sage, et les pensionnaires
elles-mêmes n'étaient parvenues à rien découvrir.

Elle était grande, charnue, avenante. Son teint,
pâli dans l'obscurité de ce logis toujours clos, luisait
comme sous un vernis gras. Une mince garniture de
cheveux follets, faux et frisés, entourait son front, et
lui donnait un aspect juvénile qui jurait avec la matu-
rité de ses formes. Invariablement gaie et la figure
ouverte, elle plaisantait volontiers, avec une nuance
de retenue que ses occupations nouvelles n'avaient pas
encore pu lui faire perdre. Les gros mots la choquaient
toujours un peu ; et quand un garçon mal élevé appe-
lait de son nom propre l'établissement qu'elle dirigeait,
elle se fâchait, révoltée. Enfin elle avait l'âme déli-
cate, et bien que traitant ses femmes en amies, elle
répétait volontiers qu'elles « n'étaient point du même
panier ».

Parfois, durant la semaine, elle partait en voiture de
louage avec une fraction de sa troupe; et l'on allait
folâtrer sur l'herbe au bord de la petite rivière qui coule
dans les fonds de Valmont [1]. C'étaient alors des par-
ties de pensionnaires échappées, des courses folles, des
jeux enfantins, toute une joie de recluses grisées par

le grand air. On mangeait de la charcuterie sur le gazon en buvant du cidre, et l'on rentrait à la nuit tombante avec une fatigue délicieuse, un attendrissement doux ; et dans la voiture on embrassait Madame comme une mère très bonne, pleine de mansuétude et de complaisance.

La maison avait deux entrées. A l'encoignure, une sorte de café borgne s'ouvrait, le soir, aux gens du peuple et aux matelots. Deux des personnes chargées du commerce spécial du lieu étaient particulièrement destinées aux besoins de cette partie de la clientèle. Elles servaient, avec l'aide du garçon, nommé Frédéric, un petit blond imberbe et fort comme un bœuf, les chopines de vin et les canettes sur les tables de marbre branlantes, et, les bras jetés au cou des buveurs, assises en travers de leurs jambes, elles poussaient à la consommation.

Les trois autres dames (elles n'étaient que cinq) formaient une sorte d'aristocratie, et demeuraient réservées à la compagnie du premier, à moins pourtant qu'on n'eût besoin d'elles en bas et que le premier fût vide.

Le salon de Jupiter, où se réunissaient les bourgeois de l'endroit, était tapissé de papier bleu et agrémenté d'un grand dessin représentant Léda étendue sous un cygne. On parvenait dans ce lieu au moyen d'un escalier tournant terminé par une porte étroite, humble d'apparence, donnant sur la rue, et au-dessus de laquelle brillait toute la nuit, derrière un treillage, une petite lanterne comme celles qu'on allume encore en certaines villes aux pieds des madones encastrées dans les murs.

Le bâtiment, humide et vieux, sentait légèrement le moisi. Par moments, un souffle d'eau de Cologne passait dans les couloirs, ou bien une porte entr'ouverte en bas faisait éclater dans toute la demeure, comme une explosion de tonnerre, les cris populaciers des hommes attablés au rez-de-chaussée, et mettait sur la figure

des messieurs du premier une moue inquiète et dé-
goûtée.

Madame, familière avec les clients ses amis, ne quit-
tait point le salon, et s'intéressait aux rumeurs de la
ville qui lui parvenaient par eux. Sa conversation
grave faisait diversion aux propos sans suite des trois
femmes ; elle était comme un repos dans le badinage
polisson des particuliers ventrus qui se livraient chaque
soir à cette débauche honnête et médiocre de boire un
verre de liqueur en compagnie de filles publiques.

Les trois dames du premier s'appelaient Fernande,
Raphaële [1] et Rosa la Rosse.

Le personnel étant restreint, on avait tâché que
chacune d'elles fût comme un échantillon, un résumé
de type féminin, afin que tout consommateur pût trou-
ver là, à peu près du moins, la réalisation de son idéal.

Fernande représentait la *belle blonde*, très grande,
presque obèse, molle, fille des champs dont les taches
de rousseur se refusaient à disparaître, et dont la che-
velure filasse, écourtée, claire et sans couleur, pareille
à du chanvre peigné, lui couvrait insuffisamment le
crâne.

Raphaële, une Marseillaise, roulure des ports de mer,
jouait le rôle indispensable de la *belle Juive*, maigre,
avec des pommettes saillantes plâtrées de rouge. Ses
cheveux noirs, lustrés à la moelle de bœuf, formaient
des crochets sur ses tempes. Ses yeux eussent paru beaux
si le droit n'avait été marqué d'une taie. Son nez arqué
tombait sur une mâchoire accentuée où deux dents
neuves, en haut, faisaient tache à côté de celles du bas
qui avaient pris en vieillissant une teinte foncée comme
les bois anciens.

Rosa la Rosse, une petite boule de chair tout en
ventre avec des jambes minuscules, chantait du matin
au soir, d'une voix éraillée, des couplets alternative-
ment grivois ou sentimentaux, racontait des histoires
interminables et insignifiantes, ne cessait de parler que
pour manger et de manger que pour parler, remuait

toujours, souple comme un écureuil malgré sa graisse et l'exiguïté de ses pattes ; et son rire, une cascade de cris aigus, éclatait sans cesse, de-ci, de-là, dans une chambre, au grenier, dans le café, partout, à propos de rien.

Les deux femmes du rez-de-chaussée, Louise, surnommée Cocote, et Flora, dite Balançoire parce qu'elle boitait un peu, l'une toujours en *Liberté* avec une ceinture tricolore, l'autre en Espagnole de fantaisie avec des sequins de cuivre qui dansaient dans ses cheveux carotte à chacun de ses pas inégaux, avaient l'air de filles de cuisine habillées pour un carnaval. Pareilles à toutes les femmes du peuple, ni plus laides, ni plus belles, vraies servantes d'auberge, on les désignait dans le port sous le sobriquet des deux Pompes.

Une paix jalouse, mais rarement troublée, régnait entre ces cinq femmes, grâce à la sagesse conciliante de Madame et à son intarissable bonne humeur.

L'établissement, unique dans la petite ville, était assidûment fréquenté. Madame avait su lui donner une tenue si comme il faut ; elle se montrait si aimable, si prévenante envers tout le monde ; son bon cœur était si connu, qu'une sorte de considération l'entourait. Les habitués faisaient des frais pour elle, triomphaient quand elle leur témoignait une amitié plus marquée ; et lorsqu'ils se rencontraient dans le jour pour leurs affaires, ils se disaient : « A ce soir, où vous savez », comme on se dit : « Au café, n'est-ce pas ? après dîner. »

Enfin la maison Tellier était une ressource, et rarement quelqu'un manquait au rendez-vous quotidien.

Or, un soir, vers la fin du mois de mai, le premier arrivé, M. Poulin, marchand de bois et ancien maire, trouva la porte close. La petite lanterne, derrière son treillage, ne brillait point ; aucun bruit ne sortait du logis, qui semblait mort. Il frappa, doucement d'abord, avec plus de force ensuite ; personne ne répondit. Alors il remonta la rue à petits pas, et, comme il arrivait sur la place du Marché, il rencontra M. Duvert, l'armateur, qui se rendait au même endroit. Ils y retournèrent

ensemble sans plus de succès. Mais un grand bruit
éclata soudain tout près d'eux, et, ayant tourné la mai-
son, ils aperçurent un rassemblement de matelots
anglais et français qui heurtaient à coups de poings les
volets fermés du café.

Les deux bourgeois aussitôt s'enfuirent pour n'être
pas compromis ; mais un léger « pss't » les arrêta :
c'était M. Tournevau, le saleur de poisson, qui, les
ayant reconnus, les hélait. Ils lui dirent la chose, dont
il fut d'autant plus affecté que lui, marié, père de
famille et fort surveillé, ne venait là que le samedi,
« *securitatis causa* », disait-il, faisant allusion à une
mesure de police sanitaire dont le docteur Borde, son
ami, lui avait révélé les périodiques retours [1]. C'était
justement son soir et il allait se trouver ainsi privé pour
toute la semaine.

Les trois hommes firent un grand crochet jusqu'au
quai, trouvèrent en route le jeune M. Philippe, fils du
banquier, un habitué, et M. Pimpesse, le percepteur.
Tous ensemble revinrent alors par la rue « aux Juifs »
pour essayer une dernière tentative. Mais les matelots
exaspérés faisaient le siège de la maison, jetaient des
pierres, hurlaient ; et les cinq clients du premier étage,
rebroussant chemin le plus vite possible, se mirent à
errer par les rues.

Ils rencontrèrent encore M. Dupuis, l'agent d'assu-
rances, puis M. Vasse, le juge au tribunal de commerce ;
et une longue promenade commença qui les conduisit
à la jetée d'abord. Ils s'assirent en ligne sur le parapet
de granit et regardèrent moutonner les flots. L'écume,
sur la crête des vagues, faisait dans l'ombre des blan-
cheurs lumineuses, éteintes presque aussitôt qu'appa-
rues, et le bruit monotone de la mer brisant contre les
rochers se prolongeait dans la nuit tout le long de la
falaise. Lorsque les tristes promeneurs furent restés là
quelque temps, M. Tournevau déclara : — « Ça n'est
pas gai. » — « Non certes », reprit M. Pimpesse ; et ils
repartirent à petits pas.

Après avoir longé la rue que domine la côte et qu'on appelle : « Sous-le-bois » [1], ils revinrent par le pont de planches sur la Retenue, passèrent près du chemin de fer et débouchèrent de nouveau place du Marché, où une querelle commença tout à coup entre le percepteur, M. Pimpesse, et le saleur, M. Tournevau, à propos d'un champignon comestible que l'un d'eux affirmait avoir trouvé dans les environs.

Les esprits étant aigris par l'ennui, on en serait peut-être venu aux voies de fait si les autres ne s'étaient interposés. M. Pimpesse, furieux, se retira ; et aussitôt une nouvelle altercation s'éleva entre l'ancien maire, M. Poulin, et l'agent d'assurances, M. Dupuis, au sujet des appointements du percepteur et des bénéfices qu'il pouvait se créer. Les propos injurieux pleuvaient des deux côtés, quand une tempête de cris formidables se déchaîna, et la troupe des matelots, fatigués d'attendre en vain devant une maison fermée, déboucha sur la place. Ils se tenaient par le bras, deux par deux, formant une longue procession, et ils vociféraient furieusement. Le groupe des bourgeois se dissimula sous une porte, et la horde hurlante disparut dans la direction de l'abbaye [2]. Longtemps encore on entendit la clameur diminuant comme un orage qui s'éloigne : et le silence se rétablit.

M. Poulin et M. Dupuis, enragés l'un contre l'autre, partirent, chacun de son côté, sans se saluer.

Les quatre autres se remirent en marche, et redescendirent instinctivement vers l'établissement Tellier. Il était toujours clos, muet, impénétrable. Un ivrogne, tranquille et obstiné, tapait des petits coups dans la devanture du café, puis s'arrêtait pour appeler à mi-voix le garçon Frédéric. Voyant qu'on ne lui répondait point, il prit le parti de s'asseoir sur la marche de la porte, et d'attendre les événements.

Les bourgeois allaient se retirer quand la bande tumultueuse des hommes du port reparut au bout de la rue. Les matelots français braillaient la *Marseillaise,*

les anglais le *Rule Britannia* [1]. Il y eut un ruement
général contre les murs, puis le flot de brutes reprit
son cours vers le quai, où une bataille éclata entre les
marins des deux nations. Dans la rixe, un Anglais eut
le bras cassé, et un Français le nez fendu.

L'ivrogne, qui était resté devant la porte, pleurait
maintenant comme pleurent les pochards ou les
enfants contrariés.

Les bourgeois, enfin, se dispersèrent.

Peu à peu le calme revint sur la cité troublée. De
place en place, encore par instants, un bruit de voix
s'élevait, puis s'éteignait dans le lointain.

Seul, un homme errait toujours, M. Tournevau, le
saleur, désolé d'attendre au prochain samedi ; et il
espérait on ne sait quel hasard, ne comprenant pas,
s'exaspérant que la police laissât fermer ainsi un éta-
blissement d'utilité publique qu'elle surveille et tient
sous sa garde.

Il y retourna, flairant les murs, cherchant la raison ;
et il s'aperçut que sur l'auvent une pancarte était
collée. Il alluma bien vite une allumette-bougie, et lut
ces mots tracés d'une grande écriture inégale : « *Fermé
pour cause de première communion.* »

Alors il s'éloigna, comprenant bien que c'était fini.

L'ivrogne maintenant dormait, étendu tout de son
long en travers de la porte inhospitalière.

Et le lendemain, tous les habitués, l'un après l'autre,
trouvèrent moyen de passer dans la rue avec des papiers
sous le bras pour se donner une contenance ; et, d'un
coup d'œil furtif, chacun lisait l'avertissement mys-
térieux : « *Fermé pour cause de première communion.* »

II

C'est que Madame avait un frère établi menuisier en
leur pays natal, Virville, dans l'Eure [2]. Du temps que
Madame était encore aubergiste à Yvetot, elle avait

tenu sur les fonts baptismaux la fille de ce frère qu'elle
nomma Constance, Constance Rivet ; étant elle-même
une Rivet par son père. Le menuisier, qui savait sa
sœur en bonne position, ne la perdait pas de vue, bien
qu'ils ne se rencontrassent pas souvent, retenus tous
les deux par leurs occupations et habitant du reste
loin l'un de l'autre. Mais comme la fillette allait avoir
douze ans, et faisait, cette année-là, sa première com-
munion, il saisit cette occasion d'un rapprochement, il
écrivit à sa sœur qu'il comptait sur elle pour la céré-
monie. Les vieux parents étaient morts, elle ne pou-
vait refuser à sa filleule ; elle accepta. Son frère, qui
s'appelait Joseph, espérait qu'à force de prévenances
il arriverait peut-être à obtenir qu'on fît un testament
en faveur de la petite, Madame étant sans enfants.

La profession de sa sœur ne gênait nullement ses
scrupules, et, du reste, personne dans le pays ne savait
rien. On disait seulement en parlant d'elle : « Madame
Tellier est une bourgeoise de Fécamp », ce qui laissait
supposer qu'elle pouvait vivre de ses rentes. De Fécamp
à Virville on comptait au moins vingt lieues ; et vingt
lieues de terre pour des paysans sont plus difficiles à
franchir que l'Océan pour un civilisé. Les gens de Vir-
ville n'avaient jamais dépassé Rouen ; rien n'attirait
ceux de Fécamp dans un petit village de cinq cents feux,
perdu au milieu des plaines et faisant partie d'un autre
département. Enfin on ne savait rien.

Mais, l'époque de la communion approchant, Mada-
me éprouva un grand embarras. Elle n'avait point de
sous-maîtresse, et ne se souciait nullement de laisser sa
maison, même pendant un jour. Toutes les rivalités
entre les dames d'en haut et celles d'en bas éclateraient
infailliblement ; puis Frédéric se griserait sans doute, et
quand il était gris, il assommait les gens pour un oui
ou pour un non. Enfin elle se décida à emmener tout
son monde, sauf le garçon à qui elle donna sa liberté
jusqu'au surlendemain.

Le frère consulté ne fit aucune opposition, et se char-

gea de loger la compagnie entière pour une nuit. Donc,
le samedi matin, le train express de huit heures empor-
tait Madame et ses compagnes dans un wagon de
seconde classe [1].

Jusqu'à Beuzeville [2] elles furent seules et jacassè-
rent comme des pies. Mais à cette gare un couple monta.
L'homme, vieux paysan, vêtu d'une blouse bleue, avec
un col plissé, des manches larges serrées aux poignets
et ornées d'une petite broderie blanche, couvert d'un
antique chapeau de forme haute dont le poil roussi
semblait hérissé, tenait d'une main un immense para-
pluie vert, et de l'autre un vaste panier qui laissait
passer les têtes effarées de trois canards. La femme,
raide en sa toilette rustique, avait une physionomie de
poule avec un nez pointu comme un bec. Elle s'assit en
face de son homme et demeura sans bouger, saisie de se
trouver au milieu d'une si belle société.

Et c'était, en effet, dans le wagon un éblouissement
de couleurs éclatantes. Madame, tout en bleu, en soie
bleue des pieds à la tête, portait là-dessus un châle de
faux cachemire français, rouge, aveuglant, fulgurant.
Fernande soufflait dans une robe écossaise dont le cor-
sage, lacé à toute force par ses compagnes, soulevait sa
croulante poitrine en un double dôme toujours agité
qui semblait liquide sous l'étoffe.

Raphaële, avec une coiffure emplumée simulant un
nid plein d'oiseaux, portait une toilette lilas, pailletée
d'or, quelque chose d'oriental qui seyait à sa physio-
nomie de Juive. Rosa la Rosse, en jupe rose à larges
volants, avait l'air d'une enfant trop grasse, d'une
naine obèse ; et les deux Pompes semblaient s'être
taillé des accoutrements étranges au milieu de vieux
rideaux de fenêtre, ces vieux rideaux à ramages datant
de la Restauration.

Sitôt qu'elles ne furent plus seules dans le compar-
timent, ces dames prirent une contenance grave, et se
mirent à parler de choses relevées pour donner bonne
opinion d'elles. Mais à Bolbec [3] apparut un monsieur à

favoris blonds, avec des bagues et une chaîne en or, qui mit dans le filet sur sa tête plusieurs paquets enveloppés de toile cirée. Il avait un air farceur et bon enfant. Il salua, sourit et demanda avec aisance : — « Ces dames changent de garnison ? » — Cette question jeta dans le groupe une confusion embarrassée. Madame enfin reprit contenance, et elle répondit sèchement, pour venger l'honneur du corps : — « Vous pourriez bien être poli ! » — Il s'excusa : — « Pardon, je voulais dire de monastère. » — Madame, ne trouvant rien à répliquer, ou jugeant peut-être la rectification suffisante, fit un salut digne en pinçant les lèvres.

Alors le monsieur, qui se trouvait assis entre Rosa la Rosse et le vieux paysan, se mit à cligner de l'œil, aux trois canards dont les têtes sortaient du grand panier ; puis, quand il sentit qu'il captivait déjà son public, il commença à chatouiller ces animaux sous le bec, en leur tenant des discours drôles pour dérider la société : « Nous avons quitté notre petite ma-mare ! couen ! couen ! couen ! — pour faire connaissance avec la petite bro-broche, — couen ! couen ! couen ! » — Les malheureuses bêtes tournaient le cou afin d'éviter les caresses, faisaient des efforts affreux pour sortir de leur prison d'osier ; puis soudain toutes trois ensemble poussèrent un lamentable cri de détresse : — Couen ! couen ! couen ! couen ! — Alors ce fut une explosion de rires parmi les femmes. Elles se penchaient, elles se poussaient pour voir : on s'intéressait follement aux canards ; et le monsieur redoublait de grâce, d'esprit et d'agaceries.

Rosa s'en mêla, et, se penchant par-dessus les jambes de son voisin, elle embrassa les trois bêtes sur le nez. Aussitôt chaque femme voulut les baiser à son tour ; et le monsieur asseyait ces dames sur ses genoux, les faisait sauter, les pinçait ; tout à coup il les tutoya.

Les deux paysans, plus affolés encore que leurs volailles, roulaient des yeux de possédés sans oser faire un mouvement, et leurs vieilles figures plissées n'avaient pas un sourire, pas un tressaillement.

Alors le monsieur, qui était commis voyageur, offrit par farce des bretelles à ces dames, et, s'emparant d'un de ses paquets, il l'ouvrit. C'était une ruse, le paquet contenait des jarretières.

Il y en avait en soie bleue, en soie rose, en soie rouge, en soie violette, en soie mauve, en soie ponceau, avec des boucles de métal formées par deux amours enlacés et dorés. Les filles poussèrent des cris de joie, puis examinèrent les échantillons, reprises par la gravité naturelle à toute femme qui tripote un objet de toilette. Elles se consultaient de l'œil ou d'un mot chuchoté, se répondaient de même, et Madame maniait avec envie une paire de jarretières orangées, plus larges, plus imposantes que les autres : de vraies jarretières de patronne.

Le monsieur attendait, nourrissant une idée : — « Allons, mes petites chattes, dit-il, il faut les essayer. » — Ce fut une tempête d'exclamations ; et elles serraient leurs jupes entre leurs jambes comme si elles eussent craint des violences. Lui, tranquille, attendait son heure. Il déclara : — « Vous ne voulez pas, je remballe. » Puis finement : — « J'offrirai une paire, au choix, à celles qui feront l'essai. » — Mais elles ne voulaient pas, très dignes, la taille redressée. Les deux Pompes cependant semblaient si malheureuses qu'il leur renouvela la proposition. Flora Balançoire surtout, torturée de désir, hésitait visiblement. Il la pressa : — « Vas-y, ma fille, un peu de courage ; tiens, la paire lilas, elle ira bien avec ta toilette. » Alors elle se décida, et, relevant sa robe, montra une forte jambe de vachère, mal serrée en un bas grossier. Le monsieur, se baissant, accrocha la jarretière sous le genou d'abord, puis au-dessus ; et il chatouillait doucement la fille pour lui faire pousser des petits cris avec de brusques tressaillements. Quand il eut fini, il donna la paire lilas et demanda : — « A qui le tour ? » Toutes ensemble s'écrièrent : — « A moi ! à moi ! » Il commença par Rosa la Rosse, qui découvrit une chose informe, toute ronde,

sans cheville, un vrai « boudin de jambe », comme disait
Raphaële. Fernande fut complimentée par le commis
voyageur qu'enthousiasmèrent ses puissantes colonnes.
Les maigres tibias de la belle Juive eurent moins de
succès. Louise Cocote, par plaisanterie, coiffa le Mon-
sieur de sa jupe ; et Madame fut obligée d'intervenir
pour arrêter cette farce inconvenante. Enfin Madame
elle-même tendit sa jambe, une belle jambe normande,
grasse et musclée ; et le voyageur, surpris et ravi, ôta
galamment son chapeau pour saluer ce maître mollet
en vrai chevalier français.

Les deux paysans, figés dans l'ahurissement, regar-
daient de côté, d'un seul œil ; et ils ressemblaient si
absolument à des poulets que l'homme aux favoris
blonds, en se relevant, leur fit dans le nez « Co-co-ri-co ».
Ce qui déchaîna de nouveau un ouragan de gaieté.

Les vieux descendirent à Motteville [1] avec leur panier,
leurs canards et leur parapluie ; et l'on entendit la
femme dire à son homme en s'éloignant : — « C'est des
traînées qui s'en vont encore à ce satané Paris. »

Le plaisant commis porte-balle descendit lui-même
à Rouen, après s'être montré si grossier que Madame se
vit obligée de le remettre vertement à sa place. Elle
ajouta, comme morale : — « Ça nous apprendra à causer
au premier venu. »

A Oissel [2], elles changèrent de train, et trouvèrent à
une gare suivante M. Joseph Rivet qui les attendait
avec une grande charrette pleine de chaises et attelée
d'un cheval blanc.

Le menuisier embrassa poliment toutes ces dames
et les aida à monter dans sa carriole. Trois s'assirent
sur trois chaises au fond ; Raphaële, Madame et
son frère, sur les trois chaises de devant, et Rosa,
n'ayant point de siège, se plaça tant bien que mal
sur les genoux de la grande Fernande ; puis l'équi-
page se mit en route. Mais, aussitôt, le trot saccadé
du bidet secoua si terriblement la voiture que les
chaises commencèrent à danser, jetant les voya-

geuses en l'air, à droite, à gauche, avec des mouve-
ments de pantins, des grimaces effarées, des cris
d'effroi, coupés soudain par une secousse plus forte.
Elles se cramponnaient aux côtés du véhicule ; les
chapeaux tombaient dans le dos, sur le nez ou vers
l'épaule ; et le cheval blanc allait toujours, allon-
geant la tête, et la queue droite, une petite queue
de rat sans poil dont il se battait les fesses de temps
en temps. Joseph Rivet, un pied tendu sur le bran-
card, l'autre jambe repliée sous lui, les coudes très
élevés, tenait les rênes, et de sa gorge s'échappait à
tout instant une sorte de gloussement qui, faisant
dresser les oreilles au bidet, accélérait son allure.

Des deux côtés de la route la campagne verte se
déroulait. Les colzas en fleur mettaient de place en
place une grande nappe jaune ondulante d'où s'éle-
vait une saine et puissante odeur, une odeur péné-
trante et douce, portée très loin par le vent. Dans
les seigles déjà grands des bluets montraient leurs
petites têtes azurées que les femmes voulaient cueillir,
mais M. Rivet refusa d'arrêter. Puis parfois, un champ
tout entier semblait arrosé de sang tant les coque-
licots l'avaient envahi. Et au milieu de ces plaines
colorées ainsi par les fleurs de la terre, la carriole, qui
paraissait porter elle-même un bouquet de fleurs aux
teintes plus ardentes, passait au trot du cheval blanc,
disparaissait derrière les grands arbres d'une ferme,
pour reparaître au bout du feuillage et promener de
nouveau à travers les récoltes jaunes et vertes, pi-
quées de rouge ou de bleu, cette éclatante charretée
de femmes qui fuyait sous le soleil.

Une heure sonnait quand on arriva devant la porte
du menuisier.

Elles étaient brisées de fatigue et pâles de faim,
n'ayant rien pris depuis le départ. M^{me} Rivet se
précipita, les fit descendre l'une après l'autre, les
embrassant aussitôt qu'elles touchaient terre ; et
elle ne se lassait point de bécoter sa belle-sœur, qu'elle

désirait accaparer. On mangea dans l'atelier débarrassé
des établis pour le dîner du lendemain.

Une bonne omelette que suivit une andouille
grillée, arrosée de bon cidre piquant, rendit la gaieté
à tout le monde. Rivet, pour trinquer, avait pris
un verre, et sa femme servait, faisait la cuisine, appor-
tait les plats, les enlevait, murmurant à l'oreille de
chacune : — « En avez-vous à votre désir ? » — Des
tas de planches dressées contre les murs et des empi-
lements de copeaux balayés dans les coins répandaient
un parfum de bois varlopé, une odeur de menuiserie,
ce souffle résineux qui pénètre au fond des poumons.

On réclama la petite, mais elle était à l'église, ne
devant rentrer que le soir.

La compagnie alors sortit pour faire un tour dans le
pays.

C'était un tout petit village que traversait une
grande route. Une dizaine de maisons rangées le long
de cette voie unique abritaient les commerçants de
l'endroit, le boucher, l'épicier, le menuisier, le cafe-
tier, le savetier et le boulanger. L'église, au bout de
cette sorte de rue, était entourée d'un étroit cimetière ;
et quatre tilleuls démesurés, plantés devant son por-
tail, l'ombrageaient tout entière. Elle était bâtie en
silex taillé, sans style aucun, et coiffée d'un clocher
d'ardoises. Après elle la campagne recommençait,
coupée çà et là de bouquets d'arbres cachant les
fermes.

Rivet, par cérémonie, et bien qu'en vêtements
d'ouvrier, avait pris le bras de sa sœur qu'il promenait
avec majesté. Sa femme, tout émue par la robe à
filets d'or de Raphaële, s'était placée entre elle et
Fernande. La boulotte Rosa trottait derrière avec
Louise Cocote et Flora Balançoire, qui boitaillait,
exténuée.

Les habitants venaient aux portes, les enfants
arrêtaient leurs jeux, un rideau soulevé laissait entre-
voir une tête coiffée d'un bonnet d'indienne ; une

vieille à béquille et presque aveugle se signa comme
devant une procession ; et chacun suivait longtemps
du regard toutes les belles dames de la ville qui
étaient venues de si loin pour la première communion
de la petite à Joseph Rivet. Une immense considéra-
tion rejaillissait sur le menuisier.

En passant devant l'église, elles entendirent des
chants d'enfants : un cantique crié vers le ciel par
des petites voix aiguës ; mais Madame empêcha
qu'on entrât, pour ne point troubler ces chérubins.

Après un tour dans la campagne, et l'énumération
des principales propriétés, du rendement de la terre
et de la production du bétail, Joseph Rivet ramena
son troupeau de femmes et l'installa dans son logis.

La place étant fort restreinte, on les avait répar-
ties deux par deux dans les pièces.

Rivet, pour cette fois, dormirait dans l'atelier,
sur les copeaux ; sa femme partagerait son lit avec
sa belle-sœur, et, dans la chambre à côté, Fernande
et Raphaële reposeraient ensemble. Louise et Flora
se trouvaient installées dans la cuisine sur un matelas
jeté par terre et Rosa occupait seule un petit cabinet
noir au-dessus de l'escalier, contre l'entrée d'une sou-
pente étroite où coucherait, cette nuit-là, la commu-
niante.

Lorsque rentra la petite fille, ce fut sur elle une
pluie de baisers ; toutes les femmes la voulaient
caresser, avec ce besoin d'expansion tendre, cette
habitude professionnelle de chatteries, qui, dans le
wagon, les avait fait toutes embrasser les canards.
Chacune l'assit sur ses genoux, mania ses fins cheveux
blonds, la serra dans ses bras en des élans d'affection
véhémente et spontanée. L'enfant bien sage, toute
pénétrée de piété, comme fermée par l'absolution, se
laissait faire, patiente et recueillie.

La journée ayant été pénible pour tout le monde,
on se coucha bien vite après dîner. Ce silence illimité
des champs qui semble presque religieux enveloppait

le petit village, un silence tranquille, pénétrant, et large jusqu'aux astres. Les filles, accoutumées aux soirées tumultueuses du logis public, se sentaient émues par ce muet repos de la campagne endormie. Elles avaient des frissons sur la peau, non de froid, mais des frissons de solitude venus du cœur inquiet et troublé.

Sitôt qu'elles furent en leur lit, deux par deux, elles s'étreignirent comme pour se défendre contre cet envahissement du calme et profond sommeil de la terre. Mais Rosa la Rosse, seule en son cabinet noir, et peu habituée à dormir les bras vides, se sentit saisie par une émotion vague et pénible. Elle se retournait sur sa couche, ne pouvant obtenir le sommeil, quand elle entendit, derrière la cloison de bois contre sa tête, de faibles sanglots comme ceux d'un enfant qui pleure. Effrayée, elle appela faiblement, et une petite voix entrecoupée lui répondit. C'était la fillette qui, couchant toujours dans la chambre de sa mère, avait peur en sa soupente étroite.

Rosa, ravie, se leva, et doucement, pour ne réveiller personne, alla chercher l'enfant. Elle l'amena dans son lit bien chaud, la pressa contre sa poitrine en l'embrassant, la dorlota, l'enveloppa de sa tendresse aux manifestations exagérées, puis, calmée elle-même, s'endormit. Et jusqu'au jour la communiante reposa son front sur le sein nu de la prostituée.

Dès cinq heures, à l'*Angelus*, la petite cloche de l'église sonnant à toute volée réveilla ces dames qui dormaient ordinairement leur matinée entière, seul repos des fatigues nocturnes. Les paysans dans le village étaient déjà debout. Les femmes du pays allaient affairées de porte en porte, causant vivement, apportant avec précaution de courtes robes de mousseline empesées comme du carton, ou des cierges démesurés, avec un nœud de soie frangée d'or au milieu, et des déco upures de cire indiquant la place de la main. Le soleil déjà haut rayonnait dans un ciel tout bleu

qui gardait vers l'horizon une teinte un peu rosée, comme une trace affaiblie de l'aurore. Des familles de poules se promenaient devant leurs maisons ; et, de place en place, un coq noir au cou luisant levait sa tête coiffée de pourpre, battait des ailes, et jetait au vent son chant de cuivre que répétaient les autres coqs.

Des carrioles arrivaient des communes voisines, déchargeant au seuil des portes les hautes Normandes en robes sombres, au fichu croisé sur la poitrine et retenu par un bijou d'argent séculaire. Les hommes avaient passé la blouse bleue sur la redingote neuve ou sur le vieil habit de drap vert dont les deux basques passaient.

Quand les chevaux furent à l'écurie, il y eut ainsi tout le long de la grande route une double ligne de guimbardes rustiques, charrettes, cabriolets, tilburys, chars à bancs, voitures de toute forme et de tout âge, penchées sur le nez ou bien cul par terre et les brancards au ciel.

La maison du menuisier était pleine d'une activité de ruche. Ces dames, en caraco [1] et en jupon, les cheveux répandus sur le dos, des cheveux maigres et courts qu'on aurait dits ternis et rongés par l'usage, s'occupaient à habiller l'enfant.

La petite, debout sur une table, ne remuait pas, tandis que Mme Tellier dirigeait les mouvements de son bataillon volant. On la débarbouilla, on la peigna, on la coiffa, on la vêtit, et, à l'aide d'une multitude d'épingles, on disposa les plis de la robe, on pinça la taille trop large, on organisa l'élégance de la toilette. Puis quand ce fut terminé, on fit asseoir la patiente en lui recommandant de ne plus bouger ; et la troupe agitée des femmes courut se parer à son tour.

La petite église recommençait à sonner. Son tintement frêle de cloche pauvre montait se perdre à travers le ciel, comme une voix trop faible, vite noyée dans l'immensité bleue.

Les communiants sortaient des portes, allaient vers le bâtiment communal qui contenait les deux écoles et la mairie, et situé tout au bout du pays, tandis que la « maison de Dieu » occupait l'autre bout.

Les parents, en tenue de fête avec une physionomie gauche et ces mouvements inhabiles des corps toujours courbés sur le travail, suivaient leurs mioches. Les petites filles disparaissaient dans un nuage de tulle neigeux semblable à de la crème fouettée, tandis que les petits hommes, pareils à des embryons de garçons de café, la tête encollée de pommade, marchaient les jambes écartées, pour ne point tacher leur culotte noire.

C'était une gloire pour une famille quand un grand nombre de parents, venus de loin, entouraient l'enfant : aussi le triomphe du menuisier fut-il complet. Le régiment Tellier, patronne en tête, suivait Constance ; et le père donnant le bras à sa sœur, la mère marchant à côté de Raphaële, Fernande avec Rosa, et les deux Pompes ensemble, la troupe se déployait majestueusement comme un état-major en grand uniforme.

L'effet dans le village fut foudroyant.

A l'école, les filles se rangèrent sous la cornette de la bonne sœur, les garçons sous le chapeau de l'instituteur, un bel homme qui représentait ; et l'on partit en attaquant un cantique.

Les enfants mâles en tête allongeaient leurs deux files entre les deux rangs de voitures dételées, les filles suivaient dans le même ordre ; et tous les habitants ayant cédé le pas aux dames de la ville par considération, elles arrivaient immédiatement après les petites, prolongeant encore la double ligne de la procession, trois à gauche et trois à droite, avec leurs toilettes éclatantes comme un bouquet de feu d'artifice.

Leur entrée dans l'église affola la population. On se pressait, on se retournait, on se poussait pour les

voir. Et des dévotes parlaient presque haut, stupé-
faites par le spectacle de ces dames plus chamarrées
que les chasubles des chantres. Le maire offrit son
banc, le premier banc à droite auprès du chœur, et
M^me Tellier y prit place avec sa belle-sœur, Fernande
et Raphaële. Rosa la Rosse et les deux Pompes occu-
pèrent le second banc en compagnie du menuisier.

Le chœur de l'église était plein d'enfants à genoux,
filles d'un côté, garçons de l'autre, et les longs cierges
qu'ils tenaient en main semblaient des lances inclinées
en tous sens.

Devant le lutrin, trois hommes debout chantaient
d'une voix pleine. Ils prolongeaient indéfiniment
les syllabes du latin sonore, éternisant les *Amen* avec
des *a-a* indéfinis que le serpent [1] soutenait de sa note
monotone poussée sans fin, mugie par l'instrument de
cuivre à large gueule. La voix pointue d'un enfant
donnait la réplique, et, de temps en temps, un prêtre
assis dans une stalle et coiffé d'une barrette carrée se
levait, bredouillait quelque chose et s'asseyait de nou-
veau, tandis que les trois chantres repartaient, l'œil
fixé sur le gros livre de plain-chant ouvert devant eux
et porté par les ailes déployées d'un aigle de bois
monté sur pivot.

Puis un silence se fit. Toute l'assistance, d'un seul
mouvement, se mit à genoux, et l'officiant parut,
vieux, vénérable, avec des cheveux blancs, incliné
sur le calice qu'il portait de sa main gauche. Devant
lui marchaient les deux servants en robe rouge, et
derrière, apparut une foule de chantres à gros souliers
qui s'alignèrent des deux côtés du chœur.

Une petite clochette tinta au milieu du grand
silence. L'office divin commençait. Le prêtre circu-
lait lentement devant le tabernacle d'or, faisait des
génuflexions, psalmodiait de sa voix cassée, chevro-
tante de vieillesse, les prières préparatoires. Aussitôt
qu'il s'était tu, tous les chantres et le serpent écla-
taient d'un seul coup, et des hommes aussi chan-

taient dans l'église, d'une voix moins forte, plus humble, comme doivent chanter les assistants.

Soudain le *Kyrie Eleison* jaillit vers le ciel, poussé par toutes les poitrines et tous les cœurs. Des grains de poussière et des fragments de bois vermoulu tombèrent même de la voûte ancienne secouée par cette explosion de cris. Le soleil qui frappait sur les ardoises du toit faisait une fournaise de la petite église ; et une grande émotion, une attente anxieuse, les approches de l'ineffable mystère, étreignaient le cœur des enfants, serraient la gorge de leurs mères.

Le prêtre, qui s'était assis quelque temps, remonta vers l'autel, et, tête nue, couvert de ses cheveux d'argent, avec des gestes tremblants, il approchait de l'acte surnaturel.

Il se tourna vers les fidèles, et, les mains tendues vers eux, prononça : « *Orate, fratres* », « priez, mes frères ». Ils priaient tous. Le vieux curé balbutiait maintenant tout bas les paroles mystérieuses et suprêmes ; la clochette tintait coup sur coup ; la foule prosternée appelait Dieu ; les enfants défaillaient d'une anxiété démesurée.

C'est alors que Rosa, le front dans ses mains, se rappela tout à coup sa mère, l'église de son village, sa première communion. Elle se crut revenue à ce jour-là, quand elle était si petite, toute noyée en sa robe blanche, et elle se mit à pleurer. Elle pleura doucement d'abord : les larmes lentes sortaient de ses paupières, puis, avec ses souvenirs, son émotion grandit, et, le cou gonflé, la poitrine battante, elle sanglota. Elle avait tiré son mouchoir, s'essuyait les yeux, se tamponnait le nez et la bouche pour ne point crier : ce fut en vain ; une espèce de râle sortit de sa gorge, et deux autres soupirs profonds, déchirants, lui répondirent ; car ses deux voisines, abattues près d'elle, Louise et Flora, étreintes des mêmes souvenances lointaines, gémissaient aussi avec des torrents de larmes.

Mais comme les larmes sont contagieuses, Madame,
à son tour, sentit bientôt ses paupières humides, et,
se tournant vers sa belle-sœur, elle vit que tout son
banc pleurait aussi.

Le prêtre engendrait le corps de Dieu. Les enfants
n'avaient plus de pensée, jetés sur les dalles par
une espèce de peur dévote ; et, dans l'église, de place
en place, une femme, une mère, une sœur, saisie par
l'étrange sympathie des émotions poignantes, boule-
versée aussi par ces belles dames à genoux que
secouaient des frissons et des hoquets, trempait son
mouchoir d'indienne à carreaux et, de la main gauche,
pressait violemment son cœur bondissant.

Comme la flammèche qui jette le feu à travers
un champ mûr, les larmes de Rosa et de ses com-
pagnes gagnèrent en un instant toute la foule. Hom-
mes, femmes, vieillards, jeunes gars en blouse neuve,
tous bientôt sanglotèrent, et sur leur tête semblait
planer quelque chose de surhumain, une âme épan-
due, le souffle prodigieux d'un être invisible et tout-
puissant.

Alors, dans le chœur de l'église, un petit coup sec
retentit : la bonne sœur, en frappant sur son livre,
donnait le signal de la communion ; et les enfants,
grelottant d'une fièvre divine, s'approchèrent de la
table sainte.

Toute une file s'agenouillait. Le vieux curé, tenant
en main le ciboire d'argent doré, passait devant eux,
leur offrant, entre deux doigts, l'hostie sacrée, le corps
du Christ, la rédemption du monde. Ils ouvraient la
bouche avec des spasmes, des grimaces nerveuses, les
yeux fermés, la face toute pâle ; et la longue nappe
étendue sous leurs mentons frémissait comme de l'eau
qui coule.

Soudain dans l'église une sorte de folie courut,
une rumeur de foule en délire, une tempête de san-
glots avec des cris étouffés. Cela passa comme ces
coups de vent qui courbent les forêts ; et le prêtre

restait debout, immobile, une hostie à la main, para-
lysé par l'émotion, se disant : « C'est Dieu, c'est Dieu
qui est parmi nous, qui manifeste sa présence, qui des-
cend à ma voix sur son peuple agenouillé. » Et il bal-
butiait des prières affolées, sans trouver les mots, des
prières de l'âme, dans un élan furieux vers le ciel.

Il acheva de donner la communion avec une telle
surexcitation de foi que ses jambes défaillaient sous
lui, et quand lui-même eut bu le sang de son Seigneur,
il s'abîma dans un acte de remerciement éperdu.

Derrière lui le peuple peu à peu se calmait. Les
chantres, relevés dans la dignité du surplis blanc,
repartaient d'une voix moins sûre, encore mouillée ;
et le serpent aussi semblait enroué comme si l'instru-
ment lui-même eût pleuré.

Alors, le prêtre, levant les mains, leur fit signe
de se taire, et passant entre les deux haies de com-
muniants perdus en des extases de bonheur, il s'ap-
procha jusqu'à la grille du chœur.

L'assemblée s'était assise au milieu d'un bruit
de chaises, et tout le monde à présent se mouchait
avec force. Dès qu'on aperçut le curé, on fit silence,
et il commença à parler d'un ton très bas, hésitant,
voilé. — « Mes chers frères, mes chères sœurs, mes en-
fants, je vous remercie du fond du cœur ; vous venez
de me donner la plus grande joie de ma vie. J'ai senti
Dieu qui descendait sur nous à mon appel. Il est
venu, il était là, présent, qui emplissait vos âmes,
faisait déborder vos yeux. Je suis le plus vieux prêtre
du diocèse, j'en suis aussi, aujourd'hui, le plus
heureux. Un miracle s'est fait parmi nous, un vrai,
un grand, un sublime miracle. Pendant que Jésus-
Christ pénétrait pour la première fois dans le corps de
ces petits, le Saint-Esprit l'oiseau céleste, le souffle de
Dieu, s'est abattu sur vous, s'est emparé de vous, vous
a saisis, courbés comme des roseaux sous la brise. »

Puis, d'une voix plus claire, se tournant vers les
deux bancs où se trouvaient les invitées du menui-

sier : — « Merci surtout à vous, mes chères sœurs, qui êtes venues de si loin, et dont la présence parmi nous, dont la foi visible, dont la piété si vive ont été pour tous un salutaire exemple. Vous êtes l'édification de ma paroisse ; votre émotion a échauffé les cœurs ; sans vous, peut-être, ce grand jour n'aurait pas eu ce caractère vraiment divin. Il suffit parfois d'une seule brebis d'élite pour décider le Seigneur à descendre sur le troupeau. »

La voix lui manquait. Il ajouta : « C'est la grâce que je vous souhaite. Ainsi soit-il. » Et il remonta vers l'autel pour terminer l'office.

Maintenant on avait hâte de partir. Les enfants eux-mêmes s'agitaient, las d'une si longue tension d'esprit. Ils avaient faim, d'ailleurs, et les parents peu à peu s'en allaient, sans attendre le dernier évangile, pour terminer les apprêts du repas.

Ce fut une cohue à la sortie, une cohue bruyante, un charivari de voix criardes où chantait l'accent normand. La population formait deux haies, et lorsque parurent les enfants, chaque famille se précipita sur le sien.

Constance se trouva saisie, entourée, embrassée par toute la maisonnée de femmes. Rosa surtout ne se lassait pas de l'étreindre. Enfin elle lui prit une main, M^me Tellier s'empara de l'autre ; Raphaële et Fernande relevèrent sa longue jupe de mousseline pour qu'elle ne traînât point dans la poussière ; Louise et Flora fermaient la marche avec M^me Rivet ; et l'enfant, recueillie, toute pénétrée par le Dieu qu'elle portait en elle, se mit en route au milieu de cette escorte d'honneur.

Le festin était servi dans l'atelier sur de longues planches portées par des traverses.

La porte ouverte, donnant sur la rue, laissait entrer toute la joie du village. On se régalait partout. Par chaque fenêtre on apercevait des tablées de monde endimanché, et des cris sortaient des maisons en

goguette. Les paysans, en bras de chemise, buvaient
du cidre pur à plein verre, et au milieu de chaque com-
pagnie on apercevait deux enfants, ici deux filles, là
deux garçons, dînant dans l'une des deux familles.

Quelquefois, sous la lourde chaleur de midi, un char
à bancs traversait le pays au trot sautillant d'un vieux
bidet, et l'homme en blouse qui conduisait jetait un
regard d'envie sur toute cette ripaille étalée.

Dans la demeure du menuisier, la gaieté gardait un
certain air de réserve, un reste de l'émotion du matin.
Rivet seul était en train et buvait outre mesure. M{me} Tel-
lier regardait l'heure à tout moment, car pour ne point
chômer deux jours de suite on devait reprendre le
train de 3 h. 55 qui les mettrait à Fécamp vers le soir.

Le menuisier faisait tous ses efforts pour détourner
l'attention et garder son monde jusqu'au lendemain ;
mais Madame ne se laissait point distraire ; et elle ne
plaisantait jamais quand il s'agissait des affaires.

Aussitôt que le café fut pris, elle ordonna à ses pen-
sionnaires de se préparer bien vite ; puis, se tournant
vers son frère : — « Toi, tu vas atteler tout de suite » ;
et elle-même alla terminer ses derniers préparatifs.

Quand elle redescendit, sa belle-sœur l'attendait
pour lui parler de la petite ; et une longue conversation
eut lieu où rien ne fut résolu. La paysanne finassait,
faussement attendrie, et M{me} Tellier, qui tenait l'enfant
sur ses genoux, ne s'engageait à rien, promettait vague-
ment : on s'occuperait d'elle, on avait du temps, on se
reverrait d'ailleurs.

Cependant la voiture n'arrivait point, et les femmes
ne descendaient pas. On entendait même en haut de
grands rires, des bousculades, des poussées de cris, des
battements de mains. Alors, tandis que l'épouse du
menuisier se rendait à l'écurie pour voir si l'équipage
était prêt, Madame, à la fin, monta.

Rivet, très pochard et à moitié dévêtu, essayait,
mais en vain, de violenter Rosa qui défaillait de rire.
Les deux Pompes le retenaient par les bras, et tentaient

de le calmer, choquées de cette scène après la cérémonie
du matin ; mais Raphaële et Fernande l'excitaient,
tordues de gaieté, se tenant les côtes ; et elles jetaient
des cris aigus à chacun des efforts inutiles de l'ivrogne.
L'homme furieux, la face rouge, tout débraillé,
secouant en des efforts violents les deux femmes cram-
ponnées à lui, tirait de toutes ses forces sur la jupe de
Rosa en bredouillant : — « Salope, tu ne veux pas ? »
— Mais Madame, indignée, s'élança, saisit son frère
par les épaules, et le jeta dehors si violemment qu'il
alla frapper contre le mur.

Une minute plus tard, on l'entendait dans la cour
qui se pompait de l'eau sur la tête ; et quand il reparut
dans sa carriole, il était déjà tout apaisé.

On se remit en route comme la veille, et le petit
cheval blanc repartit de son allure vive et dansante.

Sous le soleil ardent, la joie assoupie pendant le repas
se dégageait. Les filles s'amusaient maintenant des
cahots de la guimbarde, poussaient même les chaises
des voisines, éclataient de rire à tout instant, mises
en train d'ailleurs par les vaines tentatives de Rivet.

Une lumière folle emplissait les champs, une lumière
miroitant aux yeux ; et les roues soulevaient deux
sillons de poussière qui voltigeaient longtemps derrière
la voiture sur la grand'route.

Tout à coup Fernande, qui aimait la musique,
supplia Rosa de chanter ; et celle-ci entama gaillarde-
ment le *Gros Curé de Meudon*. Mais Madame tout de
suite la fit taire, trouvant cette chanson peu conve-
nable en ce jour. Elle ajouta : — « Chante-nous plutôt
quelque chose de Béranger [1]. » — Alors Rosa, après
avoir hésité quelques secondes, fixa son choix, et de sa
voix usée commença la *Grand'Mère* [2] :

> *Ma grand'mère, un soir à sa fête,*
> *De vin pur ayant bu deux doigts,*
> *Nous disait, en branlant la tête :*
> *Que d'amoureux j'eus autrefois !*

> *Combien je regrette*
> *Mon bras si dodu,*
> *Ma jambe bien faite,*
> *Et le temps perdu !*

Et le chœur des filles, que Madame elle-même condui-
sait, reprit :

> *Combien je regrette*
> *Mon bras si dodu,*
> *Ma jambe bien faite,*
> *Et le temps perdu !*

— Ça, c'est tapé ! déclara Rivet, allumé par la
cadence ; et Rosa aussitôt continua :

> *Quoi, maman, vous n'étiez pas sage ?*
> *— Non, vraiment ! et de mes appas,*
> *Seule, à quinze ans, j'appris l'usage,*
> *Car, la nuit, je ne dormais pas.*

Tous ensemble hurlèrent le refrain ; et Rivet tapait
du pied sur son brancard, battait la mesure avec les
rênes sur le dos du bidet blanc qui, comme s'il eût été
lui-même enlevé par l'entrain du rythme, prit le galop,
un galop de tempête, précipitant ces dames en tas les
unes sur les autres dans le fond de la voiture.

Elles se relevèrent en riant comme des folles. Et la
chanson continua, braillée à tue-tête à travers la cam-
pagne, sous le ciel brûlant, au milieu des récoltes mû-
rissantes, au train enragé du petit cheval qui s'embal-
lait maintenant à tous les retours du refrain, et piquait
chaque fois ses cent mètres de galop, à la grande joie
des voyageurs.

De place en place, quelque casseur de cailloux se
redressait, et regardait à travers son loup de fil de fer
cette carriole enragée et hurlante emportée dans la
poussière.

Quand on descendit devant la gare, le menuisier

s'attendrit : — « C'est dommage que vous partiez, on aurait bien rigolé. »

Madame lui répondit sensément : — « Toute chose a son temps, on ne peut pas s'amuser toujours. » — Alors une idée illumina l'esprit de Rivet : — « Tiens, dit-il, j'irai vous voir à Fécamp le mois prochain. » Et il regarda Rosa d'un air rusé, avec un œil brillant et polisson. — « Allons, conclut Madame, il faut être sage ; tu viendras si tu veux, mais tu ne feras point de bêtises. »

Il ne répondit pas, et comme on entendait siffler le train, il se mit immédiatement à embrasser tout le monde. Quand ce fut au tour de Rosa, il s'acharna à trouver sa bouche que celle-ci, riant derrière ses lèvres fermées, lui dérobait chaque fois par un rapide mouvement de côté. Il la tenait en ses bras ; mais il n'en pouvait venir à bout, gêné par son grand fouet qu'il avait gardé à sa main et que, dans ses efforts, il agitait désespérément derrière le dos de la fille.

— Les voyageurs pour Rouen, en voiture ; cria l'employé. Elles montèrent.

Un mince coup de sifflet partit, répété tout de suite par le sifflement puissant de la machine qui cracha bruyamment son premier jet de vapeur pendant que les roues commençaient à tourner un peu avec un effort visible.

Rivet, quittant l'intérieur de la gare, courut à la barrière pour voir encore une fois Rosa ; et comme le wagon plein de cette marchandise humaine passait devant lui, il se mit à faire claquer son fouet en sautant et chantant de toutes ses forces :

> *Combien je regrette*
> *Mon bras si dodu,*
> *Ma jambe bien faite,*
> *Et le temps perdu!*

Puis il regarda s'éloigner un mouchoir blanc qu'on agitait.

III

Elles dormirent jusqu'à l'arrivée, du sommeil paisible des consciences satisfaites ; et quand elles rentrèrent au logis, rafraîchies, reposées pour la besogne de chaque soir, Madame ne put s'empêcher de dire :
— « C'est égal il m'ennuyait déjà de la maison. »

On soupa vite, puis, quand on eut repris le costume de combat, on attendit les clients habituels ; et la petite lanterne allumée, la petite lanterne de madone, indiquait aux passants que dans la bergerie, le troupeau était revenu.

En un clin d'œil la nouvelle se répandit, on ne sait comment, on ne sait par qui. M. Philippe, le fils du banquier, poussa même la complaisance jusqu'à prévenir par un exprès M. Tournevau, emprisonné dans sa famille.

Le saleur avait justement chaque dimanche plusieurs cousins à dîner, et l'on prenait le café quand un homme se présenta avec une lettre à la main. M. Tournevau, très ému, rompit l'enveloppe et devint pâle : il n'y avait que ces mots tracés au crayon : « *Chargement de morues retrouvé ; navire entré au port ; bonne affaire pour vous. Venez vite.* »

Il fouilla dans ses poches, donna vingt centimes au porteur, et rougissant soudain jusqu'aux oreilles : « Il faut, dit-il, que je sorte. » Et il tendit à sa femme le billet laconique et mystérieux. Il sonna, puis, lorsque parut la bonne : — « Mon pardessus vite vite, et mon chapeau. » — A peine dans la rue, il se mit à courir en sifflant un air, et le chemin lui parut deux fois plus long tant son impatience était vive.

L'établissement Tellier avait un air de fête. Au rez-de-chaussée les voix tapageuses des hommes du port faisaient un assourdissant vacarme. Louise et Flora ne savaient à qui répondre, buvaient avec l'un, buvaient avec l'autre, méritaient mieux que jamais leur sobri-

quet des « deux Pompes ». On les appelait partout à la
fois : elles ne pouvaient déjà suffire à la besogne, et la
nuit pour elles s'annonçait laborieuse.

Le cénacle du premier fut au complet dès neuf
heures. M. Vasse, le juge au tribunal de commerce, le
soupirant attitré mais platonique de Madame, causait
tout bas avec elle dans un coin ; et ils souriaient tous
les deux comme si une entente était près de se faire.
M. Poulin, l'ancien maire, tenait Rosa à cheval sur ses
jambes ; et elle, nez à nez avec lui, promenait ses
mains courtes dans les favoris blancs du bonhomme.
Un bout de cuisse nue passait sous la jupe de soie jaune
relevée, coupant le drap noir du pantalon, et les bas
rouges étaient serrés par une jarretière bleue, cadeau
du commis voyageur.

La grande Fernande, étendue sur le sopha, avait les
deux pieds sur le ventre de M. Pimpesse, le percepteur,
et le torse sur le gilet du jeune M. Philippe dont elle
accrochait le cou de sa main droite, tandis que de la
gauche, elle tenait une cigarette.

Raphaële semblait en pourparlers avec M. Dupuis,
l'agent d'assurances, et elle termina l'entretien par ces
mots : — « Oui, mon chéri, ce soir, je veux bien. » —
Puis, faisant seule un tour de valse rapide à travers le
salon : « Ce soir, tout ce qu'on voudra », cria-t-elle.

La porte s'ouvrit brusquement et M. Tournevau
parut. Des cris d'enthousiasme éclatèrent : — « Vive
Tournevau ! » Et Raphaële, qui pivotait toujours, alla
tomber sur son cœur. Il la saisit d'un enlacement formi-
dable, et sans dire un mot, l'enlevant de terre comme
une plume, il traversa le salon, gagna la porte du fond,
et disparut dans l'escalier des chambres avec son
fardeau vivant, au milieu des applaudissements.

Rosa, qui allumait l'ancien maire, l'embrassant coup
sur coup et tirant sur ses deux favoris en même temps
pour maintenir droite sa tête, profita de l'exemple :
— « Allons, fais comme lui », — dit-elle. Alors le
bonhomme se leva, et rajustant son gilet, suivit la

fille en fouillant dans la poche où dormait son argent.

Fernande et Madame restèrent seules avec les quatre hommes, et M. Philippe s'écria : — « Je paye du champagne ; M^me Tellier, envoyez chercher trois bouteilles. »

Alors Fernande l'étreignant lui demanda dans l'oreille : — « Fais-nous danser, dis, tu veux ! » Il se leva, et, s'asseyant devant l'épinette [1] séculaire endormie en un coin, fit sortir une valse, une valse enrouée, larmoyante, du ventre geignant de la machine. La grande fille enlaça le percepteur, Madame s'abandonna aux bras de M. Vasse ; et les deux couples tournèrent en échangeant des baisers. M. Vasse, qui avait jadis dansé dans le monde, faisait des grâces, et Madame le regardait d'un œil captivé, de cet œil qui répond « oui », un « oui » plus discret et plus délicieux qu'une parole !

Frédéric apporta le champagne. Le premier bouchon partit, et M. Philippe exécuta l'invitation d'un quadrille.

Les quatre danseurs le marchèrent à la façon mondaine, convenablement, dignement, avec des manières, des inclinations et des saluts [2].

Après quoi l'on se mit à boire. Alors M. Tournevau reparut, satisfait, soulagé, radieux. Il s'écria : — « Je ne sais pas ce qu'a Raphaële, mais elle est parfaite ce soir. » — Puis, comme on lui tendait un verre, il le vida d'un trait en murmurant : — « Bigre, rien que ça de luxe ! »

Sur-le-champ M. Philippe entama une polka vive, et M. Tournevau s'élança avec la belle Juive qu'il tenait en l'air, sans laisser ses pieds toucher terre. M. Pimpesse et M. Vasse étaient repartis d'un nouvel élan. De temps en temps un des couples s'arrêtait près de la cheminée pour lamper une flûte de vin mousseux ; et cette danse menaçait de s'éterniser, quand Rosa entr'ouvrit la porte avec un bougeoir à la main. Elle était en cheveux, en savates, en chemise, tout animée, toute rouge : — « Je veux danser », cria-t-elle. Raphaële demanda : — « Et ton vieux ? » — Rosa s'esclaffa : —

« Lui ? il dort déjà, il dort tout de suite. » Elle saisit M. Dupuis resté sans emploi sur le divan, et la polka recommença.

Mais les bouteilles étaient vides : « J'en paye une », déclara M. Tournevau ; — « Moi aussi », annonça M. Vasse. — « Moi de même », conclut M. Dupuis. Alors tout le monde applaudit.

Cela s'organisait, devenait un vrai bal. De temps en temps même, Louise et Flora montaient bien vite, faisaient rapidement un tour de valse, pendant que leurs clients, en bas, s'impatientaient ; puis elles retournaient en courant à leur café, avec le cœur gonflé de regrets.

A minuit, on dansait encore. Parfois une des filles disparaissait, et quand on la cherchait pour faire un vis-à-vis, on s'apercevait tout à coup qu'un des hommes aussi manquait.

— D'où venez-vous donc ? demanda plaisamment M. Philippe, juste au moment où M. Pimpesse rentrait avec Fernande. — « De voir dormir M. Poulin », répondit le percepteur. Le mot eut un succès énorme ; et tous, à tour de rôle, montaient voir dormir M. Poulin avec l'une ou l'autre des demoiselles, qui se montrèrent, cette nuit-là, d'une complaisance inconcevable. Madame fermait les yeux : et elle avait dans les coins de longs aparté avec M. Vasse comme pour régler les derniers détails d'une affaire entendue déjà.

Enfin, à une heure, les deux hommes mariés, M. Tournevau et M. Pimpesse, déclarèrent qu'ils se retiraient, et voulurent régler leur compte. On ne compta que le champagne, et, encore, à six francs la bouteille au lieu de dix francs, prix ordinaire. Et comme ils s'étonnaient de cette générosité, Madame, radieuse, leur répondit :

— Ça n'est pas tous les jours fête.

LES TOMBALES [1]

Les cinq amis achevaient de dîner, cinq hommes du monde mûrs, riches, trois mariés, deux restés garçons. Ils se réunissaient ainsi tous les mois, en souvenir de leur jeunesse, et, après avoir dîné, ils causaient jusqu'à deux heures du matin. Restés amis intimes, et se plaisant ensemble, ils trouvaient peut-être là leurs meilleurs soirs dans la vie. On bavardait sur tout, sur tout ce qui occupe et amuse les Parisiens ; c'était entre eux, comme dans la plupart des salons d'ailleurs, une espèce de recommencement parlé de la lecture des journaux du matin.

Un des plus gais était Joseph de Bardon, célibataire et vivant la vie parisienne de la façon la plus complète et la plus fantaisiste. Ce n'était point un débauché ni un dépravé, mais un curieux, un joyeux encore jeune ; car il avait à peine quarante ans. Homme du monde dans le sens le plus large et le plus bienveillant que puisse mériter ce mot, doué de beaucoup d'esprit sans grande profondeur, d'un savoir varié sans érudition vraie, d'une compréhension agile sans pénétration sérieuse, il tirait de ses observations, de ses aventures, de tout ce qu'il voyait, rencontrait et trouvait, des anecdotes de roman comique et philosophique en même temps, et des remarques humoristiques qui lui faisaient par la ville une grande réputation d'intelligence [2].

C'était l'orateur du dîner. Il avait la sienne, chaque
fois, son histoire, sur laquelle on comptait. Il se mit
à la dire sans qu'on l'en eût prié.

Fumant, les coudes sur la table, un verre de fine
champagne à moitié plein devant son assiette, engourdi
dans une atmosphère de tabac aromatisée par le café
chaud, il semblait chez lui tout à fait, comme certains
êtres sont chez eux absolument, en certains lieux et
en certains moments, comme une dévote dans une
chapelle, comme un poisson rouge dans son bocal.

Il dit, entre deux bouffées de fumée :

— Il m'est arrivé une singulière aventure il y a
quelque temps.

Toutes les bouches demandèrent presque ensemble :
« Racontez. »

Il reprit :

— Volontiers. Vous savez que je me promène
beaucoup dans Paris, comme les bibelotiers qui fouil-
lent les vitrines. Moi je guette les spectacles, les gens,
tout ce qui passe, et tout ce qui se passe.

Or, vers la mi-septembre, il faisait très beau temps
à ce moment-là, je sortis de chez moi, une après-
midi, sans savoir où j'irais. On a toujours un vague
désir de faire une visite à une jolie femme quelconque.
On choisit dans sa galerie, on les compare dans sa
pensée, on pèse l'intérêt qu'elles vous inspirent, le
charme qu'elles vous imposent et on se décide enfin
suivant l'attraction du jour. Mais quand le soleil
est très beau et l'air tiède, il vous enlève souvent toute
envie de visites.

Le soleil était beau, et l'air tiède ; j'allumai un
cigare et je m'en allai tout bêtement sur le boulevard
extérieur. Puis comme je flânais, l'idée me vint de
pousser jusqu'au cimetière Montmartre et d'y entrer.

J'aime beaucoup les cimetières, moi, ça me repose
et me mélancolise : j'en ai besoin. Et puis, il y a aussi
de bons amis là-dedans, de ceux qu'on ne va plus voir ;
et j'y vais encore, moi, de temps en temps.

Justement, dans ce cimetière Montmartre, j'ai une histoire de cœur, une maîtresse qui m'avait beaucoup pincé, très ému, une charmante petite femme dont le souvenir, en même temps qu'il me peine énormément, me donne des regrets... des regrets de toute nature... Et je vais rêver sur sa tombe... C'est fini pour elle.

Et puis, j'aime aussi les cimetières, parce que ce sont des villes monstrueuses, prodigieusement habitées. Songez donc à ce qu'il y a de morts dans ce petit espace, à toutes les générations de Parisiens qui sont logés là, pour toujours, troglodytes définitifs enfermés dans leurs petits caveaux, dans leurs petits trous couverts d'une pierre ou marqués d'une croix, tandis que les vivants occupent tant de place et font tant de bruit, ces imbéciles.

Puis encore, dans les cimetières, il y a des monuments presque aussi intéressants que dans les musées. Le tombeau de Cavaignac m'a fait songer, je l'avoue, sans le comparer, à ce chef-d'œuvre de Jean Goujon : le corps de Louis de Brézé, couché dans la chapelle souterraine de la cathédrale de Rouen [1] ; tout l'art dit moderne et réaliste est venu de là, messieurs. Ce mort, Louis de Brézé, est plus vrai, plus terrible, plus fait de chair inanimée, convulsée encore par l'agonie, que tous les cadavres tourmentés qu'on tortionne aujourd'hui sur les tombes.

Mais au cimetière Montmartre on peut encore admirer le monument de Baudin, qui a de la grandeur ; celui de Gautier, celui de Murger, où j'ai vu l'autre jour une seule pauvre couronne d'immortelles jaunes, apportée par qui ? par la dernière grisette, très vieille, et concierge aux environs, peut-être ? C'est une jolie statuette de Millet, mais que détruisent l'abandon et la saleté [2]. Chante la jeunesse, ô Murger !

Me voici donc entrant dans le cimetière Montmartre, et tout à coup imprégné de tristesse, d'une tristesse qui ne faisait pas trop de mal, d'ailleurs, une de ces tristesses qui vous font penser, quand on

se porte bien : « Ça n'est pas drôle, cet endroit-là, mais le moment n'en est pas encore venu pour moi... »

L'impression de l'automne, de cette humidité tiède qui sent la mort des feuilles et le soleil affaibli, fatigué, anémique, aggravait en la poétisant la sensation de solitude et de fin définitive flottant sur ce lieu, qui sent la mort des hommes.

Je m'en allais à petits pas dans ces rues de tombes, où les voisins ne voisinent point, ne couchent plus ensemble et ne lisent pas les journaux. Et je me mis, moi, à lire les épitaphes. Ça, par exemple, c'est la chose la plus amusante du monde. Jamais Labiche, jamais Meilhac ne m'ont fait rire comme le comique de la prose tombale. Ah! quels livres supérieurs à ceux de Paul de Kock [1] pour ouvrir la rate que ces plaques de marbre et ces croix où les parents des morts ont épanché leurs regrets, leurs vœux pour le bonheur du disparu dans l'autre monde, et leur espoir de le rejoindre — blagueurs!

Mais j'adore surtout, dans ce cimetière, la partie abandonnée, solitaire, pleine de grands ifs et de cyprès, vieux quartier des anciens morts qui redeviendra bientôt un Quartier neuf, dont on abattra les arbres verts, nourris de cadavres humains, pour aligner les récents trépassés sous de petites galettes de marbre.

Quand j'eus erré là le temps de me rafraîchir l'esprit, je compris que j'allais m'ennuyer et qu'il fallait porter au dernier lit de ma petite amie l'hommage fidèle de mon souvenir. J'avais le cœur un peu serré en arrivant près de sa tombe. Pauvre chère, elle était si gentille, et si amoureuse, et si blanche, et si fraîche... et maintenant... si on ouvrait ça...

Penché sur la grille de fer, je lui dis tout bas ma peine qu'elle n'entendit point sans doute, et j'allais partir quand je vis une femme en noir, en grand deuil, qui s'agenouillait sur le tombeau voisin. Son voile de crêpe relevé laissait apercevoir une jolie

tête blonde, dont les cheveux en bandeaux semblaient
éclairés par une lumière d'aurore sous la nuit de sa
coiffure. Je restai.

Certes, elle devait souffrir d'une profonde dou-
leur. Elle avait enfoui son regard dans ses mains, et
rigide, en une méditation de statue, partie en ses
regrets, égrenant dans l'ombre des yeux cachés et
fermés le chapelet torturant des souvenirs, elle sem-
blait elle-même être une morte qui penserait à un
mort. Puis tout à coup je devinai qu'elle allait pleurer,
je le devinai à un petit mouvement du dos pareil à
un frisson de vent dans un saule. Elle pleura douce-
ment d'abord, puis plus fort, avec des mouvements
rapides du cou et des épaules. Soudain elle décou-
vrit ses yeux. Ils étaient pleins de larmes et char-
mants, des yeux de folle qu'elle promena autour
d'elle, en une sorte de réveil de cauchemar. Elle me
vit la regarder, parut honteuse et se cacha encore
toute la figure dans ses mains. Alors ses sanglots
devinrent convulsifs, et sa tête lentement se pencha
vers le marbre. Elle y posa son front, et son voile se
répandant autour d'elle couvrit les angles blancs
de la sépulture aimée, comme un deuil nouveau. Je
l'entendis gémir, puis elle s'affaissa, sa joue sur la
dalle, et demeura immobile, sans connaissance.

Je me précipitai vers elle, je lui frappai dans les
mains, je soufflai sur ses paupières, tout en lisant
l'épitaphe très simple : « Ici repose Louis-Théodore
Carrel, capitaine d'infanterie de marine, tué par l'en-
nemi, au Tonkin [1]. Priez pour lui. »

Cette mort remontait à quelques mois. Je fus
attendri jusqu'aux larmes, et je redoublai mes soins.
Ils réussirent ; elle revint à elle. J'avais l'air très ému
— je ne suis pas trop mal, je n'ai pas quarante ans.
— Je compris à son premier regard qu'elle serait polie
et reconnaissante. Elle le fut, avec d'autres larmes, et
son histoire contée, sortie par fragments de sa poitrine
haletante, la mort de l'officier tombé au Tonkin, au

bout d'un an de mariage, après l'avoir épousée par
amour, car, orpheline de père et de mère, elle avait
tout juste la dot réglementaire.

Je la consolai, je la réconfortai, je la soulevai, je
la relevai. Puis je lui dis :

— Ne restez pas ici. Venez.

Elle murmura :

— Je suis incapable de marcher.

— Je vais vous soutenir.

— Merci, monsieur, vous êtes bon. Vous veniez
également ici pleurer un mort ?

— Oui, madame.

— Une morte ?

— Oui, madame.

— Votre femme ?

— Une amie.

— On peut aimer une amie autant que sa femme,
la passion n'a pas de loi.

— Oui, madame.

Et nous voilà partis ensemble, elle appuyée sur
moi, moi la portant presque par les chemins du cime-
tière. Quand nous en fûmes sortis, elle murmura,
défaillante :

— Je crois que je vais me trouver mal.

— Voulez-vous entrer quelque part, prendre quel-
que chose ?

— Oui, monsieur.

J'aperçus un restaurant, un de ces restaurants où
les amis des morts vont fêter la corvée finie. Nous
y entrâmes. Et je lui fis boire une tasse de thé bien
chaud qui parut la ranimer. Un vague sourire lui vint
aux lèvres. Et elle me parla d'elle. C'était si triste, si
triste d'être toute seule dans la vie, toute seule chez
soi, nuit et jour, de n'avoir plus personne à qui donner
de l'affection, de la confiance, de l'intimité.

Cela avait l'air sincère. C'était gentil dans sa bouche.
Je m'attendrissais. Elle était fort jeune, vingt ans
peut-être. Je lui fis des compliments qu'elle accepta

fort bien. Puis, comme l'heure passait, je lui proposai
de la reconduire chez elle avec une voiture. Elle accepta ;
et, dans le fiacre, nous restâmes tellement l'un contre
l'autre, épaule contre épaule, que nos chaleurs se
mêlaient à travers les vêtements, ce qui est bien la
chose la plus troublante du monde.

Quand la voiture fut arrêtée à sa maison, elle mur-
mura : « Je me sens incapable de monter seule mon
escalier, car je demeure au quatrième. Vous avez été
si bon, voulez-vous encore me donner le bras jusqu'à
mon logis ? »

Je m'empressai d'accepter. Elle monta lentement,
en soufflant beaucoup. Puis, devant sa porte, elle
ajouta :

— Entrez donc quelques instants pour que je puisse
vous remercier.

Et j'entrai, parbleu.

C'était modeste, même un peu pauvre, mais simple
et bien arrangé, chez elle.

Nous nous assîmes côte à côte sur un petit canapé,
et elle me parla de nouveau de sa solitude.

Elle sonna sa bonne, afin de m'offrir quelque chose
à boire. La bonne ne vint pas. J'en fus ravi en sup-
posant que cette bonne-là ne devait être que du matin :
ce qu'on appelle une femme de ménage.

Elle avait ôté son chapeau. Elle était vraiment
gentille avec ses yeux clairs fixés sur moi, si bien
fixés, si clairs que j'eus une tentation terrible et j'y
cédai. Je la saisis dans mes bras, et sur ses paupières
qui se fermèrent soudain, je mis des baisers... des bai-
sers... des baisers... tant et plus.

Elle se débattait en me repoussant et répétant :

— « Finissez... finissez... finissez donc. »

Quel sens donnait-elle à ce mot ? En des cas pareils,
« finir » peut en avoir au moins deux. Pour la faire
taire je passai des yeux à la bouche, et je donnai au
mot « finir » la conclusion que je préférais. Elle ne
résista pas trop, et quand nous nous regardâmes de

nouveau, après cet outrage à la mémoire du capitaine
tué au Tonkin, elle avait un air alangui, attendri,
résigné, qui dissipa mes inquiétudes.

Alors je fus galant, empressé et reconnaissant. Et
après une nouvelle causerie d'une heure environ, je
lui demandai :

— Où dînez-vous ?

— Dans un petit restaurant des environs.

— Toute seule ?

— Mais oui.

— Voulez-vous dîner avec moi ?

— Où ça ?

— Dans un bon restaurant du boulevard.

Elle résista un peu. J'insistai : elle céda, en se don-
nant à elle-même cet argument : — « Je m'ennuie
tant... tant » ; puis elle ajouta : — « Il faut que je passe
une robe un peu moins sombre. »

Et elle entra dans sa chambre à coucher.

Quand elle en sortit, elle était en demi-deuil, char-
mante, fine et mince, dans une toilette grise et fort
simple. Elle avait évidemment tenue de cimetière et
tenue de ville.

Le dîner fut très cordial. Elle but du champagne,
s'alluma, s'anima et je rentrai chez elle avec elle.

Cette liaison nouée sur les tombes dura trois semai-
nes environ. Mais on se fatigue de tout, et principa-
lement des femmes. Je la quittai sous prétexte d'un
voyage indispensable. J'eus un départ très généreux,
dont elle me remercia beaucoup. Et elle me fit pro-
mettre, elle me fit jurer de revenir après mon retour,
car elle semblait vraiment un peu attachée à moi.

Je courus à d'autres tendresses, et un mois environ
se passa sans que la pensée de revoir cette petite amou-
reuse funéraire fût assez forte pour que j'y cédasse.
Cependant je ne l'oubliais point... Son souvenir me
hantait comme un mystère, comme un problème de
psychologie, comme une de ces questions inexpli-
cables dont la solution nous harcèle.

Je ne sais pourquoi, un jour, je m'imaginai que je la retrouverais au cimetière Montmartre, et j'y allai.

Je m'y promenai longtemps sans rencontrer d'autres personnes que les visiteurs ordinaires de ce lieu, ceux qui n'ont pas encore rompu toutes relations avec leurs morts. La tombe du capitaine tué au Tonkin n'avait pas de pleureuse sur son marbre, ni de fleurs, ni de couronnes.

Mais comme je m'égarais dans un autre quartier de cette grande ville de trépassés, j'aperçus tout à coup, au bout d'une étroite avenue de croix, venant vers moi, un couple en grand deuil, l'homme et la femme. O stupeur! quand ils s'approchèrent, je la reconnus. C'était elle.

Elle me vit, rougit, et, comme je la frôlais en la croisant, elle me fit un tout petit signe, un tout petit coup d'œil qui signifiaient : « Ne me reconnaissez pas », mais qui semblaient dire aussi : « Revenez me voir, mon chéri. »

L'homme était bien, distingué, chic, officier de la Légion d'honneur, âgé d'environ cinquante ans.

Et il la soutenait, comme je l'avais soutenue moi-même en quittant le cimetière.

Je m'en allai stupéfait, me demandant ce que je venais de voir, à quelle race d'êtres appartenait cette sépulcrale chasseresse. Était-ce une simple fille, une prostituée inspirée qui allait cueillir sur les tombes les hommes tristes, hantés par une femme, épouse ou maîtresse, et troublés encore du souvenir des caresses disparues? Était-elle unique? Sont-elles plusieurs? Est-ce une profession? Fait-on le cimetière comme on fait le trottoir? Les Tombales! Ou bien avait-elle eu seule cette idée admirable, d'une philosophie profonde, d'exploiter les regrets d'amour qu'on ranime en ces lieux funèbres?

Et j'aurais bien voulu savoir de qui elle était veuve, ce jour-là?

SUR L'EAU [1]

J'avais loué, l'été dernier, une petite maison de campagne au bord de la Seine, à plusieurs lieues de Paris, et j'allais y coucher tous les soirs [2]. Je fis, au bout de quelques jours, la connaissance d'un de mes voisins, un homme de trente à quarante ans, qui était bien le type le plus curieux que j'eusse jamais vu. C'était un vieux canotier, mais un canotier enragé, toujours près de l'eau, toujours sur l'eau, toujours dans l'eau. Il devait être né dans un canot, et il mourra bien certainement dans le canotage final.

Un soir que nous nous promenions au bord de la Seine, je lui demandai de me raconter quelques anecdotes de sa vie nautique. Voilà immédiatement mon bonhomme qui s'anime, se transfigure, devient éloquent, presque poète. Il avait dans le cœur une grande passion, une passion dévorante, irrésistible : la rivière.

— Ah! me dit-il, combien j'ai de souvenirs sur cette rivière que vous voyez couler là près de nous! Vous autres, habitants des rues, vous ne savez pas ce qu'est la rivière. Mais écoutez un pêcheur prononcer ce mot. Pour lui, c'est la chose mystérieuse, profonde, inconnue, le pays des mirages et des fantasmagories, où l'on voit, la nuit, des choses qui ne sont pas, où l'on entend des bruits que l'on ne connaît point, où l'on tremble sans savoir pourquoi, comme en traversant un cimetière :

et c'est en effet le plus sinistre des cimetières, celui
où l'on n'a point de tombeau.

La terre est bornée pour le pêcheur, et dans l'ombre,
quand il n'y a pas de lune, la rivière est illimitée. Un
marin n'éprouve point la même chose pour la mer.
Elle est souvent dure et méchante, c'est vrai, mais elle
crie, elle hurle, elle est loyale, la grande mer ; tandis
que la rivière est silencieuse et perfide. Elle ne gronde
pas, elle coule toujours sans bruit, et ce mouvement
éternel de l'eau qui coule est plus effrayant pour moi
que les hautes vagues de l'Océan.

Des rêveurs prétendent que la mer cache dans son
sein d'immenses pays bleuâtres, où les noyés roulent
parmi les grands poissons, au milieu d'étranges forêts
et dans des grottes de cristal. La rivière n'a que des
profondeurs noires où l'on pourrit dans la vase. Elle
est belle pourtant quand elle brille au soleil levant
et qu'elle clapote doucement entre ses berges couver-
tes de roseaux qui murmurent.

Le poète a dit en parlant de l'Océan :

O flots, que vous savez de lugubres histoires !
Flots profonds, redoutés des mères à genoux,
Vous vous les racontez en montant les marées
Et c'est ce qui vous fait ces voix désespérées
Que vous avez, le soir, quand vous venez vers nous [1].

Eh bien, je crois que les histoires chuchotées par
les roseaux minces avec leurs petites voix si douces
doivent être encore plus sinistres que les drames
lugubres racontés par les hurlements des vagues.

Mais puisque vous me demandez quelques-uns de
mes souvenirs, je vais vous dire une singulière aven-
ture qui m'est arrivée ici, il y a une dizaine d'années.

J'habitais, comme aujourd'hui, la maison de la
mère Lafon, et un de mes meilleurs camarades, Louis
Bernet, qui a maintenant renoncé au canotage, à ses
pompes et à son débraillé pour entrer au Conseil

d'État, était installé au village de C... ¹, deux lieues
plus bas. Nous dînions tous les jours ensemble, tantôt
chez lui, tantôt chez moi.

Un soir, comme je revenais tout seul et assez fati-
gué, traînant péniblement mon gros bateau, un
océan de douze pieds, dont je me servais toujours la
nuit ², je m'arrêtai quelques secondes pour reprendre
haleine auprès de la pointe des roseaux, là-bas, deux
cents mètres environ avant le pont du chemin de fer.
Il faisait un temps magnifique ; la lune resplendissait,
le fleuve brillait, l'air était calme et doux. Cette tran-
quillité me tenta ; je me dis qu'il ferait bien bon fumer
une pipe en cet endroit. L'action suivit la pensée ; je
saisis mon ancre et la jetai dans la rivière.

Le canot, qui redescendait avec le courant, fila sa
chaîne jusqu'au bout, puis s'arrêta ; et je m'assis à
l'arrière sur ma peau de mouton, aussi commodément
qu'il me fut possible. On n'entendait rien, rien :
parfois seulement, je croyais saisir un petit clapote-
ment presque insensible de l'eau contre la rive, et
j'apercevais des groupes de roseaux plus élevés qui
prenaient des figures surprenantes et semblaient par
moments s'agiter.

Le fleuve était parfaitement tranquille, mais je me
sentis ému par le silence extraordinaire qui m'entou-
rait. Toutes les bêtes, grenouilles et crapauds, ces
chanteurs nocturnes des marécages, se taisaient.
Soudain, à ma droite, contre moi, une grenouille
coassa. Je tressaillis : elle se tut ; je n'entendis plus
rien, et je résolus de fumer un peu pour me distraire.
Cependant, quoique je fusse un culotteur de pipes
renommé, je ne pus pas ; dès la seconde bouffée, le
cœur me tourna et je cessai. Je me mis à chantonner,
le son de ma voix m'était pénible ; alors, je m'étendis
au fond du bateau et je regardai le ciel. Pendant quel-
que temps, je demeurai tranquille, mais bientôt les
légers mouvements de la barque m'inquiétèrent. Il me
sembla qu'elle faisait des embardées gigantesques,

touchant tour à tour les deux berges du fleuve ; puis je crus qu'un être ou qu'une force invisible l'attirait doucement au fond de l'eau et la soulevait ensuite pour la laisser retomber. J'étais ballotté comme au milieu d'une tempête ; j'entendis des bruits autour de moi ; je me dressai d'un bond ; l'eau brillait, tout était calme.

Je compris que j'avais les nerfs un peu ébranlés et je résolus de m'en aller. Je tirai sur ma chaîne ; le canot se mit en mouvement, puis je sentis une résistance, je tirai plus fort, l'ancre ne vint pas ; elle avait accroché quelque chose au fond de l'eau et je ne pouvais la soulever ; je recommençai à tirer, mais inutilement.

Alors, avec mes avirons, je fis tourner mon bateau et je le portai en amont pour changer la position de l'ancre. Ce fut en vain, elle tenait toujours ; je fus pris de colère et je secouai la chaîne rageusement. Rien ne remua. Je m'assis découragé et je me mis à réfléchir sur ma position. Je ne pouvais songer à casser cette chaîne ni à la séparer de l'embarcation, car elle était énorme et rivée à l'avant dans un morceau de bois plus gros que mon bras ; mais comme le temps demeurait fort beau, je pensai que je ne tarderais point, sans doute, à rencontrer quelque pêcheur qui viendrait à mon secours. Ma mésaventure m'avait calmé ; je m'assis et je pus enfin fumer ma pipe. Je possédais une bouteille de rhum, j'en bus deux ou trois verres, et ma situation me fit rire. Il faisait très chaud, de sorte qu'à la rigueur je pouvais, sans grand mal, passer la nuit à la belle étoile.

Soudain, un petit coup sonna contre mon bordage. Je fis un soubresaut, et une sueur froide me glaça des pieds à la tête. Ce bruit venait sans doute de quelque bout de bois entraîné par le courant, mais cela avait suffi et je me sentis envahi de nouveau par une étrange agitation nerveuse. Je saisis ma chaîne et je me raidis dans un effort désespéré. L'ancre tint bon. Je me rassis épuisé.

Cependant, la rivière s'était peu à peu couverte d'un brouillard blanc très épais qui rampait sur l'eau fort bas, de sorte que, en me dressant debout, je ne voyais plus le fleuve, ni mes pieds, ni mon bateau, mais j'apercevais seulement les pointes des roseaux, puis, plus loin, la plaine toute pâle de la lumière de la lune, avec de grandes taches noires qui montaient dans le ciel, formées par des groupes de peupliers d'Italie. J'étais comme enseveli jusqu'à la ceinture dans une nappe de coton d'une blancheur singulière, et il me venait des imaginations fantastiques. Je me figurais qu'on essayait de monter dans ma barque que je ne pouvais plus distinguer, et que la rivière, cachée par ce brouillard opaque, devait être pleine d'êtres étranges qui nageaient autour de moi. J'éprouvais un malaise horrible, j'avais les tempes serrées, mon cœur battait à m'étouffer, et, perdant la tête, je pensai à me sauver à la nage ; puis aussitôt cette idée me fit frissonner d'épouvante. Je me vis, perdu, allant à l'aventure dans cette brume épaisse, me débattant au milieu des herbes et des roseaux que je ne pourrais éviter, râlant de peur, ne voyant pas la berge, ne retrouvant plus mon bateau, et il me semblait que je me sentirais tiré par les pieds tout au fond de cette eau noire.

En effet, comme il m'eût fallu remonter le courant au moins pendant cinq cents mètres avant de trouver un point libre d'herbes et de joncs où je pusse prendre pied, il y avait pour moi neuf chances sur dix de ne pouvoir me diriger dans ce brouillard et de me noyer, quelque bon nageur que je fusse.

J'essayais de me raisonner. Je me sentais la volonté bien ferme de ne point avoir peur, mais il y avait en moi autre chose que ma volonté, et cette autre chose avait peur. Je me demandai ce que je pouvais redouter ; mon moi brave railla mon moi poltron, et jamais aussi bien que ce jour-là je ne saisis l'opposition des deux êtres qui sont en nous, l'un voulant, l'autre résistant, et chacun l'emportant tour à tour.

Cet effroi bête et inexplicable grandissait toujours et devenait de la terreur. Je demeurais immobile, les yeux ouverts, l'oreille tendue et attendant. Quoi ? Je n'en savais rien, mais ce devait être terrible. Je crois que si un poisson se fût avisé de sauter hors de l'eau, comme cela arrive souvent, il n'en aurait pas fallu davantage pour me faire tomber raide, sans connaissance.

Cependant, par un effort violent, je finis par ressaisir à peu près ma raison qui m'échappait. Je pris de nouveau ma bouteille de rhum et je bus à grands traits. Alors une idée me vint et je me mis à crier de toutes mes forces en me tournant successivement vers les quatre points de l'horizon. Lorsque mon gosier fut absolument paralysé, j'écoutai. — Un chien hurlait, très loin.

Je bus encore et je m'étendis tout de mon long au fond du bateau. Je restai ainsi peut-être une heure, peut-être deux, sans dormir, les yeux ouverts, avec des cauchemars autour de moi. Je n'osais pas me lever et pourtant je le désirais violemment ; je remettais de minute en minute. Je me disais : — « Allons, debout ! » et j'avais peur de faire un mouvement. A la fin, je me soulevai avec des précautions infinies, comme si ma vie eût dépendu du moindre bruit que j'aurais fait, et je regardai par-dessus le bord.

Je fus ébloui par le plus merveilleux, le plus étonnant spectacle qu'il soit possible de voir. C'était une de ces fantasmagories du pays des fées, une de ces visions racontées par les voyageurs qui reviennent de très loin et que nous écoutons sans les croire.

Le brouillard qui, deux heures auparavant, flottait sur l'eau, s'était peu à peu retiré et ramassé sur les rives. Laissant le fleuve absolument libre, il avait formé sur chaque berge une colline ininterrompue, haute de six ou sept mètres, qui brillait sous la lune avec l'éclat superbe des neiges. De sorte qu'on ne voyait rien autre chose que cette rivière lamée de feu entre

ces deux montagnes blanches ; et là-haut, sur ma tête, s'étalait, pleine et large, une grande lune illuminante au milieu d'un ciel bleuâtre et laiteux.

Toutes les bêtes de l'eau s'étaient réveillées ; les grenouilles coassaient furieusement, tandis que, d'instant en instant, tantôt à droite, tantôt à gauche, j'entendais cette note courte, monotone et triste, que jette aux étoiles la voix cuivrée des crapauds. Chose étrange, je n'avais plus peur ; j'étais au milieu d'un paysage tellement extraordinaire que les singularités les plus fortes n'eussent pu m'étonner.

Combien de temps cela dura-t-il, je n'en sais rien, car j'avais fini par m'assoupir. Quand je rouvris les yeux, la lune était couchée, le ciel plein de nuages. L'eau clapotait lugubrement, le vent soufflait, il faisait froid, l'obscurité était profonde.

Je bus ce qui me restait de rhum, puis j'écoutai en grelottant le froissement des roseaux et le bruit sinistre de la rivière. Je cherchai à voir, mais je ne pus distinguer mon bateau, ni mes mains elles-mêmes, que j'approchais de mes yeux.

Peu à peu, cependant, l'épaisseur du noir diminua. Soudain je crus sentir qu'une ombre glissait tout près de moi ; je poussai un cri, une voix répondit ; c'était un pêcheur. Je l'appelai, il s'approcha et je lui racontai ma mésaventure. Il mit alors son bateau bord à bord avec le mien, et tous les deux nous tirâmes sur la chaîne. L'ancre ne remua pas. Le jour venait, sombre, gris, pluvieux, glacial, une de ces journées qui vous apportent des tristesses et des malheurs. J'aperçus une autre barque, nous la hélâmes. L'homme qui la montait unit ses efforts aux nôtres ; alors, peu à peu l'ancre céda. Elle montait, mais doucement, doucement, et chargée d'un poids considérable. Enfin nous aperçûmes une masse noire, et nous la tirâmes à mon bord :

C'était le cadavre d'une vieille femme qui avait une grosse pierre au cou [1].

HISTOIRE D'UNE FILLE DE FERME [1]

I

Comme le temps était fort beau, les gens de la ferme avaient dîné plus vite que de coutume et s'en étaient allés dans les champs.

Rose, la servante, demeura toute seule au milieu de la vaste cuisine où un reste de feu s'éteignait dans l'âtre sous la marmite pleine d'eau chaude. Elle puisait à cette eau par moments et lavait lentement sa vaisselle, s'interrompant pour regarder deux carrés lumineux que le soleil, à travers la fenêtre, plaquait sur la longue table, et dans lesquels apparaissaient les défauts des vitres.

Trois poules très hardies cherchaient des miettes sous les chaises. Des odeurs de basse-cour, des tiédeurs fermentées d'étable entraient par la porte entr'ouverte ; et dans le silence du midi brûlant on entendait chanter les coqs.

Quand la fille eut fini sa besogne, essuyé la table, nettoyé la cheminée et rangé les assiettes sur le haut dressoir au fond près de l'horloge en bois au tictac sonore, elle respira, un peu étourdie, oppressée sans savoir pourquoi. Elle regarda les murs d'argile noircis, les poutres enfumées du plafond où pendaient des toiles d'araignée, des harengs saurs et des rangées d'oignons ; puis elle s'assit, gênée par les émanations

anciennes que la chaleur de ce jour faisait sortir de la
terre battue du sol où avaient séché tant de choses
répandues depuis si longtemps. Il s'y mêlait aussi la
saveur âcre du laitage qui crémait [1] au frais dans
la pièce à côté. Elle voulut cependant se mettre à
coudre comme elle en avait l'habitude, mais la force
lui manqua et elle alla respirer sur le seuil.

Alors, caressée par l'ardente lumière, elle sentit une
douceur qui lui pénétrait au cœur, un bien-être coulant
dans ses membres.

Devant la porte, le fumier dégageait sans cesse une
petite vapeur miroitante. Les poules se vautraient
dessus, couchées sur le flanc, et grattaient un peu
d'une seule patte pour trouver des vers. Au milieu
d'elles, le coq, superbe, se dressait. A chaque instant il
en choisissait une et tournait autour avec un petit
gloussement d'appel. La poule se levait nonchalam-
ment et le recevait d'un air tranquille, pliant les pattes
et le supportant sur ses ailes ; puis elle secouait ses
plumes d'où sortait de la poussière et s'étendait de
nouveau sur le fumier, tandis que lui chantait, comp-
tant ses triomphes ; et dans toutes les cours tous les
coqs lui répondaient, comme si, d'une ferme à l'autre,
ils se fussent renvoyé des défis amoureux.

La servante les regardait sans penser ; puis elle leva
les yeux et fut éblouie par l'éclat des pommiers en
fleur, tout blancs comme des têtes poudrées.

Soudain un jeune poulain, affolé de gaieté, passa
devant elle en galopant. Il fit deux fois le tour des
fossés plantés d'arbres, puis s'arrêta brusquement et
tourna la tête comme étonné d'être seul.

Elle aussi se sentait une envie de courir, un besoin de
mouvement et, en même temps, un désir de s'étendre,
d'allonger ses membres, de se reposer dans l'air immo-
bile et chaud. Elle fit quelques pas, indécise, fermant
les yeux, saisie par un bien-être bestial ; puis, tout
doucement, elle alla chercher les œufs au poulailler.
Il y en avait treize, qu'elle prit et rapporta. Quand ils

furent serrés dans le buffet, les odeurs de la cuisine l'incommodèrent de nouveau et elle sortit pour s'asseoir un peu sur l'herbe.

La cour de ferme, enfermée par les arbres, semblait dormir. L'herbe haute, où les pissenlits jaunes éclataient comme des lumières, était d'un vert puissant, d'un vert tout neuf de printemps. L'ombre des pommiers se ramassait en rond à leurs pieds ; et les toits de chaume des bâtiments, au sommet desquels poussaient des iris aux feuilles pareilles à des sabres, fumaient un peu comme si l'humidité des écuries et des granges se fût envolée à travers la paille.

La servante arriva sous le hangar où l'on rangeait les chariots et les voitures. Il y avait là, dans le creux du fossé, un grand trou vert plein de violettes dont l'odeur se répandait, et par-dessus le talus, on apercevait la campagne, une vaste plaine où poussaient les récoltes, avec des bouquets d'arbres par endroits, et, de place en place, des groupes de travailleurs lointains, tout petits comme des poupées, des chevaux blancs pareils à des jouets, traînant une charrue d'enfant poussée par un bonhomme haut comme le doigt.

Elle alla prendre une botte de paille dans un grenier et la jeta dans ce trou pour s'asseoir dessus ; puis, n'étant pas à son aise, elle défit le lien, éparpilla son siège et s'étendit sur le dos, les deux bras sous la tête et les jambes allongées.

Tout doucement elle fermait les yeux, assoupie dans une mollesse délicieuse. Elle allait même s'endormir tout à fait, quand elle sentit deux mains qui lui prenaient la poitrine, et elle se redressa d'un bond. C'était Jacques, le garçon de ferme, un grand Picard bien découplé, qui la courtisait depuis quelque temps. Il travaillait ce jour-là dans la bergerie, et, l'ayant vue s'étendre à l'ombre, il était venu à pas de loup, retenant son haleine, les yeux brillants, avec des brins de paille dans les cheveux.

Il essaya de l'embrasser, mais elle le gifla, forte

comme lui ; et, sournois, il demanda grâce. Alors ils
s'assirent l'un près de l'autre et ils causèrent amicale-
ment. Ils parlèrent du temps qui était favorable aux
moissons, de l'année qui s'annonçait bien, de leur
maître, un brave homme, puis des voisins, du pays
tout entier, d'eux-mêmes, de leur village, de leur
jeunesse, de leurs souvenirs, des parents qu'ils avaient
quittés pour longtemps, pour toujours peut-être. Elle
s'attendrit en pensant à cela, et lui, avec son idée
fixe, se rapprochait, se frottait contre elle, frémissant,
tout envahi par le désir. Elle disait :

— Y a bien longtemps que je n'ai vu maman ;
c'est dur tout de même d'être séparées tant que ça.

Et son œil perdu regardait au loin, à travers l'es-
pace, jusqu'au village abandonné là-bas, là-bas, vers
le nord.

Lui, tout à coup, la saisit par le cou et l'embrassa
de nouveau ; mais, de son poing fermé, elle le frappa en
pleine figure si violemment qu'il se mit à saigner du
nez ; et il se leva pour aller appuyer sa tête contre un
tronc d'arbre. Alors elle fut attendrie et, se rappro-
chant de lui, elle demanda :

— Ça te fait mal ?

Mais il se mit à rire. Non, ce n'était rien ; seulement
elle avait tapé juste sur le milieu. Il murmurait : « Cré
coquin ! » et il la regardait avec admiration, pris d'un
respect, d'une affection tout autre, d'un commence-
ment d'amour vrai pour cette grande gaillarde si
solide.

Quand le sang eut cessé de couler, il lui proposa de
faire un tour, craignant, s'ils restaient ainsi côte à
côte, la rude poigne de sa voisine. Mais d'elle-même
elle lui prit le bras, comme font les promis le soir,
dans l'avenue, et elle lui dit :

— Ça n'est pas bien, Jacques, de me mépriser
comme ça.

Il protesta. Non, il ne la méprisait pas, mais il était
amoureux, voilà tout.

— Alors, tu me veux bien en mariage ? dit-elle.

Il hésita, puis il se mit à la regarder de côté pendant qu'elle tenait ses yeux perdus au loin devant elle. Elle avait les joues rouges et pleines, une large poitrine saillante sous l'indienne de son caraco ¹, de grosses lèvres fraîches, et sa gorge, presque nue, était semée de petites gouttes de sueur. Il se sentit repris d'envie, et, la bouche dans son oreille, il murmura :

— Oui, je veux bien.

Alors elle lui jeta ses bras au cou et elle l'embrassa si longtemps qu'ils en perdaient haleine tous les deux.

De ce moment commença entre eux l'éternelle histoire de l'amour. Ils se lutinaient dans les coins ; ils se donnaient des rendez-vous au clair de la lune, à l'abri d'une meule de foin, et ils se faisaient des bleus aux jambes, sous la table, avec leurs gros souliers ferrés.

Puis, peu à peu, Jacques parut s'ennuyer d'elle ; il l'évitait, ne lui parlait plus guère, ne cherchait plus à la rencontrer seule. Alors elle fut envahie par des doutes et une grande tristesse ; et, au bout de quelque temps, elle s'aperçut qu'elle était enceinte.

Elle fut consternée d'abord, puis une colère lui vint, plus forte chaque jour, parce qu'elle ne parvenait point à le trouver, tant il l'évitait avec soin.

Enfin, une nuit, comme tout le monde dormait dans la ferme, elle sortit sans bruit, en jupon, pieds nus, traversa la cour et poussa la porte de l'écurie où Jacques était couché dans une grande boîte pleine de paille au-dessus de ses chevaux. Il fit semblant de ronfler en l'entendant venir ; mais elle se hissa près de lui, et, à genoux à son côté, le secoua jusqu'à ce qu'il se dressât.

Quand il se fut assis, demandant : — « Qu'est-ce que tu veux ? » elle prononça, les dents serrées, tremblant de fureur : — « Je veux, je veux que tu m'épouses, puisque tu m'as promis le mariage. » Il se mit à rire et répondit : — « Ah bien ! si on épousait toutes les filles avec qui on a fauté, ça ne serait pas à faire. »

Mais elle le saisit à la gorge, le renversa sans qu'il pût se débarrasser de son étreinte farouche, et, l'étranglant, elle lui cria tout près, dans la figure : — « Je suis grosse, entends-tu, je suis grosse. »

Il haletait, suffoquant ; et ils restaient là tous deux, immobiles, muets dans le silence noir troublé seulement par le bruit de mâchoire d'un cheval qui tirait sur la paille du râtelier, puis la broyait avec lenteur.

Quand Jacques comprit qu'elle était la plus forte, il balbutia :

— Eh bien, je t'épouserai, puisque c'est ça.

Mais elle ne croyait plus à ses promesses.

— Tout de suite, dit-elle ; tu feras publier les bans.

Il répondit :

— Tout de suite.

— Jure-le sur le bon Dieu.

Il hésita pendant quelques secondes, puis prenant son parti :

— Je le jure sur le bon Dieu.

Alors elle ouvrit les doigts et, sans ajouter une parole, s'en alla.

Elle fut quelques jours sans pouvoir lui parler, et l'écurie se trouvant désormais fermée à clef toutes les nuits, elle n'osait pas faire de bruit de crainte du scandale.

Puis, un matin, elle vit entrer à la soupe un autre valet. Elle demanda :

— Jacques est parti ?

— Mais oui, dit l'autre, je suis à sa place.

Elle se mit à trembler si fort, qu'elle ne pouvait décrocher sa marmite ; puis, quand tout le monde fut au travail, elle monta dans sa chambre et pleura, la face dans son traversin, pour n'être pas entendue.

Dans la journée, elle essaya de s'informer sans éveiller les soupçons ; mais elle était tellement obsédée par la pensée de son malheur qu'elle croyait voir rire

malicieusement tous les gens qu'elle interrogeait. Du
reste, elle ne put rien apprendre, sinon qu'il avait
quitté le pays tout à fait.

II

Alors commença pour elle une vie de torture conti-
nuelle. Elle travaillait comme une machine, sans
s'occuper de ce qu'elle faisait, avec cette idée fixe en
tête : « Si on le savait! »

Cette obsession constante la rendait tellement inca-
pable de raisonner qu'elle ne cherchait même pas les
moyens d'éviter ce scandale qu'elle sentait venir, se
rapprochant chaque jour, irréparable, et sûr comme la
mort.

Elle se levait tous les matins bien avant les autres
et, avec une persistance acharnée, essayait de regarder
sa taille dans un petit morceau d'une glace cassée qui
lui servait à se peigner, très anxieuse de savoir si
ce n'était pas aujourd'hui qu'on s'en apercevrait.

Et, pendant le jour, elle interrompait à tout instant
son travail, pour considérer du haut en bas si l'ampleur
de son ventre ne soulevait pas trop son tablier.

Les mois passaient. Elle ne parlait presque plus et,
quand on lui demandait quelque chose, ne comprenait
pas, effarée, l'œil hébété, les mains tremblantes ; ce
qui faisait dire à son maître :

— Ma pauvre fille, que t'es sotte depuis quelque
temps!

A l'église, elle se cachait derrière un pilier, et n'osait
plus aller à confesse, redoutant beaucoup la rencontre
du curé, à qui elle prêtait un pouvoir surhumain lui
permettant de lire dans les consciences.

A table, les regards de ses camarades la faisaient
maintenant défaillir d'angoisse, et elle s'imaginait
toujours être découverte par le vacher, un petit gars
précoce et sournois dont l'œil luisant ne la quittait pas.

Un matin, le facteur lui remit une lettre. Elle n'en avait jamais reçu et resta tellement bouleversée qu'elle fut obligée de s'asseoir. C'était de lui, peut-être ? Mais, comme elle ne savait pas lire, elle restait anxieuse, tremblante, devant ce papier couvert d'encre. Elle le mit dans sa poche, n'osant confier son secret à personne ; et souvent elle s'arrêtait de travailler pour regarder longtemps ces lignes également espacées qu'une signature terminait, s'imaginant vaguement qu'elle allait tout à coup en découvrir le sens. Enfin, comme elle devenait folle d'impatience et d'inquiétude, elle alla trouver le maître d'école qui la fit asseoir et lut :

« *Ma chère fille, la présente est pour te dire que je suis bien bas; notre voisin, maître Dentu, a pris la plume pour te mander de venir si tu peux.*

« *Pour ta mère affectionnée,*

« CÉSAIRE DENTU, *adjoint.* »

Elle ne dit pas un mot et s'en alla ; mais, sitôt qu'elle fut seule, elle s'affaissa au bord du chemin, les jambes rompues ; et elle resta là jusqu'à la nuit.

En rentrant, elle raconta son malheur au fermier, qui la laissa partir pour autant de temps qu'elle voudrait, promettant de faire faire sa besogne par une fille de journée et de la reprendre à son retour.

Sa mère était à l'agonie ; elle mourut le jour même de son arrivée ; et, le lendemain, Rose accouchait d'un enfant de sept mois, un petit squelette affreux, maigre à donner des frissons, et qui semblait souffrir sans cesse, tant il crispait douloureusement ses pauvres mains décharnées comme des pattes de crabe.

Il vécut cependant.

Elle raconta qu'elle était mariée, mais qu'elle ne pouvait se charger du petit ; et elle le laissa chez des voisins qui promirent d'en avoir bien soin.

Elle revint.

Mais alors, en son cœur si longtemps meurtri, se leva, comme une aurore, un amour inconnu pour ce petit être chétif qu'elle avait laissé là-bas ; et cet amour même était une souffrance nouvelle, une souffrance de toutes les heures, de toutes les minutes, puisqu'elle était séparée de lui.

Ce qui la martyrisait surtout, c'était un besoin fou de l'embrasser, de l'étreindre en ses bras, de sentir contre sa chair la chaleur de son petit corps. Elle ne dormait plus la nuit ; elle y pensait tout le jour ; et, le soir, son travail fini, elle s'asseyait devant le feu, qu'elle regardait fixement comme les gens qui pensent au loin.

On commençait même à jaser à son sujet, et on la plaisantait sur l'amoureux qu'elle devait avoir, lui demandant s'il était beau, s'il était grand, s'il était riche, à quand la noce, à quand le baptême ? Et elle se sauvait souvent pour pleurer toute seule, car ces questions lui entraient dans la peau comme des épingles.

Pour se distraire de ces tracasseries, elle se mit à l'ouvrage avec fureur, et, songeant toujours à son enfant, elle chercha les moyens d'amasser pour lui beaucoup d'argent.

Elle résolut de travailler si fort qu'on serait obligé d'augmenter ses gages.

Alors, peu à peu, elle accapara la besogne autour d'elle, fit renvoyer une servante qui devenait inutile depuis qu'elle peinait autant que deux, économisa sur le pain, sur l'huile et sur la chandelle, sur le grain qu'on jetait trop largement aux poules, sur le fourrage des bestiaux qu'on gaspillait un peu. Elle se montra avare de l'argent du maître comme si c'eût été le sien, et, à force de faire des marchés avantageux, de vendre cher ce qui sortait de la maison et de déjouer les ruses des paysans qui offraient leurs produits, elle eut seule le soin des achats et des ventes, la direction du travail des gens de peine, le compte des provisions ; et, en peu de temps, elle devint indispensable. Elle exerçait

une telle surveillance autour d'elle, que la ferme, sous
sa direction, prospéra prodigieusement. On parlait
à deux lieues à la ronde de la « servante à maître
Vallin » ; et le fermier répétait partout : — « Cette
fille-là, ça vaut mieux que de l'or. »

Cependant, le temps passait et ses gages restaient
les mêmes. On acceptait son travail forcé comme une
chose due par toute servante dévouée, une simple
marque de bonne volonté ; et elle commença à songer
avec un peu d'amertume que si le fermier encaissait,
grâce à elle, cinquante ou cent écus de supplément
tous les mois, elle continuait à gagner ses 240 francs
par an, rien de plus, rien de moins.

Elle résolut de réclamer une augmentation. Trois
fois elle alla trouver le maître et, arrivée devant lui,
parla d'autre chose. Elle ressentait une sorte de
pudeur à solliciter de l'argent, comme si c'eût été une
action un peu honteuse. Enfin, un jour que le fermier
déjeunait seul dans la cuisine, elle lui dit d'un air
embarrassé qu'elle désirait lui parler particulièrement.
Il leva la tête, surpris, les deux mains sur la table,
tenant de l'une son couteau, la pointe en l'air, et de
l'autre une bouchée de pain, et il regarda fixement sa
servante. Elle se troubla sous son regard et demanda
huit jours pour aller au pays parce qu'elle était un
peu malade.

Il les lui accorda tout de suite ; puis, embarrassé
lui-même, il ajouta :

— Moi aussi j'aurai à te parler quand tu seras
revenue.

III

L'enfant allait avoir huit mois : elle ne le reconnut
point. Il était devenu tout rose, joufflu, potelé partout,
pareil à un petit paquet de graisse vivante. Ses doigts,
écartés par des bourrelets de chair, remuaient douce-

ment dans une satisfaction visible. Elle se jeta dessus comme sur une proie, avec un emportement de bête, et elle l'embrassa si violemment qu'il se prit à hurler de peur. Alors elle se mit elle-même à pleurer parce qu'il ne la reconnaissait pas et qu'il tendait ses bras vers sa nourrice aussitôt qu'il l'apercevait.

Dès le lendemain cependant il s'accoutuma à sa figure, et il riait en la voyant. Elle l'emportait dans la campagne, courait affolée en le tenant au bout de ses mains, s'asseyait sous l'ombre des arbres ; puis, pour la première fois de sa vie, et bien qu'il ne l'entendît point, elle ouvrait son cœur à quelqu'un, lui racontait ses chagrins, ses travaux, ses soucis, ses espérances, et elle le fatiguait sans cesse par la violence et l'acharnement de ses caresses.

Elle prenait une joie infinie à le pétrir dans ses mains, à le laver, à l'habiller ; et elle était même heureuse de nettoyer ses saletés d'enfant, comme si ces soins intimes eussent été une confirmation de sa maternité. Elle le considérait, s'étonnant qu'il fût à elle, et elle se répétait à demi-voix, en le faisant danser dans ses bras : « C'est mon petiot, c'est mon petiot. »

Elle sanglota toute la route en retournant à la ferme, et elle était à peine revenue que son maître l'appela dans sa chambre. Elle s'y rendit, très étonnée et fort émue sans savoir pourquoi.

— Assieds-toi là, dit-il.

Elle s'assit et ils restèrent pendant quelques instants à côté l'un de l'autre, embarrassés tous les deux, les bras inertes et encombrants, et sans se regarder en face, à la façon des paysans.

Le fermier, gros homme de quarante-cinq ans, deux fois veuf, jovial et têtu, éprouvait une gêne évidente qui ne lui était pas ordinaire. Enfin il se décida et se mit à parler d'un air vague, bredouillant un peu et regardant au loin dans la campagne.

— Rose, dit-il, est-ce que tu n'as jamais songé à t'établir ?

Elle devint pâle comme une morte. Voyant qu'elle ne lui répondait pas, il continua :

— Tu es une brave fille, rangée, active et économe. Une femme comme toi, ça ferait la fortune d'un homme.

Elle restait toujours immobile, l'œil effaré, ne cherchant même pas à comprendre, tant ses idées tourbillonnaient comme à l'approche d'un grand danger. Il attendit une seconde, puis continua :

— Vois-tu, une ferme sans maîtresse, ça ne peut pas aller, même avec une servante comme toi.

Alors il se tut, ne sachant plus que dire ; et Rose le regardait de l'air épouvanté d'une personne qui se croit en face d'un assassin et s'apprête à s'enfuir au moindre geste qu'il fera.

Enfin, au bout de cinq minutes, il demanda :

— Hé bien ! ça te va-t-il ?

Elle répondit avec une physionomie idiote :

— Quoi, not'maître ?

Alors lui, brusquement :

— Mais de m'épouser, pardine !

Elle se dressa tout à coup, puis retomba comme cassée sur sa chaise, où elle demeura sans mouvement, pareille à quelqu'un qui aurait reçu le coup d'un grand malheur. Le fermier à la fin s'impatienta :

— Allons, voyons ; qu'est-ce qu'il te faut alors ?

Elle le contemplait affolée ; puis, soudain, les larmes lui vinrent aux yeux, et elle répéta deux fois en suffoquant :

— Je ne peux pas, je ne peux pas !

— Pourquoi ça ? demanda l'homme. Allons, ne fais pas la bête ; je te donne jusqu'à demain pour réfléchir.

Et il se dépêcha de s'en aller, très soulagé d'en avoir fini avec cette démarche qui l'embarrassait beaucoup et ne doutant pas que, le lendemain, sa servante accepterait une proposition qui était pour elle tout à fait inespérée et, pour lui, une excellente affaire, puisqu'il s'attachait ainsi à jamais une femme qui lui

rapporterait certes davantage que la plus belle dot du pays.

Il ne pouvait d'ailleurs exister entre eux de scrupules de mésalliance, car, dans la campagne, tous sont à peu près égaux : le fermier laboure comme son valet, qui, le plus souvent, devient maître à son tour un jour ou l'autre, et les servantes à tout moment passent maîtresses sans que cela apporte aucun changement dans leur vie ou leurs habitudes.

Rose ne se coucha pas cette nuit-là. Elle tomba assise sur son lit, n'ayant plus même la force de pleurer, tant elle était anéantie. Elle restait inerte, ne sentant plus son corps, et l'esprit dispersé, comme si quelqu'un l'eût déchiquetée avec un des ces instruments dont se servent les cardeurs pour effiloquer la laine des matelas.

Par instants seulement elle parvenait à rassembler comme des bribes de réflexions, et elle s'épouvantait à la pensée de ce qui pouvait advenir.

Ses terreurs grandirent, et chaque fois que dans le silence assoupi de la maison la grosse horloge de la cuisine battait lentement les heures, il lui venait des sueurs d'angoisse. Sa tête se perdait, les cauchemars se succédaient, sa chandelle s'éteignit ; alors commença le délire, ce délire fuyant des gens de la campagne qui se croient frappés par un sort, un besoin fou de partir, de s'échapper, de courir devant le malheur comme un vaisseau devant la tempête.

Une chouette glapit ; elle tressaillit, se dressa, passa ses mains sur sa face, dans ses cheveux, se tâta le corps comme une folle ; puis, avec des allures de somnambule, elle descendit. Quand elle fut dans la cour, elle rampa pour n'être point vue par quelque goujat [1] rôdeur, car la lune, près de disparaître, jetait une lueur claire dans les champs. Au lieu d'ouvrir la barrière, elle escalada le talus ; puis, quand elle fut en face de la campagne, elle partit. Elle filait droit devant elle, d'un trot élastique et précipité, et, de temps en temps, inconsciemment, elle jetait un cri perçant. Son ombre

démesurée, couchée sur le sol à son côté, filait avec elle, et parfois un oiseau de nuit venait tournoyer sur sa tête. Les chiens dans les cours de fermes aboyaient en l'entendant passer ; l'un d'eux sauta le fossé et la poursuivit pour la mordre ; mais elle se retourna sur lui en hurlant de telle façon que l'animal épouvanté s'enfuit, se blottit dans sa loge et se tut.

Parfois une jeune famille de lièvres folâtrait dans un champ ; mais, quand approchait l'enragée coureuse, pareille à une Diane en délire, les bêtes craintives se débandaient ; les petits et la mère disparaissaient blottis dans un sillon, tandis que le père déboulait à toutes pattes et, parfois, faisait passer son ombre bondissante, avec ses grandes oreilles dressées, sur la lune à son coucher, qui plongeait maintenant au bout du monde et éclairait la plaine de sa lumière oblique, comme une énorme lanterne posée par terre à l'horizon.

Les étoiles s'effacèrent dans les profondeurs du ciel, quelques oiseaux pépiaient ; le jour naissait. La fille, exténuée, haletait ; et quand le soleil perça l'aurore empourprée, elle s'arrêta [1].

Ses pieds enflés se refusaient à marcher ; mais elle aperçut une mare, une grande mare dont l'eau stagnante semblait du sang, sous les reflets rouges du jour nouveau, et elle alla, à petits pas, boitant, la main sur son cœur, tremper ses deux jambes dedans.

Elle s'assit sur une touffe d'herbe, ôta ses gros souliers pleins de poussière, défit ses bas, et enfonça ses mollets bleuis dans l'onde immobile où venaient parfois crever des bulles d'air.

Une fraîcheur délicieuse lui monta des talons jusqu'à la gorge ; et, tout à coup, pendant qu'elle regardait fixement cette mare profonde, un vertige la saisit, un désir furieux d'y plonger tout entière. Ce serait fini de souffrir là-dedans, fini pour toujours. Elle ne pensait plus à son enfant ; elle voulait la paix, le repos complet, dormir sans fin. Alors elle se dressa, les bras levés, et

fit deux pas en avant. Elle enfonçait maintenant jus-
qu'aux cuisses, et déjà elle se précipitait, quand des
piqûres ardentes aux chevilles la firent sauter en arrière,
et elle poussa un cri désespéré, car depuis ses genoux
jusqu'au bout de ses pieds de longues sangsues noires
buvaient sa vie, se gonflaient, collées à sa chair. Elle
n'osait point y toucher et hurlait d'horreur. Ses cla-
meurs désespérées attirèrent un paysan qui passait
au loin avec sa voiture. Il arracha les sangsues une
à une, comprima les plaies avec des herbes et ramena
la fille dans sa carriole jusqu'à la ferme de son maître.

Elle fut pendant quinze jours au lit, puis, le matin
où elle se releva, comme elle était assise devant la
porte, le fermier vint soudain se planter devant elle.

— Eh bien, dit-il, c'est une affaire entendue, n'est-
ce pas?

Elle ne répondit point d'abord, puis, comme il
restait debout, la perçant de son regard obstiné, elle
articula péniblement :

— Non, not'maître, je ne peux pas.

Mais il s'emporta tout à coup.

— Tu ne peux pas, la fille. tu ne peux pas, pour-
quoi ça?

Elle se remit à pleurer et répéta :

— Je ne peux pas.

Il la dévisageait, et il lui cria dans la face.

— C'est donc que tu as un amoureux?

Elle balbutia, tremblant de honte :

— Peut-être bien que c'est ça.

L'homme, rouge comme un coquelicot, bredouil-
lait de colère :

— Ah! tu l'avoues donc, gueuse! Et qu'est-ce que
c'est, ce merle-là? Un va-nu-pieds, un sans-le-sou, un
couche-dehors, un crève-la-faim? Qu'est-ce que c'est,
dis.

Et, comme elle ne répondait rien :

— Ah! tu ne veux pas... Je vas te le dire, moi :
c'est Jean Baudu?

Elle s'écria :

— Oh! non, pas lui.

— Alors c'est Pierre Martin?

— Oh non! not'maître.

Et il nommait éperdument tous les garçons du pays, pendant qu'elle niait, accablée, et s'essuyant les yeux à tout moment du coin de son tablier bleu. Mais lui cherchait toujours avec son obstination de brute, grattant à ce cœur pour connaître son secret, comme un chien de chasse qui fouille un terrier tout un jour pour avoir la bête qu'il sent au fond. Tout à coup l'homme s'écria :

— Eh! pardine, c'est Jacques, le valet de l'autre année ; on disait bien qu'il te parlait et que vous vous étiez promis mariage.

Rose suffoqua ; un flot de sang empourpra sa face ; ses larmes tarirent tout à coup ; elles se séchèrent sur ses joues comme des gouttes d'eau sur du fer rouge. Elle s'écria :

— Non, ce n'est pas lui, ce n'est pas lui!

— Est-ce bien sûr, ça? demanda le paysan malin qui flairait un bout de vérité.

Elle répondit précipitamment :

— Je vous le jure, je vous le jure...

Elle cherchait sur quoi jurer, n'osant point invoquer les choses sacrées. Il l'interrompit :

— Il te suivait pourtant dans les coins et il te mangeait des yeux pendant tous les repas. Lui as-tu promis ta foi, hein, dis?

Cette fois, elle regarda son maître en face.

— Non, jamais, jamais, et je vous jure par le bon Dieu que s'il venait aujourd'hui me demander, je ne voudrais pas de lui.

Elle avait l'air tellement sincère que le fermier hésita. Il reprit, comme se parlant à lui-même :

— Alors, quoi? Il ne t'est pourtant pas arrivé un malheur, on le saurait. Et puisqu'il n'y a pas eu de conséquence, une fille ne refuserait pas son maître à

cause de ça. Il faut pourtant qu'il y ait quelque chose.

Elle ne répondait plus rien, étranglée par une angoisse.

Il demanda encore : — « Tu ne veux point ? »

Elle soupira : — « Je n'peux pas, not'maître. » Et il tourna les talons.

Elle se crut débarrassée et passa le reste du jour à peu près tranquille, mais aussi rompue et exténuée que si, à la place du vieux cheval blanc, on lui eût fait tourner depuis l'aurore la machine à battre le grain.

Elle se coucha sitôt qu'elle le put et s'endormit tout d'un coup.

Vers le milieu de la nuit, deux mains qui palpaient son lit la réveillèrent. Elle tressauta de frayeur, mais elle reconnut aussitôt la voix du fermier qui lui disait :

— « N'aie pas peur, Rose, c'est moi qui viens pour te parler. » Elle fut d'abord étonnée ; puis, comme il essayait de pénétrer sous ses draps, elle comprit ce qu'il cherchait et se mit à trembler très fort, se sentant seule dans l'obscurité, encore lourde de sommeil, et toute nue, et dans un lit, auprès de cet homme qui la voulait. Elle ne consentait pas, pour sûr, mais elle résistait nonchalamment, luttant elle-même contre l'instinct toujours plus puissant chez les natures simples, et mal protégée par la volonté indécise de ces races inertes et molles. Elle tournait sa tête, tantôt vers le mur, tantôt vers la chambre, pour éviter les caresses dont la bouche du fermier poursuivait la sienne, et son corps se tordait un peu sous sa couverture, énervé par la fatigue de la lutte. Lui, devenait brutal, grisé par le désir. Il la découvrit d'un mouvement brusque. Alors elle sentit bien qu'elle ne pouvait plus résister. Obéissant à une pudeur d'autruche, elle cacha sa figure dans ses mains et cessa de se défendre.

Le fermier resta la nuit auprès d'elle. Il y revint le soir suivant, puis tous les jours.

Ils vécurent ensemble.

Un matin, il lui dit : « — J'ai fait publier les bans, nous nous marierons le mois prochain. »

Elle ne répondit pas. Que pouvait-elle dire? Elle ne résista point. Que pouvait-elle faire?

IV

Elle l'épousa. Elle se sentait enfoncée dans un trou aux bords inaccessibles, dont elle ne pourrait jamais sortir, et toutes sortes de malheurs restaient suspendus sur sa tête comme des gros rochers qui tomberaient à la première occasion. Son mari lui faisait l'effet d'un homme qu'elle avait volé et qui s'en apercevrait un jour ou l'autre. Et puis elle pensait à son petit d'où venait tout son malheur, mais d'où venait aussi tout son bonheur sur la terre.

Elle allait le voir deux fois l'an et revenait plus triste chaque fois.

Cependant, avec l'habitude, ses appréhensions se calmèrent, son cœur s'apaisa, et elle vivait plus confiante avec une vague crainte flottant encore en son âme.

Des années passèrent ; l'enfant gagnait six ans. Elle était maintenant presque heureuse, quand tout à coup l'humeur du fermier s'assombrit.

Depuis deux ou trois années déjà il semblait nourrir une inquiétude, porter en lui un souci, quelque mal de l'esprit grandissant peu à peu. Il restait longtemps à table après son dîner, la tête enfoncée dans ses mains, et triste, triste, rongé par le chagrin. Sa parole devenait plus vive, brutale parfois ; et il semblait même qu'il avait une arrière-pensée contre sa femme, car il lui répondait par moments avec dureté, presque avec colère.

Un jour que le gamin d'une voisine était venu chercher des œufs, comme elle le rudoyait un peu, pressée

par la besogne, son mari apparut tout à coup et lui dit de sa voix méchante :

— Si c'était le tien, tu ne le traiterais pas comme ça.

Elle demeura saisie, sans pouvoir répondre, puis elle rentra, avec toutes ses angoisses réveillées.

Au dîner, le fermier ne lui parla pas, ne la regarda pas, et il semblait la détester, la mépriser, savoir quelque chose enfin.

Perdant la tête, elle n'osa point rester seule avec lui après le repas ; elle se sauva et courut jusqu'à l'église.

La nuit tombait ; l'étroite nef était toute sombre, mais un pas rôdait dans le silence là-bas, vers le chœur, car le sacristain préparait pour la nuit la lampe du tabernacle. Ce point de feu tremblotant, noyé dans les ténèbres de la voûte, apparut à Rose comme une dernière espérance, et, les yeux fixés sur lui, elle s'abattit à genoux.

La mince veilleuse remonta dans l'air avec un bruit de chaîne. Bientôt retentit sur le pavé un saut régulier de sabots que suivait un frôlement de corde traînant, et la maigre cloche jeta l'*Angelus* du soir à travers les brumes grandissantes. Comme l'homme allait sortir, elle le joignit.

— Monsieur le curé est-il chez lui ? dit-elle.

Il répondit :

— Je crois bien, il dîne toujours à l'*Angelus*.

Alors elle poussa en tremblant la barrière du presbytère.

Le prêtre se mettait à table. Il la fit asseoir aussitôt.

— Oui, oui, je sais, votre mari m'a parlé déjà de ce qui vous amène.

La pauvre femme défaillait. L'ecclésiastique reprit :

— Que voulez-vous, mon enfant ?

Et il avalait rapidement des cuillerées de soupe dont les gouttes tombaient sur sa soutane rebondie et crasseuse au ventre.

Rose n'osait plus parler, ni implorer, ni supplier ; elle se leva ; le curé lui dit :

— Du courage...

Et elle sortit.

Elle revint à la ferme sans savoir ce qu'elle faisait. Le maître l'attendait, les gens de peine étant partis en son absence. Alors elle tomba lourdement à ses pieds et elle gémit en versant des flots de larmes.

— Qu'est-ce que t'as contre moi ?

Il se mit à crier, jurant :

— J'ai que je n'ai pas d'éfants, nom de Dieu! Quand on prend une femme, c'n'est pas pour rester tout seuls tous les deux jusqu'à la fin. V'là c'que j'ai. Quand une vache n'a point de viaux, c'est qu'elle ne vaut rien. Quand une femme n'a point d'éfant, c'est aussi qu'elle ne vaut rien.

Elle pleurait, balbutiant, répétant :

— C'n'est point d'ma faute! c'n'est point d'ma faute!

Alors il s'adoucit un peu et il ajouta :

— J'te dis pas, mais c'est contrariant tout de même.

V

De ce jour elle n'eut plus qu'une pensée : avoir un enfant, un autre ; et elle confia son désir à tout le monde.

Une voisine lui indiqua un moyen : c'était de donner à boire à son mari, tous les soirs, un verre d'eau avec une pincée de cendres. Le fermier s'y prêta, mais le moyen ne réussit pas.

Ils se dirent : « Peut-être qu'il y a des secrets. » Et ils allèrent aux renseignements. On leur désigna un berger qui demeurait à dix lieues de là ; et maître Vallin ayant attelé son tilbury partit un jour pour le consulter.

Le berger lui remit un pain sur lequel il fit des signes, un pain pétri avec des herbes et dont il fallait que tous deux mangeassent un morceau, la nuit, avant comme après leurs caresses.

Le pain tout entier fut consommé sans obtenir de résultat.

Un instituteur leur dévoila des mystères, des procédés d'amour inconnus aux champs, et infaillibles, disait-il. Ils ratèrent.

Le curé conseilla un pèlerinage au précieux Sang de Fécamp [1]. Rose alla avec la foule se prosterner dans l'abbaye, et, mêlant son vœu aux souhaits grossiers qu'exhalaient tous ces cœurs de paysans, elle supplia Celui que tous imploraient de la rendre encore une fois féconde. Ce fut en vain. Alors elle s'imagina être punie de sa première faute et une immense douleur l'envahit.

Elle dépérissait de chagrin ; son mari aussi vieillissait, « se mangeait les sangs », disait-on, se consumait en espoirs inutiles.

Alors la guerre éclata entre eux. Il l'injuria, la battit. Tout le jour il la querellait, et le soir, dans leur lit, haletant, haineux, il lui jetait à la face des outrages et des ordures.

Une nuit enfin, ne sachant plus qu'inventer pour la faire souffrir davantage, il lui ordonna de se lever et d'aller attendre le jour sous la pluie devant la porte. Comme elle n'obéissait pas, il la saisit par le cou et se mit à la frapper au visage à coups de poing. Elle ne dit rien, ne remua pas. Exaspéré, il sauta à genoux sur son ventre ; et, les dents serrées, fou de rage, il l'assommait. Alors elle eut un instant de révolte désespérée, et, d'un geste furieux le rejetant contre le mur, elle se dressa sur son séant, puis, la voix changée, sifflante :

— J'en ai un éfant, moi, j'en ai un ! je l'ai eu avec Jacques ; tu sais bien, Jacques. Il devait m'épouser : il est parti.

L'homme, stupéfait, restait là, aussi éperdu qu'elle-même ; il bredouillait :

— Qué que tu dis ? qué que tu dis ?

Alors elle se mit à sangloter, et à travers ses larmes ruisselantes elle balbutia :

— C'est pour ça que je ne voulais pas t'épouser, c'est pour ça. Je ne pouvais point te le dire, tu m'aurais mise sans pain avec mon petit. Tu n'en as pas, toi, d'éfant ; tu ne sais pas, tu ne sais pas !

Il répétait machinalement. dans une surprise grandissante :

— T'as un éfant ? t'as un éfant ?

Elle prononça au milieu des hoquets :

— Tu m'as prise de force ; tu le sais bien peut-être ? moi je ne voulais point t'épouser.

Alors il se leva, alluma la chandelle, et se mit à marcher dans la chambre, les bras derrière le dos. Elle pleurait toujours, écroulée sur le lit. Tout à coup il s'arrêta devant elle : — « C'est de ma faute alors si je t'en ai pas fait ? » dit-il. Elle ne répondit pas. Il se remit à marcher ; puis, s'arrêtant de nouveau, il demanda :

— Quel âge qu'il a ton petiot ? »

Elle murmura :

— V'là qu'il va avoir six ans.

Il demanda encore :

— Pourquoi que tu me l'as pas dit ?

Elle gémit :

— Est-ce que je pouvais !

Il restait debout, immobile.

— Allons, lève-toi, dit-il.

Elle se redressa péniblement ; puis, quand elle se fut mise sur ses pieds, appuyée au mur, il se prit à rire soudain de son gros rire des bons jours ; et comme elle demeurait bouleversée, il ajouta :

— Eh bien, on ira le chercher, c't'éfant, puisque nous n'en avons pas ensemble.

Elle eut un tel effarement que si la force ne lui eût pas manqué, elle se serait assurément enfuie. Mais le fermier se frottait les mains et murmurait :

— Je voulais en adopter un, le v'là trouvé, le v'là trouvé. J'avais demandé au curé un orphelin.

Puis, riant toujours, il embrassa sur les deux joues sa femme éplorée et stupide, et il cria, comme si elle ne l'entendait pas :

— Allons, la mère, allons voir s'il y a encore de la soupe ; moi j'en mangerai bien une potée.

Elle passa sa jupe ; ils descendirent ; et pendant qu'à genoux elle rallumait le feu sous la marmite, lui, radieux, continuait à marcher à grands pas dans la cuisine en répétant :

— Eh bien, vrai, ça me fait plaisir ; c'est pas pour dire, mais je suis content, je suis bien content.

EN FAMILLE [1]

Le tramway de Neuilly venait de passer la porte
Maillot et il filait maintenant tout le long de la grande
avenue qui aboutit à la Seine [2]. La petite machine,
attelée à son wagon, cornait pour écarter les obstacles,
crachait sa vapeur, haletait comme une personne
essoufflée qui court : et ses pistons faisaient un bruit
précipité de jambes de fer en mouvement. La lourde
chaleur d'une fin de journée d'été tombait sur la route
d'où s'élevait, bien qu'aucune brise ne soufflât, une
poussière blanche, crayeuse, opaque, suffocante et
chaude, qui se collait sur la peau moite, emplissait les
yeux, entrait dans les poumons.

Des gens venaient sur leurs portes, cherchant de
l'air.

Les glaces de la voiture étaient baissées, et tous les
rideaux flottaient agités par la course rapide. Quelques
personnes seulement occupaient l'intérieur (car on
préférait, par ces jours chauds, l'impériale ou les plates-
formes). C'étaient de grosses dames aux toilettes
farces, de ces bourgeoises de banlieue qui remplacent
la distinction dont elles manquent par une dignité
intempestive ; des messieurs las du bureau, la figure
jaunie, la taille tournée, une épaule un peu remontée
par les longs travaux courbés sur les tables. Leurs faces
inquiètes et tristes disaient encore les soucis domesti-
ques, les incessants besoins d'argent, les anciennes

espérances définitivement déçues ; car tous apparte-
naient à cette armée de pauvres diables râpés qui
végètent économiquement dans une chétive maison
de plâtre, avec une plate-bande pour jardin, au milieu
de cette campagne à dépotoirs qui borde Paris.

Tout près de la portière, un homme petit et gros, la
figure bouffie, le ventre tombant entre ses jambes
ouvertes, tout habillé de noir et décoré, causait avec
un grand maigre d'aspect débraillé, vêtu de coutil
blanc très sale et coiffé d'un vieux panama. Le premier
parlait lentement, avec des hésitations qui le faisaient
parfois paraître bègue ; c'était M. Caravan, commis
principal au ministère de la Marine. L'autre, ancien
officier de santé à bord d'un bâtiment de commerce,
avait fini par s'établir au rond-point de Courbevoie où
il appliquait sur la misérable population de ce lieu les
vagues connaissances médicales qui lui restaient après
une vie aventureuse. Il se nommait Chenet et se fai-
sait appeler docteur. Des rumeurs couraient sur sa
moralité.

M. Caravan avait toujours mené l'existence normale
des bureaucrates. Depuis trente ans, il venait invaria-
blement à son bureau, chaque matin, par la même
route, rencontrant à la même heure, aux mêmes
endroits, les mêmes figures d'hommes allant à leurs
affaires ; et il s'en retournait, chaque soir, par le même
chemin où il retrouvait encore les mêmes visages qu'il
avait vu vieillir.

Tous les jours, après avoir acheté sa feuille d'un
sou [1] à l'encoignure du faubourg Saint-Honoré, il
allait chercher ses deux petits pains, puis il entrait au
ministère à la façon d'un coupable qui se constitue
prisonnier ; et il gagnait son bureau vivement, le
cœur plein d'inquiétude, dans l'attente éternelle d'une
réprimande pour quelque négligence qu'il aurait pu
commettre.

Rien n'était jamais venu modifier l'ordre monotone
de son existence ; car aucun événement ne le touchait

en dehors des affaires du bureau, des avancements et des gratifications. Soit qu'il fût au ministère, soit qu'il fût dans sa famille (car il avait épousé, sans dot, la fille d'un collègue), il ne parlait jamais que du service. Jamais son esprit atrophié par la besogne abêtissante et quotidienne n'avait plus d'autres pensées, d'autres espoirs, d'autres rêves, que ceux relatifs à son ministère. Mais une amertume gâtait toujours ses satisfactions d'employé : l'accès des commissaires de marine, des ferblantiers comme on disait à cause de leurs galons d'argent, aux emplois de sous-chefs et de chefs ; et chaque soir, en dînant, il argumentait fortement devant sa femme, qui partageait ses haines, pour prouver qu'il est inique à tous égards de donner des places à Paris aux gens destinés à la navigation.

Il était vieux, maintenant, n'ayant point senti passer sa vie, car le collège, sans transition, avait été continué par le bureau, et les pions, devant qui il tremblait autrefois, étaient aujourd'hui remplacés par les chefs, qu'il redoutait effroyablement. Le seuil de ces despotes en chambre le faisait frémir des pieds à la tête ; et de cette continuelle épouvante il gardait une manière gauche de se présenter, une attitude humble et une sorte de bégaiement nerveux.

Il ne connaissait pas plus Paris que ne le peut connaître un aveugle conduit par son chien, chaque jour, sous la même porte ; et s'il lisait dans son journal d'un sou les événements et les scandales, il les percevait comme des contes fantaisistes inventés à plaisir pour distraire les petits employés. Homme d'ordre, réactionnaire sans parti déterminé, mais ennemi des « *nouveautés* », il passait les faits politiques, que sa feuille, du reste, défigurait toujours pour les besoins payés d'une cause; et quand il remontait tous les soirs l'avenue des Champs-Élysées, il considérait la foule houleuse des promeneurs et le flot roulant des équipages à la façon d'un voyageur dépaysé qui traverserait des contrées lointaines.

Ayant complété, cette année même, ses trente années de service obligatoire, on lui avait remis, au 1er janvier, la croix de la Légion d'honneur, qui récompense, dans ces administrations militarisées, la longue et misérable servitude — (on dit : *loyaux services*) — de ces tristes forçats rivés au carton vert. Cette dignité inattendue, lui donnant de sa capacité une idée haute et nouvelle, avait en tout changé ses mœurs. Il avait dès lors supprimé les pantalons de couleur et les vestons de fantaisie, porté des culottes noires et de longues redingotes où son *ruban*, très large, faisait mieux ; et, rasé tous les matins, écurant ses ongles avec plus de soin, changeant de linge tous les deux jours par un légitime sentiment de convenances et de respect pour l'*Ordre* national dont il faisait partie, il était devenu, du jour au lendemain, un autre Caravan, rincé, majestueux et condescendant [1].

Chez lui, il disait « ma croix » à tout propos. Un tel orgueil lui était venu, qu'il ne pouvait plus même souffrir à la boutonnière des autres aucun ruban d'aucune sorte. Il s'exaspérait surtout à la vue des ordres étrangers — « qu'on ne devrait pas laisser porter en France » ; et il en voulait particulièrement au docteur Chenet qu'il retrouvait tous les soirs au tramway, orné d'une décoration quelconque, blanche, bleue, orange ou verte.

La conversation des deux hommes, depuis l'Arc de Triomphe jusqu'à Neuilly, était, du reste, toujours la même ; et, ce jour-là comme les précédents, ils s'occupèrent d'abord de différents abus locaux qui les choquaient l'un et l'autre, le maire de Neuilly en prenant à son aise. Puis, comme il arrive infailliblement en compagnie d'un médecin, Caravan aborda le chapitre des maladies, espérant de cette façon glaner quelques petits conseils gratuits, ou même une consultation, en s'y prenant bien, sans laisser voir la ficelle. Sa mère, du reste, l'inquiétait depuis quelque temps. Elle avait des syncopes fréquentes et prolongées ; et, bien

que vieille de quatre-vingt-dix ans, elle ne consentait
point à se soigner.

Son grand âge attendrissait Caravan, qui répétait
sans cesse au *docteur* Chenet : — « En voyez-vous
souvent arriver là ? » Et il se frottait les mains avec
bonheur, non qu'il tînt peut-être beaucoup à voir la
bonne femme s'éterniser sur terre, mais parce que la
longue durée de la vie maternelle était comme une
promesse pour lui-même.

Il continua : — « Oh! dans ma famille, on va loin ;
ainsi, moi, je suis sûr qu'à moins d'accident je mourrai
très vieux. » L'officier de santé jeta sur lui un regard
de pitié ; il considéra une seconde la figure rougeaude
de son voisin, son cou graisseux, son bedon tombant
entre deux jambes flasques et grasses, toute sa ron-
deur apoplectique de vieil employé ramolli ; et, rele-
vant d'un coup de main le panama grisâtre qui lui
couvrait le chef, il répondit en ricanant : « Pas si sûr
que ça, mon bon, votre mère est une astèque [1] et vous
n'êtes qu'un plein-de-soupe. » Caravan, troublé, se
tut.

Mais le tramway arrivait à la station. Les deux
compagnons descendirent, et M. Chenet offrit le ver-
mout au café du Globe, en face, où l'un et l'autre
avaient leurs habitudes. Le patron, un ami, leur allon-
gea deux doigts qu'ils serrèrent par-dessus les bouteilles
du comptoir ; et ils allèrent rejoindre trois amateurs de
dominos [2], attablés là depuis midi. Des paroles cor-
diales furent échangées, avec le « Quoi de neuf ? » inévi-
table. Ensuite les joueurs se remirent à leur partie ;
puis on leur souhaita le bonsoir. Ils tendirent leurs
mains sans lever la tête ; et chacun rentra dîner.

Caravan habitait, auprès du rond-point de Cour-
bevoie, une petite maison à deux étages dont le rez-de-
chaussée était occupé par un coiffeur.

Deux chambres, une salle à manger et une cuisine
où des sièges recollés erraient de pièce en pièce selon les
besoins, formaient tout l'appartement que Mᵐᵉ Cara-

van passait son temps à nettoyer, tandis que sa fille Marie-Louise, âgée de douze ans, et son fils Philippe-Auguste, âgé de neuf, galopinaient dans les ruisseaux de l'avenue, avec tous les polissons du quartier.

Au-dessus de lui, Caravan avait installé sa mère, dont l'avarice était célèbre aux environs et dont la maigreur faisait dire que le *Bon Dieu* avait appliqué sur elle-même ses propres principes de parcimonie. Toujours de mauvaise humeur, elle ne passait point un jour sans querelles et sans colères furieuses. Elle apostrophait de sa fenêtre les voisins sur leurs portes, les marchandes des quatre-saisons, les balayeurs et les gamins qui, pour se venger, la suivaient de loin, quand elle sortait, en criant : — « A la chie-en-lit ! »

Une petite bonne normande, incroyablement étourdie, faisait le ménage et couchait au second près de la vieille, dans la crainte d'un accident.

Lorsque Caravan rentra chez lui, sa femme, atteinte d'une maladie chronique de nettoyage, faisait reluire avec un morceau de flanelle l'acajou des chaises éparses dans la solitude des pièces. Elle portait toujours des gants de fil, ornait sa tête d'un bonnet à rubans multicolores sans cesse chaviré sur une oreille, et répétait, chaque fois qu'on la surprenait cirant, brossant, astiquant ou lessivant : — « Je ne suis pas riche, chez moi tout est simple, mais la propreté c'est mon luxe, et celui-ci en vaut bien un autre. »

Douée d'un sens pratique opiniâtre, elle était en tout le guide de son mari. Chaque soir, à table et puis dans leur lit, ils causaient longuement des affaires du bureau, et, bien qu'elle eût vingt ans de moins que lui, il se confiait à elle comme à un directeur de conscience, et suivait en tout ses conseils.

Elle n'avait jamais été jolie ; elle était laide maintenant, de petite taille et maigrelette. L'inhabileté de sa vêture avait toujours fait disparaître ses faibles attributs féminins qui auraient dû saillir avec art sous un habillage bien entendu. Ses jupes semblaient sans cesse

tournées d'un côté ; et elle se grattait souvent, n'importe où, avec indifférence du public, par une sorte de manie qui touchait au tic. Le seul ornement qu'elle se permît consistait en une profusion de rubans de soie entremêlés sur les bonnets prétentieux qu'elle avait coutume de porter chez elle.

Aussitôt qu'elle aperçut son mari, elle se leva, et, l'embrassant sur ses favoris : — « As-tu pensé à Potin [1], mon ami ? » (C'était pour une commission qu'il avait promis de faire.) Mais il tomba atterré sur un siège ; il venait encore d'oublier pour la quatrième fois : — « C'est une fatalité, disait-il, c'est une fatalité ; j'ai beau y penser toute la journée, quand le soir vient, j'oublie toujours. » Mais comme il semblait désolé, elle le consola : — « Tu y songeras demain, voilà tout. Rien de neuf au ministère ? »

— Si, une grande nouvelle : encore un ferblantier nommé sous-chef.

Elle devint très sérieuse :

— A quel bureau ?

— Au bureau des achats extérieurs.

Elle se fâchait :

— A la place de Ramon alors, juste celle que je voulais pour toi ; et lui, Ramon ? à la retraite ?

Il balbutia : — « A la retraite. » Elle devint rageuse, le bonnet parti sur l'épaule :

— C'est fini, vois-tu, cette boîte-là, rien à faire là-dedans maintenant. Et comment s'appelle-t-il, ton commissaire ?

— Bonassot.

Elle prit l'Annuaire de la marine, qu'elle avait toujours sous la main, et chercha : « Bonassot. — « Toulon. — Né en 1851. — Élève-commissaire en « 1871, Sous commissaire en 1875. »

— A-t-il navigué, celui-là ?

A cette question, Caravan se rasséréna. Une gaieté lui vint qui secouait son ventre : — « Comme Balin, juste comme Balin, son chef. » Et il ajouta, dans un

rire plus fort, une vieille plaisanterie que tout le ministère trouvait délicieuse : — « Il ne faudrait pas les envoyer par eau inspecter la station navale du Point-du-Jour, ils seraient malades sur les bateaux-mouches. »

Mais elle restait grave comme si elle n'avait pas entendu, puis elle murmura en se grattant lentement le menton : « Si seulement on avait un député dans sa manche? Quand la Chambre saura tout ce qui se passe là-dedans, le ministre sautera du coup... »

Des cris éclatèrent dans l'escalier, coupant sa phrase. Marie-Louise et Philippe-Auguste, qui revenaient du ruisseau, se flanquaient, de marche en marche, des gifles et des coups de pied. Leur mère s'élança, furieuse, et, les prenant chacun par un bras, elle les jeta dans l'appartement en les secouant avec vigueur.

Sitôt qu'ils aperçurent leur père, ils se précipitèrent sur lui, et il les embrassa tendrement, longtemps ; puis, s'asseyant, les prit sur ses genoux et fit la causette avec eux.

Philippe-Auguste était un vilain mioche, dépeigné, sale des pieds à la tête, avec une figure de crétin. Marie-Louise ressemblait à sa mère déjà, parlait comme elle, répétant ses paroles, l'imitant même en ses gestes. Elle dit aussi : — « Quoi de neuf au ministère ? » Il lui répondit gaiement : — « Ton ami Ramon, qui vient dîner ici tous les mois, va nous quitter, fifille. Il y a un nouveau sous-chef à sa place. » Elle leva les yeux sur son père, et, avec une commisération d'enfant précoce : — « Encore un qui t'a passé sur le dos, alors. »

Il finit de rire et ne répondit pas ; puis, pour faire diversion, s'adressant à sa femme qui nettoyait maintenant les vitres : — « La maman va bien, là-haut ? »

Mᵐᵉ Caravan cessa de frotter, se retourna, redressa son bonnet tout à fait parti dans le dos, et, la lèvre tremblante : — « Ah! oui, parlons-en de ta mère! Elle m'en a fait une jolie! Figure-toi que tantôt Mᵐᵉ Lebaudin, la femme du coiffeur, est montée pour m'em-

prunter un paquet d'amidon, et comme j'étais sortie, ta mère l'a chassée en la traitant de « mendiante ». Aussi je l'ai arrangée, la vieille. Elle a fait semblant de ne pas entendre comme toujours quand on lui dit ses vérités, mais elle n'est pas plus sourde que moi, vois-tu, c'est de la frime, tout ça ; et la preuve, c'est qu'elle est remontée dans sa chambre, aussitôt, sans dire un mot. »

Caravan, confus, se taisait, quand la petite bonne se précipita pour annoncer le dîner. Alors, afin de prévenir sa mère, il prit un manche à balai toujours caché dans un coin et frappa trois coups au plafond. Puis on passa dans la salle, et Mme Caravan la jeune servit le potage, en attendant la vieille. Elle ne venait pas, et la soupe refroidissait. Alors on se mit à manger tout doucement ; puis, quand les assiettes furent vides, on attendit encore. Mme Caravan, furieuse, s'en prenait à son mari : — « Elle le fait exprès, sais-tu. Aussi tu la soutiens toujours. » Lui, fort perplexe, pris entre les deux, envoya Marie-Louise chercher grand'maman, et il demeura immobile, les yeux baissés, tandis que sa femme tapait rageusement le pied de son verre avec le bout de son couteau.

Soudain la porte s'ouvrit, et l'enfant seule réapparut tout essoufflée et fort pâle ; elle dit très vite : — « Grand'maman est tombée par terre. »

Caravan, d'un bond, fut debout, et, jetant sa serviette sur la table, il s'élança dans l'escalier, où son pas lourd et précipité retentit, pendant que sa femme, croyant à une ruse méchante de sa belle-mère, s'en venait plus doucement en haussant avec mépris les épaules.

La vieille gisait tout de son long sur la face au milieu de la chambre, et, lorsque son fils l'eut retournée, elle apparut, immobile et sèche, avec sa peau jaunie, plissée, tannée, ses yeux clos, ses dents serrées, et tout son corps maigre raidi.

Caravan, à genoux près d'elle, gémissait : — « Ma

pauvre mère, ma pauvre mère! » Mais l'autre Mme Ca-
ravan, après l'avoir considérée un instant, déclara : —
« Bah! elle a encore une syncope, voilà tout ; c'est pour
nous empêcher de dîner, sois-en sûr. »

On porta le corps sur le lit, on le déshabilla complè-
tement ; et tous, Caravan, sa femme, la bonne, se
mirent à le frictionner. Malgré leurs efforts, elle ne
reprit pas connaissance. Alors on envoya Rosalie
chercher le *docteur* Chenet. Il habitait sur le quai, vers
Suresnes. C'était loin, l'attente fut longue. Enfin il
arriva, et, après avoir considéré, palpé, ausculté la
vieille femme, il prononça : — « C'est la fin. »

Caravan s'abattit sur le corps, secoué par des san-
glots précipités : et il baisait convulsivement la figure
rigide de sa mère en pleurant avec tant d'abondance
que de grosses larmes tombaient comme des gouttes
d'eau sur le visage de la morte.

Mme Caravan la jeune eut une crise convenable de
chagrin, et, debout derrière son mari, elle poussait de
faibles gémissements en se frottant les yeux avec
obstination.

Caravan, la face bouffie, ses maigres cheveux en
désordre, très laid dans sa douleur vraie, se redressa
soudain : — « Mais... êtes-vous sûr, docteur... êtes-
vous bien sûr ?... » L'officier de santé s'approcha rapi-
dement, et maniant le cadavre avec une dextérité
professionnelle, comme un négociant qui ferait valoir
sa marchandise : — « Tenez, mon bon, regardez l'œil. »
Il releva la paupière, et le regard de la vieille femme
réapparut sous son doigt, nullement changé, avec la
pupille un peu plus large peut-être. Caravan reçut un
coup dans le cœur, et une épouvante lui traversa les
os.

M. Chenet prit le bras crispé, força les doigts pour
les ouvrir, et, l'air furieux comme en face d'un contra-
dicteur : — « Mais regardez-moi cette main, je ne m'y
trompe jamais, soyez tranquille. »

Caravan retomba vautré sur le lit, beuglant presque ;

tandis que sa femme, pleurnichant toujours, faisait les
choses nécessaires. Elle approcha la table de nuit sur
laquelle elle étendit une serviette, posa dessus quatre
bougies qu'elle alluma, prit un rameau de buis accroché
derrière la glace de la cheminée et le posa entre les
bougies dans une assiette qu'elle emplit d'eau claire,
n'ayant point d'eau bénite. Mais, après une réflexion
rapide, elle jeta dans cette eau une pincée de sel,
s'imaginant sans doute exécuter là une sorte de consé-
cration.

Lorsqu'elle eut terminé la figuration qui doit accom-
pagner la Mort, elle resta debout, immobile. Alors
l'officier de santé, qui l'avait aidée à disposer les objets,
lui dit tout bas : — « Il faut emmener Caravan. » Elle
fit un signe d'assentiment, et s'approchant de son mari
qui sanglotait, toujours à genoux, elle le souleva par
un bras, pendant que M. Chenet le prenait par l'autre.

On l'assit d'abord sur une chaise, et sa femme, le
baisant au front, le sermonna. L'officier de santé ap-
puyait ses raisonnements, conseillant la fermeté, le cou-
rage, la résignation, tout ce qu'on ne peut garder dans
ces malheurs foudroyants. Puis tous deux le prirent
de nouveau sous les bras et l'emmenèrent.

Il larmoyait comme un gros enfant, avec des hoquets
convulsifs, avachi, les bras pendants, les jambes
molles ; et il descendit l'escalier sans savoir ce qu'il
faisait, remuant les pieds machinalement.

On le déposa dans le fauteuil qu'il occupait toujours
à table, devant son assiette presque vide où sa cuiller
encore trempait dans un reste de soupe. Et il resta là,
sans un mouvement, l'œil fixé sur son verre, tellement
hébété qu'il demeurait même sans pensée.

M^me Caravan, dans un coin, causait avec le docteur,
s'informait des formalités, demandait tous les rensei-
gnements pratiques. A la fin, M. Chenet, qui paraissait
attendre quelque chose, prit son chapeau et, déclarant
qu'il n'avait pas dîné, fit un salut pour partir. Elle
s'écria :

— Comment, vous n'avez pas dîné? Mais restez, docteur, restez donc! On va vous servir ce que nous avons ; car vous comprenez que nous, nous ne mangerons pas grand'chose.

Il refusa, s'excusant ; elle insistait :

— Comment donc, mais restez. Dans des moments pareils, on est heureux d'avoir des amis près de soi ; et puis, vous déciderez peut-être mon mari à se réconforter un peu : il a tant besoin de prendre des forces.

Le docteur s'inclina, et, déposant son chapeau sur un meuble : — « En ce cas, j'accepte, madame. »

Elle donna des ordres à Rosalie affolée, puis elle-même se mit à table, « pour faire semblant de manger, disait-elle, et tenir compagnie au *docteur* ».

On reprit du potage froid. M. Chenet en redemanda. Puis apparut un plat de gras-double lyonnaise qui répandit un parfum d'oignon ; et dont Mme Caravan se décida à goûter. — « Il est excellent », dit le docteur. Elle sourit : — « N'est-ce pas? » Puis se tournant vers son mari : — « Prends-en donc un peu, mon pauvre Alfred, seulement pour te mettre quelque chose dans l'estomac, songe que tu vas passer la nuit! »

Il tendit son assiette docilement, comme il aurait été se mettre au lit si on le lui eût commandé, obéissant à tout sans résistance et sans réflexion. Et il mangea.

Le docteur, se servant lui-même, puisa trois fois dans le plat, tandis que Mme Caravan, de temps en temps, piquait un gros morceau au bout de sa fourchette et l'avalait avec une sorte d'inattention étudiée.

Quand parut un saladier plein de macaroni, le docteur murmura : — « Bigre! voilà une bonne chose. » Et Mme Caravan, cette fois, servit tout le monde. Elle remplit même les soucoupes où barbotaient les enfants, qui, laissés libres, buvaient du vin pur et s'attaquaient déjà, sous la table, à coups de pied.

M. Chenet rappela l'amour de Rossini pour ce mets

italien ; puis tout à coup : — « Tiens! mais ça rime ; on pourrait commencer une pièce de vers.

> *Le maëstro Rossini*
> *Aimait le macaroni...* »

On ne l'écoutait point. M^me Caravan, devenue soudain réfléchie, songeait à toutes les conséquences probables de l'événement ; tandis que son mari roulait des boulettes de pain qu'il déposait ensuite sur la nappe, et qu'il regardait fixement d'un air idiot. Comme une soif ardente lui dévorait la gorge, il portait sans cesse à sa bouche son verre tout rempli de vin ; et sa raison, culbutée déjà par la secousse et le chagrin, devenait flottante, lui paraissait danser dans l'étourdissement subit de la digestion commencée et pénible.

Le docteur, du reste, buvait comme un trou, se grisait visiblement ; et M^me Caravan elle-même, subissant la réaction qui suit tout ébranlement nerveux, s'agitait, troublée aussi, bien qu'elle ne prît que de l'eau, et se sentait la tête un peu brouillée.

M. Chenet s'était mis à raconter des histoires de décès qui lui paraissaient drôles. Car dans cette banlieue parisienne, remplie d'une population de province, on retrouve cette indifférence du paysan pour le mort, fût-il son père ou sa mère, cet irrespect, cette férocité inconsciente si communs dans les campagnes, et si rares à Paris. Il disait : — « Tenez, la semaine dernière, rue de Puteaux, on m'appelle, j'accours ; je trouve le malade trépassé, et, auprès du lit, la famille qui finissait tranquillement une bouteille d'anisette achetée la veille pour satisfaire un caprice du moribond. »

Mais M^me Caravan n'écoutait pas, songeant toujours à l'héritage ; et Caravan, le cerveau vidé, ne comprenait rien.

On servit le café, qu'on avait fait très fort pour se soutenir le moral. Chaque tasse, arrosée de cognac,

fit monter aux joues une rougeur subite, mêla les dernières idées de ces esprits vacillants déjà.

Puis le *docteur*, s'emparant soudain de la bouteille d'eau-de-vie, versa la *rincette* à tout le monde. Et, sans parler, engourdis dans la chaleur douce de la digestion, saisis malgré eux par ce bien-être animal que donne l'alcool après dîner, ils se gargarisaient lentement avec le cognac sucré qui formait un sirop jaunâtre au fond des tasses.

Les enfants s'étaient endormis et Rosalie les coucha.

Alors Caravan, obéissant machinalement au besoin de s'étourdir qui pousse tous les malheureux, reprit plusieurs fois de l'eau-de-vie ; et son œil hébété luisait.

Le *docteur* enfin se leva pour partir ; et s'emparant du bras de son ami :

— Allons, venez avec moi, dit-il ; un peu d'air vous fera du bien ; quand on a des ennuis, il ne faut pas s'immobiliser.

L'autre obéit docilement, mit son chapeau, prit sa canne, sortit ; et tous deux, se tenant par le bras, descendirent vers la Seine sous les claires étoiles.

Des souffles embaumés flottaient dans la nuit chaude car tous les jardins des environs étaient à cette saison pleins de fleurs, dont les parfums, endormis pendant le jour, semblaient s'éveiller à l'approche du soir et s'exhalaient, mêlés aux brises légères qui passaient dans l'ombre.

L'avenue large était déserte et silencieuse avec ses deux rangs de becs de gaz allongés jusqu'à l'Arc de Triomphe. Mais là-bas Paris bruissait dans une buée rouge. C'était une sorte de roulement continu auquel paraissait répondre parfois au loin, dans la plaine, le sifflet d'un train accourant à toute vapeur, ou bien fuyant, à travers la province, vers l'Océan.

L'air du dehors, frappant les deux hommes au visage, les surprit d'abord, ébranla l'équilibre du docteur, et accentua chez Caravan les vertiges qui l'envahissaient depuis le dîner. Il allait comme dans un songe, l'esprit

engourdi, paralysé, sans chagrin vibrant, saisi par une
sorte d'engourdissement moral qui l'empêchait de
souffrir, éprouvant même un allégement qu'augmen-
taient les exhalaisons tièdes épandues dans la nuit.

Quand ils furent au pont, ils tournèrent à droite, et
la rivière leur jeta à la face un souffle frais. Elle coulait,
mélancolique et tranquille, devant un rideau de hauts
peupliers ; et des étoiles semblaient nager sur l'eau,
remuées par le courant. Une brume fine et blanchâtre
qui flottait sur la berge de l'autre côté apportait aux
poumons une senteur humide [1], et Caravan s'arrêta
brusquement, frappé par cette odeur de fleuve qui
remuait dans son cœur des souvenirs très vieux.

Et il revit soudain sa mère, autrefois, dans son
enfance à lui, courbée à genoux devant leur porte, là-
bas, en Picardie, et lavant au mince cours d'eau qui
traversait le jardin le linge en tas à côté d'elle. Il enten-
dait son battoir dans le silence tranquille de la campa-
gne, sa voix qui criait : — « Alfred, apporte-moi du
savon. » Et il sentait cette même odeur d'eau qui coule,
cette même brume envolée des terres ruisselantes,
cette buée marécageuse dont la saveur était restée en
lui, inoubliable, et qu'il retrouvait justement ce soir-là
même où sa mère venait de mourir.

Il s'arrêta, raidi dans une reprise de désespoir fou-
gueux. Ce fut comme un éclat de lumière illuminant
d'un seul coup toute l'étendue de son malheur ; et la
rencontre de ce souffle errant le jeta dans l'abîme noir
des douleurs irrémédiables. Il sentit son cœur déchiré
par cette séparation sans fin. Sa vie était coupée au
milieu ; et sa jeunesse entière disparaissait engloutie
dans cette mort. Tout l'*autrefois* était fini ; tous les
souvenirs d'adolescence s'évanouissaient ; personne ne
pourrait plus lui parler des choses anciennes, des gens
qu'il avait connus jadis, de son pays, de lui-même, de
l'intimité de sa vie passée ; c'était une partie de son
être qui avait fini d'exister ; à l'autre de mourir main-
tenant.

Et le défilé des évocations commença. Il revoyait
« la maman » plus jeune, vêtue de robes usées sur elle,
portées si longtemps qu'elles semblaient inséparables
de sa personne ; il la retrouvait dans mille circonstances
oubliées : avec des physionomies effacées, ses gestes,
ses intonations, ses habitudes, ses manies, ses colères, les
plis de sa figure, les mouvements de ses doigts maigres,
toutes ses attitudes familières qu'elle n'aurait plus.

Et, se cramponnant au docteur, il poussa des gémisse-
ments. Ses jambes flasques tremblaient ; toute sa grosse
personne était secouée par les sanglots, et il balbutiait :
— « Ma mère, ma pauvre mère, ma pauvre mère !... »

Mais son compagnon, toujours ivre, et qui rêvait
de finir la soirée en des lieux qu'il fréquentait secrète-
ment, impatienté par cette crise aiguë de chagrin, le fit
asseoir sur l'herbe de la rive, et presque aussitôt le
quitta sous prétexte de voir un malade.

Caravan pleura longtemps ; puis, quand il fut à bout
de larmes, il éprouva de nouveau un soulagement, un
repos, une tranquillité subite.

La lune s'était levée ; elle baignait l'horizon de sa
lumière placide. Les grands peupliers se dressaient
avec des reflets d'argent, et le brouillard, sur la plaine,
semblait de la neige flottante ; le fleuve, où ne nageaient
plus les étoiles, mais qui paraissait couvert de nacre,
coulait toujours, ridé par des frissons brillants. L'air
était doux, la brise odorante. Une mollesse passait
dans le sommeil de la terre, et Caravan buvait cette
douceur de la nuit ; il respirait longuement, croyait
sentir pénétrer jusqu'à l'extrémité de ses membres une
fraîcheur, un calme, une consolation surhumaine.

Il résistait toutefois à ce bien-être envahissant, se
répétait : — « Ma mère, ma pauvre mère », s'excitant à
pleurer par une sorte de conscience d'honnête homme ;
mais il ne le pouvait plus ; et aucune tristesse même ne
l'étreignait aux pensées qui, tout à l'heure encore,
l'avaient fait si fort sangloter.

Alors il se leva pour rentrer, revenant à petits pas,

enveloppé dans la calme indifférence de la nature sereine, et le cœur apaisé malgré lui.

Quand il atteignit le pont, il aperçut le fanal du dernier tramway prêt à partir et, par derrière, les fenêtres éclairées du café du Globe.

Alors un besoin lui vint de raconter la catastrophe à quelqu'un, d'exciter la commisération, de se rendre intéressant. Il prit une physionomie lamentable, poussa la porte de l'établissement, et s'avança vers le comptoir où le patron trônait toujours. Il comptait sur un effet, tout le monde allait se lever, venir à lui, la main tendue : — « Tiens, qu'avez-vous ? » Mais personne ne remarqua la désolation de son visage. Alors il s'accouda sur le comptoir et, serrant son front dans ses mains, il murmura : « Mon Dieu, mon Dieu ! »

Le patron le considéra : — « Vous êtes malade, monsieur Caravan ? » — Il répondit : — « Non, mon pauvre ami ; mais ma mère vient de mourir. » L'autre lâcha un « Ah ! » distrait ; et comme un consommateur au fond de l'établissement criait : — « Un bock, s'il vous plaît ! » il répondit aussitôt d'une voix terrible : — « Voilà, boum !... on y va », et s'élança pour servir, laissant Caravan stupéfait.

Sur la même table qu'avant dîner, absorbés et immobiles, les trois amateurs de dominos jouaient encore. Caravan s'approcha d'eux, en quête de commisération. Comme aucun ne paraissait le voir, il se décida à parler : — « Depuis tantôt, leur dit-il, il m'est arrivé un grand malheur. »

Ils levèrent un peu la tête tous les trois en même temps, mais en gardant l'œil fixe sur le jeu qu'ils tenaient en main. — « Tiens, quoi donc ? » — « Ma mère vient de mourir. » Un d'eux murmura : — « Ah ! diable » avec cet air faussement navré que prennent les indifférents. Un autre, ne trouvant rien à dire, fit entendre, en hochant le front, une sorte de sifflement triste. Le troisième se remit au jeu comme s'il eût pensé : — « Ce n'est que ça. »

Caravan attendait un de ces mots qu'on dit « venus du cœur ». Se voyant ainsi reçu, il s'éloigna, indigné de leur placidité devant la douleur d'un ami, bien que cette douleur, en ce moment même, fût tellement engourdie qu'il ne la sentait plus guère.

Et il sortit.

Sa femme l'attendait en chemise de nuit, assise sur une chaise basse auprès de la fenêtre ouverte, et pensant toujours à l'héritage.

— Déshabille-toi, dit-elle : nous allons causer quand nous serons au lit.

Il leva la tête, et, montrant le plafond de l'œil : — « Mais... là-haut... il n'y a personne. » — « Pardon, Rosalie est auprès d'elle, tu iras la remplacer à trois heures du matin, quand tu auras fait un somme. »

Il resta néanmoins en caleçon afin d'être prêt à tout événement, noua un foulard autour de son crâne, puis rejoignit sa femme qui venait de se glisser dans les draps.

Ils demeurèrent quelque temps assis côte à côte. Elle songeait.

Sa coiffure, même à cette heure, était agrémentée d'un nœud rose et penchée un peu sur une oreille, comme par suite d'une invincible habitude de tous les bonnets qu'elle portait.

Soudain, tournant la tête vers lui : — « Sais-tu si ta mère a fait un testament ? » dit-elle. Il hésita : — « Je... je... ne crois pas... Non, sans doute, elle n'en a pas fait. » M^me Caravan regarda son mari dans les yeux, et, d'une voix basse et rageuse : — « C'est une indignité, vois-tu ; car enfin voilà dix ans que nous nous décarcassons à la soigner, que nous la logeons, que nous la nourrissons! Ce n'est pas ta sœur qui en aurait fait autant pour elle, ni moi non plus si j'avais su comment j'en serais récompensée! Oui, c'est une honte pour sa mémoire! Tu me diras qu'elle payait pension : c'est vrai ; mais les soins de ses enfants ce n'est pas avec de l'argent qu'on les paie : on les reconnaît par testament après la mort.

Voilà comment se conduisent les gens honorables.
Alors, moi j'en ai été pour ma peine et pour mes tracas !
Ah ! c'est du propre ! c'est du propre ! »

Caravan, éperdu, répétait : — « Ma chérie, ma chérie,
je t'en prie, je t'en supplie. »

A la longue, elle se calma, et revenant au ton de
chaque jour, elle reprit : — « Demain matin, il faudra
prévenir ta sœur. »

Il eut un sursaut : « C'est vrai, je n'y avais pas pensé ;
dès le jour j'enverrai une dépêche. » Mais elle l'arrêta,
en femme qui a tout prévu. « Non, envoie-la seulement
de dix à onze, afin que nous ayons le temps de nous
retourner avant son arrivée. De Charenton ici elle en a
pour deux heures au plus. Nous dirons que tu as perdu
la tête. En prévenant dans la matinée, on ne se mettra
pas dans la commise ! »

Mais Caravan se frappa le front, avec l'intonation
timide qu'il prenait toujours en parlant de son chef
dont la pensée même le faisait trembler : — « Il faut
aussi prévenir au ministère », dit-il. Elle répondit :
— « Pourquoi prévenir ? Dans des occasions comme ça,
on est toujours excusable d'avoir oublié. Ne préviens
pas, crois-moi ; ton chef ne pourra rien dire et tu le
mettras dans un rude embarras. » — « Oh ! ça, oui, dit-
il, et dans une fameuse colère quand il ne me verra
point venir. Oui, tu as raison, c'est une riche idée. Quand
je lui annoncerai que ma mère est morte, il sera bien
forcé de se taire. »

Et l'employé, ravi de la farce, se frottait les mains
en songeant à la tête de son chef, tandis qu'au-dessus
de lui le corps de la vieille gisait à côté de la bonne
endormie.

M\u006de Caravan devenait soucieuse, comme obsédée
par une préoccupation difficile à dire. Enfin elle se
décida : — « Ta mère t'avait bien donné sa pendule,
n'est-ce pas, la jeune fille au bilboquet [1] ? » Il chercha
dans sa mémoire et répondit : — « Oui, oui ; elle m'a
dit (mais il y a longtemps de cela, c'est quand elle est

venue ici), elle m'a dit : Ce sera pour toi, la pendule, si tu prends bien soin de moi. »

Mᵐᵉ Caravan tranquillisée se rasséréna : — « Alors, vois-tu, il faut aller la chercher, parce que, si nous laissons venir ta sœur, elle nous empêchera de la prendre. » Il hésitait : — « Tu crois ?... » Elle se fâcha : — « Certainement que je le crois ; une fois ici, ni vu ni connu : c'est à nous. C'est comme pour la commode de sa chambre, celle qui a un marbre : elle me l'a donnée, à moi, un jour qu'elle était de bonne humeur. Nous la descendrons en même temps. » Caravan semblait incrédule. — « Mais, ma chère, c'est une grande responsabilité ! » Elle se tourna vers lui, furieuse : « Ah ! vraiment ! Tu ne changeras donc jamais ? Tu laisserais tes enfants mourir de faim, toi, plutôt que de faire un mouvement. Du moment qu'elle me l'a donnée, cette commode, c'est à nous, n'est-ce pas ? Et si ta sœur n'est pas contente, elle me le dira, à moi ! Je m'en moque bien de ta sœur. Allons, lève-toi, que nous apportions tout de suite ce que ta mère nous a donné. »

Tremblant et vaincu, il sortit du lit, et, comme il passait sa culotte, elle l'en empêcha : — « Ce n'est pas la peine de t'habiller, va, garde ton caleçon, ça suffit ; j'irai bien comme ça, moi. »

Et tous deux, en toilette de nuit, partirent, montèrent l'escalier sans bruit, ouvrirent la porte avec précaution et entrèrent dans la chambre où les quatre bougies allumées autour de l'assiette au buis bénit semblaient seules garder la vieille en son repos rigide ; car Rosalie, étendue dans son fauteuil, les jambes allongées, les mains croisées sur sa jupe, la tête tombée de côté, immobile aussi et la bouche ouverte, dormait en ronflant un peu.

Caravan prit la pendule. C'était un de ces objets grotesques comme en produisit beaucoup l'art impérial. Une jeune fille en bronze doré, la tête ornée de fleurs diverses, tenait à la main un bilboquet dont la boule servait de balancier. — « Donne-moi ça, lui dit

sa femme, et prends le marbre de la commode. »

Il obéit en soufflant et il percha le marbre sur son épaule avec un effort considérable.

Alors le couple partit, Caravan se baissa sous la porte, se mit à descendre en tremblant l'escalier, tandis que sa femme, marchant à reculons, l'éclairait d'une main, ayant la pendule sous l'autre bras.

Lorsqu'ils furent chez eux, elle poussa un grand soupir. — « Le plus gros est fait, dit-elle ; allons chercher le reste. »

Mais les tiroirs du meuble étaient tout pleins des hardes de la vieille. Il fallait bien cacher cela quelque part.

M^me Caravan eut une idée : — « Va donc prendre le coffre à bois en sapin qui est dans le vestibule ; il ne vaut pas quarante sous, on peut bien le mettre ici. » Et quand le coffre fut arrivé, on commença le transport.

Ils enlevaient, l'un après l'autre, les manchettes, les collerettes, les chemises, les bonnets, toutes les pauvres nippes de la bonne femme étendue là, derrière eux, et les disposaient méthodiquement dans le coffre à bois de façon à tromper M^me Braux, l'autre enfant de la défunte, qui viendrait le lendemain.

Quand ce fut fini, on descendit d'abord les tiroirs, puis le corps du meuble en le tenant chacun par un bout ; et tous deux cherchèrent pendant longtemps à quel endroit il ferait le mieux. On se décida pour la chambre, en face du lit, entre les deux fenêtres.

Une fois la commode en place, M^me Caravan l'emplit de son propre linge. La pendule occupa la cheminée de la salle ; et le couple considéra l'effet obtenu. Ils en furent aussitôt enchantés : — « Ça fait très bien », dit-elle. Il répondit : — « Oui, très bien. » Alors ils se couchèrent. Elle souffla la bougie ; et tout le monde bientôt dormit aux deux étages de la maison.

Il était déjà grand jour lorsque Caravan rouvrit les yeux. Il avait l'esprit confus à son réveil, et il ne se rappela l'événement qu'au bout de quelques minutes.

Ce souvenir lui donna un grand coup dans la poitrine ; et il sauta du lit, très ému de nouveau, prêt à pleurer.

Il monta bien vite à la chambre au-dessus, où Rosalie dormait encore, dans la même posture que la veille, n'ayant fait qu'un somme de toute la nuit. Il la renvoya à son ouvrage, remplaça les bougies consumées, puis il considéra sa mère en roulant dans son cerveau ces apparences de pensées profondes, ces banalités religieuses et philosophiques qui hantent les intelligences moyennes en face de la mort.

Mais comme sa femme l'appelait, il descendit. Elle avait dressé une liste des choses à faire dans la matinée, et elle lui remit cette nomenclature dont il fut épouvanté.

Il lut : 1º Faire la déclaration à la mairie ;

2º Demander le médecin des morts ;

3º Commander le cercueil ;

4º Passer à l'église ;

5º Aux pompes funèbres ;

6º A l'imprimerie pour les lettres ;

7º Chez le notaire ;

8º Au télégraphe pour avertir la famille.

Plus une multitude de petites commissions. Alors il prit son chapeau et s'éloigna.

Or, la nouvelle s'étant répandue, les voisines commençaient à arriver et demandaient à voir la morte.

Chez le coiffeur, au rez-de-chaussée, une scène avait même eu lieu à ce sujet entre la femme et le mari pendant qu'il rasait un client.

La femme, tout en tricotant un bas, murmura : — « Encore une de moins, et une avare, celle-là, comme il n'y en avait pas beaucoup. Je ne l'aimais guère, c'est vrai ; il faudra tout de même que j'aille la voir. »

Le mari grogna, tout en savonnant le menton du patient : — « En voilà, des fantaisies ! Il n'y a que les femmes pour ça. Ce n'est pas assez de vous embêter pendant la vie, elles ne peuvent seulement pas vous laisser tranquille après la mort. » — Mais son épouse,

sans se déconcerter, reprit : — « C'est plus fort que
moi ; faut que j'y aille. Ça me tient depuis ce matin.
Si je ne la voyais pas, il me semble que j'y penserais
toute ma vie. Mais quand je l'aurai bien regardée
pour prendre sa figure, je serai satisfaite après. »

L'homme au rasoir haussa les épaules et confia au
monsieur dont il grattait la joue : — « Je vous de-
mande un peu quelles idées ça vous a, ces sacrées
femelles ! Ce n'est pas moi qui m'amuserais à voir un
mort ! » — Mais sa femme l'avait entendu, et elle ré-
pondit sans se troubler : — « C'est comme ça, c'est
comme ça. » — Puis, posant son tricot sur le comptoir,
elle monta au premier étage.

Deux voisines étaient déjà venues et causaient
de l'accident avec M^me Caravan, qui racontait les dé-
tails.

On se dirigea vers la chambre mortuaire. Les quatre
femmes entrèrent à pas de loup, aspergèrent le drap l'une
après l'autre avec l'eau salée, s'agenouillèrent, firent le
signe de la croix en marmottant une prière, puis, s'étant
relevées, les yeux agrandis, la bouche entr'ouverte,
considérèrent longuement le cadavre, pendant que la
belle-fille de la morte, un mouchoir sur la figure, simu-
lait un hoquet désespéré.

Quand elle se retourna pour sortir, elle aperçut,
debout près de la porte, Marie-Louise et Philippe-
Auguste, tous deux en chemise, qui regardaient curieu-
sement. Alors, oubliant son chagrin de commande,
elle se précipita sur eux, la main levée, en criant d'une
voix rageuse : — « Voulez-vous bien filer, bougres de
polissons ! »

Étant remontée dix minutes plus tard avec une
fournée d'autres voisines, après avoir de nouveau
secoué le buis sur sa belle-mère, prié, larmoyé, accompli
tous ses devoirs, elle retrouva ses deux enfants revenus
ensemble derrière elle. Elle les talocha encore par
conscience ; mais, la fois suivante, elle n'y prit plus
garde ; et, à chaque retour de visiteurs, les deux mioches

suivaient toujours, s'agenouillant aussi dans un coin et
répétant invariablement tout ce qu'ils voyaient faire à
leur mère.

Au commencement de l'après-midi, la foule des
curieuses diminua. Bientôt il ne vint plus personne.
M^me Caravan, rentrée chez elle, s'occupait à tout pré-
parer pour la cérémonie funèbre ; et la morte resta
solitaire.

La fenêtre de la chambre était ouverte. Une chaleur
torride entrait avec des bouffées de poussière ; les
flammes des quatre bougies s'agitaient auprès du corps
immobile ; et sur le drap, sur la face aux yeux fermés,
sur les deux mains allongées, des petites mouches
grimpaient, allaient, venaient, se promenaient sans
cesse, visitaient la vieille, attendant leur heure pro-
chaine.

Mais Marie-Louise et Philippe-Auguste étaient
repartis vagabonder dans l'avenue. Ils furent bientôt
entourés de camarades, de petites filles surtout, plus
éveillées, flairant plus vite tous les mystères de la vie.
Et elles interrogeaient comme les grandes personnes.
— « Ta grand'maman est morte ? » — « Oui, hier au
soir. » — « Comment c'est, un mort ? » — Et Marie-
Louise expliquait, racontait les bougies, le buis, la
figure. Alors une grande curiosité s'éveilla chez tous
les enfants ; et ils demandèrent aussi à monter chez la
trépassée.

Aussitôt, Marie-Louise organisa un premier voyage,
cinq filles et deux garçons : les plus grands, les plus
hardis. Elle les força à retirer leurs souliers pour ne
point être découverts ; la troupe se faufila dans la
maison et monta lestement comme une armée de souris.

Une fois dans la chambre, la fillette, imitant sa mère,
régla le cérémonial. Elle guida solennellement ses
camarades, s'agenouilla, fit le signe de la croix, remua
les lèvres, se releva, aspergea le lit, et pendant que les
enfants, en un tas serré, s'approchaient effrayés, cu-
rieux et ravis, pour contempler le visage et les mains,

elle se mit soudain à simuler des sanglots en se cachant
les yeux dans son petit mouchoir. Puis, consolée brus-
quement en songeant à ceux qui attendaient devant la
porte, elle entraîna, en courant, tout son monde pour
ramener bientôt un autre groupe, puis un troisième,
car tous les galopins du pays, jusqu'aux petits men-
diants en loques, accouraient à ce plaisir nouveau ; et
elle recommençait chaque fois les simagrées mater-
nelles avec une perfection absolue.

A la longue, elle se fatigua. Un autre jeu entraîna les
enfants au loin ; et la vieille grand'mère demeura seule,
oubliée tout à fait, par tout le monde.

L'ombre emplit la chambre, et sur sa figure sèche et
ridée la flamme remuante des lumières faisait danser
des clartés.

Vers huit heures, Caravan monta, ferma la fenêtre
et renouvela les bougies. Il entrait maintenant d'une
façon tranquille, accoutumé déjà à considérer le
cadavre comme s'il était là depuis des mois. Il constata
même qu'aucune décomposition n'apparaissait encore,
et il en fit la remarque à sa femme au moment où ils
se mettaient à table pour dîner. Elle répondit : —
« Tiens, elle est en bois ; elle se conserverait un an. »

On mangea le potage sans prononcer une parole.
Les enfants laissés libres tout le jour, exténués de
fatigue, sommeillaient sur leurs chaises et tout le monde
restait silencieux.

Soudain la clarté de la lampe baissa.

M^me Caravan aussitôt remonta la clef ; mais l'appa-
reil rendit un son creux, un bruit de gorge prolongé, et
la lumière s'éteignit. On avait oublié d'acheter de
l'huile! Aller chez l'épicier retarderait le dîner, on
chercha des bougies ; mais il n'y en avait plus d'autres
que celles allumées en haut sur la table de nuit.

M^me Caravan, prompte en ses décisions, envoya bien
vite Marie-Louise en prendre deux ; et l'on attendait
dans l'obscurité.

On entendait distinctement les pas de la fillette

qui montait l'escalier. Il y eut ensuite un silence de quelques secondes ; puis l'enfant redescendit précipitamment. Elle ouvrit la porte, effarée, plus émue encore que la veille en annonçant la catastrophe, et elle murmura, suffoquant : — « Oh! papa, grand'maman s'habille! »

Caravan se dressa avec un tel sursaut que sa chaise alla rouler contre le mur. Il balbutia : — « Tu dis?... Qu'est-ce que tu dis là?... »

Mais Marie-Louise, étranglée par l'émotion, répéta : — « Grand'... grand'... grand'maman s'habille... elle va descendre. »

Il s'élança dans l'escalier follement, suivi de sa femme abasourdie : mais devant la porte du second il s'arrêta, secoué par l'épouvante, n'osant pas entrer. Qu'allait-il voir ? — Mme Caravan, plus hardie, tourna la serrure et pénétra dans la chambre.

La pièce semblait devenue plus sombre ; et, au milieu, une grande forme maigre remuait. Elle était debout, la vieille ; et en s'éveillant du sommeil léthargique, avant même que la connaissance lui fût en plein revenue, se tournant de côté et se soulevant sur un coude, elle avait soufflé trois des bougies qui brûlaient près du lit mortuaire. Puis, reprenant des forces, elle s'était levée pour chercher ses hardes. Sa commode partie l'avait troublée d'abord, mais peu à peu elle avait retrouvé ses affaires tout au fond du coffre à bois et s'était tranquillement habillée. Ayant ensuite vidé l'assiette remplie d'eau, replacé le buis derrière la glace et remis les chaises à leur place, elle était prête à descendre, quand apparurent devant elle son fils et sa belle-fille.

Caravan se précipita, lui saisit les mains, l'embrassa, les larmes aux yeux ; tandis que sa femme, derrière lui, répétait d'un air hypocrite : — « Quel bonheur, oh! quel bonheur! »

Mais la vieille, sans s'attendrir, sans même avoir l'air de comprendre, raide comme une statue, et l'œil

glacé, demanda seulement : — « Le dîner est-il bientôt
prêt ? » — Il balbutia, perdant la tête : — « Mais oui,
maman, nous t'attendions. » — Et avec un empresse-
ment inaccoutumé, il prit son bras, pendant que
M^me Caravan la jeune saisissait la bougie, les éclairait,
descendant l'escalier devant eux, à reculons et marche
à marche, comme elle avait fait, la nuit même, devant
son mari qui portait le marbre.

En arrivant au premier étage, elle faillit se heurter
contre des gens qui montaient. C'était la famille de
Charenton, M^me Braux suivie de son époux.

La femme, grande, grosse, avec un ventre d'hydro-
pique qui rejetait le torse en arrière, ouvrait des yeux
effarés, prête à fuir. Le mari, un cordonnier socialiste,
petit homme poilu jusqu'au nez, tout pareil à un singe,
murmura sans s'émouvoir : — « Eh bien, quoi ? Elle
ressuscite ! »

Aussitôt que M^me Caravan les eut reconnus, elle
leur fit des signes désespérés ; puis, tout haut : —
« Tiens ! comment !... vous voilà ! Quelle bonne
surprise ! »

Mais M^me Braux, abasourdie, ne comprenait pas ;
elle répondit à demi-voix : — « C'est votre dépêche qui
nous a fait venir ; nous croyions que c'était fini. »

Son mari, derrière elle, la pinçait pour la faire taire.
Il ajouta avec un rire malin caché dans sa barbe
épaisse : — « C'est bien aimable à vous de nous avoir
invités. Nous sommes venus tout de suite », — faisant
allusion ainsi à l'hostilité qui régnait depuis longtemps
entre les deux ménages. Puis, comme la vieille arrivait
aux dernières marches, il s'avança vivement et frotta
contre ses joues le poil qui lui couvrait la face, et criant
dans son oreille à cause de sa surdité : — « Ça va bien,
la mère, toujours solide, hein ? »

M^me Braux, dans sa stupeur de voir bien vivante
celle qu'elle s'attendait à retrouver morte, n'osait pas
même l'embrasser ; et son ventre énorme encombrait
tout le palier, empêchant les autres d'avancer.

La vieille, inquiète et soupçonneuse, mais sans parler jamais, regardait tout ce monde autour d'elle ; et son petit œil gris, scrutateur et dur, se fixait tantôt sur l'un, tantôt sur l'autre, plein de pensées visibles qui gênaient ses enfants.

Caravan dit, pour expliquer : — « Elle a été un peu souffrante, mais elle va bien maintenant, tout à fait bien, n'est-ce pas, mère ? »

Alors la bonne femme, se remettant en marche, répondit de sa voix cassée, comme lointaine : — « C'est une syncope ; je vous entendais tout le temps. »

Un silence embarrassé suivit. On pénétra dans la salle ; puis on s'assit devant un dîner improvisé en quelques minutes.

Seul, M. Braux avait gardé son aplomb. Sa figure de gorille méchant grimaçait ; et il lâchait des mots à double sens qui gênaient visiblement tout le monde.

Mais à chaque instant le timbre du vestibule sonnait ; et Rosalie éperdue venait chercher Caravan qui s'élançait en jetant sa serviette. Son beau-frère lui demanda même si c'était son jour de réception. Il balbutia : — « Non, des commissions, rien du tout. »

Puis, comme on apportait un paquet, il l'ouvrit étourdiment, et des lettres de faire part, encadrées de noir, apparurent. Alors, rougissant jusqu'aux yeux, il referma l'enveloppe et l'engloutit dans son gilet.

Sa mère ne l'avait pas vu ; elle regardait obstinément sa pendule dont le bilboquet doré se balançait sur la cheminée. Et l'embarras grandissait au milieu d'un silence glacial.

Alors la vieille, tournant vers sa fille sa face ridée de sorcière, eut dans les yeux un frisson de malice et prononça : — « Lundi, tu m'amèneras ta petite, je veux la voir. » — M^me Braux, la figure illuminée, cria : — « Oui, maman », — tandis que M^me Caravan la jeune, devenue pâle, défaillait d'angoisse.

Cependant, les deux hommes, peu à peu, se mirent à causer ; et ils entamèrent, à propos de rien, une discus-

sion politique, Braux, soutenant les doctrines révolu-
tionnaires et communistes, se démenait, les yeux allu-
més dans son visage poilu, criant : « — La propriété,
monsieur, c'est un vol au travailleur ; — la terre appar-
tient à tout le monde ; — l'héritage est une infamie et
une honte[1] !... » — Mais il s'arrêta brusquement,
confus comme un homme qui vient de dire une sottise ;
puis, d'un ton plus doux, il ajouta : — « Mais ce n'est
pas le moment de discuter ces choses-là. »

La porte s'ouvrit ; le *docteur* Chenet parut. Il eut
une seconde d'effarement, puis il reprit contenance, et
s'approchant de la vieille femme : — « Ah ! ah ! la
maman ça va bien aujourd'hui. Oh ! je m'en doutais,
voyez-vous : et je me disais à moi-même tout à l'heure,
en montant l'escalier : Je parie qu'elle sera debout,
l'ancienne. » Et lui tapant doucement dans le dos : —
« Elle est solide comme le Pont-Neuf ; elle nous enter-
rera tous, vous verrez. »

Il s'assit, acceptant le café qu'on lui offrait, et se
mêla bientôt à la conversation des deux hommes,
approuvant Braux, car il avait été lui-même compro-
mis dans la Commune.

Or, la vieille, se sentant fatiguée, voulut partir.
Caravan se précipita. Alors elle le fixa dans les yeux et
lui dit : — « Toi, tu vas me remonter tout de suite ma
commode et ma pendule. » — Puis, comme il bégayait :
— « Oui, maman », elle prit le bras de sa fille et dispa-
rut avec elle.

Les deux Caravan demeurèrent effarés, muets,
effondrés dans un affreux désastre, tandis que Braux
se frottait les mains en sirotant son café.

Soudain Mme Caravan, affolée de colère, s'élança
sur lui, hurlant : — « Vous êtes un voleur, un gredin,
une canaille... Je vous crache à la figure, je vous... je
vous... » Elle ne trouvait rien, suffoquant ; mais lui,
riait, buvant toujours.

Puis, comme sa femme revenait justement, elle
s'élança vers sa belle-sœur ; et toutes deux, l'une

énorme avec son ventre menaçant, l'autre épileptique
et maigre, la voix changée, la main tremblante, s'en-
voyèrent à pleine gueule des hottées d'injures.

Chenet et Braux s'interposèrent, et ce dernier,
poussant sa moitié par les épaules, la jeta dehors en
criant : — « Va donc, bourrique, tu brais trop ! »

Et on les entendit dans la rue qui se chamaillaient
en s'éloignant.

M. Chenet prit congé.

Les Caravan restèrent face à face.

Alors l'homme tomba sur une chaise avec une sueur
froide aux tempes, et murmura : — « Qu'est-ce que je
vais dire à mon chef [1] ? »

LE PAPA DE SIMON [1]

Midi finissait de sonner. La porte de l'école s'ouvrit, et les gamins se précipitèrent en se bousculant pour sortir plus vite. Mais au lieu de se disperser rapidement et de rentrer dîner [2], comme ils le faisaient chaque jour, ils s'arrêtèrent à quelques pas, se réunirent par groupes et se mirent à chuchoter.

C'est que ce matin-là, Simon, le fils de la Blanchotte, était venu à la classe pour la première fois.

Tous avaient entendu parler de la Blanchotte dans leurs familles ; et quoiqu'on lui fît bon accueil en public, les mères la traitaient entre elles avec une sorte de compassion un peu méprisante qui avait gagné les enfants sans qu'ils sussent du tout pourquoi.

Quant à Simon, ils ne le connaissaient pas, car il ne sortait jamais, et il ne galopinait [3] point avec eux dans les rues du village ou sur les bords de la rivière. Aussi ne l'aimaient-ils guère ; et c'était avec une certaine joie, mêlée d'un étonnement considérable, qu'ils avaient accueilli et qu'ils s'étaient répété l'un à l'autre cette parole dite par un gars de quatorze ou quinze ans qui paraissait en savoir long tant il clignait finement des yeux :

— Vous savez... Simon... eh bien, il n'a pas de papa.

Le fils de la Blanchotte parut à son tour sur le seuil de l'école.

Il avait sept ou huit ans. Il était un peu pâlot, très propre, avec l'air timide, presque gauche.

Il s'en retournait chez sa mère quand les groupes de ses camarades, chuchotant toujours et le regardant avec les yeux malins et cruels des enfants qui méditent un mauvais coup, l'entourèrent peu à peu et finirent par l'enfermer tout à fait. Il restait là, planté au milieu d'eux, surpris et embarrassé, sans comprendre ce qu'on allait lui faire. Mais le gars qui avait apporté la nouvelle, enorgueilli du succès obtenu déjà, lui demanda :

— Comment t'appelles-tu, toi ?

Il répondit : — « Simon. »

— Simon quoi ? reprit l'autre.

L'enfant répéta tout confus : « Simon. »

Le gars lui cria : — « On s'appelle Simon quelque chose... c'est pas un nom, ça... Simon. »

Et lui, prêt à pleurer, répondit pour la troisième fois :

— Je m'appelle Simon.

Les galopins se mirent à rire. Le gars triomphant éleva la voix : — « Vous voyez bien qu'il n'a pas de papa. »

Un grand silence se fit. Les enfants étaient stupéfaits par cette chose extraordinaire, impossible, monstrueuse, — un garçon qui n'a pas de papa ; — ils le regardaient comme un phénomène, un être hors de la nature, et ils sentaient grandir en eux ce mépris, inexpliqué jusque-là, de leurs mères pour la Blanchotte.

Quant à Simon, il s'était appuyé contre un arbre pour ne pas tomber ; et il restait comme atterré par un désastre irréparable. Il cherchait à s'expliquer. Mais il ne pouvait rien trouver pour leur répondre, et démentir cette chose affreuse qu'il n'avait pas de papa. Enfin, livide, il leur cria à tout hasard : — « Si, j'en ai un. »

— Où est-il ? demanda le gars.

Simon se tut ; il ne savait pas. Les enfants riaient, très excités ; et ces fils des champs, plus proches des

bêtes, éprouvaient ce besoin cruel qui pousse les poules d'une basse-cour à achever l'une d'entre elles aussitôt qu'elle est blessée. Simon avisa tout à coup un petit voisin, le fils d'une veuve, qu'il avait toujours vu, comme lui-même, tout seul avec sa mère.

— Et toi non plus, dit-il, tu n'as pas de papa.

— Si, répondit l'autre, j'en ai un.

— Où est-il? riposta Simon.

— Il est mort, déclara l'enfant avec une fierté superbe, il est au cimetière, mon papa.

Un murmure d'approbation courut parmi les garnements, comme si ce fait d'avoir son père mort au cimetière eût grandi leur camarade pour écraser cet autre qui n'en avait point du tout. Et ces polissons, dont les pères étaient, pour la plupart, méchants, ivrognes, voleurs et durs à leurs femmes, se bousculaient en se serrant de plus en plus, comme si eux, les légitimes, eussent voulu étouffer dans une pression celui qui était hors la loi.

L'un tout à coup, qui se trouvait contre Simon, lui tira la langue d'un air narquois et lui cria :

— Pas de papa! pas de papa!

Simon le saisit à deux mains aux cheveux et se mit à lui cribler les jambes de coups de pied, pendant qu'il lui mordait la joue cruellement. Il se fit une bousculade énorme. Les deux combattants furent séparés, et Simon se trouva frappé, déchiré, meurtri, roulé par terre, au milieu du cercle des galopins qui applaudissaient. Comme il se relevait, en nettoyant machinalement avec sa main sa petite blouse toute sale de poussière, quelqu'un lui cria :

— Va le dire à ton papa.

Alors il sentit dans son cœur un grand écroulement. Ils étaient plus forts que lui, ils l'avaient battu, et il ne pouvait point leur répondre, car il sentait bien que c'était vrai qu'il n'avait pas de papa. Plein d'orgueil, il essaya pendant quelques secondes de lutter contre les larmes qui l'étranglaient. Il eut une suffocation, puis,

sans cris, il se mit à pleurer par grands sanglots qui le
secouaient précipitamment.

Alors une joie féroce éclata chez ses ennemis, et
naturellement, ainsi que les sauvages dans leurs gaietés
terribles, ils se prirent par la main et se mirent à danser
en rond autour de lui, en répétant comme un refrain :
— « Pas de papa! pas de papa! »

Mais Simon tout à coup cessa de sangloter. Une
rage l'affola. Il y avait des pierres sous ses pieds ; il les
ramassa et, de toutes ses forces, les lança contre ses
bourreaux. Deux ou trois furent atteints et se sauvè-
rent en criant ; et il avait l'air tellement formidable
qu'une panique eut lieu parmi les autres. Lâches,
comme l'est toujours la foule devant un homme exas-
péré, ils se débandèrent et s'enfuirent [1].

Resté seul, le petit enfant sans père se mit à courir
vers les champs, car un souvenir lui était venu qui
avait amené dans son esprit une grande résolution. Il
voulait se noyer dans la rivière.

Il se rappelait en effet que, huit jours auparavant,
un pauvre diable qui mendiait sa vie s'était jeté dans
l'eau parce qu'il n'avait plus d'argent. Simon était là
lorsqu'on le repêchait ; et le triste bonhomme qui lui
semblait ordinairement lamentable, malpropre et laid,
l'avait alors frappé par son air tranquille, avec ses joues
pâles, sa longue barbe mouillée et ses yeux ouverts,
très calmes. On avait dit alentour : — « Il est mort. » —
Quelqu'un avait ajouté : — « Il est bien heureux
maintenant. » — Et Simon voulait aussi se noyer,
parce qu'il n'avait pas de père, comme ce misérable qui
n'avait pas d'argent.

Il arriva tout près de l'eau et la regarda couler.
Quelques poissons folâtraient, rapides, dans le courant
clair, et, par moments, faisaient un petit bond et hap-
paient des mouches voltigeant à la surface. Il cessa de
pleurer pour les voir, car leur manège l'intéressait
beaucoup. Mais, parfois, comme dans les accalmies
d'une tempête passent tout à coup de grandes rafales

de vent qui font craquer les arbres et se perdent à
l'horizon, cette pensée lui revenait avec une douleur
aiguë : « Je vais me noyer parce que je n'ai point de
papa. »

Il faisait très chaud, très bon. Le doux soleil chauf-
fait l'herbe. L'eau brillait comme un miroir. Et Simon
avait des minutes de béatitude, de cet alanguissement
qui suit les larmes, où il lui venait de grandes envies de
s'endormir là, sur l'herbe, dans la chaleur.

Une petite grenouille verte sauta sous ses pieds. Il
essaya de la prendre. Elle lui échappa. Il la poursuivit
et la manqua trois fois de suite. Enfin il la saisit par
l'extrémité de ses pattes de derrière et il se mit à rire en
voyant les efforts que faisait la bête pour s'échapper.
Elle se ramassait sur ses grandes jambes, puis, d'une
détente brusque, les allongeait subitement, raides
comme deux barres ; tandis que, l'œil tout rond avec
son cercle d'or, elle battait l'air de ses pattes de devant
qui s'agitaient comme des mains. Cela lui rappela un
joujou fait avec d'étroites planchettes de bois clouées
en zigzag les unes sur les autres, qui, par un mouve-
ment semblable, conduisaient l'exercice de petits
soldats piqués dessus. Alors, il pensa à sa maison, puis
à sa mère, et, pris d'une grande tristesse, il recommença
à pleurer. Des frissons lui passaient dans les membres ;
il se mit à genoux et récita sa prière comme avant de
s'endormir. Mais il ne put l'achever, car des sanglots
lui revinrent si pressés, si tumultueux qu'ils l'enva-
hirent tout entier. Il ne pensait plus ; il ne voyait
plus rien autour de lui et il n'était occupé qu'à
pleurer.

Soudain, une lourde main s'appuya sur son épaule
et une grosse voix lui demanda : — « Qu'est-ce qui te
fait donc tant de chagrin, mon bonhomme ? »

Simon se retourna. Un grand ouvrier qui avait une
barbe et des cheveux noirs tout frisés le regardait d'un
air bon. Il répondit avec des larmes plein les yeux et
plein la gorge :

— Ils m'ont battu... parce que... je... je... n'ai pas...
de papa... pas de papa.

— Comment, dit l'homme en souriant, mais tout le
monde en a un.

L'enfant reprit péniblement au milieu des spasmes
de son chagrin : — « Moi... moi... je n'en ai pas. »

Alors l'ouvrier devint grave ; il avait reconnu le
fils de la Blanchotte, et, quoique nouveau dans le
pays, il savait vaguement son histoire.

— Allons, dit-il, console-toi, mon garçon, et viens-
t'en avec moi chez ta maman. On t'en donnera... un
papa.

Ils se mirent en route, le grand tenant le petit par la
main, et l'homme souriait de nouveau, car il n'était
pas fâché de voir cette Blanchotte, qui était, contait-on,
une des plus belles filles du pays ; et il se disait peut-
être, au fond de sa pensée, qu'une jeunesse qui avait
failli pouvait bien faillir encore.

Ils arrivèrent devant une petite maison blanche, très
propre.

— C'est là, dit l'enfant, et il cria : — « Maman ! »

Une femme se montra, et l'ouvrier cessa brusque-
ment de sourire, car il comprit tout de suite qu'on ne
badinait plus avec cette grande fille pâle qui restait
sévère sur sa porte, comme pour défendre à un homme
le seuil de cette maison où elle avait été déjà trahie
par un autre. Intimidé et sa casquette à la main, il
balbutia :

— Tenez, madame, je vous ramène votre petit
garçon qui s'était perdu près de la rivière.

Mais Simon sauta au cou de sa mère et lui dit en se
remettant à pleurer.

— Non, maman, j'ai voulu me noyer, parce que les
autres m'ont battu... m'ont battu... parce que je n'ai
pas de papa.

Une rougeur cuisante couvrit les joues de la jeune
femme, et, meurtrie jusqu'au fond de sa chair, elle
embrassa son enfant avec violence pendant que des

larmes rapides lui coulaient sur la figure. L'homme
ému restait là, ne sachant comment partir. Mais
Simon soudain courut vers lui et lui dit :

— Voulez-vous être mon papa ?

Un grand silence se fit. La Blanchotte, muette et
torturée de honte, s'appuyait contre le mur, les deux
mains sur son cœur. L'enfant, voyant qu'on ne lui
répondait point, reprit :

— Si vous ne voulez pas, je retournerai me noyer.

L'ouvrier prit la chose en plaisanterie et répondit en
riant :

— Mais oui, je veux bien.

— Comment est-ce que tu t'appelles, demanda alors
l'enfant, pour que je réponde aux autres quand ils
voudront savoir ton nom ?

— Philippe, répondit l'homme.

Simon se tut une seconde pour bien faire entrer ce
nom-là dans sa tête, puis il tendit les bras, tout
consolé, en disant :

— Eh bien ! Philippe, tu es mon papa.

L'ouvrier, l'enlevant de terre, l'embrassa brusque-
ment sur les deux joues, puis il s'enfuit très vite à
grandes enjambées.

Quand l'enfant entra dans l'école, le lendemain, un
rire méchant l'accueillit ; et à la sortie, lorsque le gars
voulut recommencer, Simon lui jeta ces mots à la tête,
comme il aurait fait d'une pierre : — « Il s'appelle
Philippe, mon papa. »

Des hurlements de joie jaillirent de tous les côtés :

— Philippe qui ?... Philippe quoi ?... Qu'est-ce que
c'est que ça, Philippe ?... Où l'as-tu pris, ton Philippe ?

Simon ne répondit rien ; et, inébranlable dans sa
foi, il les défiait de l'œil, prêt à se laisser martyriser
plutôt que de fuir devant eux. Le maître d'école le
délivra et il retourna chez sa mère.

Pendant trois mois, le grand ouvrier Philippe passa
souvent près de la maison de la Blanchotte et, quelque-
fois, il s'enhardissait à lui parler lorsqu'il la voyait

cousant auprès de sa fenêtre. Elle lui répondait poli-
ment, toujours grave, sans rire jamais avec lui, et sans
le laisser entrer chez elle. Cependant, un peu fat, comme
tous les hommes, il s'imagina qu'elle était souvent plus
rouge que de coutume lorsqu'elle causait avec lui.

Mais une réputation tombée est si pénible à refaire
et demeure toujours si fragile, que, malgré la réserve
ombrageuse de la Blanchotte, on jasait déjà dans le pays.

Quant à Simon, il aimait beaucoup son nouveau
papa et se promenait avec lui presque tous les soirs,
la journée finie. Il allait assidûment à l'école et pas-
sait au milieu de ses camarades fort digne, sans leur
répondre jamais.

Un jour, pourtant, le gars qui l'avait attaqué le
premier lui dit :

— Tu as menti, tu n'as pas un papa qui s'appelle
Philippe.

— Pourquoi ça ? — demanda Simon très ému.

Le gars se frottait les mains. Il reprit :

— Parce que si tu en avais un, il serait le mari de
ta maman.

Simon se troubla devant la justesse de ce raisonn-
nement ; néanmoins il répondit : — « C'est mon papa
tout de même. »

— Ça se peut bien, dit le gars en ricanant, mais ce
n'est pas ton papa tout à fait.

Le petit à la Blanchotte courba la tête et s'en alla
rêveur du côté de la forge au père Loizon, où tra-
vaillait Philippe.

Cette forge était comme ensevelie sous des arbres.
Il y faisait très sombre ; seule, la lueur rouge d'un
foyer formidable éclairait par grands reflets cinq for-
gerons aux bras nus qui frappaient sur leurs enclumes
avec un terrible fracas. Ils se tenaient debout, enflam-
més comme des démons, les yeux fixés sur le fer
ardent qu'ils torturaient ; et leur lourde pensée
montait et retombait avec leurs marteaux.

Simon entra sans être vu et alla tout doucement

tirer son ami par la manche. Celui-ci se retourna.
Soudain le travail s'interrompit, et tous les hommes
regardèrent, très attentifs. Alors, au milieu de ce
silence inaccoutumé, monta la petite voix frêle de
Simon.

— Dis donc, Philippe, le gars à la Michaude qui
m'a conté tout à l'heure que tu n'étais pas mon papa
tout à fait.

— Pourquoi ça ? demanda l'ouvrier.

L'enfant répondit avec toute sa naïveté :

— Parce que tu n'es pas le mari de maman.

Personne ne rit. Philippe resta debout, appuyant
son front sur le dos de ses grosses mains que supportait
le manche de son marteau dressé sur l'enclume. Il
rêvait [1]. Ses quatre compagnons le regardaient et,
tout petit entre ces géants, Simon, anxieux, attendait.
Tout à coup, un des forgerons, répondant à la pensée
de tous, dit à Philippe :

— C'est tout de même une bonne et brave fille que
la Blanchotte, et vaillante et rangée malgré son mal-
heur, et qui serait une digne femme pour un honnête
homme.

— Ça, c'est vrai, dirent les trois autres.

L'ouvrier continua :

— Est-ce sa faute, à cette fille, si elle a failli ? On
lui avait promis mariage, et j'en connais plus d'une
qu'on respecte bien aujourd'hui et qui en a fait tout
autant.

— Ça, c'est vrai, répondirent en chœur les trois
hommes.

Il reprit : — « Ce qu'elle a peiné la pauvre, pour
élever son gars toute seule, et ce qu'elle a pleuré
depuis qu'elle ne sort plus que pour aller à l'église,
il n'y a que le bon Dieu qui le sait. »

— C'est encore vrai, dirent les autres.

Alors on n'entendit plus que le soufflet qui activait
le feu du foyer. Philippe, brusquement, se pencha vers
Simon :

— Va dire à ta maman que j'irai lui parler ce soir.

Puis il poussa l'enfant dehors par les épaules.

Il revint à son travail et, d'un seul coup, les cinq marteaux retombèrent ensemble sur les enclumes. Ils battirent ainsi le fer jusqu'à la nuit, forts, puissants, joyeux comme des marteaux satisfaits. Mais, de même que le bourdon d'une cathédrale résonne dans les jours de fête au-dessus du tintement des autres cloches, ainsi le marteau de Philippe, dominant le fracas des autres, s'abattait de seconde en seconde avec un vacarme assourdissant. Et lui, l'œil allumé, forgeait passionnément, debout dans les étincelles.

Le ciel était plein d'étoiles quand il vint frapper à la porte de la Blanchotte. Il avait sa blouse des dimanches, une chemise fraîche et la barbe faite. La jeune femme se montra sur le seuil et lui dit d'un air peiné :
— « C'est mal de venir ainsi la nuit tombée, monsieur Philippe. »

Il voulut répondre, balbutia et resta confus devant elle.

Elle reprit : — « Vous comprenez bien pourtant qu'il ne faut plus que l'on parle de moi. »

Alors, lui, tout à coup :
— Qu'est-ce que ça fait, dit-il, si vous voulez être ma femme!

Aucune voix ne lui répondit, mais il crut entendre dans l'ombre de la chambre le bruit d'un corps qui s'affaissait. Il entra bien vite ; et Simon, qui était couché dans son lit, distingua le son d'un baiser et quelques mots que sa mère murmurait bien bas. Puis, tout à coup, il se sentit enlevé dans les mains de son ami, et celui-ci, le tenant au bout de ses bras d'hercule, lui cria :
— Tu leur diras, à tes camarades, que ton papa c'est Philippe Rémy, le forgeron, et qu'il ira tirer les oreilles à tous ceux qui te feront du mal.

Le lendemain, comme l'école était pleine et que la

classe allait commencer, le petit Simon se leva, tout
pâle et les lèvres tremblantes : — « Mon papa, dit-il
d'une voix claire, c'est Philippe Rémy, le forgeron,
et il a promis qu'il tirerait les oreilles à tous ceux qui
me feraient du mal. »

Cette fois, personne ne rit plus, car on le connais-
sait bien ce Philippe Rémy, le forgeron, et c'était un
papa, celui-là, dont tout le monde eût été fier.

UNE PARTIE DE CAMPAGNE [1]

On avait projeté depuis cinq mois d'aller déjeuner aux environs de Paris, le jour de la fête de M^me Dufour, qui s'appelait Pétronille [2]. Aussi, comme on avait attendu cette partie impatiemment, s'était-on levé de fort bonne heure ce matin-là.

M. Dufour, ayant emprunté la voiture du laitier, conduisait lui-même. La carriole, à deux roues, était fort propre ; elle avait un toit supporté par quatre montants de fer où s'attachaient des rideaux qu'on avait relevés pour voir le paysage. Celui de derrière, seul, flottait au vent, comme un drapeau. La femme, à côté de son époux, s'épanouissait dans une robe de soie cerise extraordinaire. Ensuite, sur deux chaises, se tenaient une vieille grand'mère et une jeune fille. On apercevait encore la chevelure jaune d'un garçon qui, faute de siège, s'était étendu tout au fond, et dont la tête seule apparaissait.

Après avoir suivi l'avenue des Champs-Élysées et franchi les fortifications à la porte Maillot, on s'était mis à regarder la contrée.

En arrivant au pont de Neuilly, M. Dufour avait dit : — « Voici la campagne enfin ! » — et sa femme, à ce signal, s'était attendrie sur la nature.

Au rond-point de Courbevoie [3], une admiration les avait saisis devant l'éloignement des horizons. A droite, là-bas, c'était Argenteuil, dont le clocher se

dressait, au-dessus apparaissaient les buttes de Sannois et le Moulin d'Orgemont. A gauche, l'aqueduc de Marly se dessinait sur le ciel clair du matin, et l'on apercevait aussi, de loin, la terrasse de Saint-Germain; tandis qu'en face, au bout d'une chaîne de collines, des terres remuées indiquaient le nouveau fort de Cormeilles. Tout au fond, dans un reculement formidable, par-dessus des plaines et des villages, on entrevoyait une sombre verdure de forêts [1].

Le soleil commençait à brûler les visages ; la poussière emplissait les yeux continuellement, et, des deux côtés de la route, se développait une campagne interminablement nue, sale et puante. On eût dit qu'une lèpre l'avait ravagée, qui rongeait jusqu'aux maisons, car des squelettes de bâtiments défoncés et abandonnés, ou bien des petites cabanes inachevées faute de paiement aux entrepreneurs, tendaient leurs quatre murs sans toit.

De loin en loin, poussaient dans le sol stérile de longues cheminées de fabriques, seule végétation de ces champs putrides où la brise du printemps promenait un parfum de pétrole et de schiste mêlé à une autre odeur moins agréable encore.

Enfin, on avait traversé la Seine une seconde fois, et, sur le pont, ç'avait été un ravissement. La rivière éclatait de lumière ; une buée s'en élevait, pompée par le soleil, et l'on éprouvait une quiétude douce, un rafraîchissement bienfaisant à respirer enfin un air plus pur qui n'avait point balayé la fumée noire des usines ou les miasmes des dépotoirs.

Un homme qui passait avait nommé le pays : Bezons.

La voiture s'arrêta, et M. Dufour se mit à lire l'enseigne engageante d'une gargote : « *Restaurant Poulin* [2], *matelotes et fritures, cabinets de société, bosquets et balançoires.* » — Eh bien! madame Dufour, cela te va-t-il? Te décideras-tu à la fin?

La femme lut à son tour : « *Restaurant Poulin,*

*matelotes et fritures, cabinets de société, bosquets et
balançoires.* » Puis elle regarda la maison longuement.

C'était une auberge de campagne, blanche, plantée
au bord de la route. Elle montrait, par la porte
ouverte, le zinc brillant du comptoir devant lequel
se tenaient deux ouvriers endimanchés.

A la fin, M^me Dufour se décida : — « Oui, c'est bien,
dit-elle ; et puis il y a de la vue. » — La voiture entra
dans un vaste terrain planté de grands arbres qui
s'étendait derrière l'auberge et qui n'était séparé de
la Seine que par le chemin de halage.

Alors on descendit. Le mari sauta le premier, puis
ouvrit les bras pour recevoir sa femme. Le marche-
pied, tenu par deux branches de fer, était très loin, de
sorte que, pour l'atteindre, M^me Dufour dut laisser
voir le bas d'une jambe dont la finesse primitive dis-
paraissait à présent sous un envahissement de graisse
tombant des cuisses.

M. Dufour, que la campagne émoustillait déjà, lui
pinça vivement le mollet, puis, la prenant sous les
bras, la déposa lourdement à terre, comme un énorme
paquet.

Elle tapa avec la main sa robe de soie pour en faire
tomber la poussière, puis regarda l'endroit où elle se
trouvait.

C'était une femme de trente-six ans environ, forte
en chair, épanouie et réjouissante à voir. Elle respirait
avec peine, étranglée violemment par l'étreinte de son
corset trop serré ; et la pression de cette machine
rejetait jusque dans son double menton la masse
fluctuante de sa poitrine surabondante.

La jeune fille ensuite, posant la main sur l'épaule
de son père, sauta légèrement toute seule. Le garçon
aux cheveux jaunes était descendu en mettant un
pied sur la roue, et il aida M. Dufour à décharger la
grand'mère.

Alors on dételà le cheval, qui fut attaché à un arbre ;
et la voiture tomba sur le nez, les deux brancards à

terre. Les hommes, ayant retiré leurs redingotes, se
lavèrent les mains dans un seau d'eau, puis rejoignirent
leurs dames installées déjà sur les escarpolettes.

M^{lle} Dufour essayait de se balancer debout, toute
seule, sans parvenir à se donner un élan suffisant.
C'était une belle fille de dix-huit à vingt ans ; une de
ces femmes dont la rencontre dans la rue vous fouette
d'un désir subit, et vous laisse jusqu'à la nuit une
inquiétude vague et un soulèvement des sens. Grande,
mince de taille et large des hanches, elle avait la peau
très brune, les yeux très grands, les cheveux très noirs.
Sa robe dessinait nettement les plénitudes fermes de
sa chair qu'accentuaient encore les efforts des reins
qu'elle faisait pour s'enlever. Ses bras tendus tenaient
les cordes au-dessus de sa tête, de sorte que sa poi-
trine se dressait, sans une secousse, à chaque impulsion
qu'elle donnait. Son chapeau, emporté par un coup de
vent, était tombé derrière elle ; et l'escarpolette peu
à peu se lançait, montrant à chaque retour ses jambes
fines jusqu'au genou, et jetant à la figure des deux
hommes, qui la regardaient en riant, l'air de ses jupes,
plus capiteux que les vapeurs du vin.

Assise sur l'autre balançoire, M^{me} Dufour gémis-
sait d'une façon monotone et continue : — « Cyprien,
viens me pousser ; viens donc me pousser, Cyprien ! »
— A la fin, il y alla et, ayant retroussé les manches de
sa chemise, comme avant d'entreprendre un travail,
il mit sa femme en mouvement avec une peine infi-
nie [1].

Cramponnée aux cordes, elle tenait ses jambes
droites, pour ne point rencontrer le sol, et elle jouis-
sait d'être étourdie par le va-et-vient de la machine.
Ses formes, secouées, tremblotaient continuellement
comme de la gelée sur un plat. Mais, comme les élans
grandissaient, elle fut prise de vertige et de peur. A
chaque descente, elle poussait un cri perçant qui
faisait accourir tous les gamins du pays ; et, là-bas,
devant elle, au-dessus de la haie du jardin, elle aper-

cevait vaguement une garniture de têtes polissonnes
que des rires faisaient grimacer diversement.

Une servante étant venue, on commanda le déjeu-
ner.

— Une friture de Seine, un lapin sauté, une salade
et du dessert, articula Mᵐᵉ Dufour, d'un air impor-
tant. — « Vous apporterez deux litres et une bouteille
de bordeaux », dit son mari. — « Nous dînerons sur
l'herbe », ajouta la jeune fille.

La grand'mère, prise de tendresse à la vue du chat
de la maison, le poursuivait depuis dix minutes en lui
prodiguant inutilement les plus douces appellations.
L'animal, intérieurement flatté sans doute de cette
attention, se tenait toujours tout près de la main de
la bonne femme, sans se laisser atteindre cependant,
et faisait tranquillement le tour des arbres, contre
lesquels il se frottait, la queue dressée, avec un petit
ronron de plaisir.

— Tiens! cria tout à coup le jeune homme aux
cheveux jaunes qui furetait dans le terrain, en voilà
des bateaux qui sont chouet! — On alla voir. Sous
un petit hangar en bois étaient suspendues deux
superbes yoles de canotiers, fines et travaillées comme
des meubles de luxe. Elles reposaient côte à côte,
pareilles à deux grandes filles minces, en leur longueur
étroite et reluisante, et donnaient envie de filer sur
l'eau par les belles soirées douces ou les claires matinées
d'été, de raser les berges fleuries où des arbres entiers
trempent leurs branches dans l'eau, où tremblote
l'éternel frisson des roseaux et d'où s'envolent, comme
des éclairs bleus, de rapides martins-pêcheurs.

Toute la famille, avec respect, les contemplait. —
« Oh! ça oui, c'est chouet », répéta gravement M. Dufour.
Et il les détaillait en connaisseur. Il avait canoté, lui
aussi, dans son jeune temps, disait-il; voire même
qu'avec ça dans la main — et il faisait le geste de
tirer sur les avirons — il se fichait de tout le monde.
Il avait rossé en course plus d'un Anglais, jadis, à

Joinville ; et il plaisanta sur le mot « *dames* », dont on
désigne les deux montants qui retiennent les avirons,
disant que les canotiers, et pour cause, ne sortaient
jamais sans leurs *dames*. Il s'échauffait en pérorant et
proposait obstinément de parier qu'avec un bateau
comme ça, il ferait six lieues à l'heure sans se pres-
ser.

— C'est prêt, — dit la servante qui apparut à
l'entrée. On se précipita ; mais voilà qu'à la meil-
leure place, qu'en son esprit M^me Dufour avait choisie
pour s'installer, deux jeunes gens déjeunaient déjà.
C'étaient les propriétaires des yoles, sans doute, car ils
portaient le costume des canotiers.

Ils étaient étendus sur des chaises, presque cou-
chés. Ils avaient la face noircie par le soleil et la poitrine
couverte seulement d'un mince maillot de coton blanc
qui laissait passer leurs bras nus, robustes comme ceux
des forgerons. C'étaient deux solides gaillards, posant
beaucoup pour la vigueur, mais qui montraient en tous
leurs mouvements cette grâce élastique des membres
qu'on acquiert par l'exercice, si différente de la défor-
mation qu'imprime à l'ouvrier l'effort pénible, toujours
le même.

Ils échangèrent rapidement un sourire en voyant
la mère, puis un regard en apercevant la fille. —
« Donnons notre place, dit l'un, ça nous fera faire
connaissance. » L'autre aussitôt se leva et, tenant à
la main sa toque mi-partie rouge et mi-partie noire,
il offrit chevaleresquement de céder aux dames le
seul endroit du jardin où ne tombât point le soleil.
On accepta en se confondant en excuses ; et pour que
ce fût plus champêtre, la famille s'installa sur l'herbe
sans table ni sièges.

Les deux jeunes gens portèrent leur couvert quelques
pas plus loin et se remirent à manger. Leurs bras nus,
qu'ils montraient sans cesse, gênaient un peu la jeune
fille. Elle affectait même de tourner la tête et de ne
point les remarquer, tandis que M^me Dufour, plus

hardie, sollicitée par une curiosité féminine qui était peut-être du désir, les regardait à tout moment, les comparant sans doute avec regret aux laideurs secrètes de son mari.

Elle s'était éboulée sur l'herbe, les jambes pliées à la façon des tailleurs, et elle se trémoussait continuellement, sous prétexte que des fourmis lui étaient entrées quelque part. M. Dufour, rendu maussade par la présence et l'amabilité des étrangers, cherchait une position commode qu'il ne trouva pas du reste, et le jeune homme aux cheveux jaunes mangeait silencieusement comme un ogre.

— Un bien beau temps, monsieur, dit la grosse dame à l'un des canotiers. Elle voulait être aimable à cause de la place qu'ils avaient cédée. — « Oui, madame, répondit-il ; venez-vous souvent à la campagne ? »

— Oh! une fois ou deux par an seulement, pour prendre l'air ; et vous, monsieur ?

— J'y viens coucher tous les soirs.

— Ah! ça doit être bien agréable ?

— Oui, certainement, madame.

Et il raconta sa vie de chaque jour, poétiquement, de façon à faire vibrer dans le cœur de ces bourgeois privés d'herbe et affamés de promenades aux champs cet amour bête de la nature qui les hante toute l'année derrière le comptoir de leur boutique.

La jeune fille, émue, leva les yeux et regarda le canotier. M. Dufour parla pour la première fois. — « Ça, c'est une vie », dit-il. Il ajouta : — « Encore un peu de lapin, ma bonne. » — « Non, merci, mon ami. »

Elle se tourna de nouveau vers les jeunes gens, et montrant leurs bras : — « Vous n'avez jamais froid comme ça ? » dit-elle.

Ils se mirent à rire tous les deux, et ils épouvantèrent la famille par le récit de leurs fatigues prodigieuses, de leurs bains pris en sueur, de leurs courses dans le brouillard des nuits ; et ils tapèrent violemment sur

leur poitrine pour montrer quel son ça rendait. — « Oh!
vous avez l'air solides », dit le mari qui ne parlait plus
du temps où il rossait les Anglais.

La jeune fille les examinait de côté maintenant ;
et le garçon aux cheveux jaunes, ayant bu de travers,
toussa éperdument, arrosant la robe en soie cerise de
la patronne qui se fâcha et fit apporter de l'eau pour
laver les taches.

Cependant, la température devenait terrible. Le
fleuve étincelant semblait un foyer de chaleur, et les
fumées du vin troublaient les têtes.

M. Dufour, que secouait un hoquet violent, avait
déboutonné son gilet et le haut de son pantalon :
tandis que sa femme, prise de suffocations, dégrafait
sa robe peu à peu. L'apprenti balançait d'un air gai sa
tignasse de lin et se versait à boire coup sur coup. La
grand'mère, se sentant grise, se tenait fort raide et
fort digne. Quant à la jeune fille, elle ne laissait rien
paraître ; son œil seul s'allumait vaguement, et sa peau
très brune se colorait aux joues d'une teinte plus rose.

Le café les acheva. On parla de chanter et chacun
dit son couplet, que les autres applaudirent avec fré-
nésie. Puis on se leva difficilement, et, pendant que les
deux femmes, étourdies, respiraient, les deux hommes,
tout à fait pochards, faisaient de la gymnastique.
Lourds, flasques, et la figure écarlate, ils se pendaient
gauchement aux anneaux sans parvenir à s'enlever ;
et leurs chemises menaçaient continuellement d'éva-
cuer leurs pantalons pour battre au vent comme des
étendards.

Cependant les canotiers avaient mis leurs yoles à
l'eau et ils revenaient avec politesse proposer aux
dames une promenade sur la rivière.

— Monsieur Dufour, veux-tu? je t'en prie! — cria
sa femme. Il la regarda d'un air d'ivrogne, sans
comprendre. Alors un canotier s'approcha, deux lignes
de pêcheur à la main. L'espérance de prendre du gou-
jon, cet idéal des boutiquiers [1], alluma les yeux mornes

du bonhomme, qui permit tout ce qu'on voulut, et
s'installa à l'ombre, sous le pont, les pieds ballants
au-dessus du fleuve, à côté du jeune homme aux che-
veux jaunes qui s'endormit auprès de lui.

Un des canotiers se dévoua : il prit la mère. — « Au
petit bois de l'île aux Anglais [1] » cria-t-il en s'éloignant.

L'autre yole s'en alla plus doucement. Le rameur
regardait tellement sa compagne qu'il ne pensait plus
à autre chose, et une émotion l'avait saisi qui paraly-
sait sa vigueur.

La jeune fille, assise dans le fauteuil du barreur, se
laissait aller à la douceur d'être sur l'eau. Elle se sentait
prise d'un renoncement de pensées, d'une quiétude de
ses membres, d'un abandonnement d'elle-même, comme
envahie par une ivresse multiple. Elle était devenue
fort rouge avec une respiration courte. Les étourdisse-
ments du vin, développés par la chaleur torrentielle
qui ruisselait autour d'elle, faisaient saluer sur son
passage tous les arbres de la berge. Un besoin vague de
jouissance, une fermentation du sang parcouraient sa
chair excitée par les ardeurs de ce jour ; et elle était
aussi troublée dans ce tête-à-tête sur l'eau, au milieu
de ce pays dépeuplé par l'incendie du ciel, avec ce
jeune homme qui la trouvait belle, dont l'œil lui
baisait la peau, et dont le désir était pénétrant comme
le soleil.

Leur impuissance à parler augmentait leur émotion,
et ils regardaient les environs. Alors, faisant un effort,
il lui demanda son nom. — « Henriette », dit-elle. —
« Tiens ! moi je m'appelle Henri », reprit-il.

Le son de leur voix les avait calmés ; ils s'intéres-
sèrent à la rive. L'autre yole s'était arrêtée et parais-
sait les attendre. Celui qui la montait cria : — « Nous
vous rejoindrons dans le bois ; nous allons jusqu'à
Robinson, parce que Madame a soif. » — Puis il se
coucha sur les avirons et s'éloigna si rapidement qu'on
cessa bientôt de le voir.

Cependant un grondement continu qu'on distin-

guait vaguement depuis quelque temps s'approchait
très vite. La rivière elle-même semblait frémir comme
si le bruit sourd montait de ses profondeurs.

— Qu'est-ce qu'on entend? demanda-t-elle.

C'était la chute du barrage qui coupait le fleuve en
deux à la pointe de l'île. Lui se perdait dans une
explication, lorsque, à travers le fracas de la cascade,
un chant d'oiseau qui semblait très lointain les frappa.
— « Tiens, dit-il, les rossignols chantent dans le jour :
c'est donc que les femelles couvent. »

Un rossignol! Elle n'en avait jamais entendu, et
l'idée d'en écouter un fit se lever dans son cœur la
vision des poétiques tendresses. Un rossignol! c'est-à-
dire l'invisible témoin des rendez-vous d'amour qu'in-
voquait Juliette sur son balcon ; cette musique du ciel
accordée aux baisers des hommes ; cet éternel inspira-
teur de toutes les romances langoureuses qui ouvrent
un idéal bleu aux pauvres petits cœurs des fillettes
attendries!

Elle allait donc entendre un rossignol.

— Ne faisons pas de bruit, dit son compagnon,
nous pourrons descendre dans le bois et nous asseoir
tout près de lui.

La yole semblait glisser. Des arbres se montrèrent
sur l'île, dont la berge était si basse que les yeux plon-
geaient dans l'épaisseur des fourrés. On s'arrêta ; le
bateau fut attaché ; et, Henriette s'appuyant sur le
bras de Henri, ils s'avancèrent entre les branches. —
« Courbez-vous », dit-il. Elle se courba, et ils pénétrèrent
dans un inextricable fouillis de lianes, de feuilles et de
roseaux, dans un asile introuvable qu'il fallait connaî-
tre et que le jeune homme appelait en riant « son
cabinet particulier ».

Juste au-dessus de leur tête, perché dans un des
arbres qui les abritaient, l'oiseau s'égosillait toujours.
Il lançait des trilles et des roulades, puis filait de grands
sons vibrants qui emplissaient l'air et semblaient se
perdre à l'horizon, se déroulant le long du fleuve et

s'envolant au-dessus des plaines, à travers le silence de feu qui appesantissait la campagne.

Ils ne parlaient pas de peur de le faire fuir. Ils étaient assis l'un près de l'autre, et, lentement, le bras de Henri fit le tour de la taille de Henriette et l'enserra d'une pression douce. Elle prit, sans colère, cette main audacieuse, et elle l'éloignait sans cesse à mesure qu'il la rapprochait, n'éprouvant du reste aucun embarras de cette caresse, comme si c'eût été une chose toute naturelle qu'elle repoussait aussi naturellement.

Elle écoutait l'oiseau, perdue dans une extase. Elle avait des désirs infinis de bonheur, des tendresses brusques qui la traversaient, des révélations de poésies surhumaines, et un tel amollissement des nerfs et du cœur, qu'elle pleurait sans savoir pourquoi. Le jeune homme la serrait contre lui maintenant ; elle ne le repoussait plus, n'y pensant pas.

Le rossignol se tut soudain. Une voix éloignée cria :
— « Henriette ! »

— Ne répondez point, dit-il tout bas, vous feriez envoler l'oiseau.

Elle ne songeait guère non plus à répondre.

Ils restèrent quelque temps ainsi. Mme Dufour s'était assise quelque part, car on entendait vaguement, de temps en temps, les petits cris de la grosse dame que lutinait sans doute l'autre canotier.

La jeune fille pleurait toujours, pénétrée de sensations très douces, la peau chaude et piquée partout de chatouillements inconnus. La tête de Henri était sur son épaule ; et, brusquement, il la baisa sur les lèvres. Elle eut une révolte furieuse et, pour l'éviter, se rejeta sur le dos. Mais il s'abattit sur elle, la couvrant de tout son corps. Il poursuivit longtemps cette bouche qui le fuyait, puis, la joignant, y attacha la sienne. Alors, affolée par un désir formidable, elle lui rendit son baiser en l'étreignant sur sa poitrine, et toute sa résistance tomba comme écrasée par un poids trop lourd.

Tout était calme aux environs. L'oiseau se remit à chanter. Il jeta d'abord trois notes pénétrantes qui semblaient un appel d'amour, puis, après un silence d'un moment, il commença d'une voix affaiblie des modulations très lentes.

Une brise molle glissa, soulevant un murmure de feuilles, et dans la profondeur des branches passaient deux soupirs ardents qui se mêlaient au chant du rossignol et au souffle léger du bois.

Une ivresse envahissait l'oiseau, et sa voix, s'accélérant peu à peu comme un incendie qui s'allume ou une passion qui grandit, semblait accompagner sous l'arbre un crépitement de baisers. Puis le délire de son gosier se déchaînait éperdument. Il avait des pâmoisons prolongées sur un trait, de grands spasmes mélodieux.

Quelquefois il se reposait un peu, filant seulement deux ou trois sons légers qu'il terminait soudain par une note suraiguë. Ou bien il partait d'une course affolée, avec des jaillissements de gammes, des frémissements, des saccades, comme un chant d'amour furieux, suivi par des cris de triomphe.

Mais il se tut, écoutant sous lui un gémissement tellement profond qu'on l'eût pris pour l'adieu d'une âme. Le bruit s'en prolongea quelque temps et s'acheva dans un sanglot

Ils étaient bien pâles, tous les deux, en quittant leur lit de verdure. Le ciel bleu leur paraissait obscurci ; l'ardent soleil était éteint pour leurs yeux ; ils s'apercevaient de la solitude et du silence. Ils marchaient rapidement l'un près de l'autre, sans se parler, sans se toucher, car ils semblaient devenus ennemis irréconciliables, comme si un dégoût se fût élevé entre leurs corps, une haine entre leurs esprits.

De temps à autre, Henriette criait : — « Maman! »

Un tumulte se fit sous un buisson. Henri crut voir une jupe blanche qu'on rabattait vite sur un gros mollet ; et l'énorme dame apparut, un peu confuse et

plus rouge encore, l'œil très brillant et la poitrine ora-
geuse, trop près peut-être de son voisin. Celui-ci devait
avoir vu des choses bien drôles, car sa figure était
sillonnée de rires subits qui la traversaient malgré lui.

Mme Dufour prit son bras d'un air tendre, et l'on
regagna les bateaux. Henri, qui marchait devant,
toujours muet à côté de la jeune fille, crut distinguer
tout à coup comme un gros baiser qu'on étouffait.

Enfin l'on revint à Bezons.

M. Dufour, dégrisé, s'impatientait. Le jeune homme
aux cheveux jaunes mangeait un morceau avant de
quitter l'auberge. La voiture était attelée dans la cour,
et la grand'mère, déjà montée, se désolait parce qu'elle
avait peur d'être prise par la nuit dans la plaine, les
environs de Paris n'étant pas sûrs.

On se donna des poignées de mains, et la famille
Dufour s'en alla. — « Au revoir! » criaient les cano-
tiers. Un soupir et une larme leur répondirent.

Deux mois après, comme il passait rue des Martyrs,
Henri lut sur une porte : *Dufour, quincaillier.*

Il entra.

La grosse dame s'arrondissait au comptoir. On se
reconnut aussitôt, et, après mille politesses, il demanda
des nouvelles. — Et mademoiselle Henriette, comment
va-t-elle?

— Très bien, merci, elle est mariée.

— Ah!...

Une émotion l'étreignit ; il ajouta :

— Et... avec qui?

— Mais avec le jeune homme qui nous accompa-
gnait, vous savez bien ; c'est lui qui prend la suite.

— Oh! parfaitement.

Il s'en allait fort triste, sans trop savoir pourquoi.
Mme Dufour le rappela.

— Et votre ami? dit-elle timidement.

— Mais il va bien.

— Faites-lui nos compliments, n'est-ce pas ; et

quand il passera, dites-lui donc de venir nous voir...

Elle rougit fort, puis ajouta : — « Ça me fera bien plaisir ; dites-lui. »

— Je n'y manquerai pas. Adieu!

— Non... à bientôt!

L'année suivante, un dimanche qu'il faisait très chaud, tous les détails de cette aventure, que Henri n'avait jamais oubliée, lui revinrent subitement, si nets et si désirables, qu'il retourna tout seul à leur chambre dans le bois.

Il fut stupéfait en entrant. Elle était là, assise sur l'herbe, l'air triste, tandis qu'à son côté, toujours en manches de chemise, son mari, le jeune homme aux cheveux jaunes, dormait consciencieusement comme une brute.

Elle devint si pâle en voyant Henri qu'il crut qu'elle allait défaillir. Puis ils se mirent à causer naturellement, de même que si rien ne se fût passé entre eux.

Mais comme il lui racontait qu'il aimait beaucoup cet endroit et qu'il y venait souvent se reposer, le dimanche, en songeant à bien des souvenirs, elle le regarda longuement dans les yeux.

— Moi, j'y pense tous les soirs, dit-elle.

— Allons, ma bonne, reprit en bâillant son mari, je crois qu'il est temps de nous en aller.

AU PRINTEMPS [1]

Lorsque les premiers beaux jours arrivent, que la terre s'éveille et reverdit, que la tiédeur parfumée de l'air nous caresse la peau, entre dans la poitrine, semble pénétrer au cœur lui-même, il nous vient des désirs vagues de bonheurs indéfinis, des envies de courir, d'aller au hasard, de chercher aventure, de boire du printemps

L'hiver ayant été fort dur l'an dernier, ce besoin d'épanouissement fut, au mois de mai, comme une ivresse qui m'envahit, une poussée de sève débordante.

Or, en m'éveillant un matin, j'aperçus par ma fenêtre, au-dessus des maisons voisines, la grande nappe bleue du ciel tout enflammée de soleil. Les serins accrochés aux fenêtres s'égosillaient ; les bonnes chantaient à tous les étages ; une rumeur gaie montait de la rue ; et je sortis, l'esprit en fête, pour aller je ne sais où.

Les gens qu'on rencontrait souriaient ; un souffle de bonheur flottait partout dans la lumière chaude du printemps revenu. On eût dit qu'il y avait sur la ville une brise d'amour épandue ; et les jeunes femmes qui passaient en toilette du matin, portant dans les yeux comme une tendresse cachée et une grâce plus molle dans la démarche, m'emplissaient le cœur de trouble.

Sans savoir comment, sans savoir pourquoi, j'arri-

vai au bord de la Seine. Des bateaux à vapeur filaient vers Suresnes, et il me vint soudain une envie démesurée de courir à travers les bois.

Le pont de la *Mouche* [1] était couvert de passagers, car le premier soleil vous tire, malgré vous, du logis, et tout le monde remue, va, vient, cause avec le voisin.

C'était une voisine que j'avais : une petite ouvrière sans doute, avec une grâce toute parisienne, une mignonne tête blonde sous des cheveux bouclés aux tempes ; des cheveux qui semblaient une lumière frisée, descendaient à l'oreille, couraient jusqu'à la nuque, dansaient au vent, puis devenaient, plus bas, un duvet si fin, si léger, si blond, qu'on le voyait à peine, mais qu'on éprouvait une irrésistible envie de mettre là une foule de baisers.

Sous l'insistance de mon regard, elle tourna la tête vers moi, puis baissa brusquement les yeux, tandis qu'un pli léger, comme un sourire prêt à naître, enfonçant un peu le coin de sa bouche, faisait apparaître aussi là ce fin duvet soyeux et pâle que le soleil dorait un peu.

La rivière calme s'élargissait. Une paix chaude planait dans l'atmosphère, et un murmure de vie semblait emplir l'espace. Ma voisine releva les yeux, et, cette fois, comme je la regardais toujours, elle sourit décidément. Elle était charmante ainsi, et dans son regard fuyant mille choses m'apparurent, mille choses ignorées jusqu'ici. J'y vis des profondeurs inconnues, tout le charme des tendresses, toute la poésie que nous rêvons, tout le bonheur que nous cherchons sans fin. Et j'avais un désir fou d'ouvrir les bras, de l'emporter quelque part pour lui murmurer à l'oreille la suave musique des paroles d'amour.

J'allais ouvrir la bouche et l'aborder, quand quelqu'un me toucha l'épaule. Je me retournai, surpris, et j'aperçus un homme d'aspect ordinaire, ni jeune ni vieux, qui me regardait d'un air triste.

— Je voudrais vous parler, dit-il.

Je fis une grimace qu'il vit sans doute, car il ajouta :
— « C'est important. »

Je me levai et le suivis à l'autre bout du bateau :
— « Monsieur, reprit-il, quand l'hiver approche avec
les froids, la pluie et la neige, votre médecin vous dit
chaque jour : « Tenez-vous les pieds bien chauds,
« gardez-vous des refroidissements, des rhumes :
« des bronchites, des pleurésies. » Alors vous prenez
mille précautions, vous portez de la flanelle, des par-
dessus épais, des gros souliers, ce qui ne vous empêche
pas toujours de passer deux mois au lit. Mais quand
revient le printemps avec ses feuilles et ses fleurs, ses
brises chaudes et amollissantes, ses exhalaisons des
champs qui vous apportent des troubles vagues, des
attendrissements sans cause, il n'est personne qui
vienne vous dire : « Monsieur, prenez garde à l'amour !
« Il est embusqué partout ; il vous guette à tous les
« coins ; toutes ses ruses sont tendues, toutes ses
« armes aiguisées, toutes ses perfidies préparées ! Pre-
« nez garde à l'amour !... Prenez garde à l'amour ! Il
« est plus dangereux que le rhume, la bronchite ou la
« pleurésie ! Il ne pardonne pas, et fait commettre à
« tout le monde des bêtises irréparables. » Oui, mon-
sieur, je dis que, chaque année, le gouvernement
devrait faire mettre sur les murs de grandes affiches
avec ces mots : « *Retour du printemps. Citoyens français,
prenez garde à l'amour* » ; de même qu'on écrit sur la
porte des maisons : « Prenez garde à la peinture ! » —
Eh bien, puisque le gouvernement ne le fait pas, moi
je le remplace, et je vous dis : « Prenez garde à l'amour :
il est en train de vous pincer, et j'ai le devoir de vous
prévenir comme on prévient, en Russie, un passant
dont le nez gèle. »

Je demeurais stupéfait devant cet étrange parti-
culier, et, prenant un air digne : — « Enfin, monsieur,
vous me paraissez vous mêler de ce qui ne vous regarde
guère. »

Il fit un mouvement brusque, et répondit : — « Oh ! monsieur ! monsieur ! si je m'aperçois qu'un homme va se noyer dans un endroit dangereux, il faut donc le laisser périr ? Tenez, écoutez mon histoire, et vous comprendrez pourquoi j'ose vous parler ainsi.

« C'était l'an dernier, à pareille époque. Je dois vous dire, d'abord, monsieur, que je suis employé au ministère de la Marine, où nos chefs, les commissaires, prennent au sérieux leurs galons d'officiers plumitifs pour nous traiter comme des gabiers ¹. — Ah ! si tous les chefs étaient civils — mais je passe. — Donc j'apercevais de mon bureau un petit bout de ciel tout bleu où volaient des hirondelles ; et il me venait des envies de danser au milieu de mes cartons noirs.

« Mon désir de liberté grandit tellement, que, malgré ma répugnance, j'allai trouver mon singe. C'était un petit grincheux toujours en colère. Je me dis malade. Il me regarda dans le nez et cria : — « Je n'en « crois rien, monsieur. Enfin, allez-vous-en ! Pensez-« vous qu'un bureau peut marcher avec des employés « pareils ? »

« Mais je filai, je gagnai la Seine. Il faisait un temps comme aujourd'hui ; et je pris la *Mouche* pour faire un tour à Saint-Cloud.

« Ah ! monsieur ! comme mon chef aurait dû m'en refuser la permission !

« Il me sembla que je me dilatais sous le soleil. J'aimais tout, le bateau, la rivière, les arbres, les maisons, mes voisins, tout. J'avais envie d'embrasser quelque chose, n'importe quoi : c'était l'amour qui préparait son piège.

« Tout à coup, au Trocadéro, une jeune fille monta avec un petit paquet à la main, et elle s'assit en face de moi.

« Elle était jolie, oui, monsieur ; mais c'est étonnant comme les femmes vous semblent mieux quand il fait beau, au premier printemps : elles ont un capiteux, un charme, un je ne sais quoi tout particulier.

C'est absolument comme du vin qu'on boit après le fromage.

« Je la regardais, et elle aussi elle me regardait — mais seulement de temps en temps, comme la vôtre tout à l'heure. Enfin, à force de nous considérer, il me sembla que nous nous connaissions assez pour entamer conversation et je lui parlai. Elle répondit. Elle était gentille comme tout, décidément. Elle me grisait, mon cher monsieur!

« A Saint-Cloud, elle descendit — je la suivis. — Elle allait livrer une commande. Quand elle reparut, le bateau venait de partir. Je me mis à marcher à côté d'elle, et la douceur de l'air nous arrachait des soupirs à tous les deux.

— « Il ferait bien bon dans les bois », lui dis-je.

« Elle répondit : — « Ah! oui! »

— « Si nous allions y faire un tour, voulez-vous, mademoiselle? »

« Elle me guetta en dessous d'un coup d'œil rapide comme pour bien apprécier ce que je valais, puis, après avoir hésité quelque temps, elle accepta. Et nous voilà côte à côte au milieu des arbres. Sous le feuillage un peu grêle encore, l'herbe, haute, drue, d'un vert luisant, comme vernie, était inondée de soleil et pleine de petites bêtes qui s'aimaient aussi. On entendait partout des chants d'oiseaux. Alors ma compagne se mit à courir en gambadant, enivrée d'air et d'effluves champêtres. Et moi je courais derrière en sautant comme elle. Est-on bête, monsieur, par moments!

« Puis elle chanta éperdument mille choses, des airs d'opéra, la chanson de Musette [1]! La chanson de Musette! comme elle me sembla poétique alors!... Je pleurais presque. Oh! ce sont toutes ces balivernes-là qui nous troublent la tête ; ne prenez jamais, croyez-moi, une femme qui chante à la campagne, surtout si elle chante la chanson de Musette!

« Elle fut bientôt fatiguée et s'assit sur un talus

vert. Moi, je me mis à ses pieds, et je lui saisis les mains,
ses petites mains poivrées de coups d'aiguille ; et cela
m'attendrit. Je me disais : — « Voici les saintes marques
du travail. » — Oh! monsieur, monsieur, savez-vous
ce qu'elles signifient, les saintes marques du travail ?
Elles veulent dire tous les commérages de l'atelier,
les polissonneries chuchotées, l'esprit souillé par toutes
les ordures racontées, la chasteté perdue, toute la
sottise des bavardages, toute la misère des habitudes
quotidiennes, toute l'étroitesse des idées propres aux
femmes du commun, installées souverainement dans
celle qui porte au bout des doigts les saintes marques
du travail [1].

« Puis nous nous sommes regardés dans les yeux
longuement.

« Oh! cet œil de la femme, quelle puissance il a!
Comme il trouble, envahit, possède, domine! Comme
il semble profond, plein de promesses, d'infini! On
appelle cela se regarder dans l'âme! Oh! monsieur,
quelle blague! Si l'on y voyait, dans l'âme, on serait
plus sage, allez.

« Enfin, j'étais emballé, fou. Je voulus la prendre
dans mes bras. Elle me dit : — « A bas les pattes! »

« Alors je m'agenouillai près d'elle et j'ouvris mon
cœur ; je versai sur ses genoux toutes les tendresses
qui m'étouffaient. Elle parut étonnée de mon chan-
gement d'allure, et me considéra d'un regard oblique
comme si elle se fût dit : — Ah! c'est comme ça qu'on
joue de toi, mon bon ; eh bien : nous allons voir.

« En amour, monsieur, nous sommes toujours des
naïfs, et les femmes des commerçantes.

« J'aurais pu la posséder, sans doute ; j'ai compris
plus tard ma sottise, mais ce que je cherchais, moi,
ce n'était pas un corps ; c'était de la tendresse, de
l'idéal, j'ai fait du sentiment quand j'aurais dû mieux
employer mon temps.

« Dès qu'elle en eut assez de mes déclarations,
elle se leva ; et nous revînmes à Saint-Cloud. Je ne la

quittai qu'à Paris. Elle avait l'air si triste depuis notre retour que je l'interrogeai. Elle répondit : — « Je pense « que voilà des journées comme on n'en a pas beaucoup « dans sa vie. » — Mon cœur battait à me défoncer la poitrine.

« Je la revis le dimanche suivant, et encore le dimanche d'après, et tous les autres dimanches. Je l'emmenai à Bougival, Saint-Germain, Maisons-Laffitte, Poissy ; partout où se déroulent les amours de banlieue.

« La petite coquine, à son tour, me « la faisait à la passion. »

« Je perdis enfin tout à fait la tête, et, trois mois après, je l'épousai.

« Que voulez-vous, monsieur, on est employé, seul, sans famille, sans conseils! On se dit que la vie serait douce avec une femme! Et on l'épouse, cette femme!

« Alors, elle vous injurie du matin au soir, ne comprend rien, ne sait rien, jacasse sans fin, chante à tue-tête la chanson de Musette (oh! la chanson de Musette, quelle scie!), se bat avec le charbonnier, raconte à la concierge les intimités de son ménage, confie à la bonne du voisin tous les secrets de l'alcôve, débine son mari chez les fournisseurs, et a la tête farcie d'histoires si stupides, de croyances si idiotes, d'opinions si grotesques, de préjugés si prodigieux, que je pleure de découragement, monsieur, toutes les fois que je cause avec elle. »

Il se tut, un peu essoufflé et très ému. Je le regardais, pris de pitié pour ce pauvre diable naïf, et j'allais lui répondre quelque chose, quand le bateau s'arrêta. On arrivait à Saint-Cloud.

La petite femme qui m'avait troublé se leva pour descendre. Elle passa près de moi en me jetant un coup d'œil de côté avec un sourire furtif, un de ces sourires qui vous affolent ; puis elle sauta sur le ponton.

Je m'élançai pour la suivre, mais mon voisin me saisit par la manche. Je me dégageai d'un mouve-

ment brusque ; il m'empoigna par les pans de ma
redingote, et il me tirait en arrière en répétant : —
« Vous n'irez pas! vous n'irez pas! » d'une voix si
haute, que tout le monde se retourna.

Un rire courut autour de nous, et je demeurai
immobile, furieux, mais sans audace devant le ridi-
cule et le scandale.

Et le bateau repartit.

La petite femme, restée sur le ponton, me regardait
m'éloigner d'un air désappointé, tandis que mon persé-
cuteur me soufflait dans l'oreille en se frottant les
mains :

— Je vous ai rendu là un rude service, allez.

LA FEMME DE PAUL [1]

Le restaurant Grillon [2], ce phalanstère des canotiers, se vidait lentement. C'était, devant la porte, un tumulte de cris, d'appels ; et les grands gaillards en maillot blanc gesticulaient avec des avirons sur l'épaule.

Les femmes, en claire toilette de printemps, embarquaient avec précaution dans les yoles, et, s'asseyant à la barre, disposaient leurs robes, tandis que le maître de l'établissement, un fort garçon à barbe rousse, d'une vigueur célèbre, donnait la main aux belles petites en maintenant d'aplomb les frêles embarcations [3].

Les rameurs prenaient place à leur tour, bras nus et la poitrine bombée, posant pour la galerie, une galerie composée de bourgeois endimanchés, d'ouvriers et de soldats accoudés sur la balustrade du pont et très attentifs à ce spectacle.

Les bateaux, un à un, se détachaient du ponton. Les tireurs se penchaient en avant, puis se renversaient d'un mouvement régulier ; et, sous l'impulsion des longues rames recourbées, les yoles rapides glissaient sur la rivière, s'éloignaient, diminuaient, disparaissaient enfin sous l'autre pont, celui du chemin de fer, en descendant vers la *Grenouillère* [4].

Un couple seul était resté. Le jeune homme, presque imberbe encore, mince, le visage pâle, tenait par la taille sa maîtresse, une petite brune maigre avec des

allures de sauterelle ; et ils se regardaient parfois au
fond des yeux.

Le patron cria : — « Allons, monsieur Paul, dépê-
chez-vous. » Et ils s'approchèrent.

De tous les clients de la maison, M. Paul était le
plus aimé et le plus respecté. Il payait bien et régu-
lièrement, tandis que les autres se faisaient longtemps
tirer l'oreille à moins qu'ils ne disparussent, insolvables.
Puis il constituait pour l'établissement une sorte de
réclame vivante, car son père était sénateur. Et quand
un étranger demandait : — Qui est-ce donc ce petit-
là, qui en tient si fort pour sa donzelle ? » quelque
habitué répondait à mi-voix, d'un air important et
mystérieux : — « C'est Paul Baron, vous savez ? le
fils du sénateur. » — Et l'autre, invariablement, ne
pouvait s'empêcher de dire : — « Le pauvre diable !
il n'est pas à moitié pincé. »

La mère Grillon, une brave femme, entendue au
commerce, appelait le jeune homme et sa compagne :
« ses deux tourtereaux », et semblait tout attendrie
par cet amour avantageux pour sa maison.

Le couple s'en venait à petits pas ; la yole *Made-
leine* était prête ; mais, au moment de monter dedans,
ils s'embrassèrent, ce qui fit rire le public amassé sur
le pont. Et M. Paul, prenant ses rames, partit aussi
pour la Grenouillère.

Quand ils arrivèrent, il allait être trois heures, et
le grand café flottant regorgeait de monde.

L'immense radeau, couvert d'un toit goudronné
que supportent des colonnes de bois, est relié à l'île
charmante de Croissy par deux passerelles dont l'une
pénètre au milieu de cet établissement aquatique,
tandis que l'autre en fait communiquer l'extrémité avec
un îlot minuscule planté d'un arbre et surnommé le
« Pot-à-fleurs », et, de là, gagne la terre auprès du
bureau des bains.

M. Paul attacha son embarcation le long de l'établis-
sement, il escalada la balustrade du café, puis, prenant

les mains de sa maîtresse, il l'enleva et tous deux
s'assirent au bout d'une table, face à face.

De l'autre côté du fleuve, sur le chemin de halage,
une longue file d'équipages s'alignait. Les fiacres
alternaient avec des fines voitures de gommeux [1] : les
uns lourds, au ventre énorme écrasant les ressorts,
attelés d'une rosse au cou tombant, aux genoux cassés ;
les autres svelts, élancés sur des roues minces, avec
des chevaux aux jambes grêles et tendues, au cou
dressé, au mors neigeux d'écume, tandis que le cocher,
gourmé dans sa livrée, la tête raide en son grand col,
demeurait les reins inflexibles et le fouet sur un genou.

La berge était couverte de gens qui s'en venaient
par familles, ou par bandes, ou deux par deux, ou
solitaires. Ils arrachaient des brins d'herbe, descen-
daient jusqu'à l'eau, remontaient sur le chemin, et
tous arrivés au même endroit, s'arrêtaient, attendant le
passeur. Le lourd bachot allait sans fin d'une rive à
l'autre, déchargeant dans l'île ses voyageurs.

Le bras de la rivière (qu'on appelle le bras mort),
sur lequel donne ce ponton à consommations, semblait
dormir, tant le courant était faible. Des flottes de yoles,
de skifs, de périssoires, de podoscaphes, de gigs [2],
d'embarcations de toute forme et de toute nature,
filaient sur l'onde immobile, se croisant, se mêlant,
s'abordant, s'arrêtant brusquement d'une secousse
des bras pour s'élancer de nouveau sous une brusque
tension des muscles, et glisser vivement comme de
longs poissons jaunes ou rouges.

Il en arrivait d'autres sans cesse : les unes de Chatou,
en amont ; les autres de Bougival, en aval ; et des
rires allaient sur l'eau d'une barque à l'autre, des
appels, des interpellations ou des engueulades. Les
canotiers exposaient à l'ardeur du jour la chair brunie
et bosselée de leurs biceps ; et, pareilles à des fleurs
étranges, à des fleurs qui nageraient, les ombrelles
de soie rouge, verte, bleue ou jaune des barreuses
s'épanouissaient à l'arrière des canots.

Un soleil de juillet flambait au milieu du ciel ; l'air semblait plein d'une gaieté brûlante ; aucun frisson de brise ne remuait les feuilles des saules et des peupliers.

Là-bas, en face, l'inévitable Mont-Valérien étageait dans la lumière crue ses talus fortifiés ; tandis qu'à droite, l'adorable coteau de Louveciennes, tournant avec le fleuve, s'arrondissait en demi-cercle, laissant passer par places, à travers la verdure puissante et sombre des grands jardins, les blanches murailles des maisons de campagne.

Aux abords de la Grenouillère, une foule de promeneurs circulait sous les arbres géants qui font de ce coin d'île le plus délicieux parc du monde. Des femmes, des filles aux cheveux jaunes, aux seins démesurément rebondis, à la croupe exagérée, au teint plâtré de fard, aux yeux charbonnés, aux lèvres sanguinolentes, lacées, sanglées en des robes extravagantes, traînaient sur les frais gazons le mauvais goût criard de leurs toilettes ; tandis qu'à côté d'elles des jeunes gens posaient en leurs accoutrements de gravures de modes, avec des gants clairs, des bottes vernies, des badines grosses comme un fil et des monocles ponctuant la niaiserie de leur sourire.

L'île est étranglée juste à la Grenouillère, et sur l'autre bord, où un bac aussi fonctionne amenant sans cesse les gens de Croissy, le bras rapide, plein de tourbillons, de remous, d'écume, roule avec des allures de torrent. Un détachement de pontonniers, en uniforme d'artilleurs, est campé sur cette berge, et les soldats, assis en ligne sur une longue poutre, regardaient l'eau couler.

Dans l'établissement flottant, c'était une cohue furieuse et hurlante. Les tables de bois, où les consommations répandues faisaient de minces ruisseaux poisseux, étaient couvertes de verres à moitié vides et entourées de gens à moitié gris. Toute cette foule criait, chantait, braillait. Les hommes, le chapeau en

arrière, la face rougie, avec des yeux luisants d'ivro-
gnes, s'agitaient en vociférant par un besoin de
tapage naturel aux brutes. Les femmes, cherchant
une proie pour le soir, se faisaient payer à boire en
attendant ; et, dans l'espace libre entre les tables,
dominait le public ordinaire du lieu, un bataillon de
canotiers *chahuteurs* [1] avec leurs compagnes en courte
jupe de flanelle.

Un d'eux se démenait au piano et semblait jouer
des pieds et des mains ; quatre couples bondissaient
un quadrille ; et des jeunes gens les regardaient, élé-
gants, corrects, qui auraient semblé comme il faut
si la tare, malgré tout, n'eût apparu.

Car on sent là, à pleines narines, toute l'écume du
monde, toute la crapulerie distinguée, toute la moisis-
sure de la société parisienne : mélange de calicots [2],
de cabotins, d'infimes journalistes, de gentilshommes
en curatelle, de boursicotiers *véreux*, de noceurs
tarés, de vieux viveurs pourris ; cohue interlope de
tous les êtres suspects, à moitié connus, à moitié
perdus, à moitié salués, à moitié déshonorés, filous,
fripons, procureurs de femmes, chevaliers d'industrie
à l'allure digne, à l'air matamore qui semble dire :
« Le premier qui me traite de gredin, je le crève. »

Ce lieu sue la bêtise, pue la canaillerie et la galan-
terie de bazar. Mâles et femelles s'y valent. Il y flotte
une odeur d'amour, et l'on s'y bat pour un oui ou
pour un non, afin de soutenir des réputations vermou-
lues que les coups d'épée et les balles de pistolet
ne font que crever davantage [3]

Quelques habitants des environs y passent en
curieux, chaque dimanche ; quelques jeunes gens,
très jeunes, y apparaissent chaque année, apprenant
à vivre. Des promeneurs, flânant, s'y montrent ;
quelques naïfs s'y égarent.

C'est, avec raison, nommé la *Grenouillère*. A côté
du radeau couvert où l'on boit, et tout près du « Pot-
à-fleurs », on se baigne. Celles des femmes dont les ron-

deurs sont suffisantés viennent là montrer à nu leur
étalage et faire le client. Les autres, dédaigneuses, bien
qu'amplifiées par le coton, étayées de ressorts, redres-
sées par-ci, modifiées par-là, regardent d'un air mépri-
sant barboter leurs sœurs.

Sur une petite plate-forme, les nageurs se pressent
pour piquer leur tête. Ils sont longs comme des échalas,
ronds comme des citrouilles, noueux comme des bran-
ches d'olivier, courbés en avant ou rejetés en arrière
par l'ampleur du ventre, et, invariablement laids, ils
sautent dans l'eau qui rejaillit jusque sur les buveurs
du café.

Malgré les arbres immenses penchés sur la maison
flottante et malgré le voisinage de l'eau, une chaleur
suffocante emplissait ce lieu. Les émanations des
liqueurs répandues se mêlaient à l'odeur des corps
et à celle des parfums violents dont la peau des mar-
chandes d'amour est pénétrée et qui s'évaporaient dans
cette fournaise. Mais sous toutes ces senteurs diverses
flottait un arome léger de poudre de riz qui parfois
disparaissait, reparaissait, qu'on retrouvait toujours,
comme si quelque main cachée eût secoué dans l'air
une houppe invisible.

Le spectacle était sur le fleuve, où le va-et-vient
incessant des barques tirait les yeux. Les canotières
s'étalaient dans leur fauteuil en face de leurs mâles
aux forts poignets, et elles considéraient avec mépris
les quêteuses de dîners rôdant par l'île.

Quelquefois, quand une équipe lancée passait à
toute vitesse, les amis descendus à terre poussaient
des cris, et tout le public, subitement pris de folie,
se mettait à hurler.

Au coude de la rivière, vers Chatou, se montraient
sans cesse des barques nouvelles. Elles approchaient,
grandissaient, et, à mesure qu'on reconnaissait les
visages, d'autres vociférations partaient.

Un canot couvert d'une tente et monté par quatre
femmes descendait lentement le courant. Celle qui

ramait était petite, maigre, fanée, vêtue d'un costume de mousse avec ses cheveux relevés sous un chapeau ciré. En face d'elle, une grosse blonde habillée en homme, avec un veston de flanelle blanche, se tenait couchée sur le dos au fond du bateau, les jambes en l'air sur le banc des deux côtés de la rameuse, et elle fumait une cigarette, tandis qu'à chaque effort des avirons sa poitrine et son ventre frémissaient, ballottés par la secousse. Tout à l'arrière, sous la tente, deux belles filles grandes et minces, l'une brune et l'autre blonde, se tenaient par la taille en regardant sans cesse leurs compagnes.

Un cri partit de la Grenouillère : « V'là Lesbos! » et, tout à coup, ce fut une clameur furieuse ; une bousculade effrayante eut lieu ; les verres tombaient ; on montait sur les tables ; tous, dans un délire de bruit, vociféraient : « Lesbos! Lesbos! Lesbos! » Le cri roulait, devenait indistinct, ne formait plus qu'une sorte de hurlement effroyable, puis, soudain, il semblait s'élancer de nouveau, monter par l'espace, couvrir la plaine, emplir le feuillage épais des grands arbres, s'étendre aux lointains coteaux, aller jusqu'au soleil.

La rameuse, devant cette ovation, s'était arrêtée tranquillement. La grosse blonde étendue au fond du canot tourna la tête d'un air nonchalant, se soulevant sur les coudes ; et les deux belles filles, à l'arrière, se mirent à rire en saluant la foule.

Alors la vocifération redoubla, faisant trembler l'établissement flottant. Les hommes levaient leurs chapeaux, les femmes agitaient leurs mouchoirs, et toutes les voix, aiguës ou graves, criaient ensemble : « Lesbos! » On eût dit que ce peuple, ce ramassis de corrompus, saluait un chef, comme ces escadres qui tirent le canon quand un amiral passe sur leur front.

La flotte nombreuse des barques acclamait aussi le canot des femmes, qui repartit de son allure somnolente pour aborder un peu plus loin.

M. Paul, au contraire des autres, avait tiré une clef
de sa poche, et, de toute sa force, il sifflait. Sa maî-
tresse, nerveuse, pâlie encore, lui tenait le bras pour
le faire taire et elle le regardait cette fois avec une
rage dans les yeux. Mais lui, semblait exaspéré, comme
soulevé par une jalousie d'homme, par une fureur
profonde, instinctive, désordonnée. Il balbutia, les
lèvres tremblantes d'indignation :

— C'est honteux! on devrait les noyer comme des
chiennes avec une pierre au cou.

Mais Madeleine, brusquement, s'emporta ; sa petite
voix aigre devint sifflante, et elle parlait avec volubi-
lité, comme pour plaider sa propre cause :

— Est-ce que ça te regarde, toi? Sont-elles pas
libres de faire ce qu'elles veulent, puisqu'elles ne
doivent rien à personne? Fiche-nous la paix avec tes
manières et mêle-toi de tes affaires...

Mais il lui coupa la parole.

— C'est la police que ça regarde, et je les ferai
flanquer à Saint-Lazare [1], moi!

Elle eut un soubresaut :

— Toi?

— Oui, moi! Et, en attendant je te défends de leur
parler, tu entends, je te le défends.

Alors elle haussa les épaules, et calmée tout à coup :

— Mon petit, je ferai ce qui me plaira ; si tu n'es
pas content, file, et tout de suite. Je ne suis pas ta
femme, n'est-ce pas? Alors tais-toi.

Il ne répondit pas et ils restèrent face à face, avec
la bouche crispée et la respiration rapide.

A l'autre bout du grand café de bois, les quatre
femmes faisaient leur entrée. Les deux costumées en
hommes marchaient devant : l'une maigre, pareille
à un garçonnet vieillot, avec des teintes jaunes sur les
tempes ; l'autre, emplissant de sa graisse ses vêtements
de flanelle blanche, bombant de sa croupe le large
pantalon, se balançant comme une oie grasse, ayant
les cuisses énormes et les genoux rentrés. Leurs deux

amies les suivaient et la foule des canotiers venait leur serrer les mains.

Elles avaient loué toutes les quatre un petit chalet au bord de l'eau, et elles vivaient là, comme auraient vécu deux ménages.

Leur vice était public, officiel, patent. On en parlait comme d'une chose naturelle, qui les rendait presque sympathiques, et l'on chuchotait tout bas des histoires étranges, des drames nés de furieuses jalousies féminines, et des visites secrètes de femmes connues, d'actrices, à la petite maison du bord de l'eau.

Un voisin, révolté de ces bruits scandaleux, avait prévenu la gendarmerie, et le brigadier, suivi d'un homme, était venu faire une enquête. La mission était délicate ; on ne pouvait, en somme, rien reprocher à ces femmes, qui ne se livraient point à la prostitution. Le brigadier, fort perplexe, ignorant même à peu près la nature des délits soupçonnés, avait interrogé à l'aventure, et fait un rapport monumental concluant à l'innocence.

On en avait ri jusqu'à Saint-Germain.

Elles traversaient à petits pas, comme des reines, l'établissement de la Grenouillère ; et elles semblaient fières de leur célébrité, heureuses des regards fixés sur elles, supérieures à cette foule, à cette tourbe, à cette plèbe.

Madeleine et son amant les regardaient venir, et dans l'œil de la fille une flamme s'allumait.

Lorsque les deux premières furent au bout de la table, Madeleine cria : — « Pauline! » La grosse se retourna, s'arrêta, tenant toujours le bras de son moussaillon femelle.

— Tiens! Madeleine... Viens donc me parler, ma chérie.

Paul crispa ses doigts sur le poignet de sa maîtresse ; mais elle lui dit d'un tel air : — « Tu sais, mon p'tit, tu peux filer », qu'il se tut et resta seul.

Alors elles causèrent tout bas, debout, toutes les

trois. Des gaietés heureuses passaient sur leurs lèvres ;
elles parlaient vite ; et Pauline, par instants, regardait
Paul à la dérobée avec un sourire narquois et méchant.

A la fin, n'y tenant plus, il se leva soudain et fut
près d'elle d'un élan, tremblant de tous ses membres.
Il saisit Madeleine par les épaules : — « Viens, je le
veux, dit-il, je t'ai défendu de parler à ces gueuses. »

Mais Pauline éleva la voix et se mit à l'engueuler
avec son répertoire de poissarde. On riait alentour ;
on s'approchait ; on se haussait sur le bout des pieds
afin de mieux voir, et lui restait interdit sous cette
pluie d'injures fangeuses ; il lui semblait que les mots
sortant de cette bouche et tombant sur lui le salis-
saient comme des ordures, et, devant le scandale qui
commençait, il recula, retourna sur ses pas, et s'ac-
couda sur la balustrade vers le fleuve, le dos tourné aux
trois femmes victorieuses.

Il resta là, regardant l'eau, et parfois, avec un
geste rapide, comme s'il l'eût arrachée, il enlevait
d'un doigt nerveux une larme formée au coin de son
œil.

C'est qu'il aimait éperdument, sans savoir pour-
quoi, malgré ses instincts délicats, malgré sa raison,
malgré sa volonté même. Il était tombé dans cet amour
comme on tombe dans un trou bourbeux. D'une nature
attendrie et fine, il avait rêvé des liaisons exquises,
idéales et passionnées ; et voilà que ce petit criquet
de femme, bête, comme toutes les filles, d'une bêtise
exaspérante, pas jolie même, maigre et rageuse, l'avait
pris, captivé, possédé des pieds à la tête, corps et
âme. Il subissait cet ensorcellement féminin, mysté-
rieux et tout-puissant, cette force inconnue, cette do-
mination prodigieuse, venue on ne sait d'où, du démon
de la chair, et qui jette l'homme le plus sensé aux pieds
d'une fille quelconque sans que rien en elle explique
son pouvoir fatal et souverain.

Et là, derrière son dos, il sentait qu'une chose
infâme s'apprêtait. Des rires lui entraient au cœur.

Que faire ? Il le savait bien, mais ne le pouvait pas.

Il regardait fixement, sur la berge en face, un pêcheur à la ligne immobile.

Soudain le bonhomme enleva brusquement du fleuve un petit poisson d'argent qui frétillait au bout du fil. Puis il essaya de retirer son hameçon, le tordit, le tourna, mais en vain ; alors, pris d'impatience, il se mit à tirer, et tout le gosier saignant de la bête sortit avec un paquet d'entrailles. Et Paul frémit, déchiré lui-même jusqu'au cœur ; il lui sembla que cet hameçon c'était son amour, et que, s'il fallait l'arracher, tout ce qu'il avait dans la poitrine sortirait ainsi au bout d'un fer recourbé, accroché au fond de lui, et dont Madeleine tenait le fil.

Une main se posa sur son épaule ; il eut un sursaut, se tourna ; sa maîtresse était à son côté. Ils ne se parlèrent pas ; et elle s'accouda comme lui à la balustrade, les yeux fixés sur la rivière.

Il cherchait ce qu'il devait dire, et ne trouvait rien. Il ne parvenait même pas à démêler ce qui se passait en lui ; tout ce qu'il éprouvait, c'était une joie de la sentir là, près de lui, revenue, et une lâcheté honteuse, un besoin de pardonner tout, de tout permettre pourvu qu'elle ne le quittât point.

Enfin, au bout de quelques minutes, il lui demanda d'une voix très douce : — « Veux-tu que nous nous en allions ? il ferait meilleur dans le bateau. »

Elle répondit : — « Oui, mon chat. »

Et il l'aida à descendre dans la yole, la soutenant, lui serrant les mains, tout attendri, avec quelques larmes encore dans les yeux. Alors elle le regarda en souriant et ils s'embrassèrent de nouveau.

Ils remontèrent le fleuve tout doucement, longeant la rive plantée de saules, couverte d'herbes, baignée et tranquille dans la tiédeur de l'après-midi.

Lorsqu'ils furent revenus au restaurant Grillon, il était à peine six heures ; alors, laissant leur yole, ils partirent à pied dans l'île, vers Bezons, à travers les

prairies, le long des hauts peupliers qui bordent le fleuve.

Les grands foins, prêts à être fauchés, étaient remplis de fleurs. Le soleil qui baissait étalait dessus une nappe de lumière rousse, et, dans la chaleur adoucie du jour finissant, les flottantes exhalaisons de l'herbe se mêlaient aux humides senteurs du fleuve, imprégnaient l'air d'une langueur tendre, d'un bonheur léger, comme d'une vapeur de bien-être.

Une molle défaillance venait aux cœurs, et une espèce de communion avec cette splendeur calme du soir, avec ce vague et mystérieux frisson de vie épandue, avec cette poésie pénétrante, mélancolique, qui semblait sortir des plantes, des choses, s'épanouir, révélée aux sens en cette heure douce et recueillie.

Il sentait tout cela, lui ; mais elle ne le comprenait pas, elle. Ils marchaient côte à côte ; et soudain, lasse de se taire, elle chanta. Elle chanta de sa voix aigrelette et fausse quelque chose qui courait les rues, un air traînant dans les mémoires, qui déchira brusquement la profonde et sereine harmonie du soir.

Alors il la regarda, et il sentit entre eux un infranchissable abîme. Elle battait les herbes de son ombrelle, la tête un peu baissée, contemplant ses pieds, et chantant, filant des sons, essayant des roulades, osant des trilles.

Son petit front, étroit, qu'il aimait tant, était donc vide, vide ! Il n'y avait là-dedans que cette musique de serinette ; et les pensées qui s'y formaient par hasard étaient pareilles à cette musique. Elle ne comprenait rien de lui ; ils étaient plus séparés que s'ils ne vivaient pas ensemble. Ses baisers n'allaient donc jamais plus loin que les lèvres ?

Alors elle releva les yeux vers lui et sourit encore. Il fut remué jusqu'aux moelles, et, ouvrant les bras, dans un redoublement d'amour, il l'étreignit passionnément.

Comme il chiffonnait sa robe, elle finit par se

dégager, en murmurant par compensation : — « Va, je t'aime bien, mon chat. »

Mais il la saisit par la taille, et, pris de folie, l'entraîna en courant et il l'embrassait sur la joue, sur la tempe, sur le cou, tout en sautant d'allégresse. Ils s'abattirent, haletants, au pied d'un buisson incendié par les rayons du soleil couchant, et, avant d'avoir repris haleine, ils s'unirent, sans qu'elle comprît son exaltation.

Ils revenaient en se tenant les deux mains, quand soudain, à travers les arbres, ils aperçurent sur la rivière le canot monté par les quatre femmes. La grosse Pauline aussi les vit, car elle se redressa, envoyant à Madeleine des baisers. Puis elle cria : — « A ce soir! »

Madeleine répondit : — « A ce soir! »

Paul crut sentir soudain son cœur enveloppé de glace.

Et ils rentrèrent pour dîner.

Ils s'installèrent sous une des tonnelles au bord de l'eau et se mirent à manger en silence. Quand la nuit fut venue, on apporta une bougie, enfermée dans un globe de verre, qui les éclairait d'une lueur faible et vacillante ; et l'on entendait à tout moment les explosions de cris des canotiers dans la grande salle du premier.

Vers le dessert, Paul, prenant tendrement la main de Madeleine, lui dit : — « Je me sens très fatigué, ma mignonne ; si tu veux, nous nous coucherons de bonne heure. »

Mais elle avait compris la ruse et elle lui lança ce regard énigmatique, ce regard à perfidies qui apparaît si vite au fond de l'œil de la femme. Puis, après avoir réfléchi, elle répondit : — « Tu te coucheras si tu veux, moi j'ai promis d'aller au bal de la Grenouillère. »

Il eut un sourire lamentable, un de ces sourires dont on voile les plus horribles souffrances, mais il répondit d'un ton caressant et navré : — « Si tu étais bien gen-

tille nous resterions tous les deux. » Elle fit « non » de
la tête sans ouvrir la bouche. Il insista : — « T'en prie!
ma bichette. » Alors elle rompit brusquement : — « Tu
sais ce que je t'ai dit. Si tu n'es pas content, la porte
est ouverte. On ne te retient pas. Quant à moi, j'ai
promis : j'irai. »

Il posa ses deux coudes sur la table, enferma son
front dans ses mains, et resta là, rêvant douloureuse-
ment.

Les canotiers redescendirent en braillant toujours.
Ils repartaient dans leurs yoles pour le bal de la Gre-
nouillère.

Madeleine dit à Paul : — « Si tu ne viens pas, dé-
cide-toi, je demanderai à un de ces messieurs de me
conduire. »

Paul se leva : — « Allons! » murmura-t-il.

Et ils partirent.

La nuit était noire, pleine d'astres, parcourue par
une haleine embrasée, par un souffle pesant, chargé
d'ardeurs, de fermentations, de germes vifs qui, mêlés
à la brise, l'alentissaient. Elle promenait sur les visa-
ges une caresse chaude, faisait respirer plus vite, hale-
ter un peu, tant elle semblait épaissie et lourde.

Les yoles se mettaient en route, portant à l'avant
une lanterne vénitienne. On ne distinguait point
les embarcations, mais seulement ces petits falots de
couleur, rapides et dansants, pareils à des lucioles en
délire ; et des voix couraient dans l'ombre de tous
côtés.

La yole des deux jeunes gens glissait doucement.
Parfois, quand un bateau lancé passait près d'eux, ils
apercevaient soudain le dos blanc du canotier éclairé
par sa lanterne.

Lorsqu'ils eurent tourné le coude de la rivière, la
Grenouillère leur apparut dans le lointain. L'établisse-
ment en fête était orné de girandoles, de guirlandes en
veilleuses de couleur, de grappes de lumières. Sur la
Seine circulaient lentement quelques gros bachots

représentant des dômes, des pyramides, des monu-
ments compliqués en feux de toutes nuances. Des
festons enflammés traînaient jusqu'à l'eau ; et quel-
quefois un falot rouge ou bleu, au bout d'une immense
canne à pêche invisible, semblait une grosse étoile
balancée.

Toute cette illumination répandait une lueur alen-
tour du café, éclairait de bas en haut les grands arbres
de la berge dont le tronc se détachait en gris pâle, et
les feuilles en vert laiteux, sur le noir profond des
champs et du ciel.

L'orchestre, composé de cinq artistes de banlieue,
jetait au loin sa musique de bastringue, maigre et
sautillante, qui fit de nouveau chanter Madeleine.

Elle voulut tout de suite entrer. Paul désirait aupa-
ravant faire un tour dans l'île ; mais il dut céder.

L'assistance s'était épurée. Les canotiers presque
seuls restaient avec quelques bourgeois clairsemés et
quelques jeunes gens flanqués de filles. Le directeur et
organisateur de ce cancan [1], majestueux dans un
habit noir fatigué, promenait en tous sens sa tête
ravagée de vieux marchand de plaisirs publics à bon
marché.

La grosse Pauline et ses compagnes n'étaient pas
là ; et Paul respira.

On dansait : les couples face à face cabriolaient
éperdument, jetaient leurs jambes en l'air jusqu'au
nez des vis-à-vis.

Les femelles, désarticulées des cuisses, bondissaient
dans un enveloppement de jupes révélant leurs des-
sous. Leurs pieds s'élevaient au-dessus de leurs têtes
avec une facilité surprenante, et elles balançaient leurs
ventres, frétillaient de la croupe, secouaient leurs seins,
répandant autour d'elles une senteur énergique de
femmes en sueur.

Les mâles s'accroupissaient comme des crapauds
avec des gestes obscènes, se contorsionnaient, grima-
çants et hideux, faisaient la roue sur les mains, ou

bien, s'efforçant d'être drôles, esquissaient des maniè-
res avec une grâce ridicule.

Une grosse bonne et deux garçons servaient les
consommations,

Ce café-bateau, couvert seulement d'un toit, n'ayant
aucune cloison qui le séparât du dehors, la danse éche-
velée s'étalait en face de la nuit pacifique et du firma-
ment poudré d'astres.

Tout à coup le Mont-Valérien, là-bas, en face, sem-
bla s'éclairer comme si un incendie se fût allumé
derrière. La lueur s'étendit, s'accentua, envahissant
peu à peu le ciel, décrivant un grand cercle lumineux,
d'une lumière pâle et blanche. Puis quelque chose de
rouge apparut, grandit, d'un rouge ardent comme un
métal sur l'enclume. Cela se développait lentement en
rond, semblait sortir de terre ; et la lune, se détachant
bientôt de l'horizon, monta doucement dans l'espace.
A mesure qu'elle s'élevait, sa nuance pourpre s'atté-
nuait, devenait jaune, d'un jaune clair, éclatant ;
et l'astre paraissait diminuer à mesure qu'il s'éloi-
gnait.

Paul le regardait depuis longtemps, perdu dans
cette contemplation, oubliant sa maîtresse. Quand il
se retourna, elle avait disparu.

Il la chercha, mais ne la trouva pas. Il parcourait
les tables d'un œil anxieux, allant et revenant sans
cesse, interrogeant l'un et l'autre. Personne ne l'avait
vue.

Il errait ainsi, martyrisé d'inquiétude, quand un
des garçons lui dit : — « C'est madame Madeleine que
vous cherchez ? Elle vient de partir tout à l'heure
en compagnie de madame Pauline. » Et, au même
moment, Paul apercevait, debout à l'autre extrémité
du café, le mousse et les deux belles filles, toutes trois
liées par la taille, et qui le guettaient en chucho-
tant.

Il comprit, et, comme un fou, s'élança dans l'île.

Il courut d'abord vers Chatou, mais, devant la

plaine, il retourna sur ses pas. Alors il se mit à fouiller l'épaisseur des taillis, à vagabonder éperdument, s'arrêtant parfois pour écouter.

Les crapauds, par tout l'horizon, lançaient leur note métallique et courte.

Vers Bougival un oiseau inconnu modulait quelques sons qui arrivaient affaiblis par la distance. Sur les larges gazons la lune versait une molle clarté, comme une poussière de ouate ; elle pénétrait les feuillages, faisait couler sa lumière sur l'écorce argentée des peupliers, criblait de sa pluie brillante les sommets frémissants des grands arbres. La grisante poésie de cette soirée d'été entrait dans Paul malgré lui, traversait son angoisse affolée, remuait son cœur avec une ironie féroce, développant jusqu'à la rage en son âme douce et contemplative ses besoins d'idéale tendresse, d'épanchements passionnés dans le sein d'une femme adorée et fidèle.

Il fut contraint de s'arrêter, étranglé par des sanglots précipités, déchirants.

La crise passée, il repartit.

Soudain il reçut comme un coup de couteau ; on s'embrassait, là, derrière ce buisson. Il y courut ; c'était un couple amoureux, dont les deux silhouettes s'éloignèrent vivement à son approche, enlacées, unies dans un baiser sans fin.

Il n'osait pas appeler, sachant bien qu'Elle ne répondrait point ; et il avait aussi une peur affreuse de les découvrir tout à coup.

Les ritournelles des quadrilles avec les solos déchirants du piston, les rires faux de la flûte, les rages aiguës du violon lui tiraillaient le cœur, exaspérant sa souffrance. La musique enragée, boitillante, courait sous les arbres, tantôt affaiblie, tantôt grossie dans un souffle passager de brise.

Tout à coup il se dit qu'Elle était revenue peut-être ? Oui ! elle était revenue ! pourquoi pas ? Il avait perdu la tête sans raison, stupidement emporté par ses terreurs,

par les soupçons désordonnés qui l'envahissaient
depuis quelque temps.

Et, saisi par une de ces accalmies singulières qui
traversent parfois les plus grands désespoirs, il retourna
vers le bal.

D'un coup d'œil il parcourut la salle. Elle n'était
pas là. Il fit le tour des tables, et brusquement se
tourna de nouveau face à face avec les trois femmes.
Il avait apparemment une figure désespérée et drôle,
car toutes trois ensemble éclatèrent de gaieté.

Il se sauva, repartit dans l'île, se rua à travers les
taillis, haletant. — Puis il écouta de nouveau — il
écouta longtemps, car ses oreilles bourdonnaient ;
mais, enfin, il crut entendre un peu plus loin un petit
rire perçant qu'il connaissait bien ; et il avança tout
doucement, rampant, écartant les branches, la poitrine
tellement secouée par son cœur qu'il ne pouvait res-
pirer.

Deux voix murmuraient des paroles qu'il n'enten-
dait pas encore. Puis elles se turent.

Alors il eut une envie immense de fuir, de ne pas
voir, de ne pas savoir, de se sauver pour toujours, loin
de cette passion furieuse qui le ravageait. Il allait
retourner à Chatou, prendre le train, et ne reviendrait
plus, ne la reverrait plus jamais. Mais son image
brusquement l'envahit, et il l'aperçut dans sa pensée
quand elle s'éveillait au matin, dans leur lit tiède, se
pressait câline contre lui, jetant ses bras à son cou, avec
ses cheveux répandus, un peu mêlés sur le front, avec
ses yeux fermés encore et ses lèvres ouvertes pour le
premier baiser ; et le souvenir subit de cette caresse
matinale l'emplit d'un regret frénétique et d'un désir
forcené.

On parlait de nouveau ; et il s'approcha, courbé en
deux. Puis un léger cri courut sous les branches tout
près de lui. Un cri ! Un de ces cris d'amour qu'il avait
appris à connaître aux heures éperdues de leur ten-
dresse. Il avançait encore, toujours, comme malgré

lui, attiré invinciblement, sans avoir conscience de
rien... et il les vit.

Oh! si c'eût été un homme, l'autre! mais cela! cela!
Il se sentait enchaîné par leur infamie même. Et il
restait là, anéanti, bouleversé, comme s'il eût décou-
vert tout à coup un cadavre cher et mutilé, un crime
contre nature, monstrueux, une immonde profana-
tion.

Alors, dans un éclair de pensée involontaire, il
songea au petit poisson dont il avait vu arracher les
entrailles... Mais Madeleine murmura : « Pauline! » du
même ton passionné qu'elle disait : « Paul! » et il fut
traversé d'une telle douleur qu'il s'enfuit de toutes ses
forces.

Il heurta deux arbres, tomba sur une racine, repar-
tit, et se trouva soudain devant le fleuve, devant le
bras rapide éclairé par la lune. Le courant torrentueux
faisait de grands tourbillons où se jouait la lumière.
La berge haute dominait l'eau comme une falaise,
laissant à son pied une large bande obscure où les
remous s'entendaient dans l'ombre.

Sur l'autre rive, les maisons de campagne de Croissy
s'étageaient en pleine clarté.

Paul vit tout cela comme dans un songe, comme à
travers un souvenir ; il ne songeait à rien, ne compre-
nait rien, et toutes les choses, son existence même, lui
apparaissaient vaguement, lointaines, oubliées, finies.

Le fleuve était là. Comprit-il ce qu'il faisait? Vou-
lut-il mourir? Il était fou. Il se retourna cependant
vers l'île, vers Elle ; et, dans l'air calme de la nuit où
dansaient toujours les refrains affaiblis et obstinés du
bastringue, il lança d'une voix désespérée, suraiguë,
surhumaine, un effroyable cri : — « Madeleine! »

Son appel déchirant traversa le large silence du ciel,
courut par tout l'horizon.

Puis, d'un bond formidable, d'un bond de bête, il
sauta dans la rivière. L'eau jaillit, se referma, et, de
la place où il avait disparu, une succession de grands

cercles partit, élargissant jusqu'à l'autre berge leurs
ondulations brillantes.

Les deux femmes avaient entendu. Madeleine se
dressa : — « C'est Paul. » — Un soupçon surgit en son
âme. — « Il s'est noyé », dit-elle. Et elle s'élança vers la
rive, où la grosse Pauline la rejoignit.

Un lourd bachot monté par deux hommes tournait
et retournait sur place. Un des bateliers ramait, l'autre
enfonçait dans l'eau un grand bâton et semblait cher-
cher quelque chose. Pauline cria : — « Que faites-vous ?
Qu'y a-t-il ? » Une voix inconnue répondit : — « C'est
un homme qui vient de se noyer. »

Les deux femmes, pressées l'une contre l'autre,
hagardes, suivaient les évolutions de la barque. La
musique de la Grenouillère folâtrait toujours au loin,
semblait accompagner en cadence les mouvements
des sombres pêcheurs ; et la rivière qui cachait mainte-
nant un cadavre, tournoyait, illuminée.

Les recherches se prolongeaient. L'attente horrible
faisait grelotter Madeleine. Enfin, après une demi-
heure au moins, un des hommes annonça : — « Je
le tiens ! » Et il fit remonter sa longue gaffe doucement,
tout doucement. Puis quelque chose de gros apparut
à la surface de l'eau. L'autre marinier quitta ses rames,
et tous deux, unissant leurs forces, halant sur la masse
inerte, la firent culbuter dans leur bateau.

Ensuite ils gagnèrent la terre, en cherchant une
place éclairée et basse. Au moment où ils abordaient,
les femmes arrivaient aussi.

Dès qu'elle le vit, Madeleine recula d'horreur. Sous
la lumière de la lune, il semblait vert déjà, avec sa
bouche, ses yeux, son nez, ses habits pleins de vase.
Ses doigts fermés et raidis étaient affreux. Une espèce
d'enduit noirâtre et liquide couvrait tout son corps.
La figure paraissait enflée, et de ses cheveux collés
par le limon une eau sale coulait sans cesse.

Les deux hommes l'examinèrent.

— Tu le connais ? dit l'un.

L'autre, le passeur de Croissy, hésitait : — « Oui, il me semble bien que j'ai vu cette tête-là ; mais tu sais, comme ça, on ne reconnaît pas bien. » — Puis, soudain : — « Mais c'est monsieur Paul ! »

— Qui ça, monsieur Paul ? demanda son camarade.

Le premier reprit :

— Mais monsieur Paul Baron, le fils du sénateur, ce p'tit qu'était si amoureux.

L'autre ajouta philosophiquement :

— Eh bien, il a fini de rigoler maintenant ; c'est dommage tout de même quand on est riche !

Madeleine sanglotait, tombée par terre. Pauline s'approcha du corps et demanda : — « Est-ce qu'il est bien mort ? — tout à fait ? »

Les hommes haussèrent les épaules : — « Oh ! après ce temps-là ! pour sûr ! »

Puis l'un d'eux interrogea : — « C'est chez Grillon qu'il logeait ? » — « Oui, reprit l'autre ; faut le reconduire, y aura de la braise [1]. »

Ils remontèrent dans leur bateau et repartirent, s'éloignant lentement à cause du courant rapide ; et longtemps encore après qu'on ne les vit plus de la place où les femmes étaient restées, on entendit tomber dans l'eau les coups réguliers des avirons.

Alors Pauline prit dans ses bras la pauvre Madeleine éplorée, la câlina, l'embrassa longtemps, la consola : — « Que veux-tu, ce n'est point ta faute, n'est-ce pas ? On ne peut pourtant pas empêcher les hommes de faire des bêtises. Il l'a voulu, tant pis pour lui, après tout ! » — Puis, la relevant : — « Allons, ma chérie, viens-t'en coucher à la maison : tu ne peux pas rentrer chez Grillon ce soir. » — Elle l'embrassa de nouveau : — « Va, nous te guérirons », dit-elle.

Madeleine se releva, et pleurant toujours, mais avec des sanglots affaiblis, la tête sur l'épaule de Pauline, comme réfugiée dans une tendresse plus intime et plus sûre, plus familière et plus confiante, elle partit à tout petits pas.

Autres contes

MADAME BAPTISTE [1]

Quand j'entrai dans la salle des voyageurs de la gare de Loubain[2], mon premier regard fut pour l'horloge. J'avais à attendre deux heures dix minutes l'express de Paris.

Je me sentis las soudain comme après dix lieues à pied ; puis je regardai autour de moi comme si j'allais découvrir sur les murs un moyen de tuer le temps ; puis je ressortis et m'arrêtai devant la porte de la gare, l'esprit travaillé par le désir d'inventer quelque chose à faire.

La rue, sorte de boulevard planté d'acacias maigres, entre deux rangs de maisons inégales et différentes, des maisons de petite ville, montait une sorte de colline ; et tout au bout on apercevait des arbres comme si un parc l'eût terminée.

De temps en temps un chat traversait la chaussée, enjambant les ruisseaux d'une manière délicate. Un roquet pressé sentait le pied de tous les arbres, cherchant des débris de cuisine. Je n'apercevais aucun homme.

Un morne découragement m'envahit. Que faire ? Que faire ? Je songeais déjà à l'interminable et inévitable séance dans le petit café du chemin de fer, devant un bock imbuvable et l'illisible journal du lieu, quand j'aperçus un convoi funèbre qui tournait une rue latérale pour s'engager dans celle où je me trouvais.

La vue du corbillard fut un soulagement pour moi. C'était au moins dix minutes de gagnées.

Mais soudain mon attention redoubla. Le mort n'était suivi que par huit messieurs dont un pleurait. Les autres causaient amicalement. Aucun prêtre n'accompagnait. Je pensai : « Voici un enterrement civil », puis je réfléchis qu'une ville comme Loubain devait contenir au moins une centaine de libres penseurs qui se seraient fait un devoir de manifester. Alors quoi ? La marche rapide du convoi disait bien pourtant qu'on enterrait ce défunt-là sans cérémonie, et, par conséquent, sans religion.

Ma curiosité désœuvrée se jeta dans les hypothèses les plus compliquées ; mais, comme la voiture funèbre passait devant moi, une idée baroque me vint, c'était de suivre avec les huit messieurs. J'avais là une heure au moins d'occupation, et je me mis en marche, d'un air triste, derrière les autres.

Les deux derniers se retournèrent avec étonnement, puis se parlèrent bas. Ils se demandaient certainement si j'étais de la ville. Puis ils consultèrent les deux précédents, qui se mirent à leur tour à me dévisager. Cette attention investigatrice me gênait, et, pour y mettre fin, je m'approchai de mes voisins. Les ayant salués, je dis : « Je vous demande bien pardon, messieurs, si j'interromps votre conversation. Mais, apercevant un enterrement civil, je me suis empressé de le suivre sans connaître, d'ailleurs, le mort que vous accompagnez. » Un des messieurs prononça : « C'est une morte. » Je fus surpris et je demandai : « Cependant c'est bien un enterrement civil, n'est-ce pas ? »

L'autre monsieur, qui désirait évidemment m'instruire, prit la parole : « Oui et non. Le clergé nous a refusé l'entrée de l'église. » Je poussai, cette fois, un « Ah ! » de stupéfaction. Je ne comprenais plus du tout.

Mon obligeant voisin me confia, à voix basse : « Oh ! c'est toute une histoire. Cette jeune femme s'est tuée, et voilà pourquoi on n'a pas pu la faire enterrer reli-

gieusement. C'est son mari que vous voyez là, le
premier, celui qui pleure. »

Alors, je prononçai, en hésitant : « Vous m'étonnez
et vous m'intéressez beaucoup, monsieur. Serait-il
indiscret de vous demander de me conter cette his-
toire ? Si je vous importune, mettez que je n'ai rien
dit. »

Le monsieur me prit le bras familièrement : « Mais
pas du tout, pas du tout. Tenez, restons un peu der-
rière. Je vais vous dire ça, c'est fort triste. Nous avons
le temps, avant d'arriver au cimetière, dont vous
voyez les arbres là-haut ; car la côte est rude. »

Et il commença : « Figurez-vous que cette jeune
femme, M^{me} Paul Hamot, était la fille d'un riche
commerçant du pays, M. Fontanelle. Elle eut, étant
toute enfant, à l'âge de onze ans, une aventure terri-
ble : un valet la souilla. Elle en faillit mourir, estropiée
par ce misérable que sa brutalité dénonça. Un épou-
vantable procès eut lieu et révéla que depuis trois mois
la pauvre martyre était victime des honteuses pratiques
de cette brute. L'homme fut condamné aux travaux
forcés à perpétuité.

« La petite fille grandit, marquée d'infamie, isolée,
sans camarade, à peine embrassée par les grandes
personnes qui auraient cru se tacher les lèvres en tou-
chant son front.

« Elle était devenue pour la ville une sorte de
monstre, de phénomène. On disait tout bas : « Vous
savez, la petite Fontanelle. » Dans la rue tout le monde
se retournait quand elle passait. On ne pouvait même
pas trouver des bonnes pour la conduire à la prome-
nade, les servantes des autres familles se tenant à
l'écart comme si une contagion se fût émanée de
l'enfant pour s'étendre à tous ceux qui l'appro-
chaient.

« C'était pitié de voir cette pauvre petite sur le cours
où vont jouer les mioches toutes les après-midi. Elle
restait toute seule, debout près de sa domestique, regar-

dant d'un air triste les autres gamins qui s'amusaient.
Quelquefois, cédant à une irrésistible envie de se mêler
aux enfants, elle s'avançait timidement, avec des gestes
craintifs et entrait dans un groupe d'un pas furtif,
comme consciente de son indignité. Et aussitôt, de
tous les bancs, accouraient les mères, les bonnes, les
tantes, qui saisissaient par la main les fillettes confiées
à leur garde et les entraînaient brutalement. La petite
Fontanelle demeurait isolée, éperdue, sans comprendre;
et elle se mettait à pleurer, le cœur crevant de chagrin.
Puis elle courait se cacher la figure, en sanglotant, dans
le tablier de sa bonne.

« Elle grandit ; ce fut pis encore. On éloignait d'elle
les jeunes filles comme d'une pestiférée. Songez donc
que cette jeune personne n'avait plus rien à apprendre,
rien ; qu'elle n'avait plus droit à la symbolique fleur
d'oranger ; qu'elle avait pénétré, presque avant de
savoir lire, le redoutable mystère que les mères laissent
à peine deviner, en tremblant, le soir seulement du
mariage.

« Quand elle passait dans la rue, accompagnée de
sa gouvernante, comme si on l'eût gardée à vue dans
la crainte incessante de quelque nouvelle et terrible
aventure, quand elle passait dans la rue, les yeux tou-
jours baissés sous la honte mystérieuse qu'elle sentait
peser sur elle, les autres jeunes filles, moins naïves
qu'on ne pense, chuchotaient en la regardant sournoi-
sement, ricanaient en dessous, et détournaient bien
vite la tête d'un air distrait, si par hasard elle les
fixait.

« On la saluait à peine. Seuls, quelques hommes se
découvraient. Les mères feignaient de ne pas l'avoir
aperçue. Quelques petits voyous l'appelaient « madame
Baptiste », du nom du valet qui l'avait outragée et
perdue.

« Personne ne connaissait les tortures secrètes de
son âme ; car elle ne parlait guère et ne riait jamais.
Ses parents eux-mêmes semblaient gênés devant elle

comme s'ils lui en eussent éternellement voulu de quelque faute irréparable.

« Un honnête homme ne donnerait pas volontiers la main à un forçat libéré, n'est-ce pas ? Ce forçat fût-il son fils ? M. et M^me Fontanelle considéraient leur fille comme ils eussent fait d'un fils sortant du bagne.

« Elle était jolie et pâle, grande, mince, distinguée. Elle m'aurait beaucoup plu, monsieur, sans cette affaire.

« Or, quand nous avons eu un nouveau sous-préfet, voici maintenant dix-huit mois, il amena avec lui son secrétaire particulier, un drôle de garçon, qui avait mené la vie dans le quartier Latin, paraît-il.

« Il vit M^lle Fontanelle et en devint amoureux. On lui dit tout. Il se contenta de répondre : « Bah, c'est justement là une garantie pour l'avenir. J'aime mieux que ce soit avant qu'après. Avec cette femme-là, je dormirai tranquille. »

« Il fit sa cour, la demanda en mariage et l'épousa. Alors, ayant du toupet, il fit des visites de noce comme si de rien n'était. Quelques personnes les rendirent, d'autres s'abstinrent. Enfin, on commençait à oublier et elle prenait place dans le monde.

« Il faut vous dire qu'elle adorait son mari comme un dieu. Songez qu'il lui avait rendu l'honneur, qu'il l'avait fait rentrer dans la loi commune, qu'il avait bravé, forcé l'opinion, affronté les outrages, accompli, en somme, un acte de courage que bien peu d'hommes accompliraient. Elle avait donc pour lui une passion exaltée et ombrageuse.

« Elle devint enceinte, et, quand on apprit sa grossesse, les personnes les plus chatouilleuses lui ouvrirent leur porte, comme si elle eût été définitivement purifiée par la maternité. C'est drôle, mais c'est comme ça...

« Tout allait donc pour le mieux, quand nous avons eu, l'autre jour, la fête patronale du pays. Le préfet, entouré de son état-major et des autorités, présidait le concours des orphéons, et il venait de prononcer son discours, lorsque commença la distribution des

médailles que son secrétaire particulier, Paul Hamot, remettait à chaque titulaire.

« Vous savez que dans ces affaires-là il y a toujours des jalousies et des rivalités qui font perdre la mesure aux gens.

« Toutes les dames de la ville étaient là, sur l'estrade.

« A son tour s'avança le chef de musique du bourg de Mormillon. Sa troupe n'avait qu'une médaille de deuxième classe. On ne peut pas en donner de première classe à tout le monde, n'est-ce pas ?

« Quand le secrétaire particulier lui remit son emblème, voilà que cet homme le lui jette à la figure en criant : « Tu peux la garder pour Baptiste, ta médaille. « Tu lui en dois même une de première classe aussi bien « qu'à moi. »

« Il y avait là un tas de peuple qui se mit à rire. Le peuple n'est pas charitable ni délicat, et tous les yeux se sont tournés vers cette pauvre dame.

« Oh, monsieur, avez-vous jamais vu une femme devenir folle ? — Non. — Eh bien, nous avons assisté à ce spectacle-là ! Elle se leva et retomba sur son siège trois fois de suite, comme si elle eût voulu se sauver et compris qu'elle ne pourrait traverser toute cette foule qui l'entourait.

« Une voix, quelque part, dans le public, cria encore : « Ohé, madame Baptiste ! » Alors une grande rumeur eut lieu, faite de gaietés et d'indignations.

« C'était une houle, un tumulte ; toutes les têtes remuaient. On se répétait le mot ; on se haussait pour voir la figure que faisait cette malheureuse ; des maris enlevaient leurs femmes dans leurs bras afin de la leur montrer ; des gens demandaient : « Laquelle, celle en «bleu ? » Les gamins poussaient des cris de coq ; de grands rires éclataient de place en place.

« Elle ne remuait plus, éperdue, sur son fauteuil d'apparat, comme si elle eût été placée en montre pour l'assemblée. Elle ne pouvait ni disparaître, ni

bouger, ni dissimuler son visage. Ses paupières cligno-
taient précipitamment comme si une grande lumière
lui eût brûlé les yeux ; et elle soufflait à la façon d'un
cheval qui monte une côte.

« Ça fendait le cœur de la voir.

« M. Hamot avait saisi à la gorge ce grossier person-
nage, et ils se roulaient par terre au milieu d'un tumulte
effroyable.

« La cérémonie fut interrompue.

« Une heure après, au moment où les Hamot ren-
traient chez eux, la jeune femme, qui n'avait pas pro-
noncé un seul mot depuis l'insulte, mais qui tremblait
comme si tous ses nerfs eussent été mis en danse par un
ressort, enjamba tout à coup le parapet du pont sans
que son mari ait eu le temps de la retenir, et se jeta
dans la rivière.

« L'eau est profonde sous les arches. On fut deux
heures avant de parvenir à la repêcher. Elle était
morte, naturellement. »

Le conteur se tut. Puis il ajouta : « C'est peut-être ce
qu'elle avait de mieux à faire dans sa position. Il y a
des choses qu'on n'efface pas.

« Vous saisissez maintenant pourquoi le clergé a
refusé la porte de l'église. Oh! si l'enterrement avait
été religieux toute la ville serait venue. Mais vous
comprenez que le suicide s'ajoutant à l'autre histoire,
les familles se sont abstenues ; et puis, il est bien diffi-
cile, ici, de suivre un enterrement sans prêtres. »

Nous franchissions la porte du cimetière. Et j'atten-
dis, très ému, qu'on eût descendu la bière dans la fosse
pour m'approcher du pauvre garçon qui sanglotait et
lui serrer énergiquement la main.

Il me regarda avec surprise à travers ses larmes,
puis prononça : « Merci, monsieur. » Et je ne regrettai
pas d'avoir suivi ce convoi.

AUPRÈS D'UN MORT [1]

Il s'en allait mourant, comme meurent les poitrinaires. Je le voyais chaque jour s'asseoir, vers deux heures, sous les fenêtres de l'hôtel, en face de la mer tranquille, sur un banc de la promenade. Il restait quelque temps immobile dans la chaleur du soleil, contemplant d'un œil morne la Méditerranée. Parfois il jetait un regard sur la haute montagne aux sommets vaporeux, qui enferme Menton ; puis il croisait, d'un mouvement très lent, ses longues jambes, si maigres qu'elles semblaient deux os, autour desquels flottait le drap du pantalon, et il ouvrait un livre, toujours le même [2].

Alors il ne remuait plus, il lisait, il lisait de l'œil et de la pensée ; tout son pauvre corps expirant semblait lire, toute son âme s'enfonçait, se perdait, disparaissait dans ce livre jusqu'à l'heure où l'air rafraîchi le faisait un peu tousser. Alors il se levait et rentrait.

C'était un grand Allemand à barbe blonde, qui déjeunait et dînait dans sa chambre, et ne parlait à personne.

Une vague curiosité m'attira vers lui. Je m'assis un jour à son côté, ayant pris aussi, pour me donner une contenance, un volume des poésies de Musset.

Et je me mis à parcourir *Rolla*.

Mon voisin me dit tout à coup, en bon français :

— Savez-vous l'allemand, monsieur ?

— Nullement, monsieur.

— Je le regrette. Puisque le hasard nous met côte à côte, je vous aurais prêté, je vous aurais fait voir une chose inestimable : ce livre que je tiens là.

— Qu'est-ce donc ?

— C'est un exemplaire de mon maître Schopenhauer, annoté de sa main. Toutes les marges, comme vous le voyez, sont couvertes de son écriture.

Je pris le livre avec respect et je contemplai ces formes incompréhensibles pour moi, mais qui révélaient l'immortelle pensée du plus grand saccageur de rêves qui ait passé sur la terre.

Et les vers de Musset éclatèrent dans ma mémoire :

Dors-tu content, Voltaire, et ton hideux sourire
Voltige-t-il encore sur tes os décharnés [1] ?

Et je comparais involontairement le sarcasme enfantin, le sarcasme religieux de Voltaire à l'irrésistible ironie du philosophe allemand dont l'influence est désormais ineffaçable.

Qu'on proteste et qu'on se fâche, qu'on s'indigne ou qu'on s'exalte, Schopenhauer a marqué l'humanité du sceau de son dédain et de son désenchantement.

Jouisseur désabusé, il a renversé les croyances, les espoirs, les poésies, les chimères, détruit les aspirations, ravagé la confiance des âmes, tué l'amour, abattu le culte idéal de la femme, crevé les illusions des cœurs, accompli la plus gigantesque besogne de sceptique qui ait jamais été faite. Il a tout traversé de sa moquerie, et tout vidé. Et aujourd'hui même, ceux qui l'exècrent semblent porter, malgré eux, en leurs esprits, des parcelles de sa pensée [2].

— Vous avez donc connu particulièrement Schopenhauer ? dis-je à l'Allemand.

Il sourit tristement.

— Jusqu'à sa mort, monsieur.

Et il me parla de lui, il me raconta l'impression

presque surnaturelle que faisait cet être étrange à tous
ceux qui l'approchaient.

Il me dit l'entrevue du vieux démolisseur avec un
politicien français [1], républicain doctrinaire, qui vou-
lut voir cet homme et le trouva dans une brasserie
tumultueuse, assis au milieu de disciples, sec, ridé,
riant d'un inoubliable rire, mordant et déchirant les
idées et les croyances d'une seule parole, comme un
chien d'un coup de dents déchire les tissus avec les-
quels il joue.

Il me répéta le mot de ce Français, s'en allant
effaré, épouvanté et s'écriant :

« J'ai cru passer une heure avec le diable. »

Puis il ajouta :

— Il avait, en effet, monsieur, un effrayant sourire,
qui nous fit peur, même après sa mort. C'est une anec-
dote presque inconnue que je peux vous conter si elle
vous intéresse.

Et il commença, d'une voix fatiguée, que des quintes
de toux interrompaient par moments :

— Schopenhauer venait de mourir, et il fut décidé
que nous le veillerions tour à tour, deux par deux,
jusqu'au matin.

Il était couché dans une grande chambre très simple,
vaste et sombre. Deux bougies brûlaient sur la table
de nuit.

C'est à minuit que je pris la garde, avec un de nos
camarades. Les deux amis que nous remplacions sorti-
rent, et nous vînmes nous asseoir au pied du lit.

La figure n'était point changée. Elle riait. Ce pli
que nous connaissions si bien se creusait au coin des
lèvres, et il nous semblait qu'il allait ouvrir les yeux,
remuer, parler. Sa pensée ou plutôt ses pensées nous
enveloppaient ; nous nous sentions plus que jamais
dans l'atmosphère de son génie, envahis, possédés
par lui. Sa domination nous semblait même plus sou-
veraine maintenant qu'il était mort. Un mystère se

mêlait à la puissance de cet incomparable esprit.

Le corps de ces hommes-là disparaît, mais ils restent, eux ; et, dans la nuit qui suit l'arrêt de leur cœur, je vous assure, monsieur, qu'ils sont effrayants.

Et, tout bas, nous parlions de lui, nous rappelant des paroles, des formules, ces surprenantes maximes qui semblent des lumières jetées, par quelques mots, dans les ténèbres de la Vie inconnue.

— Il me semble qu'il va parler, dit mon camarade. Et nous regardions, avec une inquiétude touchant à la peur, le visage immobile et riant toujours.

Peu à peu nous nous sentions mal à l'aise, oppressés, défaillants. Je balbutiai :

— Je ne sais pas ce que j'ai, mais je t'assure que je suis malade.

Et nous nous aperçûmes alors que le cadavre sentait mauvais.

Alors mon compagnon me proposa de passer dans la chambre voisine, en laissant la porte ouverte ; et j'acceptai.

Je pris une des bougies qui brûlaient sur la table de nuit et je laissai la seconde, et nous allâmes nous asseoir à l'autre bout de l'autre pièce, de façon à voir de notre place le lit et le mort, en pleine lumière.

Mais il nous obsédait toujours ; on eût dit que son être immatériel, dégagé, libre, tout-puissant et dominateur, rôdait autour de nous. Et parfois aussi l'odeur infâme du corps décomposé nous arrivait; nous pénétrait, écœurante et vague.

Tout à coup, un frisson nous passa dans les os : un bruit, un petit bruit était venu de la chambre du mort. Nos regards furent aussitôt sur lui, et nous vîmes, oui, monsieur, nous vîmes parfaitement, l'un et l'autre, quelque chose de blanc courir sur le lit, tomber à terre sur le tapis, et disparaître sous un fauteuil.

Nous fûmes debout avant d'avoir eu le temps de penser à rien, fous d'une terreur stupide, prêts à fuir. Puis nous nous sommes regardés. Nous étions horri-

blement pâles. Nos cœurs battaient à soulever le drap
de nos habits. Je parlai le premier.

— Tu as vu ?...

— Oui, j'ai vu.

— Est-ce qu'il n'est pas mort ?

— Mais puisqu'il entre en putréfaction ?

— Qu'allons-nous faire ?

Mon compagnon prononça en hésitant :

— Il faut aller voir.

Je pris notre bougie, et j'entrai le premier, fouil-
lant de l'œil toute la grande pièce aux coins noirs.
Rien ne remuait plus ; et je m'approchai du lit. Mais
je demeurai saisi de stupeur et d'épouvante ; Scho-
penhauer ne riait plus ! Il grimaçait d'une horrible
façon, la bouche serrée, les joues creusées profondé-
ment. Je balbutiai :

— Il n'est pas mort !

Mais l'odeur épouvantable me montait au nez, me
suffoquait. Et je ne remuais plus, le regardant fixement,
effaré comme devant une apparition.

Alors mon compagnon, ayant pris l'autre bougie,
se pencha. Puis il me toucha le bras sans dire un mot.
Je suivis son regard, et j'aperçus à terre, sous le fau-
teuil à côté du lit, tout blanc sur le sombre tapis, ouvert
comme pour mordre, le râtelier de Schopenhauer.

Le travail de la décomposition, desserrant les mâ-
choires, l'avait fait jaillir de la bouche.

J'ai eu vraiment peur, ce jour-là, monsieur [1].

Et, comme le soleil s'approchait de la mer étince-
lante, l'Allemand phtisique se leva, me salua, et rega-
gna l'hôtel.

LA SERRE [1]

M. et M{me} Lerebour avaient le même âge. Mais
monsieur paraissait plus jeune, bien qu'il fût le plus
affaibli des deux. Ils vivaient près de Mantes dans une
jolie campagne qu'ils avaient créée après fortune
faite en vendant des rouenneries [2].

La maison était entourée d'un beau jardin conte-
nant basse-cour, kiosques chinois et une petite serre
tout au bout de la propriété. M. Lerebour était court,
rond et jovial, d'une jovialité de boutiquier bon
vivant. Sa femme, maigre, volontaire et toujours
mécontente, n'était point parvenue à vaincre la
bonne humeur de son mari. Elle se teignait les cheveux,
lisait parfois des romans qui lui faisaient passer des
rêves dans l'âme, bien qu'elle affectât de mépriser ces
sortes d'écrits. On la déclarait passionnée, sans qu'elle
eût jamais rien fait pour autoriser cette opinion. Mais
son époux disait parfois : « Ma femme, c'est une gail-
larde ! » avec un certain air entendu qui éveillait des
suppositions.

Depuis quelques années cependant elle se montrait
agressive avec M. Lerebour, toujours irritée et dure,
comme si un chagrin secret et inavouable l'eût torturée.
Une sorte de mésintelligence en résulta. Ils ne se par-
laient plus qu'à peine, et madame, qui s'appelait
Palmyre, accablait sans cesse monsieur, qui s'appelait
Gustave, de compliments désobligeants, d'allusions

blessantes, de paroles acerbes, sans raison apparente.

Il courbait le dos, ennuyé mais gai quand même, doué d'un tel fonds de contentement qu'il prenait son parti de ces tracasseries intimes. Il se demandait cependant quelle cause inconnue pouvait aigrir ainsi de plus en plus sa compagne, car il sentait bien que son irritation avait une raison cachée, mais si difficile à pénétrer qu'il y perdait ses efforts.

Il lui demandait souvent : « Voyons, ma bonne, dis-moi ce que tu as contre moi! Je sens que tu me dissimules quelque chose. »

Elle répondait invariablement : « Mais je n'ai rien, absolument rien. D'ailleurs, si j'avais quelque sujet de mécontentement, ce serait à toi de le deviner. Je n'aime pas les hommes qui ne comprennent rien, qui sont tellement mous et incapables qu'il faut venir à leur aide pour qu'ils saisissent la moindre des choses. »

Il murmurait, découragé : « Je vois bien que tu ne veux rien dire. »

Et il s'éloignait en cherchant le mystère.

Les nuits surtout devenaient très pénibles pour lui ; car ils partageaient toujours le même lit, comme on fait dans les bons et simples ménages. Il n'était point alors de vexations dont elle n'usât à son égard. Elle choisissait le moment où ils étaient étendus côte à côte pour l'accabler de ses railleries les plus vives. Elle lui reprochait principalement d'engraisser : « Tu tiens toute la place, tant tu deviens gros. Et tu me sues dans le dos comme du lard fondu. Si tu crois que cela m'est agréable! »

Elle le forçait à se relever sous le moindre prétexte, l'envoyant chercher en bas un journal qu'elle avait oublié, ou la bouteille d'eau de fleurs d'oranger qu'il ne trouvait pas, car elle l'avait cachée. Et elle s'écriait d'un ton furieux et sarcastique : « Tu devrais pourtant savoir où on trouve ça, grand nigaud! » Lorsqu'il avait erré pendant une heure dans la maison endormie et qu'il remontait les mains vides, elle lui disait pour tout

remerciement : « Allons, recouche-toi, ça te fera maigrir de te promener un peu, tu deviens flasque comme une éponge. »

Elle le réveillait à tout moment en affirmant qu'elle souffrait de crampes d'estomac, et exigeait qu'il lui frictionnât le ventre avec de la flanelle imbibée d'eau de Cologne. Il s'efforçait de la guérir, désolé de la voir malade ; et il proposait d'aller réveiller Céleste, leur bonne. Alors, elle se fâchait tout à fait, criant : « Faut-il qu'il soit bête, ce dindon-là. Allons ! c'est fini, je n'ai plus mal, rendors-toi, grande chiffe. »

Il demandait : « C'est bien sûr que tu ne souffres plus ? »

Elle lui jetait durement dans la figure : « Oui, tais-toi, laisse-moi dormir. Ne m'embête pas davantage. Tu es incapable de rien faire, même de frictionner une femme. »

Il se désespérait : « Mais... ma chérie... »

Elle s'exaspérait : « Pas de mais... Assez, n'est-ce pas. Fiche-moi la paix, maintenant. »

Et elle se tournait vers le mur.

*

Or une nuit, elle le secoua si brusquement, qu'il fit un bond de peur et se trouva sur son séant avec une rapidité qui ne lui était pas habituelle.

Il balbutia : « Quoi ?... Qu'y a-t-il ?... »

Elle le tenait par le bras et le pinçait à le faire crier. Elle lui souffla dans l'oreille : « J'ai entendu du bruit dans la maison. »

Accoutumé aux fréquentes alertes de M^{me} Lerebour, il ne s'inquiéta pas outre mesure, et demanda tranquillement : « Quel bruit, ma chérie ? »

Elle tremblait, comme affolée, et répondit : « Du bruit... mais du bruit... des bruits de pas... Il y a quelqu'un. »

Il demeurait incrédule : « Quelqu'un ? Tu crois ?

Mais non ; tu dois te tromper. Qui veux-tu que ce soit, d'ailleurs ? »

Elle frémissait : « Qui ?... qui ?... Mais des voleurs, imbécile ! »

Il se renfonça doucement dans ses draps : « Mais non, ma chérie, il n'y a personne, tu as rêvé, sans doute. »

Alors, elle rejeta la couverture, et, sautant du lit, exaspérée : « Mais tu es donc aussi lâche qu'incapable ! Dans tous les cas, je ne me laisserai pas massacrer grâce à ta pusillanimité. »

Et saisissant les pinces de la cheminée, elle se porta debout, devant la porte verrouillée, dans une attitude de combat.

Ému par cet exemple de vaillance, honteux peut-être, il se leva à son tour en rechignant, et, sans quitter son bonnet de coton, il prit la pelle et se plaça vis-à-vis de sa moitié.

Ils attendirent vingt minutes dans le plus grand silence. Aucun bruit nouveau ne troubla le repos de la maison. Alors, madame, furieuse, regagna son lit en déclarant : « Je suis sûre pourtant qu'il y avait quelqu'un. »

Pour éviter quelque querelle, il ne fit aucune allusion pendant le jour à cette panique.

Mais, la nuit suivante, M^{me} Lerebour réveilla son mari avec plus de violence encore que la veille, et, haletante, elle bégayait : « Gustave, Gustave, on vient d'ouvrir la porte du jardin. »

Étonné de cette persistance, il crut sa femme atteinte de somnambulisme et il allait s'efforcer de secouer ce sommeil dangereux quand il lui sembla entendre, en effet, un bruit léger sous les murs de la maison.

Il se leva, courut à la fenêtre, et il vit, oui, il vit une ombre blanche qui traversait vivement une allée.

Il murmura, défaillant : « Il y a quelqu'un ! » Puis il reprit ses sens, s'affermit, et, soulevé tout à coup par une formidable colère de propriétaire dont on a violé la

clôture, il prononça : « Attendez, attendez, vous allez voir ! »

Il s'élança vers le secrétaire, l'ouvrit, prit son revolver, et se précipita dans l'escalier.

Sa femme éperdue le suivait en criant : « Gustave, Gustave, ne m'abandonne pas, ne me laisse pas seule, Gustave ! Gustave ! »

Mais il ne l'écoutait guère ; il tenait déjà la porte du jardin.

Alors elle remonta bien vite se barricader dans la chambre conjugale.

*

Elle attendit cinq minutes, dix minutes, un quart d'heure. Une terreur folle l'envahissait. Ils l'avaient tué sans doute, saisi, garrotté, étranglé. Elle eût mieux aimé entendre retentir les six coups de revolver, savoir qu'il se battait, qu'il se défendait. Mais ce grand silence, ce silence effrayant de la campagne la bouleversait.

Elle sonna Céleste. Céleste ne vint pas, ne répondit point. Elle sonna de nouveau, défaillante, prête à perdre connaissance. La maison entière demeura muette.

Elle colla contre la vitre son front brûlant, cherchant à pénétrer les ténèbres du dehors. Elle ne distinguait rien que les ombres plus noires des massifs à côté des traces grises des chemins.

La demie de minuit sonna. Son mari était absent depuis quarante-cinq minutes. Elle ne le reverrait plus ! Non ! certainement elle ne le reverrait plus ! Et elle tomba à genoux en sanglotant.

Deux coups légers contre la porte de la chambre la firent se redresser d'un bond. M. Lerebour l'appelait : « Ouvre donc, Palmyre, c'est moi. » Elle s'élança, ouvrit, et, debout devant lui, les poings sur les hanches, les yeux encore pleins de larmes : « D'où viens-tu ? sale bête ! Ah ! tu me laisses comme ça à crever de peur

toute seule ; ah! tu ne t'inquiètes pas plus de moi que
si je n'existais pas!... »

Il avait refermé la porte ; et il riait, il riait comme
un fou, les deux joues fendues par sa bouche, les mains
sur son ventre, les yeux humides.

M^me Lerebour, stupéfaite, se tut.

Il bégayait : « C'était... c'était... Céleste qui avait
un... un... un rendez-vous dans la serre... Si tu savais
ce que... ce que... ce que j'ai vu ¹... »

Elle était devenue blême, étouffant d'indignation.
« Hein?... tu dis?... Céleste?... chez moi?... dans ma...
ma... ma maison... dans ma... ma... dans ma serre. Et
tu n'as pas tué l'homme, un complice! Tu avais un
revolver et tu ne l'as pas tué?... Chez moi... chez moi!... »

Elle s'assit, n'en pouvant plus.

Il battit un entrechat, fit les castagnettes avec ses
doigts, claqua de la langue, et, riant toujours : « Si tu
savais... si tu savais... »

Brusquement, il l'embrassa.

Elle se débarrassa de lui. Et, la voix coupée par la
colère : « Je ne veux pas que cette fille reste un jour de
plus chez moi, tu entends? Pas un jour... pas une
heure! Quand elle va rentrer, nous allons la jeter
dehors... »

M. Lerebour avait saisi sa femme par la taille et il
lui plantait des rangs de baisers dans le cou, des baisers
à bruits, comme jadis. Elle se tut de nouveau, percluse
d'étonnement. Mais lui, la tenant à pleins bras, l'en-
traînait doucement vers le lit...

Vers neuf heures et demie du matin, Céleste, étonnée
de ne pas voir encore ses maîtres qui se levaient tou-
jours de bonne heure, vint frapper doucement à leur
porte.

Ils étaient couchés, et ils causaient gaiement côte
à côte. Elle demeura saisie, et demanda : « Madame,
c'est le café au lait. »

M^me Lerebour prononça d'une voix très douce :

« Apporte-le ici, ma fille, nous sommes un peu fatigués, nous avons très mal dormi. »

A peine la bonne fut-elle sortie que M. Lerebour se remit à rire en chatouillant sa femme et répétant : « Si tu savais! Oh! si tu savais! » Mais elle lui prit les mains : « Voyons, reste tranquille, mon chéri, si tu ris tant que ça, tu vas te faire du mal. »

Et elle l'embrassa, doucement sur les yeux.

M^me Lerebour n'a plus d'aigreurs. Par les nuits claires, quelquefois, les deux époux vont, à pas furtifs, le long des massifs et des plates-bandes jusqu'à la petite serre au bout du jardin. Et ils restent là blottis l'un près de l'autre contre le vitrage comme s'ils regardaient au dedans une chose étrange et pleine d'intérêt.

Ils ont augmenté les gages de Céleste.

M. Lerebour a maigri.

LA MOUSTACHE [1]

Château de Solles, lundi 30 juillet 1883 [2].

Ma chère Lucie, rien de nouveau. Nous vivons dans le salon en regardant tomber la pluie [3]. On ne peut guère sortir par ces temps affreux ; alors nous jouons la comédie. Qu'elles sont bêtes, ô ma chérie, les pièces de salon du répertoire actuel. Tout y est forcé, grossier, lourd. Les plaisanteries portent à la façon des boulets de canon, en cassant tout. Pas d'esprit, pas de naturel, pas de bonne humeur, aucune élégance [4]. Ces hommes de lettres, vraiment, ne savent rien du monde. Ils ignorent tout à fait comment on pense et comment on parle chez nous. Je leur permettrais parfaitement de mépriser nos usages, nos conventions et nos manières, mais je ne leur permets point de ne les pas connaître. Pour être fins, ils font des jeux de mots qui seraient bons à dérider une caserne ; pour être gais, ils nous servent de l'esprit qu'ils ont dû cueillir sur les hauteurs du boulevard extérieur, dans ces brasseries dites d'artistes où on répète, depuis cinquante ans, les mêmes paradoxes d'étudiants.

Enfin nous jouons la comédie. Comme nous ne sommes que deux femmes, mon mari remplit les rôles de soubrette, et pour cela il s'est rasé. Tu ne te figures pas, ma chère Lucie, comme ça le change! Je ne le reconnais plus... ni le jour ni la nuit. S'il ne laissait pas repousser immédiatement sa moustache, je crois que je lui deviendrais infidèle, tant il me déplaît ainsi.

Vraiment, un homme sans moustache n'est plus un homme. Je n'aime pas beaucoup la barbe ; elle donne presque toujours l'air négligé, mais la moustache, oh! la moustache est indispensable à une physionomie virile. Non, jamais tu ne pourrais imaginer comme cette petite brosse de poils sur la lèvre est utile à l'œil et... aux... relations entre époux. Il m'est venu sur cette matière un tas de réflexions que je n'ose guère t'écrire. Je te les dirai volontiers... tout bas. Mais les mots sont si difficiles à trouver pour exprimer certaines choses, et certains d'entre eux, qu'on ne peut guère remplacer, ont sur le papier une si vilaine figure, que je ne peux les tracer. Et puis, le sujet est si difficile, si délicat, si scabreux qu'il faudrait une science infinie pour l'aborder sans danger.

Enfin! tant pis si tu ne me comprends pas. Et puis, ma chère, tâche un peu de lire entre les lignes.

Oui, quand mon mari m'est arrivé rasé, j'ai compris d'abord que je n'aurais jamais de faiblesse pour un cabotin, ni pour un prédicateur, fût-il le père Didon, le plus séduisant de tous [1]! Puis, quand je me suis trouvée, plus tard, seule avec lui (mon mari), ce fut bien pis. Oh! ma chère Lucie, ne te laisse jamais embrasser par un homme sans moustaches ; ses baisers n'ont aucun goût, aucun, aucun! Cela n'a plus ce charme, ce moelleux et ce... poivre, oui, ce poivre du vrai baiser. La moustache en est le piment.

Figure-toi qu'on t'applique sur la lèvre un parchemin sec... ou humide. Voilà la caresse de l'homme rasé. Elle n'en vaut plus la peine assurément.

D'où vient donc la séduction de la moustache, me diras-tu? Le sais-je? D'abord elle chatouille d'une façon délicieuse. On la sent avant la bouche et elle vous fait passer dans tout le corps jusqu'au bout des pieds un frisson charmant. C'est elle qui caresse, qui fait frémir et tressaillir la peau, qui donne aux nerfs cette vibration exquise qui fait pousser ce petit « ah! » comme si on avait grand froid.

Et sur le cou! Oui, as-tu jamais senti une moustache sur ton cou! Cela vous grise et vous crispe, vous descend dans le dos, vous court au bout des doigts. On se tord, on secoue ses épaules, on renverse la tête ; on voudrait fuir et rester ; c'est adorable et irritant! Mais que c'est bon!

Et puis encore... vraiment, je n'ose plus? Un mari qui vous aime, mais là, tout à fait, sait trouver un tas de petits coins où cacher des baisers, des petits coins dont on ne s'aviserait guère toute seule. Eh bien, sans moustache, ces baisers-là perdent aussi beaucoup de leur goût, sans compter qu'ils deviennent presque inconvenants! Explique cela comme tu pourras. Quant à moi, voici la raison que j'en ai trouvée. Une lèvre sans moustaches est nue comme un corps sans vêtements ; et, il faut toujours des vêtements, très peu si tu veux, mais il en faut!

Le créateur (je n'ose point écrire un autre mot en parlant de ces choses), le créateur a eu soin de voiler ainsi tous les abris de notre chair où devait se cacher l'amour. Une bouche rasée me paraît ressembler à un bois abattu autour de quelque fontaine où l'on allait boire et dormir.

Cela me rappelle une phrase (d'un homme politique) qui me trotte depuis trois mois dans la cervelle. Mon mari, qui suit les journaux, m'a lu, un soir, un bien singulier discours de notre ministre de l'Agriculture qui s'appelait alors M. Méline [1]. A-t-il été remplacé par quelque autre? Je l'ignore.

Je n'écoutais pas, mais ce nom, Méline, m'a frappée. Il m'a rappelé, je ne sais trop pourquoi, les *Scènes de la vie de bohème* [2]. J'ai cru qu'il s'agissait d'une grisette. Voilà comment quelques bribes de ce morceau me sont entrées dans la tête. Donc M. Méline faisait aux habitants d'Amiens [3], je crois, cette déclaration dont je cherchais jusqu'ici le sens : « Il n'y a pas de patriotisme sans agriculture! » Eh bien, ce sens, je l'ai trouvé tout à l'heure ; et je te déclare à mon tour qu'il n'y a pas

d'amour sans moustache. Quand on le dit comme ça, ça semble drôle, n'est-ce pas ?

Il n'y a point d'amour sans moustache !

« Il n'y a point de patriotisme sans agriculture », affirmait M. Méline ; et il avait raison, ce ministre, je le pénètre à présent !

A un tout autre point de vue, la moustache est essentielle. Elle détermine la physionomie. Elle vous donne l'air doux, tendre, violent, croque-mitaine, bambocheur, entreprenant ! L'homme barbu, vraiment barbu, celui qui porte tout son poil (oh ! le vilain mot) sur les joues n'a jamais de finesse dans le visage, les traits étant cachés. Et la forme de la mâchoire et du menton dit bien des choses, à qui sait voir.

L'homme à moustaches garde son allure propre et sa finesse en même temps.

Et que d'aspects variés elles ont, ces moustaches ! Tantôt elles sont retournées, frisées, coquettes. Celles-là semblent aimer les femmes avant tout !

Tantôt elles sont pointues, aiguës comme des aiguilles, menaçantes. Celles-là préfèrent le vin, les chevaux et les batailles.

Tantôt elles sont énormes, tombantes, effroyables. Ces grosses-là dissimulent généralement un caractère excellent, une bonté qui touche à la faiblesse et une douceur qui confine à la timidité.

Et puis, ce que j'adore d'abord dans la moustache, c'est qu'elle est française, bien française. Elle nous vient de nos pères les Gaulois, et elle est demeurée le signe de notre caractère national enfin.

Elle est hâbleuse, galante et brave. Elle se mouille gentiment au vin et sait rire avec élégance, tandis que les larges mâchoires barbues sont lourdes en tout ce qu'elles font.

Tiens, je me rappelle une chose qui m'a fait pleurer toutes mes larmes, et qui m'a fait aussi, je m'en aperçois à présent, aimer les moustaches sur les lèvres des hommes.

C'était pendant la guerre, chez papa. J'étais jeune fille, alors. Un jour on se battit près du château. J'avais entendu depuis le matin le canon et la fusillade, et le soir un colonel allemand entra chez nous et s'y installa. Puis il partit le lendemain. On vint prévenir père qu'il y avait beaucoup de morts dans les champs. Il les fit ramasser et apporter chez nous pour les enterrer ensemble. On les couchait, tout le long de la grande avenue de sapins, des deux côtés, à mesure qu'on les apportait ; et comme ils commençaient à sentir mauvais, on leur jetait de la terre sur le corps en attendant qu'on eût creusé la grande fosse. De la sorte, on n'apercevait plus que leurs têtes qui semblaient sortir du sol, jaunes comme lui, avec leurs yeux fermés.

Je voulus les voir ; mais quand j'aperçus ces deux grandes lignes de figures affreuses, je crus que j'allais me trouver mal : puis je me mis à les examiner, une à une, cherchant à deviner ce qu'avaient été ces hommes.

Les uniformes étaient ensevelis, cachés sous la terre, et pourtant tout à coup, oui, ma chérie, tout à coup je reconnus les Français, à leur moustache !

Quelques-uns s'étaient rasés le jour même du combat, comme s'ils eussent voulu être coquets jusqu'au dernier moment ! Leur barbe cependant avait un peu repoussé, car tu sais qu'elle pousse encore après la mort. D'autres semblaient l'avoir de huit jours ; mais tous enfin portaient la moustache française, bien distincte, la fière moustache, qui semblait dire : « Ne me confonds pas avec mon ami barbu, petite, je suis un frère. »

Et j'ai pleuré, oh ! j'ai pleuré bien plus que si je ne les avais pas reconnus ainsi, ces pauvres morts.

J'ai eu tort de te conter cela. Me voici triste maintenant et incapable de bavarder plus longtemps. Allons, adieu, ma chère Lucie, je t'embrasse de tout mon cœur. Vive la moustache [1] !

<div style="text-align:right">Jeanne.</div>

Pour copie conforme :
<div style="text-align:right">Guy de Maupassant [2].</div>

UN DUEL [1]

La guerre était finie ; les Allemands occupaient la France ; le pays palpitait comme un lutteur vaincu tombé sous le genou du vainqueur [2].

De Paris affolé, affamé, désespéré, les premiers trains sortaient, allant aux frontières nouvelles, traversant avec lenteur les campagnes et les villages. Les premiers voyageurs regardaient par les portières les plaines ruinées et les hameaux incendiés. Devant les portes des maisons restées debout, des soldats prussiens, coiffés du casque noir à la pointe de cuivre, fumaient leur pipe, à cheval sur des chaises. D'autres travaillaient ou causaient comme s'ils eussent fait partie des familles. Quand on passait les villes, on voyait des régiments entiers manœuvrant sur les places, et, malgré le bruit des roues, les commandements rauques arrivaient par instants.

M. Dubuis, qui avait fait partie de la garde nationale [3] de Paris pendant toute la durée du siège, allait rejoindre en Suisse sa femme et sa fille, envoyées par prudence à l'étranger, avant l'invasion.

La famine et les fatigues n'avaient point diminué son gros ventre de marchand riche et pacifique. Il avait subi les événements terribles avec une résignation désolée et des phrases amères sur la sauvagerie des hommes. Maintenant qu'il gagnait la frontière, la guerre finie, il voyait pour la première fois des Prus-

siens, bien qu'il eût fait son devoir sur les remparts et
monté bien des gardes par les nuits froides.

Il regardait avec une terreur irritée ces hommes
armés et barbus installés comme chez eux sur la terre
de France, et il se sentait à l'âme une sorte de fièvre de
patriotisme impuissant, en même temps que ce grand
besoin, que cet instinct nouveau de prudence qui ne
nous a plus quittés.

Dans son compartiment, deux Anglais, venus pour
voir, regardaient de leurs yeux tranquilles et curieux.
Ils étaient gros aussi tous deux et causaient en leur
langue, parcourant parfois leur guide, qu'ils lisaient à
haute voix en cherchant à bien reconnaître les lieux
indiqués.

Tout à coup, le train s'étant arrêté à la gare d'une
petite ville, un officier prussien monta avec son grand
bruit de sabre sur le double marchepied du wagon. Il
était grand, serré dans son uniforme et barbu jusqu'aux
yeux. Son poil roux semblait flamber, et ses longues
moustaches, plus pâles, s'élançaient des deux côtés
du visage qu'elles coupaient en travers.

Les Anglais aussitôt se mirent à le contempler avec
des sourires de curiosité satisfaite, tandis que M. Du-
buis faisait semblant de lire un journal. Il se tenait
blotti dans son coin, comme un voleur en face d'un
gendarme.

Le train se remit en marche. Les Anglais conti-
nuaient à causer, à chercher les lieux précis des batailles ;
et soudain, comme l'un d'eux tendait le bras vers l'ho-
rizon en indiquant un village, l'officier prussien pro-
nonça en français, en étendant ses longues jambes et se
renversant sur le dos :

— Ché tué touze Français tans ce fillage. Ché bris
plus te cent brisonniers.

Les Anglais, tout à fait intéressés, demandèrent
aussitôt :

— Aoh! comment s'appelé, cette village?

Le Prussien répondit : « Pharsbourg [1]. »

Il reprit :

— Ché. bris ces bolissons de Français bar les oreilles.

Et il regardait M. Dubuis en riant orgueilleusement dans son poil.

Le train roulait, traversant toujours des hameaux occupés. On voyait les soldats allemands le long des routes, au bord des champs, debout au coin des barrières, ou causant devant les cafés. Ils couvraient la terre comme les sauterelles d'Afrique.

L'officier tendit la main :

— Si ch'afrais le gommandement, ch'aurais bris Paris, et brûlé tout, et tué tout le monde. Blus de France!

Les Anglais, par politesse, répondirent simplement :

— Aoh! yes.

Il continua :

— Tans vingt ans, toute l'Europe, toute, abartiendra à nous. La Brusse blus forte que tous.

Les Anglais, inquiets, ne répondaient plus. Leurs faces, devenues impassibles, semblaient de cire entre leurs longs favoris. Alors l'officier prussien se mit à rire. Et, toujours renversé sur le dos, il blagua. Il blaguait la France écrasée, insultait les ennemis à terre ; il blaguait l'Autriche vaincue naguère [1] ; il blaguait la défense acharnée et impuissante des départements ; il blaguait les mobiles [2], l'artillerie inutile. Il annonça que Bismarck allait bâtir une ville de fer avec les canons capturés. Et soudain il mit ses bottes contre la cuisse de M. Dubuis, qui détournait les yeux, rouge jusqu'aux oreilles.

Les Anglais semblaient devenus indifférents à tout, comme s'ils s'étaient trouvés brusquement renfermés dans leur île, loin des bruits du monde.

L'officier tira sa pipe et, regardant fixement le Français :

— Vous n'auriez bas de tabac!

M. Dubuis répondit :

— Non, monsieur!

L'Allemand reprit :

— Je fous brie t'aller en acheter gand le gonvoi s'arrêtera.

Et il se mit à rire de nouveau :

— Je vous tonnerai un bourboire.

Le train siffla, ralentissant sa marche. On passait devant les bâtiments incendiés d'une gare ; puis on s'arrêta tout à fait.

L'Allemand ouvrit la portière et, prenant par le bras M. Dubuis :

— Allez faire ma gommission, fite, fite!

Un détachement prussien occupait la station. D'autres soldats regardaient, debout le long des grilles de bois. La machine déjà sifflait pour repartir. Alors, brusquement, M. Dubuis s'élança sur le quai et, malgré les gestes du chef de gare, il se précipita dans le compartiment voisin.

*

Il était seul! Il ouvrit son gilet, tant son cœur battait, et il s'essuya le front, haletant.

Le train s'arrêta de nouveau dans une station. Et tout à coup l'officier parut à la portière et monta, suivi bientôt des deux Anglais que la curiosité poussait. L'Allemand s'assit en face du Français et, riant toujours :

— Fous n'afez pas foulu faire ma gommission.

M. Dubuis répondit :

— Non, monsieur!

Le train venait de repartir.

L'officier dit :

— Che fais gouper fotre moustache pour bourrer ma pipe.

Et il avança la main vers la figure de son voisin.

Les Anglais, toujours impassibles, regardaient de leurs yeux fixes.

Déjà, l'Allemand avait pris une pincée de poils et

tirait dessus, quand M. Dubuis, d'un revers de main,
lui releva le bras et, le saisissant au collet, le rejeta sur
la banquette. Puis, fou de colère, les tempes gonflées,
les yeux pleins de sang, l'étranglant toujours d'une
main, il se mit avec l'autre, fermée, à lui taper furieuse-
ment des coups de poing par la figure. Le Prussien se
débattait, tâchait de tirer son sabre, d'étreindre son
adversaire couché sur lui. Mais M. Dubuis l'écrasait
du poids énorme de son ventre, et tapait, tapait
sans repos, sans prendre haleine, sans savoir où tom-
baient ses coups. Le sang coulait ; l'Allemand, étranglé,
râlait, crachait ses dents, essayait, mais en vain, de
rejeter ce gros homme exaspéré, qui l'assommait.

Les Anglais s'étaient levés et rapprochés pour mieux
voir. Ils se tenaient debout, pleins de joie et de curiosité,
prêts à parier pour ou contre chacun des combattants.

Et soudain M. Dubuis, épuisé par un pareil effort,
se releva et se rassit sans dire un mot.

Le Prussien ne se jeta pas sur lui, tant il demeurait
effaré, stupide d'étonnement et de douleur. Quand il
eut repris haleine, il prononça :

— Si fous ne foulez pas me rentre raison avec le
bistolet, che vous tuerai !

M. Dubuis répondit :

— Quand vous voudrez. Je veux bien.

L'Allemand reprit :

— Foici la fille [1] de Strasbourg, ché brandrai deux
officiers bour témoins, ché le temps avant que le train
rebarte.

M. Dubuis, qui soufflait autant que la machine, dit
aux Anglais :

— Voulez-vous être mes témoins ?

Tous deux répondirent ensemble :

— Aoh ! yes !

Et le train s'arrêta.

En une minute, le Prussien avait trouvé deux cama-
rades qui apportèrent des pistolets, et on gagna les
remparts.

Les Anglais sans cesse tiraient leur montre, pressant le pas, hâtant les préparatifs, inquiets de l'heure pour ne point manquer le départ.

M. Dubuis n'avait jamais tenu un pistolet. On le plaça à vingt pas de son ennemi. On lui demanda :

— Êtes-vous prêt ?

En répondant « oui, monsieur ! », il s'aperçut qu'un des Anglais avait ouvert son parapluie pour se garantir du soleil.

Une voix commanda :

— Feu !

M. Dubuis tira, au hasard, sans attendre, et il aperçut avec stupeur le Prussien, debout en face de lui, qui chancelait, levait les bras et tombait raide sur le nez. Il l'avait tué.

Un Anglais cria un « Aoh ! » vibrant de joie, de curiosité satisfaite et d'impatience heureuse. L'autre, qui tenait toujours sa montre à la main, saisit M. Dubuis par le bras, et l'entraîna, au pas gymnastique, vers la gare.

Le premier Anglais marquait le pas, tout en courant, les poings fermés, les coudes au corps.

— Une, deux ! une, deux !

Et tous trois de front trottaient, malgré leurs ventres, comme trois grotesques d'un journal pour rire.

Le train partait. Ils sautèrent dans leur voiture. Alors, les Anglais, ôtant leurs toques de voyage, les levèrent en les agitant, puis, trois fois de suite, ils crièrent :

Hip, hip, hip, hurrah !

Puis ils tendirent gravement, l'un après l'autre, la main droite à M. Dubuis, et ils retournèrent s'asseoir côte à côte dans leur coin.

L'AMI PATIENCE [1]

— Sais-tu ce qu'est devenu Leremy ?
— Il est capitaine au 6e dragons.
— Et Pinson ?
— Sous-préfet.
— Et Racollet ?
— Mort.

Nous cherchions d'autres noms qui nous rappelaient des figures jeunes coiffées du képi à galons d'or. Nous avions retrouvé plus tard quelques-uns de ces camarades barbus, chauves, mariés, pères de plusieurs enfants ; et ces rencontres avec ces changements nous avaient donné des frissons désagréables, nous montrant comme la vie est courte, comme tout passe, comme tout change.

Mon ami demanda :

— Et Patience, le gros Patience ?

Je poussai une sorte de hurlement :

— Oh ! quant à celui-là, écoute un peu. J'étais, voici quatre ou cinq ans, en tournée d'inspection à Limoges, attendant l'heure du dîner. Assis devant le grand café de la place du Théâtre [2], je m'ennuyais ferme. Les commerçants s'en venaient, à deux, trois ou quatre, prendre l'absinthe ou le vermouth, parlaient tout haut de leurs affaires et de celles des autres, riaient violemment ou baissaient le ton pour se communiquer des choses importantes et délicates.

Je me disais : « Que vais-je faire après dîner ? » Et je songeais à la longue soirée dans cette ville de province, à la promenade lente et sinistre à travers les rues inconnues, à la tristesse accablante qui se dégage, pour le voyageur solitaire, de ces gens qui passent et qui vous sont étrangers en tout, par tout, par la forme du veston provincial, du chapeau et de la culotte, par les habitudes et l'accent local, tristesse pénétrante venue aussi des maisons, des boutiques, des voitures aux formes singulières, des bruits ordinaires auxquels on n'est point accoutumé, tristesse harcelante qui vous fait presser peu à peu le pas comme si on était perdu dans un pays dangereux qui vous oppresse, vous fait désirer l'hôtel, le hideux hôtel dont la chambre a conservé mille odeurs suspectes, dont le lit fait hésiter, dont la cuvette garde un cheveu collé dans la poussière du fond.

Je songeais à tout cela en regardant allumer le gaz, sentant ma détresse d'isolé accrue par la tombée des ombres. Que vais-je faire après dîner ? J'étais seul, tout seul, perdu lamentablement.

Un gros homme vint s'asseoir à la table voisine, et il commanda d'une voix formidable :

— Garçon, mon bitter [1]!

Le *mon* sonna dans la phrase comme un coup de canon. Je compris aussitôt que tout était à lui, bien à lui, dans l'existence, et pas à un autre, qu'il avait son caractère, nom d'un nom, son appétit, son pantalon, *son* n'importe quoi d'une façon propre, absolue, plus complète que n'importe qui. Puis il regarda autour de lui d'un air satisfait. On lui apporta son bitter, et il appela :

— Mon journal!

Je me demandais : « Quel peut bien être son journal ? » Le titre, certes, allait me révéler son opinion, ses théories, ses principes, ses marottes, ses naïvetés.

Le garçon apporta « le *Temps* » [2]. Je fus surpris.

Pourquoi le *Temps*, journal grave, gris, doctrinaire, pondéré ? Je pensais :

— C'est donc un homme sage, de mœurs sérieuses, d'habitudes régulières, un bon bourgeois, enfin.

Il posa sur son nez des lunettes d'or, se renversa et, avant de commencer à lire, il jeta de nouveau un regard circulaire. Il m'aperçut et se mit aussitôt à me considérer d'une façon insistante et gênante. J'allais même lui demander la raison de cette attention, quand il me cria de sa place :

— Nom d'une pipe, c'est bien Gontran Lardois.

Je répondis :

— Oui, monsieur, vous ne vous trompez pas.

Alors il se leva brusquement, et s'en vint, les mains tendues :

— Ah ! mon vieux, comment vas-tu ?

Je demeurais fort gêné, ne le reconnaissant pas du tout. Je balbutiai :

— Mais... très bien... et... vous ?

Il se mit à rire :

— Je parie que tu ne me reconnais pas ?

— Non, pas tout à fait... Il me semble... cependant.

Il me tapa sur l'épaule :

— Allons, pas de blague. Je suis Patience, Robert Patience, ton copain, ton camarade.

Je le reconnus. Oui, Robert Patience, mon camarade de collège. C'était cela. Je serrai la main qu'il me tendait :

— Et toi, tu vas bien ?

— Moi, comme un charme.

Son sourire chantait le triomphe.

Il demanda :

— Qu'est-ce que tu viens faire ici ?

J'expliquai que j'étais inspecteur des finances en tournée.

Il reprit, montrant ma décoration :

— Alors, tu as réussi ?

Je répondis :

— Oui, pas mal, et toi ?

— Oh! moi, très bien!

— Qu'est-ce que tu fais ?

— Je suis dans les affaires.

— Tu gagnes de l'argent ?

— Beaucoup, je suis très riche. Mais, viens donc me demander à déjeuner, demain matin, midi, 17, rue du Coq-qui-Chante [1] ; tu verras mon installation.

Il parut hésiter une seconde, puis reprit :

— Tu es toujours le bon zig d'autrefois ?

— Mais... je l'espère!

— Pas marié, n'est-ce pas ?

— Non.

— Tant mieux. Et tu aimes toujours la joie et les pommes de terre ?

Je commençais à le trouver déplorablement commun. Je répondis néanmoins :

— Mais oui.

— Et les belles filles ?

— Quant à ça, oui.

Il se mit à rire d'un bon rire satisfait :

— Tant mieux, tant mieux. Te rappelles-tu notre première farce à Bordeaux, quand nous avons été souper à l'estaminet Roupie ? Hein, quelle noce ?

Je me rappelais, en effet, cette noce ; et ce souvenir m'égaya. D'autres faits me revinrent à la mémoire, d'autres encore ; nous disions :

— Dis donc, et cette fois où nous avons enfermé le pion dans la cave du père Latoque [2] ?

Et il riait, tapait du poing sur la table, reprenait :

— Oui... oui... oui..., et te rappelles-tu la gueule du professeur de géographie, M. Marin, quand nous avons fait partir un pétard dans la mappemonde, au moment où il pérorait sur les principaux volcans du globe ?

Mais, brusquement, je lui demandai :

— Et toi, es-tu marié ?

Il cria :

— Depuis dix ans, mon cher, et j'ai quatre enfants, des mioches étonnants ; mais tu les verras avec la mère.

Nous parlions fort ; les voisins se retournaient pour nous considérer avec étonnement.

Tout à coup, mon ami regarda l'heure à sa montre, un chronomètre gros comme une citrouille, et il cria :

— Tonnerre, c'est embêtant, mais il faut que je te quitte ; le soir, je ne suis pas libre.

Il se leva, me prit les deux mains, les secoua comme s'il voulait m'arracher les bras, et prononça :

— A demain, midi, c'est entendu !

— C'est entendu.

*

Je passai la matinée à travailler chez le trésorier-payeur général. Il voulait me retenir à déjeuner, mais j'annonçai que j'avais rendez-vous chez un ami. Devant sortir, il m'accompagna.

Je lui demandai :

— Savez-vous où est la rue du Coq-qui-Chante ?

Il répondit :

— Oui, c'est à cinq minutes d'ici. Comme je n'ai rien à faire, je vais vous conduire.

Et nous nous mîmes en route.

J'atteignis bientôt la rue cherchée. Elle était grande, assez belle, sur la limite de la ville et des champs. Je regardais les maisons et j'aperçus le 17. C'était une sorte d'hôtel avec un jardin derrière. La façade ornée de fresques à la mode italienne me parut de mauvais goût. On voyait des déesses penchant des urnes, d'autres dont un nuage cachait les beautés secrètes. Deux amours de pierre tenaient le numéro.

Je dis au trésorier-payeur général :

— C'est ici que je vais.

Et je tendis la main pour le quitter. Il fit un geste brusque et singulier, mais ne dit rien et serra la main que je lui présentais.

Je sonnai. Une bonne apparut. Je demandai :

— Monsieur Patience, s'il vous plaît ?

Elle répondit :

— C'est ici, monsieur... C'est à lui-même que vous désirez parler ?

— Mais, oui.

Le vestibule était également orné de peintures dues au pinceau de quelque artiste du lieu. Des Paul et des Virginie s'embrassaient sous des palmiers noyés dans une lumière rose. Une lanterne orientale et hideuse pendait au plafond. Plusieurs portes étaient masquées par des tentures éclatantes.

Mais ce qui me frappait surtout, c'était l'odeur. Une odeur écœurante et parfumée, rappelant la poudre de riz et la moisissure des caves. Une odeur indéfinissable dans une atmosphère lourde, accablante comme celle des étuves où l'on pétrit des corps humains. Je montai, derrière la bonne, un escalier de marbre que couvrait un tapis de genre oriental, et on m'introduisit dans un somptueux salon.

Resté seul, je regardai autour de moi.

La pièce était richement meublée, mais avec une prétention de parvenu polisson. Des gravures du siècle dernier, assez belles, d'ailleurs, représentaient des femmes à haute coiffure poudrée, à moitié nues, surprises par des messieurs galants en des postures intéressantes. Une autre dame, couchée en un grand lit ravagé, batifolait du pied avec un petit chien noyé dans les draps ; une autre résistait avec complaisance à son amant, dont la main fuyait sous les jupes. Un dessin montrait quatre pieds dont les corps se devinaient, cachés derrière un rideau [1]. La vaste pièce, entourée de divans moelleux, était tout entière imprégnée de cette odeur énervante et fade qui m'avait déjà saisi. Quelque chose de suspect se dégageait des murs, des étoffes, du luxe exagéré, de tout.

Je m'approchai de la fenêtre pour regarder le jardin, dont j'apercevais les arbres. Il était fort grand,

ombragé, superbe. Un large chemin contournait un gazon où s'égrenait dans l'air un jet d'eau, entrait sous des massifs, en ressortait plus loin. Et tout à coup, là-bas, tout au fond, entre deux taillis d'arbustes, trois femmes apparurent. Elles marchaient lentement, se tenant par le bras, vêtues de longs peignoirs blancs ennuagés de dentelles. Deux étaient blondes et l'autre brune. Elles rentrèrent aussitôt sous les arbres. Je demeurai saisi, ravi, devant cette courte et charmante apparition qui fit surgir en moi tout un monde poétique. Elles s'étaient montrées à peine, dans le jour qu'il fallait, dans ce cadre de feuilles, dans ce fond de parc secret et délicieux. J'avais revu, d'un seul coup, les belles dames de l'autre siècle errant sous les charmilles, ces belles dames dont les gravures galantes des murs rappelaient les légères amours. Et je pensais au temps heureux, fleuri, spirituel et tendre où les mœurs étaient si douces et les lèvres si faciles.

Une grosse voix me fit bondir sur place. Patience était entré, et, radieux, me tendit les mains.

Il me regarda au fond des yeux de l'air sournois qu'on prend pour les confidences amoureuses, et, d'un geste large et circulaire, d'un geste de Napoléon, il me montra son salon somptueux, son parc, les trois femmes qui repassaient au fond, puis, d'une voix triomphante où chantait l'orgueil :

— Et dire que j'ai commencé avec rien... ma femme et ma belle-sœur.

UNE SOIRÉE [1]

Maître Saval, notaire à Vernon, aimait passionnément la musique. Jeune encore, chauve déjà, rasé toujours avec soin, un peu gros, comme il sied, portant un pince-nez d'or au lieu des antiques lunettes, actif, galant et joyeux, il passait dans Vernon pour un artiste. Il touchait du piano et jouait du violon, donnait des soirées musicales où l'on interprétait les opéras nouveaux.

Il avait même ce qu'on appelle un filet de voix, rien qu'un filet, un tout petit filet ; mais il le conduisait avec tant de goût que les « Bravo! Exquis! Surprenant! Adorable! » jaillissaient de toutes les bouches, dès qu'il avait murmuré la dernière note.

Il était abonné chez un éditeur de musique de Paris, qui lui adressait les nouveautés, et il envoyait de temps en temps à la haute société de la ville des petits billets ainsi tournés :

« Vous êtes prié d'assister, lundi soir, chez M. Saval, « notaire, à la première audition, à Vernon, du *Saïs* [2]. »

Quelques officiers, doués de jolie voix, faisaient les chœurs. Deux ou trois dames du cru chantaient aussi. Le notaire remplissait le rôle de chef d'orchestre avec tant de sûreté, que le chef de musique du 190e de ligne avait dit de lui, un jour, au café de l'Europe :

— Oh! M. Saval, c'est un maître. Il est bien malheureux qu'il n'ait pas embrassé la carrière des arts.

Quand on citait son nom dans un salon, il se trouvait toujours quelqu'un pour déclarer :

— Ce n'est pas un amateur, c'est un artiste, un véritable artiste.

Et deux ou trois personnes répétaient, avec une conviction profonde :

— Oh! oui, un véritable artiste ; en appuyant beaucoup sur « véritable ».

Chaque fois qu'une œuvre nouvelle était interprétée sur une grande scène de Paris, M. Saval faisait le voyage.

Or, l'an dernier, il voulut, selon sa coutume, aller entendre *Henri VIII* [1]. Il prit donc l'express qui arrive à Paris à quatre heures et trente minutes, étant résolu à repartir par le train de minuit trente-cinq, pour ne point coucher à l'hôtel. Il avait endossé chez lui la tenue de soirée, habit noir et cravate blanche, qu'il dissimulait sous son pardessus au col relevé.

Dès qu'il eut mis le pied rue d'Amsterdam, il se sentit tout joyeux. Il se disait :

— Décidément l'air de Paris ne ressemble à aucun air. Il a un je ne sais quoi de montant, d'excitant, de grisant qui vous donne une drôle d'envie de gambader et de faire bien autre chose encore. Dès que je débarque ici, il me semble, tout d'un coup, que je viens de boire une bouteille de champagne. Quelle vie on pourrait mener dans cette ville, au milieu des artistes! Heureux les élus, les grands hommes qui jouissent de la renommée dans une pareille ville! Quelle existence est la leur!

Et il faisait des projets ; il aurait voulu connaître quelques-uns de ces hommes célèbres, pour parler d'eux à Vernon et passer de temps en temps une soirée chez eux lorsqu'il venait à Paris.

Mais tout à coup une idée le frappa. Il avait entendu citer de petits cafés du boulevard extérieur où se réunissaient des peintres déjà connus, des hommes de lettres, même des musiciens, et il se mit à monter vers Montmartre d'un pas lent.

Il avait deux heures devant lui. Il voulait voir. Il passa devant les brasseries fréquentées par les derniers bohèmes, regardant les têtes, cherchant à deviner les artistes. Enfin il entra au Rat-Mort, alléché par le titre [1].

Cinq ou six femmes accoudées sur les tables de marbre parlaient bas de leurs affaires d'amour, des querelles de Lucie avec Hortense, de la gredinerie d'Octave. Elles étaient mûres, trop grasses ou trop maigres, fatiguées, usées. On les devinait presque chauves ; et elles buvaient des bocks, comme des hommes.

M. Saval s'assit loin d'elles, et attendit, car l'heure de l'absinthe approchait.

Un grand jeune homme vint bientôt se placer près de lui. La patronne l'appela « M. Romantin » [2]. Le notaire tressaillit. Est-ce Romantin qui venait d'avoir une première médaille au dernier Salon ?

Le jeune homme, d'un geste, fit venir le garçon :

— Tu vas me donner à dîner tout de suite, et puis tu porteras à mon nouvel atelier, 15, boulevard de Clichy, trente bouteilles de bière et le jambon que j'ai commandé ce matin. Nous allons pendre la crémaillère.

M. Saval aussitôt se fit servir à dîner. Puis il ôta son pardessus, montrant un habit et sa cravate blanche.

Son voisin ne paraissait point le remarquer. Il avait pris un journal et lisait. M. Saval le regardait de côté, brûlant du désir de lui parler.

Deux jeunes hommes entrèrent, vêtus de vestes de velours rouge, et portant des barbes en pointe à la Henri III. Ils s'assirent en face de Romantin.

Le premier dit :

— C'est pour ce soir ?

Romantin lui serra la main :

— Je te crois, mon vieux, et tout le monde y sera. J'ai Bonnat, Guillemet, Gervex, Béraud, Hébert, Duez, Clairin, Jean-Paul Laurens [3] ; ce sera une fête épatante. Et des femmes, tu verras! Toutes les actrices sans exception, toutes celles qui n'ont rien à faire ce soir, bien entendu.

Le patron de l'établissement s'était approché.

— Vous la pendez souvent, cette crémaillère ?

Le peintre répondit :

— Je vous crois, tous les trois mois, à chaque terme.

M. Saval n'y tint plus, et, d'une voix hésitante :

— Je vous demande pardon de vous déranger, monsieur, mais j'ai entendu prononcer votre nom et je serais fort désireux de savoir si vous êtes bien M. Romantin dont j'ai tant admiré l'œuvre au dernier Salon.

L'artiste répondit :

— Lui-même, en personne, monsieur.

Le notaire alors fit un compliment bien tourné, prouvant qu'il avait des lettres.

Le peintre, séduit, répondit par des politesses. On causa.

Romantin en revint à sa crémaillère, détaillant les magnificences de la fête.

M. Saval l'interrogea sur tous les hommes qu'il allait recevoir, ajoutant :

— Ce serait pour un étranger une extraordinaire bonne fortune que de rencontrer, d'un seul coup, tant de célébrités réunies chez un artiste de votre valeur.

Romantin, conquis, répondit :

— Si ça peut vous être agréable, venez.

M. Saval accepta avec enthousiasme, pensant :

— J'aurai toujours le temps de voir *Henri VIII*.

Tous deux avaient achevé leur repas. Le notaire s'acharna à payer les deux notes, voulant répondre aux gracieusetés de son voisin. Il paya aussi les consommations des jeunes gens en velours rouge ; puis il sortit avec son peintre.

*

Ils s'arrêtèrent devant une maison très longue et peu élevée, dont tout le premier étage avait l'air

d'une serre interminable. Six ateliers s'alignaient à la file, en façade sur le boulevard.

Romantin entra le premier, monta l'escalier, ouvrit une porte, alluma une allumette, puis une bougie.

Ils se trouvaient dans une pièce démesurée dont le mobilier consistait en trois chaises, deux chevalets, et quelques esquisses posées par terre, le long des murs. M. Saval, stupéfait, restait immobile sur la porte.

Le peintre prononça :

— Voilà, — nous avons la place ; mais tout est à faire.

Puis, examinant le haut appartement nu dont le plafond se perdait dans l'ombre, il déclara :

— On pourrait tirer un grand parti de cet atelier.

Il en fit le tour en le contemplant avec la plus grande attention, puis reprit :

— J'ai bien une maîtresse qui aurait pu nous aider. Pour draper des étoffes, les femmes sont incomparables ; mais je l'ai envoyée à la campagne pour aujourd'hui, afin de m'en débarrasser ce soir. Ce n'est pas qu'elle m'ennuie, mais elle manque par trop d'usage : cela m'aurait gêné pour mes invités.

Il réfléchit quelques secondes, puis ajouta :

— C'est une bonne fille, mais pas commode. Si elle savait que je reçois du monde, elle m'arracherait les yeux.

M. Saval n'avait point fait un mouvement : il ne comprenait pas.

L'artiste s'approcha de lui.

— Puisque je vous ai invité, vous allez m'aider à quelque chose.

Le notaire déclara :

— Usez de moi comme vous voudrez. Je suis à votre disposition.

Romantin ôta sa jaquette.

— Eh bien, citoyen, à l'ouvrage. Nous allons d'abord nettoyer.

Il alla derrière le chevalet qui portait une toile représentant un chat, et prit un balai très usé.

— Tenez, balayez pendant que je vais me préoccuper de l'éclairage.

M. Saval prit le balai, le considéra, et se mit à frotter maladroitement le parquet en soulevant un ouragan de poussière.

Romantin, indigné, l'arrêta :

— Vous ne savez donc pas balayer, sacrebleu! Tenez, regardez-moi.

Et il commença à rouler devant lui des tas d'ordure grise, comme s'il n'eût fait que cela toute sa vie, puis il rendit le balai au notaire, qui l'imita.

En cinq minutes, une telle fumée de poussière emplissait l'atelier que Romantin demanda :

— Où êtes-vous? Je ne vous vois plus.

M. Saval, qui toussait, se rapprocha. Le peintre lui dit :

— Comment vous y prendriez-vous pour faire un lustre?

L'autre, abasourdi, demanda :

— Quel lustre?

— Mais un lustre pour éclairer, un lustre avec des bougies.

Le notaire ne comprenait point. Il répondit :

— Je ne sais pas.

Le peintre se mit à gambader en jouant des casta-gnettes avec ses doigts :

— Eh bien! moi, j'ai trouvé, monseigneur.

Puis il reprit avec plus de calme :

— Vous avez bien cinq francs sur vous?

M. Saval répondit :

— Mais oui.

L'artiste reprit :

— Eh bien! vous allez m'acheter pour cinq francs de bougies pendant que je vais aller chez le tonnelier.

Et il poussa dehors le notaire en habit. Au bout de cinq minutes, ils étaient revenus rapportant, l'un

des bougies, l'autre un cercle de futaille. Puis Romantin plongea dans un placard et en tira une vingtaine de bouteilles vides, qu'il attacha en couronne autour du cercle. Il descendit ensuite emprunter une échelle à la concierge, après avoir expliqué qu'il avait obtenu les faveurs de la vieille femme en faisant le portrait de son chat exposé sur le chevalet.

Lorsqu'il fut remonté avec un escabeau, il demanda à M. Saval.

— Êtes-vous souple?

L'autre, sans comprendre, répondit :

— Mais oui.

— Eh bien, vous allez grimper là-dessus et m'attacher ce lustre-là à l'anneau du plafond. Puis vous mettrez une bougie dans chaque bouteille, et vous allumerez. Je vous dis que j'ai le génie de l'éclairage. Mais retirez votre habit, sacrebleu! vous avez l'air d'un larbin.

La porte s'ouvrit brutalement; une femme parut, les yeux brillants, et demeura debout sur le seuil.

Romantin la considérait avec une épouvante dans le regard.

Elle attendit quelques secondes, croisa les bras sur sa poitrine ; puis d'une voix aiguë, vibrante, exaspérée :

— Ah! sale mufle, c'est comme ça que tu me lâches?

Romantin ne répondit pas. Elle reprit :

— Ah! gredin. Tu faisais le gentil encore en m'envoyant à la campagne. Tu vas voir un peu comme je vais l'arranger ta fête. Oui, c'est moi qui vais les recevoir tes amis...

Elle s'animait :

— Je vas leur en flanquer par la figure des bouteilles et des bougies...

Romantin prononça d'une voix douce :

— Mathilde...

Mais elle ne l'écoutait pas. Elle continuait :

— Attends un peu, mon gaillard, attends un peu!

Romantin s'approcha, essayant de lui prendre les mains :

— Mathilde...

Mais elle était lancée, maintenant ; elle allait, elle allait, vidant sa hotte aux gros mots et son sac aux reproches. Cela coulait de sa bouche comme un ruisseau qui roule des ordures. Les paroles précipitées semblaient se battre pour sortir. Elle bredouillait, bégayait, bafouillait, retrouvant soudain de la voix pour jeter une injure, un juron.

Il lui avait saisi les mains, sans qu'elle s'en aperçût ; elle ne semblait même pas le voir, tout occupée à parler, à soulager son cœur. Et soudain elle pleura. Les larmes lui coulaient des yeux sans qu'elle arrêtât le flux de ses plaintes. Mais les mots avaient pris des intonations criardes et fausses, des notes mouillées. Puis des sanglots l'interrompirent. Elle repartit encore deux ou trois fois, arrêtée soudain par un étranglement, et enfin se tut, dans un débordement de larmes.

Alors il la serra dans ses bras, lui baisant les cheveux, attendri lui-même.

— Mathilde, ma petite Mathilde, écoute. Tu vas être bien raisonnable. Tu sais, si je donne une fête, c'est pour remercier ces messieurs pour ma médaille du Salon. Je ne peux pas recevoir de femmes. Tu devrais comprendre ça. Avec les artistes, ça n'est pas comme avec tout le monde.

Elle balbutia dans ses pleurs :

— Pourquoi ne me l'as-tu pas dit ?

Il reprit :

— C'était pour ne point te fâcher, ne point te faire de peine. Écoute, je vais te reconduire chez toi. Tu seras bien sage, bien gentille, tu resteras tranquillement à m'attendre dans le dodo et je reviendrai sitôt que ce sera fini.

Elle murmura :

— Oui, mais tu ne recommenceras pas ?

— Non, je te le jure.

Il se tourna vers M. Saval, qui venait d'accrocher enfin le lustre :

— Mon cher ami, je reviens dans cinq minutes. Si quelqu'un arrivait en mon absence, faites les honneurs pour moi, n'est-ce pas ?

Et il entraîna Mathilde, qui s'essuyait les yeux et se mouchait coup sur coup.

*

Resté seul, M. Saval acheva de mettre de l'ordre autour de lui. Puis il alluma les bougies et attendit.

Il attendit un quart d'heure, une demi-heure, une heure. Romantin ne revenait pas. Puis, tout à coup, ce fut dans l'escalier un bruit effroyable, une chanson hurlée en chœur par vingt bouches, et un pas rythmé comme celui d'un régiment prussien. Les secousses régulières des pieds ébranlaient la maison tout entière. La porte s'ouvrit, une foule parut. Hommes et femmes à la file, se tenant par les bras, deux par deux, et tapant du talon en cadence, s'avancèrent dans l'atelier, comme un serpent qui se déroule. Ils hurlaient :

> *Entrez dans mon établissement,*
> *Bonnes d'enfants et soldats !...*

M. Saval, éperdu, en grande tenue, restait debout sous le lustre. La procession l'aperçut et poussa un hurlement : « Un larbin ! un larbin ! » et se mit à tourner autour de lui, l'enfermant dans un cercle de vociférations. Puis on se prit par la main et on dansa une ronde affolée.

Il essayait de s'expliquer :

— Messieurs... messieurs... mesdames...

Mais on ne l'écoutait pas. On tournait, on sautait, on braillait.

A la fin la danse s'arrêta.

M. Saval prononça :

— Messieurs...

Un grand garçon blond et barbu jusqu'au nez lui coupa la parole :

— Comment vous appelez-vous, mon ami ?

Le notaire, effaré, prononça :

— Je suis M. Saval.

Une voix cria :

— Tu veux dire Baptiste.

Une femme dit :

— Laissez-le donc tranquille, ce garçon ; il va se fâcher à la fin. Il est payé pour nous servir et pas pour se faire moquer de lui.

Alors M. Saval s'aperçut que chaque invité apportait ses provisions. L'un tenait une bouteille et l'autre un pâté. Celui-ci un pain, celui-là un jambon.

Le grand garçon blond lui mit dans les bras un saucisson démesuré et commanda :

— Tiens, va dresser le buffet dans le coin, là-bas. Tu mettras les bouteilles à gauche et les provisions à droite.

Saval, perdant la tête, s'écria :

— Mais, messieurs, je suis un notaire !

Il y eut un instant de silence, puis un rire fou. Un monsieur soupçonneux demanda :

— Comment êtes-vous ici ?

Il s'expliqua, racontant son projet d'écouter l'opéra, son départ de Vernon, son arrivée à Paris, toute sa soirée.

On s'était assis autour de lui pour l'écouter ; on lui lançait des mots ; on l'appelait Schéhérazade.

Romantin ne revenait pas. D'autres invités arrivaient. On leur présentait M. Saval pour qu'il recommençât son histoire. Il refusait, on le forçait à raconter ; on l'attacha sur une des trois chaises, entre deux femmes qui lui versaient sans cesse à boire. Il buvait, il riait, il parlait, il chantait aussi. Il voulut danser avec sa chaise, il tomba.

A partir de ce moment, il oublia tout. Il lui sembla

pourtant qu'on le déshabillait, qu'on le couchait, et qu'il avait mal au cœur.

*

Il faisait grand jour quand il s'éveilla, étendu, au fond d'un placard dans un lit qu'il ne connaissait pas.

Une vieille femme, un balai à la main, le regardait d'un air furieux. A la fin, elle prononça :

— Salop, va! Salop! Si c'est permis de se soûler comme ça!

Il s'assit sur son séant, il se sentait mal à son aise. Il demanda :

— Où suis-je?

— Où vous êtes, salop? Vous êtes gris. Allez-vous bientôt décaniller, et plus vite que ça!

Il voulut se lever. Il était nu, dans ce lit. Ses habits avaient disparu. Il prononça :

— Madame, je...!

Puis il se souvint... Que faire! Il demanda :

— Monsieur Romantin n'est pas rentré?

La concierge vociféra :

— Voulez-vous bien décaniller, qu'il ne vous trouve pas ici, au moins!

M. Saval, confus, déclara :

— Je n'ai plus mes habits. On me les a pris.

Il dut attendre, expliquer son cas, prévenir des amis, emprunter de l'argent pour se vêtir. Il ne repartit que le soir.

Et quand on parle musique chez lui, dans son beau salon de Vernon, il déclare avec autorité que la peinture est un art fort inférieur.

UNE VENDETTA [1]

La veuve de Paolo Saverini habitait seule avec son
fils une petite maison pauvre sur les remparts de
Bonifacio [2]. La ville, bâtie sur une avancée de la
montagne, suspendue même par places au-dessus de
la mer, regarde, par-dessus le détroit hérissé d'écueils,
la côte plus basse de la Sardaigne. A ses pieds, de l'au-
tre côté, la contournant presque entièrement, une
coupure de la falaise, qui ressemble à un gigantesque
corridor, lui sert de port, amène jusqu'aux premières
maisons, après un long circuit entre deux murailles
abruptes, les petits bateaux pêcheurs italiens ou sar-
des, et, chaque quinzaine, le vieux vapeur poussif qui
fait le service d'Ajaccio.

Sur la montagne blanche, le tas de maisons pose
une tache plus blanche encore. Elles ont l'air de nids
d'oiseaux sauvages, accrochées ainsi sur ce roc, domi-
nant ce paysage terrible où ne s'aventurent guère les
navires. Le vent, sans repos, fatigue la mer, fatigue la
côte nue, rongée par lui, à peine vêtue d'herbe ; il
s'engouffre dans le détroit, dont il ravage les deux bords.
Les traînées d'écume pâle, accrochées aux pointes
noires des innombrables rocs qui percent partout les
vagues, ont l'air de lambeaux de toiles flottant et
palpitant à la surface de l'eau.

La maison de la veuve Saverini, soudée au bord
même de la falaise, ouvrait ses trois fenêtres sur cet
horizon sauvage et désolé.

Elle vivait là, seule, avec son fils Antoine et leur chienne « Sémillante », grande bête maigre, aux poils longs et rudes, de la race des gardeurs de troupeaux. Elle servait au jeune homme pour chasser.

Un soir, après une dispute, Antoine Saverini fut tué traîtreusement, d'un coup de couteau, par Nicolas Ravolati, qui, la nuit même, gagna la Sardaigne.

Quand la vieille mère reçut le corps de son enfant, que des passants lui rapportèrent, elle ne pleura pas, mais elle demeura longtemps immobile à le regarder ; puis, étendant sa main ridée sur le cadavre, elle lui promit la vendetta. Elle ne voulut point qu'on restât avec elle, et elle s'enferma auprès du corps avec la chienne, qui hurlait. Elle hurlait, cette bête, d'une façon continue, debout au pied du lit, la tête tendue vers son maître, et la queue serrée entre les pattes. Elle ne bougeait pas plus que la mère, qui, penchée maintenant sur le corps, l'œil fixe, pleurait de grosses larmes muettes en le contemplant.

Le jeune homme, sur le dos, vêtu de sa veste de gros drap trouée et déchirée à la poitrine, semblait dormir ; mais il avait du sang partout : sur la chemise arrachée pour les premiers soins ; sur son gilet, sur sa culotte, sur la face, sur les mains. Des caillots de sang s'étaient figés dans la barbe et dans les cheveux.

La vieille mère se mit à lui parler. Au bruit de cette voix, la chienne se tut.

— Va, va, tu seras vengé, mon petit, mon garçon, mon pauvre enfant. Dors, dors, tu seras vengé, entends-tu ? C'est la mère qui le promet ! Et elle tient toujours sa parole, la mère, tu le sais bien.

Et lentement elle se pencha vers lui, collant ses lèvres froides sur les lèvres mortes.

Alors, Sémillante se remit à gémir. Elle poussait une longue plainte monotone, déchirante, horrible.

Elles restèrent là, toutes les deux, la femme et la bête, jusqu'au matin.

Antoine Saverini fut enterré le lendemain, et bientôt on ne parla plus de lui dans Bonifacio.

*

un parent mâle

Il n'avait laissé ni frère ni proches cousins. Aucun homme n'était là pour poursuivre la vendetta. Seule, la mère y pensait, la vieille.

De l'autre côté du détroit, elle voyait du matin au soir un point blanc sur la côte. C'est un petit village sarde, Longosardo [1], où se réfugient les bandits corses traqués de trop près. Ils peuplent presque seuls ce hameau, en face des côtes de leur patrie, et ils attendent là le moment de revenir, de retourner au maquis. C'est dans ce village, elle le savait, que s'était réfugié Nicolas Ravolati.

Toute seule, tout le long du jour, assise à sa fenêtre, elle regardait là-bas en songeant à la vengeance. Comment ferait-elle sans personne, infirme, si près de la mort ? Mais elle avait promis, elle avait juré sur le cadavre. Elle ne pouvait oublier, elle ne pouvait attendre. Que ferait-elle ? Elle ne dormait plus la nuit ; elle n'avait plus ni repos ni apaisement ; elle cherchait, obstinée. La chienne, à ses pieds, sommeillait, et, parfois, levant la tête, hurlait au loin. Depuis que son maître n'était plus là, elle hurlait souvent ainsi, comme si elle l'eût appelé, comme si son âme de bête, inconsolable, eût aussi gardé le souvenir que rien n'efface.

Or, une nuit, comme Sémillante se remettait à gémir, la mère, tout à coup, eut une idée, une idée de sauvage vindicatif et féroce. Elle la médita jusqu'au matin ; puis, levée dès les approches du jour, elle se rendit à l'église. Elle pria, prosternée sur le pavé, abattue devant Dieu, le suppliant de l'aider, de la soutenir, de donner à son pauvre corps usé la force qu'il lui fallait pour venger le fils.

Puis elle rentra. Elle avait dans sa cour un ancien

religion

sauvage

baril défoncé, qui recueillait l'eau des gouttières ; elle
le renversa, le vida, l'assujettit contre le sol avec des
pieux et des pierres ; puis elle enchaîna Sémillante à
cette niche, et elle rentra.

Elle marchait maintenant, sans repos, dans sa
chambre, l'œil fixé toujours sur la côte de Sardaigne.
Il était là-bas, l'assassin.

La chienne, tout le jour et toute la nuit, hurla. La
vieille, au matin, lui porta de l'eau dans une jatte ;
mais rien de plus : pas de soupe, pas de pain.

La journée encore s'écoula. Sémillante, exténuée,
dormait. Le lendemain, elle avait les yeux luisants,
le poil hérissé, et elle tirait éperdument sur sa chaîne.

La vieille ne lui donna encore rien à manger. La
bête, devenue furieuse, aboyait d'une voix rauque. La
nuit encore se passa.

Alors, au jour levé, la mère Saverini alla chez le
voisin, prier qu'on lui donnât deux bottes de paille.
Elle prit de vieilles hardes qu'avait portées autrefois
son mari, et les bourra de fourrage, pour simuler un
corps humain.

Ayant piqué un bâton dans le sol, devant la niche
de Sémillante, elle noua dessus ce mannequin, qui
semblait ainsi se tenir debout. Puis elle figura la
tête au moyen d'un paquet de vieux linge.

La chienne, surprise, regardait cet homme de
paille, et se taisait, bien que dévorée de faim.

Alors la vieille alla acheter chez le charcutier un
long morceau de boudin noir. Rentrée chez elle,
elle alluma un feu de bois dans sa cour, auprès de
la niche, et fit griller son boudin. Sémillante, affolée,
bondissait, écumait, les yeux fixés sur le gril, dont le
fumet lui entrait au ventre.

Puis la mère fit de cette bouillie fumante une cra-
vate à l'homme de paille. Elle la lui ficela longtemps
autour du cou, comme pour la lui entrer dedans. Quand
ce fut fini, elle déchaîna la chienne.

D'un saut formidable, la bête atteignit la gorge du

mannequin, et, les pattes sur les épaules, se mit à la déchirer. Elle retombait, un morceau de sa proie à la gueule, puis s'élançait de nouveau, enfonçait ses crocs dans les cordes, arrachait quelques parcelles de nourriture, retombait encore, et rebondissait, acharnée. Elle enlevait le visage par grands coups de dents, mettait en lambeaux le col entier.

La vieille, immobile et muette, regardait, l'œil allumé. Puis elle renchaîna sa bête, la fit encore jeûner deux jours, et recommença cet étrange exercice.

Pendant trois mois, elle l'habitua à cette sorte de lutte, à ce repas conquis à coups de crocs. Elle ne l'enchaînait plus maintenant, mais elle la lançait d'un geste sur le mannequin.

Elle lui avait appris à le déchirer, à le dévorer, sans même qu'aucune nourriture fût cachée en sa gorge. Elle lui donnait ensuite, comme récompense, le boudin grillé pour elle.

Dès qu'elle apercevait l'homme, Sémillante frémissait, puis tournait les yeux vers sa maîtresse, qui lui criait : « Va! » d'une voix sifflante, en levant le doigt.

⁂

Quand elle jugea le temps venu, la mère Saverini alla se confesser et communia un dimanche matin, avec une ferveur extatique ; puis, ayant revêtu des habits de mâle, semblable à un vieux pauvre déguenillé, elle fit marché avec un pêcheur sarde, qui la conduisit, accompagnée de sa chienne, de l'autre côté du détroit.

Elle avait, dans un sac de toile, un grand morceau de boudin. Sémillante jeûnait depuis deux jours. La vieille femme, à tout moment, lui faisait sentir la nourriture odorante, et l'excitait.

Elles entrèrent dans Longosardo. La Corse allait en boitillant. Elle se présenta chez un boulanger et demanda la demeure de Nicolas Ravolati. Il avait

repris son ancien métier, celui de menuisier. Il tra-
vaillait seul au fond de sa boutique.

La vieille poussa la porte et l'appela :

— Hé ! Nicolas !

Il se tourna ; alors, lâchant sa chienne, elle cria :

— Va, va, dévore, dévore !

L'animal, affolé, s'élança, saisit la gorge. L'homme
étendit les bras, l'étreignit, roula par terre. Pendant
quelques secondes, il se tordit, battant le sol de ses
pieds ; puis il demeura immobile, pendant que Sémil-
lante lui fouillait le cou, qu'elle arrachait par lam-
beaux. Deux voisins, assis sur leur porte, se rappelè-
rent parfaitement avoir vu sortir un vieux pauvre
avec un chien noir efflanqué qui mangeait, tout en
marchant, quelque chose de brun que lui donnait son
maître.

La vieille, le soir, était rentrée chez elle. Elle dormit
bien, cette nuit-là [1].

LE VENGEUR [1]

Quand M. Antoine Leuillet épousa M^me veuve Mathilde Souris, il était amoureux d'elle depuis bientôt dix ans.

M. Souris avait été son ami, son vieux camarade de collège. Leuillet l'aimait beaucoup, mais le trouvait un peu godiche. Il disait souvent : « Ce pauvre Souris n'a pas inventé la poudre. »

Quand Souris épousa M^lle Mathilde Duval, Leuillet fut surpris et un peu vexé, car il avait pour elle un léger béguin. C'était la fille d'une voisine, ancienne mercière retirée avec une toute petite fortune. Elle était jolie, fine, intelligente. Elle prit Souris pour son argent.

Alors Leuillet eut d'autres espoirs. Il fit la cour à la femme de son ami. Il était bien de sa personne, pas bête, riche aussi. Il se croyait sûr du succès ; il échoua. Alors il devint amoureux tout à fait, un amoureux que son intimité avec le mari rendait discret, timide, embarrassé. M^me Souris crut qu'il ne pensait plus à elle avec des idées entreprenantes et devint franchement son amie. Cela dura neuf ans.

Or, un matin, un commissionnaire [2] apporta à Leuillet un mot éperdu de la pauvre femme. Souris venait de mourir subitement de la rupture d'un anévrisme.

Il eut une secousse épouvantable, car ils étaient du

même âge, mais presque aussitôt une sensation de joie profonde, de soulagement infini, de délivrance lui pénétra le corps et l'âme. M^{me} Souris était libre.

Il sut montrer cependant l'air affligé qu'il fallait, il attendit le temps voulu, observa toutes les convenances. Au bout de quinze mois, il épousa la veuve.

On jugea cet acte naturel et même généreux. C'était le fait d'un bon ami et d'un honnête homme.

Il fut heureux enfin, tout à fait heureux.

*

Ils vécurent dans la plus cordiale intimité, s'étant compris et appréciés du premier coup. Ils n'avaient rien de secret l'un pour l'autre et se racontaient leurs plus intimes pensées. Leuillet aimait sa femme maintenant d'un amour tranquille et confiant ; il l'aimait comme une compagne tendre et dévouée qui est une égale et une confidente. Mais il lui restait à l'âme une singulière et inexplicable rancune contre feu Souris qui avait possédé cette femme le premier, qui avait eu la fleur de sa jeunesse et de son âme, qui l'avait même un peu dépoétisée. Le souvenir du mari mort gâtait la félicité du mari vivant ; et cette jalousie posthume harcelait maintenant jour et nuit le cœur de Leuillet.

Il en arrivait à parler sans cesse de Souris, à demander sur lui mille détails intimes et secrets, à vouloir tout connaître de ses habitudes et de sa personne. Et il le poursuivait de railleries jusqu'au fond de son tombeau, rappelant avec complaisance ses travers, insistant sur ses ridicules, appuyant sur ses défauts.

A tout moment il appelait sa femme, d'un bout à l'autre de la maison :

— Hé ! Mathilde ?

— Voilà, mon ami.

— Viens me dire un mot.

Elle arrivait, toujours souriante, sachant bien qu'on

allait parler de Souris et flattant cette manie inoffen-
sive de son nouvel époux.

— Dis donc, te rappelles-tu un jour où Souris a
voulu me démontrer comme quoi les petits hommes
sont toujours plus aimés que les grands.

Et il se lançait en des réflexions désagréables pour
le défunt qui était petit, et discrètement avanta-
geuses pour lui, Leuillet, qui était grand.

Et Mᵐᵉ Leuillet lui laissait entendre qu'il avait bien
raison, bien raison ; et elle riait de tout son cœur, se
moquant doucement de l'ancien époux pour le plus
grand plaisir du nouveau qui finissait toujours par
ajouter :

— C'est égal, ce Souris, quel godiche.

*

Ils étaient heureux, tout à fait heureux. Et Leuillet
ne cessait de prouver à sa femme son amour inapaisé
par toutes les manifestations d'usage.

Or, une nuit, comme ils ne parvenaient point à
s'endormir, émus tous deux par un regain de jeunesse,
Leuillet, qui tenait sa femme étroitement serrée en ses
bras et qui l'embrassait à pleines lèvres, lui demanda
tout à coup :

— Dis donc, chérie.

— Hein ?

— Souris... c'est difficile ce que je vais te deman-
der, — Souris était-il bien... bien amoureux ?

Elle lui rendit un gros baiser, et murmura : « Pas
tant que toi, mon chat. »

Il fut flatté dans son amour-propre d'homme et
reprit : « Il devait être... godiche... dis ? »

Elle ne répondit pas. Elle eut seulement un petit
rire de malice en cachant sa figure dans le cou de son
mari.

Il demanda : « Il devait être très godiche, et pas...
pas... comment dirais-je... pas habile ? »

Elle fit de la tête un léger mouvement qui signifiait :
« Non... pas habile du tout. »

Il reprit : « Il devait bien t'ennuyer, la nuit, hein ? »

Elle eut, cette fois, un accès de franchise en répondant : « Oh ! oui ! »

Il l'embrassa de nouveau pour cette parole et murmura : « Quelle brute c'était ! Tu n'étais pas heureuse avec lui ? »

Elle répondit : « Non. Ça n'était pas gai tous les jours. »

Leuillet se sentit enchanté, établissant en son esprit une comparaison toute à son avantage entre l'ancienne situation de sa femme et la nouvelle.

Il demeura quelque temps sans parler, puis il eut une secousse de gaieté, et demanda :

— Dis donc ?

— Quoi ?

— Veux-tu être bien franche, bien franche avec moi ?

— Mais oui, mon ami.

— Eh bien, là, vrai, est-ce que tu n'as jamais eu la tentation de le... de le... de le tromper, cet imbécile de Souris ?

M^me Leuillet fit un petit « Oh ! » de pudeur et se cacha encore plus étroitement dans la poitrine de son mari. Mais il s'aperçut qu'elle riait.

Il insista. — Là, vraiment, avoue-le ? Il avait si bien une tête de cocu, cet animal-là ! Ce serait si drôle, si drôle ! Ce bon Souris. Voyons, voyons, ma chérie, tu peux bien me dire ça, à moi, à moi, surtout.

Il insistait sur « à moi », pensant bien que si elle avait eu quelque goût pour tromper Souris, c'est avec lui, Leuillet, qu'elle l'aurait fait ; et il frémissait de plaisir dans l'attente de cet aveu, sûr que, si elle n'avait pas été la femme vertueuse qu'elle était, il l'aurait obtenue alors.

Mais elle ne répondait pas, riant toujours comme au souvenir d'une chose infiniment comique.

Leuillet, à son tour, se mit à rire à cette pensée qu'il aurait pu faire Souris cocu! Quel bon tour! Quelle belle farce! Ah, oui, la bonne farce, vraiment!

Il balbutiait, tout secoué par sa joie : « Ce pauvre Souris, ce pauvre Souris, ah, oui, il en avait la tête ; ah, oui, ah, oui! »

M^{me} Leuillet maintenant se tordait sous les draps, riant à pleurer, poussant presque des cris.

Et Leuillet répétait : « Allons, avoue-le, avoue-le. Sois franche. Tu comprends bien que ça ne peut pas m'être désagréable, à moi. »

Alors elle balbutia, en étouffant : « Oui, oui. »

Son mari insistait : « Oui, quoi ? voyons, dis tout. »

Elle ne rit plus que d'une façon discrète et, haussant la bouche jusqu'aux oreilles de Leuillet qui s'attendait à une agréable confidence, elle murmura : « Oui... je l'ai trompé. »

Il sentit un frisson de glace qui lui courut jusque dans les os, et bredouilla, éperdu : « Tu... tu... l'as... trompé... tout à fait ? »

Elle crut encore qu'il trouvait la chose infiniment plaisante et répondit : « Oui... tout à fait... tout à fait. »

Il fut obligé de s'asseoir dans le lit tant il se sentit saisi, la respiration coupée, bouleversé comme s'il venait d'apprendre qu'il était lui-même cocu.

Il ne dit rien d'abord ; puis, au bout de quelques secondes, il prononça simplement : « Ah! »

Elle avait aussi cessé de rire, comprenant trop tard sa faute.

Leuillet, enfin, demanda : « Et avec qui ? »

Elle demeura muette, cherchant une argumentation.

Il reprit : « Avec qui ? »

Elle dit enfin : « Avec un jeune homme. »

Il se tourna vers elle brusquement, et, d'une voix sèche : « Je pense bien que ce n'est pas avec une cuisinière. Je te demande quel jeune homme, entends-tu ? »

Elle ne répondit rien. Il saisit le drap dont elle se couvrait la tête et le rejeta au milieu du lit, répétant :

— Je veux savoir avec quel jeune homme, entends-tu ?

Alors elle prononça péniblement : « Je voulais rire. »

Mais il frémissait de colère : « Quoi ? Comment ? Tu voulais rire ? Tu te moquais de moi, alors ? Mais je ne me paye pas de ces défaites-là, entends-tu ? Je te demande le nom du jeune homme ? »

Elle ne répondit pas, demeurant sur le dos, immobile.

Il lui prit le bras qu'il serra vivement : « M'entends-tu, à la fin ? Je prétends que tu me répondes quand je te parle. »

Alors elle prononça nerveusement : « Je crois que tu deviens fou, laisse-moi tranquille ! »

Il tremblait de fureur, ne sachant plus que dire, exaspéré, et il la secouait de toute sa force, répétant : « M'entends-tu ? m'entends-tu ? »

Elle fit pour se dégager un geste brusque, et du bout des doigts atteignit le nez de son mari. Il eut une rage, se croyant frappé, et d'un élan il se rua sur elle.

Il la tenait maintenant sous lui, la giflant de toute sa force et criant : « Tiens, tiens, tiens, voilà, voilà, gueuse, catin ! catin ! »

Puis quand il fut essoufflé, à bout d'énergie, il se leva, et se dirigea vers la commode pour se préparer un verre d'eau sucrée à la fleur d'oranger, car il se sentait brisé à défaillir.

Et elle pleurait au fond du lit, poussant de gros sanglots, sentant tout son bonheur fini, par sa faute.

Alors, au milieu des larmes, elle balbutia :

« Écoute, Antoine, viens ici, je t'ai menti, tu vas comprendre, écoute. »

Et, prête à la défense maintenant, armée de raisons et de ruses, elle souleva un peu sa tête ébouriffée dans son bonnet chaviré.

Et lui, se tournant vers elle, s'approcha, honteux d'avoir frappé, mais sentant vivre au fond de son cœur de mari une haine inépuisable contre cette femme qui avait trompé l'autre, Souris [1].

L'ATTENTE

L'ATTENTE [1]

On causait, entre hommes, après dîner, dans le fumoir. On parlait de successions inattendues, d'héritages bizarres. Alors M. Le Brument, qu'on appelait tantôt l'illustre maître, tantôt l'illustre avocat, vint s'adosser à la cheminée.

— J'ai, dit-il, à rechercher en ce moment un héritier disparu dans des circonstances particulièrement terribles. C'est là un de ces drames simples et féroces de la vie commune ; une histoire qui peut arriver tous les jours, et qui est cependant une des plus épouvantables que je connaisse. La voici :

*

Je fus appelé, voici à peu près six mois, auprès d'une mourante. Elle me dit :

— Monsieur, je voudrais vous charger de la mission la plus délicate, la plus difficile et la plus longue qui soit. Prenez, s'il vous plaît, connaissance de mon testament, là, sur cette table. Une somme de cinq mille francs vous est léguée, comme honoraires, si vous ne réussissez pas, et de cent mille francs si vous réussissez. Il faut retrouver mon fils après ma mort.

Elle me pria de l'aider à s'asseoir dans son lit, pour parler plus facilement, car sa voix saccadée, essoufflée, sifflait dans sa gorge.

Je me trouvais dans une maison fort riche. La chambre luxueuse, d'un luxe simple, était capitonnée avec des étoffes épaisses comme des murs, si douces à l'œil qu'elles donnaient une sensation de caresse, si muettes que les paroles semblaient y entrer, y disparaître, y mourir.

L'agonisante reprit :

— Vous êtes le premier être à qui je vais dire mon horrible histoire. Je tâcherai d'avoir la force d'aller jusqu'au bout. Il faut que vous n'ignoriez rien pour avoir, vous que je sais être un homme de cœur en même temps qu'un homme du monde, le désir sincère de m'aider de tout votre pouvoir.

« Écoutez-moi.

« Avant mon mariage, j'avais aimé un jeune homme dont ma famille repoussa la demande, parce qu'il n'était pas assez riche. J'épousai, peu de temps après, un homme fort riche. Je l'épousai par ignorance, par crainte, par obéissance, par nonchalance, comme épousent les jeunes filles.

« J'en eus un enfant, un garçon. Mon mari mourut au bout de quelques années.

« Celui que j'avais aimé s'était marié à son tour. Quand il me vit veuve, il éprouva une horrible douleur de n'être plus libre. Il me vint voir, il pleura et sanglota devant moi à me briser le cœur. Il devint mon ami. J'aurais dû, peut-être, ne le pas recevoir. Que voulez-vous ? j'étais seule, si triste, si seule, si désespérée ! Et je l'aimais encore. Comme on souffre, parfois !

« Je n'avais que lui au monde, mes parents étant morts aussi. Il venait souvent ; il passait des soirs entiers auprès de moi. Je n'aurais pas dû le laisser venir si souvent, puisqu'il était marié. Mais je n'avais pas la force de l'en empêcher.

« Que vous dirai-je ?... il devint mon amant ! Comment cela s'est-il fait ? Est-ce que je le sais ? Est-ce qu'on sait ! Croyez-vous qu'il puisse en être

autrement quand deux créatures humaines sont pous-
sées l'une vers l'autre par cette force irrésistible de
l'amour partagé? Croyez-vous, monsieur, qu'on puisse
toujours résister, toujours lutter, toujours refuser
ce que demande avec des prières, des supplications,
des larmes, des paroles affolantes, des agenouillements,
des emportements de passion, l'homme qu'on adore,
qu'on voudrait voir heureux en ses moindres désirs,
qu'on voudrait accabler de toutes les joies possibles
et qu'on désespère, pour obéir à l'honneur du monde?
Quelle force il faudrait, quel renoncement au bonheur,
quelle abnégation, et même quel égoïsme d'honnêteté,
n'est-il pas vrai?

« Enfin, monsieur, je fus sa maîtresse ; et je fus
heureuse. Pendant douze ans, je fus heureuse. J'étais
devenue, et c'est là ma plus grande faiblesse et ma
grande lâcheté, j'étais devenue l'amie de sa femme.

« Nous élevions mon fils ensemble, nous en fai-
sions un homme, un homme véritable, intelligent,
plein de sens et de volonté, d'idées généreuses et larges.
L'enfant atteignit dix-sept ans.

« Lui, le jeune homme, aimait mon... mon amant
presque autant que je l'aimais moi-même, car il avait
été également chéri et soigné par nous deux. Il l'appe-
lait : « Bon ami [1] » et le respectait infiniment, n'ayant
jamais reçu de lui que des enseignements sages et des
exemples de droiture, d'honneur et de probité. Il le
considérait comme un vieux, loyal et dévoué cama-
rade de sa mère, comme une sorte de père moral, de
tuteur, de protecteur, que sais-je ?

« Peut-être ne s'était-il jamais rien demandé, accou-
tumé dès son plus jeune âge à voir cet homme dans la
maison, près de moi, près de lui, occupé de nous sans
cesse.

« Un soir, nous devions dîner tous les trois ensemble
(c'étaient là mes plus grandes fêtes), et je les attendais
tous les deux, me demandant lequel arriverait le pre-
mier. La porte s'ouvrit ; c'était mon vieil ami. J'allai

vers lui, les bras tendus ; et il me mit sur les lèvres un long baiser de bonheur.

« Tout à coup un bruit, un frôlement, presque rien, cette sensation mystérieuse qui indique la présence d'une personne, nous fit tressaillir et nous retourner d'une secousse. Jean, mon fils, était là, debout, livide, nous regardant.

« Ce fut une seconde atroce d'affolement. Je reculai, tendant les mains vers mon enfant comme pour une prière. Je ne le vis plus. Il était parti.

« Nous sommes demeurés face à face, atterrés, incapables de parler. Je m'affaissai sur un fauteuil, et j'avais envie, une envie confuse et puissante de fuir, de m'en aller dans la nuit, de disparaître pour toujours. Puis des sanglots convulsifs m'emplirent la gorge, et je pleurai, secouée de spasmes, l'âme déchirée, tous les nerfs tordus par cette horrible sensation d'un irrémédiable malheur, et par cette honte épouvantable qui tombe sur le cœur d'une mère en ces moments-là.

« Lui... restait effaré devant moi, n'osant ni m'approcher, ni me parler, ni me toucher, de peur que l'enfant ne revînt. Il dit enfin :

« — Je vais le chercher... lui dire... lui faire comprendre... Enfin il faut que je le voie... qu'il sache...

« Et il sortit.

« J'attendis... j'attendis éperdue, tressaillant aux moindres bruits, soulevée de peur, et je ne sais de quelle émotion indicible et intolérable à chacun des petits craquements du feu dans la cheminée.

« J'attendis une heure, deux heures, sentant grandir en mon cœur une épouvante inconnue, une angoisse telle que je ne souhaiterais point au plus criminel des hommes dix minutes de ces moments-là. Où était mon enfant ? Que faisait-il ?

« Vers minuit, un commissionnaire m'apporta un billet de mon amant. Je le sais encore par cœur.

« Votre fils est-il rentré ? Je ne l'ai pas trouvé. Je suis

« en bas. Je ne veux pas monter à cette heure. »

« J'écrivis, au crayon, sur le même papier :

« Jean n'est pas revenu ; il faut que vous le re-
« trouviez. »

« Et je passai toute la nuit sur mon fauteuil,
attendant.

« Je devenais folle. J'avais envie de hurler, de
courir, de me rouler par terre. Et je ne faisais pas un
mouvement, attendant toujours. Qu'allait-il arriver ?
Je cherchais à le savoir, à le deviner. Mais je ne le pré-
voyais point, malgré mes efforts, malgré les tortures
de mon âme !

« J'avais peur maintenant qu'ils ne se rencon-
trassent. Que feraient-ils ? Que ferait l'enfant ? Des
doutes effrayants me déchiraient, des suppositions
affreuses.

« Vous comprenez bien cela, n'est-ce pas, mon-
sieur ?

« Ma femme de chambre, qui ne savait rien, qui
ne comprenait rien, venait sans cesse, me croyant
folle sans doute. Je la renvoyais d'une parole ou d'un
geste. Elle alla chercher le médecin, qui me trouva
tordue dans une crise de nerfs.

« On me mit au lit. J'eus une fièvre cérébrale [1].

« Quand je repris connaissance après une longue
maladie, j'aperçus près de mon lit mon... amant...
seul. Je criai : « Mon fils ?... où est mon fils ? » Il ne
répondit pas. Je balbutiai :

« — Mort... mort... Il s'est tué ?

« Il répondit :

« — Non, non, je vous le jure. Mais nous ne l'avons
pas pu rejoindre, malgré mes efforts.

« Alors, je prononçai, exaspérée soudain, indignée
même, car on a de ces colères inexplicables et dérai-
sonnables :

« — Je vous défends de revenir, de me revoir, si
vous ne le retrouvez pas ; allez-vous-en.

« Il sortit.

« Je ne les ai jamais revus ni l'un ni l'autre, monsieur, et je vis ainsi depuis vingt ans.

« Vous figurez-vous cela? Comprenez-vous ce supplice monstrueux, ce lent et constant déchirement de mon cœur de mère, de mon cœur de femme, cette attente abominable et sans fin... sans fin!... Non... — elle va finir... car je meurs. Je meurs sans les avoir revus... ni l'un... ni l'autre!

« Lui, mon ami, m'a écrit chaque jour depuis vingt ans; et, moi, je n'ai jamais voulu le recevoir, même une seconde; car il me semble que, s'il revenait ici, c'est juste à ce moment-là que je verrais reparaître mon fils! — Mon fils! — mon fils! — Est-il mort? Est-il vivant? Où se cache-t-il? Là-bas, peut-être, derrière les grandes mers, dans un pays si lointain que je n'en sais même pas le nom! Pense-t-il à moi?... Oh! s'il savait! Que les enfants sont cruels! A-t-il compris à quelle épouvantable souffrance il me condamnait; dans quel désespoir, dans quelle torture il me jetait vivante, et jeune encore, pour jusqu'à mes derniers jours, moi sa mère, qui l'aimais de toute la violence de l'amour maternel. Que c'est cruel, dites [1]?

« Vous lui direz tout cela, monsieur. Vous lui répéterez mes dernières paroles :

« — Mon enfant, mon cher, cher enfant, sois moins dur pour les pauvres créatures. La vie est déjà assez brutale et féroce! Mon cher enfant, songe à ce qu'a été l'existence de ta mère, de ta pauvre mère, à partir du jour où tu l'as quittée. Mon cher enfant, pardonne-lui, et aime-la, maintenant qu'elle est morte, car elle a subi la plus affreuse des pénitences. »

Elle haletait, frémissante, comme si elle eût parlé à son fils, debout devant elle. Puis elle ajouta :

— Vous lui direz encore, monsieur, que je n'ai jamais revu... l'autre.

Elle se tut encore, puis reprit d'une voix brisée :

— Laissez-moi maintenant, je vous prie. Je vou-

drais mourir seule, puisqu'ils ne sont point auprès de moi.

Mᵉ Le Brument ajouta :

— Et je suis sorti, messieurs, en pleurant comme une bête, si fort que mon cocher se retournait pour me regarder.

Et dire que, tous les jours, il se passe autour de nous un tas de drames comme celui-là !

Je n'ai pas retrouvé le fils... ce fils... Pensez-en ce que vous voudrez ; moi, je dis : ce fils... criminel.

PREMIÈRE NEIGE [1]

La longue promenade de la Croisette s'arrondit au bord de l'eau bleue. Là-bas, à droite, l'Esterel s'avance au loin dans la mer. Il barre la vue, fermant l'horizon par le joli décor méridional de ses sommets pointus, nombreux et bizarres.

A gauche, les îles Sainte-Marguerite et Saint-Honorat, couchées dans l'eau, montrent leur dos couvert de sapins.

Et tout le long du large golfe, tout le long des grandes montagnes assises autour de Cannes, le peuple blanc des villas semble endormi dans le soleil. On les voit au loin, les maisons claires, semées du haut en bas des monts, tachant de points de neige la verdure sombre.

Les plus proches de l'eau ouvrent leurs grilles sur la vaste promenade que viennent baigner les flots tranquilles. Il fait bon, il fait doux. C'est un tiède jour d'hiver où passe à peine un rayon de fraîcheur. Par-dessus les mers des jardins, on aperçoit les orangers et les citronniers pleins de fruits d'or. Des dames vont à pas lents sur le sable de l'avenue, suivies d'enfants qui roulent des cerceaux, ou causant avec des messieurs [2].

*

Une jeune femme vient de sortir de sa petite et coquette maison dont la porte est sur la Croisette.

Elle s'arrête un instant à regarder les promeneurs, sourit et gagne, d'une allure accablée, un banc vide en face de la mer. Fatiguée d'avoir fait vingt pas, elle s'assied en haletant. Son pâle visage semble celui d'une morte. Elle tousse, et porte à ses lèvres ses doigts transparents comme pour arrêter ces secousses qui l'épuisent.

Elle regarde le ciel plein de soleil et d'hirondelles, les sommets capricieux de l'Esterel là-bas, et, tout près, la mer si bleue, si tranquille, si belle.

Elle sourit encore, et murmure :

— Oh ! que je suis heureuse.

Elle sait pourtant qu'elle va mourir, qu'elle ne verra point le printemps, que, dans un an, le long de la même promenade, ces mêmes gens qui passent devant elle viendront encore respirer l'air tiède de ce doux pays, avec leurs enfants un peu plus grands, avec le cœur toujours rempli d'espoirs, de tendresses, de bonheur, tandis qu'au fond d'un cercueil de chêne la pauvre chair qui lui reste encore aujourd'hui sera tombée en pourriture, laissant ses os seulement couchés dans la robe de soie qu'elle a choisie pour linceul.

Elle ne sera plus. Toutes les choses de la vie continueront pour d'autres. Ce sera fini pour elle, fini pour toujours. Elle ne sera plus. Elle sourit, et respire tant qu'elle peut, de ses poumons malades, les souffles parfumés des jardins.

Et elle songe.

*

Elle se souvient. On l'a mariée, voici quatre ans, avec un gentilhomme normand. C'était un fort garçon barbu, coloré, large d'épaules, d'esprit court et de joyeuse humeur.

On les accoupla pour des raisons de fortune qu'elle ne connut point. Elle aurait volontiers dit « non ». Elle fit « oui » d'un mouvement de tête, pour ne point

contrarier père et mère. Elle était Parisienne, gaie, heureuse de vivre.

Son mari l'emmena en son château normand. C'était un vaste bâtiment de pierre entouré de grands arbres très vieux. Un haut massif de sapins arrêtait le regard en face. Sur la droite, une trouée donnait vue sur la plaine qui s'étalait, toute nue, jusqu'aux fermes lointaines. Un chemin de traverse passait devant la barrière et conduisait à la grand'route éloignée de trois kilomètres.

Oh! elle se rappelle tout : son arrivée, sa première journée en sa nouvelle demeure, et sa vie isolée ensuite.

Quand elle descendit de voiture, elle regarda le vieux bâtiment et déclara, en riant :

— Ça n'est pas gai!

Son mari se mit à rire à son tour et répondit :

— Bast! on s'y fait. Tu verras. Je ne m'y ennuie jamais, moi.

Ce jour-là, ils passèrent le temps à s'embrasser, et elle ne le trouva pas trop long. Le lendemain ils recommencèrent et toute la semaine, vraiment, fut mangée par les caresses.

Puis elle s'occupa d'organiser son intérieur. Cela dura bien un mois. Les jours passaient, l'un après l'autre, en des occupations insignifiantes et cependant absorbantes. Elle apprenait la valeur et l'importance des petites choses de la vie. Elle sut qu'on peut s'intéresser au prix des œufs qui coûtent quelques centimes de plus ou de moins suivant les saisons.

C'était l'été. Elle allait aux champs voir moissonner. La gaieté du soleil entretenait celle de son cœur.

L'automne vint. Son mari se mit à chasser. Il sortait le matin avec ses deux chiens Médor et Mirza. Elle restait seule alors, sans s'attrister d'ailleurs de l'absence d'Henry. Elle l'aimait bien, pourtant, mais il ne lui manquait pas. Quand il rentrait, les chiens surtout absorbaient sa tendresse. Elle les soignait chaque soir avec une affection de mère, les caressait

sans fin, leur donnait mille petits noms charmants
qu'elle n'eût point eu l'idée d'employer pour son
mari.

Il lui racontait invariablement sa chasse. Il dési-
gnait les places où il avait rencontré les perdrix ;
s'étonnait de n'avoir point trouvé de lièvre dans le
trèfle de Joseph Ledentu, ou bien paraissait indigné
du procédé de M. Lechapelier, du Havre, qui suivait
sans cesse la lisière de ses terres pour tirer le gibier
levé par lui, Henry de Parville.

Elle répondait :

— Oui, vraiment, ce n'est pas bien, en pensant à
autre chose.

L'hiver vint, l'hiver normand, froid et pluvieux.
Les interminables averses tombaient sur les ardoises
du grand toit anguleux, dressé comme une lame vers
le ciel. Les chemins semblaient des fleuves de boue ;
la campagne, une plaine de boue ; et on n'entendait
aucun bruit que celui de l'eau tombant ; on ne voyait
aucun mouvement que le vol tourbillonnant des
corbeaux qui se déroulait comme un nuage, s'abattait
dans un champ, puis repartait.

Vers quatre heures, l'armée des bêtes sombres et
volantes venait se percher dans les grands hêtres à
gauche du château, en poussant des cris assourdis-
sants. Pendant près d'une heure, ils voletaient de
cime en cime, semblaient se battre, croassaient, met-
taient dans le branchage grisâtre un mouvement noir.

Elle les regardait, chaque soir, le cœur serré, toute
pénétrée par la lugubre mélancolie de la nuit tombant
sur les terres désertes.

Puis elle sonnait pour qu'on apportât la lampe ;
et elle se rapprochait du feu. Elle brûlait des mon-
ceaux de bois sans parvenir à échauffer les pièces
immenses envahies par l'humidité. Et elle avait froid
tout le jour, partout, au salon, aux repas, dans sa
chambre. Elle avait froid, jusqu'aux os, lui semblait-
il. Son mari ne rentrait que pour dîner, car il chassait

sans cesse, ou bien s'occupait des semences, des labours, de toutes les choses de la campagne.

Il rentrait joyeux et crotté, se frottait les mains, déclarait :

— Quel fichu temps !

Ou bien :

— C'est bon d'avoir du feu !

Ou parfois il demandait :

— Qu'est-ce qu'on dit aujourd'hui ? Est-on contente ?

Il était heureux, bien portant, sans désirs, ne rêvant pas autre chose que cette vie simple, saine et tranquille.

Vers décembre, quand les neiges arrivèrent, elle souffrit tellement de l'air glacé du château, du vieux château qui semblait s'être refroidi avec les siècles, comme font les humains avec les ans, qu'elle demanda, un soir à son mari :

— Dis donc, Henry, tu devrais bien faire mettre ici un calorifère ; cela sécherait les murs. Je t'assure que je ne peux pas me réchauffer du matin au soir.

Il demeura d'abord interdit à cette idée extravagante d'installer un calorifère en son manoir. Il lui eût semblé plus naturel de servir ses chiens dans de la vaisselle plate. Puis il poussa, de toute la vigueur de sa poitrine, un rire énorme, en répétant :

— Un calorifère ici ! Un calorifère ici ! Ah ! ah ! ah ! quelle bonne farce !

Elle insistait :

— Je t'assure qu'on gèle, mon ami ; tu ne t'en aperçois pas, parce que tu es toujours en mouvement, mais on gèle.

Il répondit, en riant toujours :

— Bast ! on s'y fait, et d'ailleurs c'est excellent pour la santé. Tu ne t'en porteras que mieux. Nous ne sommes pas des Parisiens, sacrebleu ! pour vivre dans les tisons. Et, d'ailleurs, voici le printemps tout à l'heure.

Vers le commencement de janvier un grand malheur la frappa. Son père et sa mère moururent d'un accident de voiture. Elle vint à Paris pour les funérailles. Et le chagrin occupa seul son esprit pendant six mois environ.

La douceur des beaux jours finit par la réveiller, et elle se laissa vivre dans un alanguissement triste jusqu'à l'automne.

Quand revinrent les froids, elle envisagea, pour la première fois, le sombre avenir. Que ferait-elle ? Rien. Qu'arriverait-il désormais pour elle ? Rien. Quelle attente, quelle espérance pouvaient ranimer son cœur ? Aucune. Un médecin, consulté, avait déclaré qu'elle n'aurait jamais d'enfants.

Plus âpre, plus pénétrant encore que l'autre année, le froid la faisait continuellement souffrir. Elle tendait aux grandes flammes ses mains grelottantes. Le feu flamboyant lui brûlait le visage ; mais des souffles glacés semblaient se glisser dans son dos, pénétrer entre la chair et les étoffes. Et elle frémissait de la tête aux pieds. Des courants d'air innombrables paraissaient installés dans les appartements, des courants d'air vivants, sournois, acharnés comme des ennemis. Elle les rencontrait à tout instant ; ils lui soufflaient sans cesse, tantôt sur le visage, tantôt sur les mains, tantôt sur le cou, leur haine perfide et gelée.

Elle parla de nouveau d'un calorifère ; mais son mari l'écouta comme si elle lui eût demandé la lune. L'installation d'un appareil semblable à Parville lui paraissait aussi impossible que la découverte de la pierre philosophale.

Ayant été à Rouen, un jour, pour affaires, il rapporta à sa femme une mignonne chaufferette de cuivre qu'il appelait en riant un « calorifère portatif » ;

et il jugeait que cela suffirait désormais à l'empêcher d'avoir jamais froid.

Vers la fin de décembre, elle comprit qu'elle ne pourrait vivre ainsi toujours, et elle demanda timidement, un soir, en disant :

— Dis donc, mon ami, est-ce que nous n'irons point passer une semaine ou deux à Paris avant le printemps?

Il fut stupéfait.

— A Paris? à Paris? Mais pour quoi faire? Ah! mais non, par exemple! On est trop bien ici, chez soi. Quelles drôles d'idées tu as par moments!

Elle balbutia :

— Cela nous distrairait un peu.

Il ne comprenait pas :

— Qu'est-ce qu'il te faut pour te distraire? Des théâtres, des soirées, des dîners en ville? Tu savais pourtant bien en venant ici que tu ne devais pas t'attendre à des distractions de cette nature!

Elle vit un reproche dans ces paroles et dans le ton dont elles étaient dites. Elle se tut. Elle était timide et douce, sans révoltes et sans volonté.

En janvier, les froids revinrent avec violence. Puis la neige couvrit la terre.

Un soir, comme elle regardait le grand nuage tournoyant des corbeaux se déployer autour des arbres, elle se mit, malgré elle, à pleurer.

Son mari entrait. Il demanda tout surpris :

— Qu'est-ce que tu as donc?

Il était heureux, lui, tout à fait heureux, n'ayant jamais rêvé une autre vie, d'autres plaisirs. Il était né dans ce triste pays, il y avait grandi, il s'y trouvait bien, chez lui, à son aise de corps et d'esprit.

Il ne comprenait pas qu'on pût désirer des événements, avoir soif de joies changeantes; il ne comprenait point qu'il ne semble pas naturel à certains êtres de demeurer aux mêmes lieux pendant les quatre saisons; il semblait ne pas savoir que le printemps, que l'été, que l'automne, que l'hiver ont, pour des

multitudes de personnes, des plaisirs nouveaux en des
contrées nouvelles.

Elle ne pouvait rien répondre et s'essuyait vivement
les yeux. Elle balbutia enfin, éperdue :

— J'ai... je... je suis un peu triste... je m'ennuie
un peu...

Mais une terreur la saisit d'avoir dit cela, et elle
ajouta bien vite :

— Et puis... j'ai... j'ai un peu froid.

A cette parole, il s'irrita :

— Ah! oui... toujours ton idée de calorifère. Mais
voyons, sacrebleu! tu n'as seulement pas eu un rhume
depuis que tu es ici.

*

La nuit vint. Elle monta dans sa chambre, car elle
avait exigé une chambre séparée. Elle se coucha.
Même en son lit, elle avait froid. Elle pensait :

— Ce sera ainsi toujours, toujours, jusqu'à la mort.

Et elle songeait à son mari. Comment avait-il pu
lui dire cela :

« Tu n'as seulement pas eu un rhume depuis que
tu es ici. »

Il fallait donc qu'elle fût malade, qu'elle toussât
pour qu'il comprît qu'elle souffrait!

Et une indignation la saisit, une indignation exas-
pérée de faible, de timide.

Il fallait qu'elle toussât. Alors il aurait pitié d'elle,
sans doute. Eh bien! elle tousserait ; il l'entendrait
tousser ; il faudrait appeler le médecin ; il verrait
cela, son mari, il verrait!

Elle s'était levée nu-jambes, nu-pieds, et une idée
enfantine la fit sourire :

— Je veux un calorifère, et je l'aurai. Je tousserai
tant, qu'il faudra bien qu'il se décide à en installer un.

Et elle s'assit presque nue, sur une chaise. Elle
attendit une heure, deux heures. Elle grelottait, mais

elle ne s'enrhumait pas. Alors elle se décida à employer les grands moyens.

Elle sortit de sa chambre sans bruit, descendit l'escalier, ouvrit la porte du jardin.

La terre, couverte de neige, semblait morte. Elle avança brusquement son pied nu et l'enfonça dans cette mousse légère et glacée. Une sensation de froid, douloureuse comme une blessure, lui monta jusqu'au cœur ; cependant elle allongea l'autre jambe et se mit à descendre les marches, lentement [1].

Puis elle s'avança à travers le gazon, se disant :

— J'irai jusqu'aux sapins.

Elle allait à petits pas, en haletant, suffoquée chaque fois qu'elle faisait pénétrer son pied nu dans la neige.

Elle toucha de la main le premier sapin, comme pour bien se convaincre elle-même qu'elle avait accompli jusqu'au bout son projet ; puis elle revint. Elle crut deux ou trois fois qu'elle allait tomber, tant elle se sentait engourdie et défaillante. Avant de rentrer, toutefois, elle s'assit dans cette écume gelée, et même, elle en ramassa pour se frotter la poitrine.

Puis elle rentra et se coucha. Il lui sembla, au bout d'une heure, qu'elle avait une fourmilière dans la gorge. D'autres fourmis lui couraient le long des membres. Elle dormit cependant.

Le lendemain elle toussait, et elle ne put se lever.

Elle eut une fluxion de poitrine. Elle délira, et dans son délire elle demandait un calorifère. Le médecin exigea qu'on en installât un. Henry céda, mais avec une répugnance irritée.

*

Elle ne put guérir. Les poumons atteints profondément donnaient des inquiétudes pour sa vie.

— Si elle reste ici, elle n'ira pas jusqu'aux froids, dit le médecin.

On l'envoya dans le Midi.

Elle vint à Cannes, connut le soleil, aima la mer, respira l'air des orangers en fleur.

Puis elle retourna dans le Nord au printemps.

Mais elle vivait maintenant avec la peur de guérir, avec la peur des longs hivers de Normandie; et, sitôt qu'elle allait mieux, elle ouvrait, la nuit, sa fenêtre, en songeant aux doux rivages de la Méditerranée.

A présent, elle va mourir; elle le sait. Elle est heureuse.

Elle déploie un journal qu'elle n'avait point ouvert, et lit ce titre : « La première neige à Paris. »

Alors elle frissonne, et puis sourit. Elle regarde là-bas l'Esterel qui devient rose sous le soleil couchant ; elle regarde le vaste ciel bleu, si bleu, la vaste mer bleue, si bleue, et se lève.

Et puis elle rentre, à pas lents, s'arrêtant seulement pour tousser, car elle est demeurée trop tard dehors, et elle a eu froid, un peu froid.

Elle trouve une lettre de son mari. Elle l'ouvre en souriant toujours et elle lit :

« Ma chère amie.

« J'espère que tu vas bien et que tu ne regrettes pas trop notre beau pays. Nous avons depuis quelques jours une bonne gelée qui annonce la neige. Moi, j'adore ce temps-là et tu comprends que je me garde bien d'allumer ton maudit calorifère... »

Elle cesse de lire, tout heureuse à cette idée qu'elle l'a eu son calorifère. Sa main droite, qui tient la lettre, retombe lentement sur ses genoux, tandis qu'elle porte à sa bouche sa main gauche comme pour calmer la toux opiniâtre qui lui déchire la poitrine.

COCO [1]

Dans tout le pays environnant on appelait la ferme des Lucas « la Métairie ». On n'aurait su dire pourquoi. Les paysans, sans doute, attachaient à ce mot « métairie » une idée de richesse et de grandeur, car cette ferme était assurément la plus vaste, la plus opulente et la plus ordonnée de la contrée.

La cour, immense, entourée de cinq rangs d'arbres magnifiques pour abriter contre le vent violent de la plaine les pommiers trapus et délicats, enfermait de longs bâtiments couverts en tuiles pour conserver les fourrages et les grains, de belles étables bâties en silex, des écuries pour trente chevaux, et une maison d'habitation en briques rouges, qui ressemblait à un petit château.

Les fumiers étaient bien tenus ; les chiens de garde habitaient en des niches, un peuple de volailles circulait dans l'herbe haute.

Chaque midi, quinze personnes, maîtres, valets et servantes, prenaient place autour de la longue table de cuisine où fumait la soupe dans un grand vase de faïence à fleurs bleues.

Les bêtes, chevaux, vaches, porcs et moutons, étaient grasses, soignées et propres ; et maître Lucas, un grand homme qui prenait du ventre, faisait sa ronde trois fois par jour, veillant sur tout et pensant à tout.

On conservait, par charité, dans le fond de l'écurie,

un très vieux cheval blanc que la maîtresse voulait
nourrir jusqu'à sa mort naturelle, parce qu'elle l'avait
élevé, gardé toujours, et qu'il lui rappelait des
souvenirs.

Un goujat [1] de quinze ans, nommé Isidore Duval, et
appelé plus simplement Zidore, prenait soin de cet
invalide, lui donnait, pendant l'hiver, sa mesure
d'avoine et son fourrage, et devait aller, quatre fois
par jour, en été, le déplacer dans la côte où on l'atta-
chait, afin qu'il eût en abondance de l'herbe fraîche.

L'animal, presque perclus, levait avec peine ses
jambes lourdes, grosses des genoux et enflées au-
dessus des sabots. Ses poils, qu'on n'étrillait plus
jamais, avaient l'air de cheveux blancs, et des cils
très longs donnaient à ses yeux un air triste.

Quand Zidore le menait à l'herbe, il lui fallait tirer
sur la corde, tant la bête allait lentement ; et le gars,
courbé, haletant, jurait contre elle, s'exaspérant d'avoir
à soigner cette vieille rosse.

Les gens de la ferme, voyant cette colère du goujat
contre Coco, s'en amusaient, parlaient sans cesse du
cheval à Zidore, pour exaspérer le gamin. Ses cama-
rades le plaisantaient. On l'appelait dans le village
Coco-Zidore.

Le gars rageait, sentant naître en lui le désir de se
venger du cheval. C'était un maigre enfant haut sur
jambes, très sale, coiffé de cheveux roux, épais, durs
et hérissés. Il semblait stupide, parlait en bégayant,
avec une peine infinie, comme si les idées n'eussent
pu se former dans son âme épaisse de brute.

Depuis longtemps déjà, il s'étonnait qu'on gardât
Coco, s'indignant de voir perdre du bien pour cette
bête inutile. Du moment qu'elle ne travaillait plus, il
lui semblait injuste de la nourrir, il lui semblait révol-
tant de gaspiller de l'avoine, de l'avoine qui coûtait
si cher, pour ce bidet paralysé. Et souvent même,
malgré les ordres de maître Lucas, il économisait sur
la nourriture du cheval, ne lui versant qu'une demi-

mesure, ménageant sa litière et son foin. Et une
haine grandissait en son esprit confus d'enfant, une
haine de paysan rapace, de paysan sournois, féroce,
brutal et lâche.

 *

Lorsque revint l'été, il lui fallut aller *remuer* ¹ la
bête dans sa côte. C'était loin. Le goujat, plus furieux
chaque matin, partait de son pas lourd à travers les
blés. Les hommes qui travaillaient dans les terres lui
criaient, par plaisanterie :

— Hé Zidore, tu f'ras mes compliments à Coco.

Il ne répondait point ; mais il cassait, en passant,
une baguette dans une haie et, dès qu'il avait déplacé
l'attache du vieux cheval, il le laissait se remettre à
brouter ; puis, approchant traîtreusement, il lui cin-
glait les jarrets. L'animal essayait de fuir, de ruer,
d'échapper aux coups, et il tournait au bout de sa
corde comme s'il eût été enfermé dans une piste. Et
le gars le frappait avec rage, courant derrière, acharné,
les dents serrées par la colère.

Puis il s'en allait lentement, sans se retourner,
tandis que le cheval le regardait partir de son œil
de vieux, les côtes saillantes, essoufflé d'avoir trotté.
Et il ne rebaissait vers l'herbe sa tête osseuse et
blanche qu'après avoir vu disparaître au loin la
blouse bleue du jeune paysan.

Comme les nuits étaient chaudes, on laissait main-
tenant Coco coucher dehors, là-bas, au bord de la
ravine, derrière le bois. Zidore seul allait le voir.

L'enfant s'amusait encore à lui jeter des pierres.
Il s'asseyait à dix pas de lui, sur un talus, et il restait
là une demi-heure, lançant de temps en temps un
caillou tranchant au bidet, qui demeurait debout,
enchaîné devant son ennemi, et le regardant sans
cesse, sans oser paître avant qu'il fût reparti.

Mais toujours cette pensée restait plantée dans

l'esprit du goujat : « Pourquoi nourrir ce cheval qui
ne faisait plus rien? » Il lui semblait que cette misé-
rable rosse volait le manger des autres, volait l'avoir
des hommes, le bien du bon Dieu, le volait même
aussi, lui, Zidore, qui travaillait.

Alors, peu à peu, chaque jour, le gars diminua la
bande de pâturage qu'il lui donnait en avançant le
piquet de bois où était fixée la corde.

La bête jeûnait, maigrissait, dépérissait. Trop faible
pour casser son attache, elle tendait la tête vers la
grande herbe verte et luisante, si proche, et dont
l'odeur lui venait sans qu'elle y pût toucher.

Mais, un matin, Zidore eut une idée : c'était de ne
plus remuer Coco. Il en avait assez d'aller si loin
pour cette carcasse.

Il vint cependant, pour savourer sa vengeance. La
bête inquiète le regardait. Il ne la battit pas ce jour-
là. Il tournait autour, les mains dans les poches.
Même il fit mine de la changer de place, mais il ren-
fonça le piquet juste dans le même trou, et il s'en alla,
enchanté de son invention.

Le cheval, le voyant partir, hennit pour le rap-
peler ; mais le goujat se mit à courir, le laissant seul,
tout seul dans son vallon, bien attaché, et sans un
brin d'herbe à portée de la mâchoire.

Affamé, il essaya d'atteindre la grasse verdure qu'il
touchait du bout de ses naseaux. Il se mit sur les
genoux, tendant le cou, allongeant ses grandes lèvres
baveuses. Ce fut en vain. Tout le jour, elle s'épuisa,
la vieille bête, en efforts inutiles, en efforts terribles.
La faim la dévorait, rendue plus affreuse par la vue
de toute la verte nourriture qui s'étendait par
l'horizon.

Le goujat ne revint point ce jour-là. Il vagabonda
par les bois pour chercher des nids.

Il reparut le lendemain. Coco, exténué, s'était
couché. Il se leva en apercevant l'enfant, attendant,
enfin, d'être changé de place.

Mais le petit paysan ne toucha même pas au maillet jeté dans l'herbe. Il s'approcha, regarda l'animal, lui lança dans le nez une motte de terre qui s'écrasa sur le poil blanc, et il repartit en sifflant.

Le cheval resta debout tant qu'il put l'apercevoir encore ; puis, sentant bien que ses tentatives pour atteindre l'herbe voisine seraient inutiles, il s'étendit de nouveau sur le flanc et ferma les yeux.

Le lendemain, Zidore ne vint pas.

Quand il approcha, le jour suivant, de Coco toujours étendu, il s'aperçut qu'il était mort.

Alors il demeura debout, le regardant, content de son œuvre, étonné en même temps que ce fût déjà fini. Il le toucha du pied, leva une de ses jambes, puis la laissa retomber, s'assit dessus, et resta là, les yeux fixés dans l'herbe et sans penser à rien.

Il revint à la ferme, mais il ne dit pas l'accident, car il voulait vagabonder encore aux heures où, d'ordinaire, il allait changer de place le cheval.

Il alla le voir le lendemain. Des corbeaux s'envolèrent à son approche. Des mouches innombrables se promenaient sur le cadavre et bourdonnaient à l'entour.

En rentrant, il annonça la chose. La bête était si vieille que personne ne s'étonna. Le maître dit à deux valets :

« Prenez vos pelles, vous ferez un trou là ous qu'il est. »

Et les hommes enfouirent le cheval juste à la place où il était mort de faim.

Et l'herbe poussa drue, verdoyante, vigoureuse, nourrie par le pauvre corps.

ROSE[1]

présent

Les deux jeunes femmes ont l'air ensevelies sous une couche de fleurs. Elles sont seules dans l'immense landau chargé de bouquets comme une corbeille géante. Sur la banquette du devant, deux bannettes de satin blanc sont pleines de violettes de Nice, et sur la peau d'ours qui couvre les genoux un amoncellement de roses, de mimosas, de giroflées, de marguerites, de tubéreuses et de fleurs d'oranger, noués avec des faveurs de soie, semble écraser les deux corps délicats, ne laissant sortir de ce lit éclatant et parfumé que les épaules, les bras et un peu des corsages dont l'un est bleu et l'autre lilas.

Le fouet du cocher porte un fourreau d'anémones, les traits des chevaux sont capitonnés avec des ravenelles[2], les rayons des roues sont vêtus de réséda ; et, à la place des lanternes, deux bouquets ronds, énormes, ont l'air des deux yeux étranges de cette bête roulante et fleurie.

Le landau parcourt au grand trot la route, la rue d'Antibes[3], précédé, suivi, accompagné par une foule d'autres voitures enguirlandées, pleines de femmes disparues sous un flot de violettes. Car c'est la fête des fleurs à Cannes.

On arrive au boulevard de la Foncière[4], où la bataille a lieu. Tout le long de l'immense avenue, une double file d'équipages enguirlandés va et revient

comme un ruban sans fin. De l'un à l'autre on se
jette des fleurs. Elles passent dans l'air comme des
balles, vont frapper les frais visages, voltigent et
retombent dans la poussière où une armée de gamins
les ramasse.

Une foule compacte, rangée sur les trottoirs, et
maintenue par les gendarmes à cheval qui passent
brutalement et repoussent les curieux à pied comme
pour ne point permettre aux vilains de se mêler aux
riches, regarde, bruyante et tranquille.

Dans les voitures, on s'appelle, on se reconnaît,
on se mitraille avec des roses. Un char plein de jolies
femmes, vêtues de rouge comme des diables, attire
et séduit les yeux. Un monsieur, qui ressemble aux
portraits d'Henri IV, lance avec une ardeur joyeuse
un énorme bouquet retenu par un élastique. Sous la
menace du choc, les femmes se cachent les yeux et
les hommes baissent la tête, mais le projectile gracieux,
rapide et docile, décrit une courbe et revient à son
maître qui le jette aussitôt vers une figure nouvelle.

Les deux jeunes femmes vident à pleines mains
leur arsenal et reçoivent une grêle de bouquets ;
puis, après une heure de bataille, un peu lasses enfin,
elles ordonnent au cocher de suivre la route du golfe
Juan, qui longe la mer [1].

Le soleil disparaît derrière l'Esterel, dessinant en
noir, sur un couchant de feu, la silhouette dentelée
de la longue montagne. La mer calme s'étend, bleue
et claire, jusqu'à l'horizon où elle se mêle au ciel,
et l'escadre, ancrée au milieu du golfe, a l'air d'un
troupeau de bêtes monstrueuses, immobiles sur l'eau,
animaux apocalyptiques, cuirassés et bossus, coiffés
de mâts frêles comme des plumes, et avec des yeux
qui s'allument quand vient la nuit.

Les jeunes femmes, étendues sous la lourde four-
rure, regardent languissamment. L'une dit enfin :

— Comme il y a des soirs délicieux, où tout semble
bon. N'est-ce pas, Margot ?

L'autre reprit :

— Oui, c'est bon. Mais il manque toujours quelque chose.

— Quoi donc? Moi je me sens heureuse tout à fait. Je n'ai besoin de rien.

— Si. Tu n'y penses pas. Quel que soit le bien-être qui engourdit notre corps, nous désirons toujours quelque chose de plus... pour le cœur.

Et l'autre, souriant :

— Un peu d'amour?

— Oui.

Elles se turent, regardant devant elles, puis celle qui s'appelait Marguerite murmura : La vie ne me semble pas supportable sans cela. J'ai besoin d'être aimée, ne fût-ce que par un chien. Nous sommes toutes ainsi, d'ailleurs, quoi que tu en dises, Simone.

— Mais non, ma chère. J'aime mieux n'être pas aimée du tout que de l'être par n'importe qui. Crois-tu que cela me serait agréable, par exemple, d'être aimée par... par...

Elle cherchait par qui elle pourrait bien être aimée, parcourant de l'œil le vaste paysage. Ses yeux, après avoir fait le tour de l'horizon, tombèrent sur les deux boutons de métal qui luisaient dans le dos du cocher, et elle reprit, en riant : « par mon cocher ».

Mme Margot sourit à peine et prononça, à voix basse :

— Je t'assure que c'est très amusant d'être aimée par un domestique. Cela m'est arrivé deux ou trois fois. Ils roulent des yeux si drôles que c'est à mourir de rire. Naturellement, on se montre d'autant plus sévère qu'ils sont plus amoureux, puis on les met à la porte, un jour, sous le premier prétexte venu parce qu'on deviendrait ridicule si quelqu'un s'en apercevait.

Mme Simone écoutait, le regard fixe devant elle, puis elle déclara :

— Non, décidément, le cœur de mon valet de

pied ne me paraîtrait pas suffisant. Raconte-moi
donc comment tu t'apercevais qu'ils t'aimaient.

— Je m'en apercevais comme avec les autres
hommes, lorsqu'ils devenaient stupides.

— Les autres ne me paraissent pas si bêtes à moi,
quand ils m'aiment.

— Idiots, ma chère, incapables de causer, de
répondre, de comprendre quoi que ce soit.

— Mais toi, qu'est-ce que cela te faisait d'être
aimée par un domestique? Tu étais quoi... émue...
flattée?

— Émue? non — flattée — oui, un peu. On est
toujours flattée de l'amour d'un homme quel qu'il soit.

— Oh, voyons, Margot!

— Si, ma chère. Tiens, je vais te dire une singu-
lière aventure qui m'est arrivée. Tu verras comme
c'est curieux et confus ce qui se passe en nous dans
ces cas-là.

Il y aura quatre ans à l'automne, je me trouvais
sans femme de chambre. J'en avais essayé l'une
après l'autre cinq ou six qui étaient ineptes, et je
désespérais presque d'en trouver une, quand je lus,
dans les petites annonces d'un journal, qu'une jeune
fille sachant coudre, broder, coiffer, cherchait une
place, et qu'elle fournirait les meilleurs renseignements.
Elle parlait en outre l'anglais.

J'écrivis à l'adresse indiquée, et, le lendemain,
la personne en question se présenta. Elle était assez
grande, mince, un peu pâle, avec l'air très timide.
Elle avait de beaux yeux noirs, un teint charmant,
elle me plut tout de suite. Je lui demandai ses certi-
ficats : elle m'en donna un en anglais, car elle sortait,
disait-elle, de la maison de lady Rymwell, où elle
était restée dix ans.

Le certificat attestait que la jeune fille était partie
de son plein gré pour rentrer en France et qu'on
n'avait eu à lui reprocher, pendant son long service,
qu'un peu de *coquetterie française.*

La tournure pudibonde de la phrase anglaise me fit même un peu sourire et j'arrêtai sur-le-champ cette femme de chambre.

Elle entra chez moi le jour même ; elle se nommait Rose.

Au bout d'un mois je l'adorais.

C'était une trouvaille, une perle, un phénomène [1].

Elle savait coiffer avec un goût infini ; elle chiffonnait les dentelles d'un chapeau mieux que les meilleures modistes et elle savait même faire les robes.

J'étais stupéfaite de ses facultés. Jamais je ne m'étais trouvée servie ainsi.

Elle m'habillait rapidement avec une légèreté de mains étonnante. Jamais je ne sentais ses doigts sur ma peau, et rien ne m'est désagréable comme le contact d'une main de bonne. Je pris bientôt des habitudes de paresse excessives, tant il m'était agréable de me laisser vêtir, des pieds à la tête, et de la chemise aux gants, par cette grande fille timide, toujours un peu rougissante, et qui ne parlait jamais. Au sortir du bain, elle me frictionnait et me massait pendant que je sommeillais un peu sur mon divan ; je la considérais, ma foi, en amie de condition inférieure, plutôt qu'en simple domestique.

Or, un matin, mon concierge demanda avec mystère à me parler. Je fus surprise et je le fis entrer. C'était un homme très sûr, un vieux soldat, ancien ordonnance de mon mari.

Il paraissait gêné de ce qu'il avait à dire. Enfin, il prononça en bredouillant :

— Madame, il y a en bas le commissaire de police du quartier.

Je demandai brusquement :

— Qu'est-ce qu'il veut ?

— Il veut faire une perquisition dans l'hôtel.

Certes, la police est utile, mais je la déteste. Je trouve que ce n'est pas là un métier noble. Et je répondis, irritée autant que blessée :

— Pourquoi cette perquisition ? A quel propos ? Il n'entrera pas.

Le concierge reprit :

— Il prétend qu'il y a un malfaiteur caché.

Cette fois j'eus peur et j'ordonnai d'introduire le commissaire de police auprès de moi pour avoir des explications. C'était un homme assez bien élevé, décoré de la Légion d'honneur. Il s'excusa, demanda pardon, puis m'affirma que j'avais, parmi les gens de service, un forçat !

Je fus révoltée ; je répondis que je garantissais tout le domestique de l'hôtel et je le passai en revue.

— Le concierge, Pierre Courtin, ancien soldat.

— Ce n'est pas lui.

— Le cocher François Pingau, un paysan champenois, fils d'un fermier de mon père.

— Ce n'est pas lui.

— Un valet d'écurie, pris en Champagne également, et toujours fils de paysans que je connais, plus un valet de pied que vous venez de voir.

— Ce n'est pas lui.

— Alors, monsieur, vous voyez bien que vous vous trompez.

— Pardon, madame, je suis sûr de ne pas me tromper. Comme il s'agit d'un criminel redoutable, voulez-vous avoir la gracieuseté de faire comparaître ici, devant vous et moi, tout votre monde.

Je résistai d'abord, puis je cédai, et je fis monter tous mes gens, hommes et femmes.

Le commissaire de police les examina d'un seul coup d'œil, puis déclara :

— Ce n'est pas tout.

— Pardon, monsieur, il n'y a plus que ma femme de chambre, une jeune fille que vous ne pouvez confondre avec un forçat.

Il demanda :

— Puis-je la voir aussi ?

— Certainement.

Je sonnai Rose qui parut aussitôt. A peine fut-elle entrée que le commissaire fit un signe, et deux hommes que je n'avais pas vus, cachés derrière la porte, se jetèrent sur elle, lui saisirent les mains et les lièrent avec des cordes.

Je poussai un cri de fureur, et je voulus m'élancer pour la défendre. Le commissaire m'arrêta :

— Cette fille, madame, est un homme qui s'appelle Jean-Nicolas Lecapet, condamné à mort en 1879 pour assassinat précédé de viol. Sa peine fut commuée en prison perpétuelle. Il s'échappa voici quatre mois. Nous le cherchons depuis lors.

J'étais affolée, atterrée. Je ne croyais pas. Le commissaire reprit en riant :

— Je ne puis vous donner qu'une preuve. Il a le bras droit tatoué. La manche fut relevée. C'était vrai. L'homme de police ajouta avec un certain mauvais goût :

— Fiez-vous-en à nous pour les autres constatations.

Et on emmena ma femme de chambre!

Eh bien, le croirais-tu, ce qui dominait en moi ce n'était pas la colère d'avoir été jouée ainsi, trompée et ridiculisée ; ce n'était pas la honte d'avoir été ainsi habillée, déshabillée, maniée et touchée par cet homme... mais une... humiliation profonde... une humiliation de femme. Comprends-tu ?

— Non, pas très bien ?

— Voyons... Réfléchis... Il avait été condamné... pour viol, ce garçon... eh bien! je pensais... à celle qu'il avait violée... et ça... çà m'humiliait... Voilà... Comprends-tu, maintenant ?

Et Mme Simone [1] ne répondit pas. Elle regardait droit devant elle, d'un œil fixe et singulier les deux boutons luisants de la livrée, avec ce sourire de sphinx qu'ont parfois les femmes.

LE PROTECTEUR [1]

Il n'aurait jamais rêvé une fortune si haute! Fils d'un huissier de province, Jean Marin était venu, comme tant d'autres, faire son droit au quartier Latin. Dans les différentes brasseries qu'il avait successivement fréquentées, il était devenu l'ami de plusieurs étudiants bavards qui crachaient de la politique en buvant des bocks [2]. Il s'éprit d'admiration pour eux et les suivit avec obstination, de café en café, payant même leurs consommations quand il avait de l'argent.

Puis il se fit avocat et plaida des causes qu'il perdit. Or, voilà qu'un matin, il apprit dans les feuilles qu'un de ses anciens camarades du quartier venait d'être nommé député.

Il fut de nouveau son chien fidèle, l'ami qui fait les corvées, les démarches, qu'on envoie chercher quand on a besoin de lui et avec qui on ne se gêne point. Mais il arriva par aventure parlementaire que le député devint ministre ; six mois après Jean Marin était nommé conseiller d'État.'

*

Il eut d'abord une crise d'orgueil à en perdre la tête. Il allait dans les rues pour le plaisir de se montrer comme si on eût pu deviner sa position rien qu'à le voir. Il trouvait le moyen de dire aux marchands

chez qui il entrait, aux vendeurs de journaux, même
aux cochers de fiacre, à propos des choses les plus
insignifiantes :

— Moi qui suis conseiller d'État...

Puis il éprouva, naturellement, comme par suite
de sa dignité, par nécessité professionnelle, par devoir
d'homme puissant et généreux, un impérieux besoin
de protéger. Il offrait son appui à tout le monde, en
toute occasion, avec une inépuisable générosité.

Quand il rencontrait sur les boulevards une figure
de connaissance, il s'avançait d'un air ravi, prenait
les mains, s'informait de la santé, puis, sans attendre
les questions, déclarait :

— Vous savez, moi, je suis conseiller d'État et
tout à votre service. Si je puis vous être utile à quelque
chose, usez de moi sans vous gêner. Dans ma position,
on a le bras long.

Et alors il entrait dans les cafés avec l'ami ren-
contré pour demander une plume, de l'encre et une
feuille de papier à lettre — « une seule, garçon, c'est
pour écrire une lettre de recommandation ».

Et il en écrivait des lettres de recommandation,
dix, vingt, cinquante par jour. Il en écrivait au café
Américain, chez Bignon, chez Tortoni, à la Maison-
Dorée, au café Riche, au Helder, au café Anglais, au
Napolitain [1], partout, partout. Il en écrivait à tous les
fonctionnaires de la République, depuis les juges de
paix jusqu'aux ministres. Et il était heureux, tout
à fait heureux.

*

Un matin, comme il sortait de chez lui pour se
rendre au Conseil d'État, la pluie se mit à tomber.
Il hésita à prendre un fiacre, mais il n'en prit pas, et
s'en fut à pied, par les rues.

L'averse devenait terrible, noyait les trottoirs,
inondait la chaussée. M. Marin fut contraint de se

réfugier sous une porte. Un vieux prêtre était déjà
là, un vieux prêtre à cheveux blancs. Avant d'être
conseiller d'État, M. Marin n'aimait point le clergé.
Maintenant il le traitait avec considération depuis
qu'un cardinal l'avait consulté poliment sur une
affaire difficile. La pluie tombait en inondation, for-
çant les deux hommes à fuir jusqu'à la loge du con-
cierge pour éviter les éclaboussures. M. Marin, qui
éprouvait toujours la démangeaison de parler pour
se faire valoir, déclara :

— Voici un bien vilain temps, monsieur l'abbé.

Le vieux prêtre s'inclina :

— Oh! oui, monsieur, c'est bien désagréable lors-
qu'on ne vient à Paris que pour quelques jours.

— Ah! vous êtes de province?

— Oui, monsieur, je ne suis ici qu'en passant.

— En effet, c'est très désagréable d'avoir de la
pluie pour quelques jours passés dans la capitale.
Nous autres, fonctionnaires, qui demeurons ici toute
l'année, nous n'y songeons guère.

L'abbé ne répondait pas. Il regardait la rue où
l'averse tombait moins pressée. Et soudain, prenant
une résolution, il releva sa soutane comme les femmes
relèvent leurs robes pour passer les ruisseaux.

M. Marin le voyant partir, s'écria :

— Vous allez vous faire tremper, monsieur l'abbé.
Attendez encore quelques instants, ça va cesser.

Le bonhomme, indécis, s'arrêta, puis il reprit :

— C'est que je suis très pressé. J'ai un rendez-vous
urgent.

M. Marin semblait désolé.

— Mais vous allez être positivement traversé.
Peut-on vous demander dans quel quartier vous
allez?

Le curé paraissait hésiter, puis il prononça :

— Je vais du côté du Palais-Royal.

— Dans ce cas, si vous le permettez, monsieur
l'abbé, je vais vous offrir l'abri de mon parapluie.

Moi, je vais au Conseil d'État. Je suis conseiller d'État.

Le vieux prêtre leva le nez et regarda son voisin, puis déclara :

— Je vous remercie beaucoup, monsieur, j'accepte avec plaisir.

Alors M. Marin prit son bras et l'entraîna. Il le dirigeait, le surveillait, le conseillait :

— Prenez garde à ce ruisseau, monsieur l'abbé. Surtout méfiez-vous des roues des voitures ; elles vous éclaboussent quelquefois des pieds à la tête. Faites attention aux parapluies des gens qui passent. Il n'y a rien de plus dangereux pour les yeux que le bout des baleines. Les femmes surtout sont insupportables ; elles ne font attention à rien et vous plantent toujours en pleine figure les pointes de leurs ombrelles ou de leurs parapluies. Et jamais elles ne se dérangent pour personne. On dirait que la ville leur appartient. Elles règnent sur le trottoir et dans la rue. Je trouve, quant à moi, que leur éducation a été fort négligée.

Et M. Marin se mit à rire.

Le curé ne répondait pas. Il allait, un peu voûté, choisissant avec soin les places où il posait le pied pour ne crotter ni sa chaussure, ni sa soutane.

M. Marin reprit :

— C'est pour vous distraire un peu que vous venez à Paris, sans doute.

Le bonhomme répondit :

— Non, j'ai une affaire.

— Ah ! Est-ce une affaire importante ? Oserais-je vous demander de quoi il s'agit ? Si je puis vous être utile, je me mets à votre disposition.

Le curé paraissait embarrassé. Il murmura :

— Oh ! c'est une petite affaire personnelle. Une petite difficulté avec... avec mon évêque. Cela ne vous intéresserait pas. C'est une... une affaire d'ordre intérieur... de... de... matière ecclésiastique.

M. Marin s'empressa.

— Mais c'est justement le Conseil d'État qui règle ces choses-là. Dans ce cas, usez de moi.

— Oui, monsieur, c'est aussi au Conseil d'État que je vais. Vous êtes mille fois trop bon. J'ai à voir M. Lerepère et M. Savon, et aussi peut-être M. Petitpas.

M. Marin s'arrêta net.

— Mais ce sont mes amis, monsieur l'abbé, mes meilleurs amis, d'excellents collègues, des gens charmants. Je vais vous recommander à tous les trois, et chaudement. Comptez sur moi.

Le curé remercia, se confondit en excuses, balbutia mille actions de grâce.

M. Marin était ravi.

— Ah! vous pouvez vous vanter d'avoir une fière chance, monsieur l'abbé. Vous allez voir, vous allez voir que, grâce à moi, votre affaire ira comme sur des roulettes.

Ils arrivaient au Conseil d'État. M. Marin fit monter le prêtre dans son cabinet, lui offrit un siège, l'installa devant le feu, puis prit place lui-même devant la table et se mit à écrire :

« Mon cher collègue, permettez-moi de vous recommander de la façon la plus chaude un vénérable ecclésiastique des plus dignes et des plus méritants, M. l'abbé... »

Il s'interrompit et demanda :

— Votre nom, s'il vous plaît ?

— L'abbé Ceinture.

M. Marin se remit à écrire :

« M. l'abbé Ceinture, qui a besoin de vos bons offices pour une petite affaire dont il vous parlera.

« Je suis heureux de cette circonstance, qui me permet, mon cher collègue... »

Et il termina par les compliments d'usage.

Quand il eut écrit les trois lettres, il les remit à son protégé qui s'en alla après un nombre infini de protestations.

✻

M. Marin accomplit sa besogne, rentra chez lui, passa la journée tranquillement, dormit en paix, se réveilla enchanté et se fit apporter les journaux.

Le premier qu'il ouvrit était une feuille radicale [1]. Il lut :

« Notre clergé et nos fonctionnaires.

« Nous n'en finirons pas d'enregistrer les méfaits du clergé. Un certain prêtre, nommé Ceinture, convaincu d'avoir conspiré contre le gouvernement existant, accusé d'actes indignes que nous n'indiquerons même pas, soupçonné en outre d'être un ancien jésuite [2] métamorphosé en simple prêtre, cassé par un évêque pour des motifs qu'on affirme inavouables, et appelé à Paris pour fournir des explications sur sa conduite, a trouvé un ardent défenseur dans le nommé Marin, conseiller d'État, qui n'a pas craint de donner à ce malfaiteur en soutane les lettres de recommandations les plus pressantes pour tous les fonctionnaires républicains ses collègues.

« Nous signalons l'attitude inqualifiable de ce conseiller d'État à l'attention du ministre... »

M. Marin se dressa d'un bond, s'habilla, courut chez son collègue Petitpas qui lui dit :

— Ah ça, vous êtes fou de me recommander ce vieux conspirateur.

Et M. Marin éperdu, bégaya :

— Mais non... voyez-vous... j'ai été trompé... Il avait l'air si brave homme... il m'a joué... il m'a indignement joué. Je vous en prie, faites-le condamner sévèrement, très sévèrement. Je vais écrire. Dites-moi à qui il faut écrire pour le faire condamner. Je vais trouver le procureur général et l'archevêque de Paris, oui, l'archevêque...

Et s'asseyant brusquement devant le bureau de M. Petitpas, il écrivit :

« Monseigneur, j'ai l'honneur de porter à la connaissance de Votre Grandeur que je viens d'être victime des intrigues et des mensonges d'un certain abbé Ceinture, qui a surpris ma bonne foi.

« Trompé par les protestations de cet ecclésiastique, j'ai pu. .
. .

Puis, quand il eut signé et cacheté sa lettre, il se tourna vers son collègue et déclara :

— Voyez-vous, mon cher ami, que cela vous soit un enseignement, ne recommandez jamais personne.

LA PARURE [1]

C'était une de ces jolies et charmantes filles, nées,
comme par une erreur du destin, dans une famille
d'employés. Elle n'avait pas de dot, pas d'espérances,
aucun moyen d'être connue, comprise, aimée, épousée
par un homme riche et distingué ; et elle se laissa marier
avec un petit commis du ministère de l'Instruction
publique [2].

Elle fut simple, ne pouvant être parée, mais mal-
heureuse comme une déclassée ; car les femmes n'ont
point de caste ni de race, leur beauté, leur grâce et
leur charme leur servant de naissance et de famille.
Leur finesse native, leur instinct d'élégance, leur
souplesse d'esprit sont leur seule hiérarchie, et font
des filles du peuple les égales des plus grandes dames.

Elle souffrait sans cesse, se sentant née pour toutes
les délicatesses et tous les luxes. Elle souffrait de la
pauvreté de son logement, de la misère des murs, de
l'usure des sièges, de la laideur des étoffes. Toutes
ces choses, dont une autre femme de sa caste ne se
serait même pas aperçue, la torturaient et l'indi-
gnaient. La vue de la petite Bretonne qui faisait son
humble ménage éveillait en elle des regrets désolés
et des rêves éperdus. Elle songeait aux antichambres
muettes, capitonnées avec des tentures orientales,
éclairées par de hautes torchères de bronze, et aux deux
grands valets en culotte courte qui dorment dans les

larges fauteuils, assoupis par la chaleur lourde du calorifère. Elle songeait aux grands salons vêtus de soie ancienne, aux meubles fins portant des bibelots inestimables, et aux petits salons coquets, parfumés, faits pour la causerie de cinq heures avec les amis les plus intimes, les hommes connus et recherchés dont toutes les femmes envient et désirent l'attention.

Quand elle s'asseyait, pour dîner, devant la table ronde couverte d'une nappe de trois jours, en face de son mari qui découvrait la soupière en déclarant d'un air enchanté : « Ah ! le bon pot-au-feu ! je ne sais rien de meilleur que cela... », elle songeait aux dîners fins, aux argenteries reluisantes, aux tapisseries peuplant les murailles de personnages anciens et d'oiseaux étranges au milieu d'une forêt de féerie ; elle songeait aux plats exquis servis en des vaisselles merveilleuses, aux galanteries chuchotées et écoutées avec un sourire de sphinx [1], tout en mangeant la chair rose d'une truite ou des ailes de gélinotte.

Elle n'avait pas de toilettes, pas de bijoux, rien. Et elle n'aimait que cela ; elle se sentait faite pour cela. Elle eût tant désiré plaire, être enviée, être séduisante et recherchée.

Elle avait une amie riche, une camarade de couvent qu'elle ne voulait plus aller voir, tant elle souffrait en revenant. Et elle pleurait pendant des jours entiers, de chagrin, de regret, de désespoir et de détresse.

❀

Or, un soir, son mari rentra, l'air glorieux, et tenant à la main une large enveloppe.

— Tiens, dit-il, voici quelque chose pour toi.

Elle déchira vivement le papier et en tira une carte imprimée qui portait ces mots :

« Le ministre de l'Instruction publique et

Loisir

« M^me Georges Ramponneau [1] prient M. et M^me Loisel
« de leur faire l'honneur de venir passer la soirée à
« l'hôtel du ministère, le lundi 18 janvier. »

Au lieu d'être ravie, comme l'espérait son mari, elle
jeta avec dépit l'invitation sur la table, murmu-
rant :

— Que veux-tu que je fasse de cela ?

— Mais, ma chérie, je pensais que tu serais con-
tente. Tu ne sors jamais, et c'est une occasion,
cela, une belle ! J'ai eu une peine infinie à l'obtenir.
Tout le monde en veut ; c'est très recherché et on
n'en donne pas beaucoup aux employés. Tu verras
là tout le monde officiel.

Elle le regardait d'un œil irrité, et elle déclara
avec impatience :

— Que veux-tu que je me mette sur le dos pour
aller là ?

Il n'y avait pas songé ; il balbutia :

— Mais la robe avec laquelle tu vas au théâtre.
Elle me semble très bien, à moi...

Il se tut, stupéfait, éperdu, en voyant que sa
femme pleurait. Deux grosses larmes descendaient
lentement des coins des yeux vers les coins de la
bouche ; il bégaya :

— Qu'as-tu ? qu'as-tu ?

Mais, par un effort violent, elle avait dompté sa
peine et elle répondit d'une voix calme en essuyant
ses joues humides :

— Rien. Seulement je n'ai pas de toilette et par
conséquent je ne peux aller à cette fête. Donne ta
carte à quelque collègue dont la femme sera mieux
nippée que moi.

Il était désolé. Il reprit :

— Voyons, Mathilde. Combien cela coûterait-il,
une toilette convenable, qui pourrait te servir encore
en d'autres occasions, quelque chose de très simple ?

Elle réfléchit quelques secondes, établissant ses
comptes et songeant aussi à la somme qu'elle pouvait

demander sans s'attirer un refus immédiat et une exclamation effarée du commis économe.

Enfin, elle répondit en hésitant :

— Je ne sais pas au juste, mais il me semble qu'avec quatre cents francs je pourrais arriver.

Il avait un peu pâli, car il réservait juste cette somme pour acheter un fusil et s'offrir des parties de chasse, l'été suivant, dans la plaine de Nanterre, avec quelques amis qui allaient tirer des alouettes, par là, le dimanche.

Il dit cependant :

— Soit. Je te donne quatre cents francs. Mais tâche d'avoir une belle robe.

*

Le jour de la fête approchait, et M^{me} Loisel semblait triste, inquiète, anxieuse. Sa toilette était prête cependant. Son mari lui dit un soir :

— Qu'as-tu ? Voyons, tu es toute drôle depuis trois jours.

Et elle répondit :

— Cela m'ennuie de n'avoir pas un bijou, pas une pierre, rien à mettre sur moi. J'aurai l'air misère comme tout. J'aimerais presque mieux ne pas aller à cette soirée.

Il reprit :

— Tu mettras des fleurs naturelles. C'est très chic, en cette saison-ci. Pour dix francs tu auras deux ou trois roses magnifiques.

Elle n'était point convaincue.

— Non... il n'y a rien de plus humiliant que d'avoir l'air pauvre au milieu de femmes riches.

Mais son mari s'écria :

— Que tu es bête ! Va trouver ton amie M^{me} Forestier [1] et demande-lui de te prêter des bijoux. Tu es bien assez liée avec elle pour faire cela.

Elle poussa un cri de joie.

— C'est vrai. Je n'y avais point pensé.

Le lendemain, elle se rendit chez son amie et lui conta sa détresse.

M^me Forestier alla vers son armoire à glace, prit un large coffret, l'apporta, l'ouvrit, et dit à M^me Loisel :

— Choisis, ma chère.

Elle vit d'abord des bracelets, puis un collier de perles, puis une croix vénitienne, or et pierreries, d'un admirable travail. Elle essayait les parures devant la glace, hésitait, ne pouvait se décider à les quitter, à les rendre. Elle demandait toujours :

— Tu n'as plus rien autre ?

— Mais si. Cherche. Je ne sais pas ce qui peut te plaire.

Tout à coup elle découvrit, dans une boîte de satin noir, une superbe rivière de diamants ; et son cœur se mit à battre d'un désir immodéré. Ses mains tremblaient en la prenant. Elle l'attacha autour de sa gorge, sur sa robe montante, et demeura en extase devant elle-même.

Puis, elle demanda, hésitante, pleine d'angoisse :

— Peux-tu me prêter cela, rien que cela ?

— Mais oui, certainement.

Elle sauta au cou de son amie, l'embrassa avec emportement, puis s'enfuit avec son trésor.

*

Le jour de la fête arriva. M^me Loisel eut un succès. Elle était plus jolie que toutes, élégante, gracieuse, souriante et folle de joie. Tous les hommes la regardaient, demandaient son nom, cherchaient à être présentés. Tous les attachés du cabinet voulaient valser avec elle. Le ministre la remarqua.

Elle dansait avec ivresse, avec emportement, grisée par le plaisir, ne pensant plus à rien, dans le triomphe de sa beauté, dans la gloire de son succès, dans une

sorte de nuage de bonheur fait de tous ces hommages, de toutes ces admirations, de tous ces désirs éveillés, de cette victoire si complète et si douce au cœur des femmes.

Elle partit vers quatre heures du matin. Son mari, depuis minuit, dormait dans un petit salon désert avec trois autres messieurs dont les femmes s'amusaient beaucoup.

Il lui jeta sur les épaules les vêtements qu'il avait apportés pour la sortie, modestes vêtements de la vie ordinaire, dont la pauvreté jurait avec l'élégance de la toilette de bal. Elle le sentit et voulut s'enfuir, pour ne pas être remarquée par les autres femmes qui s'enveloppaient de riches fourrures.

Loisel la retenait :

— Attends donc. Tu vas attraper froid dehors. Je vais appeler un fiacre.

Mais elle ne l'écoutait point et descendait rapidement l'escalier. Lorsqu'ils furent dans la rue, ils ne trouvèrent pas de voiture ; et ils se mirent à chercher, criant après les cochers qu'ils voyaient passer de loin.

Ils descendaient vers la Seine, désespérés, grelottants. Enfin ils trouvèrent sur le quai un de ces vieux coupés noctambules qu'on ne voit dans Paris que la nuit venue, comme s'ils eussent été honteux de leur misère pendant le jour.

Il les ramena jusqu'à leur porte, rue des Martyrs, et ils remontèrent tristement chez eux. C'était fini, pour elle. Et il songeait, lui, qu'il faudrait être au Ministère à dix heures.

Elle ôta les vêtements dont elle s'était enveloppé les épaules, devant la glace, afin de se voir encore une fois dans sa gloire. Mais soudain elle poussa un cri. Elle n'avait plus sa rivière autour du cou.

Son mari, à moitié dévêtu déjà, demanda :

— Qu'est-ce que tu as ?

Elle se tourna vers lui, affolée :

— J'ai... j'ai... je n'ai plus la rivière de madame Forestier.

Il se dressa, éperdu :

— Quoi!... comment!... Ce n'est pas possible!

Et ils cherchèrent dans les plis de la robe, dans les plis du manteau, dans les poches, partout. Ils ne la trouvèrent point.

Il demandait :

— Tu es sûre que tu l'avais encore en quittant le bal?

— Oui, je l'ai touchée dans le vestibule du Ministère.

— Mais, si tu l'avais perdue dans la rue, nous l'aurions entendue tomber. Elle doit être dans le fiacre.

— Oui. C'est probable. As-tu pris le numéro?

— Non. Et toi, tu ne l'as pas regardé?

— Non.

Ils se contemplaient atterrés. Enfin Loisel se rhabilla.

— Je vais, dit-il, refaire tout le trajet que nous avons fait à pied, pour voir si je ne la retrouverai pas.

Et il sortit. Elle demeura en toilette de soirée, sans force pour se coucher, abattue sur une chaise, sans feu, sans pensée.

Son mari rentra vers sept heures. Il n'avait rien trouvé.

Il se rendit à la Préfecture de police, aux journaux, pour faire promettre une récompense, aux compagnies de petites voitures, partout enfin où un soupçon d'espoir le poussait.

Elle attendit tout le jour, dans le même état d'effarement devant cet affreux désastre.

Loisel revint le soir, avec la figure creusée, pâlie; il n'avait rien découvert.

— Il faut, dit-il, écrire à ton amie que tu as brisé la fermeture de sa rivière et que tu la fais réparer. Cela nous donnera le temps de nous retourner.

Elle écrivit sous sa dictée.

*

Au bout d'une semaine, ils avaient perdu toute espérance.

Et Loisel, vieilli de cinq ans, déclara :

— Il faut aviser à remplacer ce bijou.

Ils prirent, le lendemain, la boîte qui l'avait renfermé, et se rendirent chez le joaillier, dont le nom se trouvait dedans. Il consulta ses livres :

— Ce n'est pas moi, madame, qui ai vendu cette rivière ; j'ai dû seulement fournir l'écrin.

Alors ils allèrent de bijoutier en bijoutier, cherchant une parure pareille à l'autre, consultant leurs souvenirs, malades tous deux de chagrin et d'angoisse.

Ils trouvèrent, dans une boutique du Palais-Royal, un chapelet de diamants qui leur parut entièrement semblable à celui qu'ils cherchaient. Il valait quarante mille francs. On le leur laisserait à trente-six mille.

Ils prièrent donc le joaillier de ne pas le vendre avant trois jours. Et ils firent condition qu'on le reprendrait pour trente-quatre mille francs, si le premier était retrouvé avant la fin de février.

Loisel possédait dix-huit mille francs que lui avait laissés son père. Il emprunterait le reste.

Il emprunta, demandant mille francs à l'un, cinq cents à l'autre, cinq louis par-ci, trois louis par-là. Il fit des billets, prit des engagements ruineux, eut affaire aux usuriers, à toutes les races de prêteurs. Il compromit toute la fin de son existence, risqua sa signature sans savoir même s'il pourrait y faire honneur, et, épouvanté par les angoisses de l'avenir, par la noire misère qui allait s'abattre sur lui, par la perspective de toutes les privations physiques et de toutes les tortures morales, il alla chercher la rivière nouvelle, en déposant sur le comptoir du marchand trente-six mille francs.

Quand M^me Loisel reporta la parure à M^me Forestier, celle-ci lui dit, d'un air froissé :

— Tu aurais dû me la rendre plus tôt, car je pouvais en avoir besoin.

Elle n'ouvrit pas l'écrin, ce que redoutait son amie. Si elle s'était aperçue de la substitution, qu'aurait-elle pensé ? qu'aurait-elle dit ? Ne l'aurait-elle pas prise pour une voleuse ?

*

M^me Loisel connut la vie horrible des nécessiteux. Elle prit son parti, d'ailleurs, tout d'un coup, héroïquement. Il fallait payer cette dette effroyable. Elle payerait. On renvoya la bonne ; on changea de logement ; on loua sous les toits une mansarde.

Elle connut les gros travaux du ménage, les odieuses besognes de la cuisine. Elle lava la vaisselle, usant ses ongles roses sur les poteries grasses et le fond des casseroles. Elle savonna le linge sale, les chemises et les torchons, qu'elle faisait sécher sur une corde ; elle descendit à la rue, chaque matin, les ordures, et monta l'eau, s'arrêtant à chaque étage pour souffler. Et, vêtue comme une femme du peuple, elle alla chez le fruitier, chez l'épicier, chez le boucher, le panier au bras, marchandant, injuriée, défendant sou à sou son misérable argent.

Il fallait chaque mois payer des billets, en renouveler d'autres, obtenir du temps.

Le mari travaillait, le soir, à mettre au net les comptes d'un commerçant, et la nuit, souvent, il faisait de la copie à cinq sous la page.

Et cette vie dura dix ans.

Au bout de dix ans, ils avaient tout restitué, tout, avec le taux de l'usure, et l'accumulation des intérêts superposés.

M^me Loisel semblait vieille, maintenant. Elle était devenue la femme forte, et dure, et rude, des ménages

pauvres. Mal peignée, avec les jupes de travers et les mains rouges, elle parlait haut, lavait à grande eau les planchers. Mais parfois, lorsque son mari était au bureau, elle s'asseyait auprès de la fenêtre, et elle songeait à cette soirée d'autrefois, à ce bal, où elle avait été si belle et si fêtée.

Que serait-il arrivé si elle n'avait point perdu cette parure? Qui sait? qui sait? Comme la vie est singulière, changeante! Comme il faut peu de chose pour vous perdre ou vous sauver [1]!

le hasard *

Or, un dimanche, comme elle était allée faire un tour aux Champs-Élysées pour se délasser des besognes de la semaine, elle aperçut tout à coup une femme qui promenait un enfant. C'était M^me Forestier, toujours jeune, toujours belle, toujours séduisante.

M^me Loisel se sentit émue. Allait-elle lui parler? Oui, certes. Et maintenant qu'elle avait payé, elle lui dirait tout. Pourquoi pas?

Elle s'approcha.

— Bonjour, Jeanne.

L'autre ne la reconnaissait point, s'étonnant d'être appelée ainsi familièrement par cette bourgeoise. Elle balbutia :

— Mais... madame!... Je ne sais... Vous devez vous tromper.

— Non. Je suis Mathilde Loisel.

Son amie poussa un cri :

— Oh!... ma pauvre Mathilde, comme tu es changée!...

— Oui, j'ai eu des jours bien durs, depuis que je ne t'ai vue ; et bien des misères... et cela à cause de toi!...

— De moi... Comment ça?

— Tu te rappelles bien cette rivière de diamants que tu m'as prêtée pour aller à la fête du Ministère.

— Oui. Eh bien?

— Eh bien, je l'ai perdue.

— Comment! puisque tu me l'as rapportée.

— Je t'en ai rapporté une autre toute pareille. Et voilà dix ans que nous la payons. Tu comprends que ça n'était pas aisé pour nous, qui n'avions rien... Enfin c'est fini, et je suis rudement contente.

Mme Forestier s'était arrêtée.

— Tu dis que tu as acheté une rivière de diamants pour remplacer la mienne?

— Oui. Tu ne t'en étais pas aperçue, hein? Elles étaient bien pareilles.

Et elle souriait d'une joie orgueilleuse et naïve.

Mme Forestier, fort émue, lui prit les deux mains.

— Oh! ma pauvre Mathilde! Mais la mienne était fausse. Elle valait au plus cinq cents francs [1]!...

LE BONHEUR [1]

C'était l'heure du thé, avant l'entrée des lampes. La villa dominait la mer ; le soleil disparu avait laissé le ciel tout rose de son passage, frotté de poudre d'or ; et la Méditerranée, sans une ride, sans un frisson, lisse, luisante encore sous le jour mourant, semblait une plaque de métal polie et démesurée.

Au loin, sur la droite, les montagnes dentelées dessinaient leur profil noir sur la pourpre pâlie du couchant.

On parlait de l'amour, on discutait ce vieux sujet, on redisait des choses qu'on avait dites, déjà, bien souvent. La mélancolie douce du crépuscule alentissait les paroles, faisait flotter un attendrissement dans les âmes, et ce mot : « amour », qui revenait sans cesse, tantôt prononcé par une forte voix d'homme, tantôt dit par une voix de femme au timbre léger, paraissait emplir le petit salon, y voltiger comme un oiseau, y planer comme un esprit.

Peut-on aimer plusieurs années de suite ?

— Oui, prétendaient les uns.

— Non, affirmaient les autres.

On distinguait les cas, on établissait des démarcations, on citait des exemples ; et tous, hommes et femmes, pleins de souvenirs surgissants et troublants, qu'ils ne pouvaient citer et qui leur mon-

taient aux lèvres, semblaient émus, parlaient de
cette chose banale et souveraine, l'accord tendre
et mystérieux de deux êtres, avec une émotion pro-
fonde et un intérêt ardent.

Mais tout à coup quelqu'un, ayant les yeux fixés
au loin, s'écria :

— Oh! voyez, là-bas, qu'est-ce que c'est?

Sur la mer, au fond de l'horizon, surgissait une
masse grise, énorme et confuse.

Les femmes s'étaient levées et regardaient sans
comprendre cette chose surprenante qu'elles n'avaient
jamais vue.

Quelqu'un dit :

— C'est la Corse! On l'aperçoit ainsi deux ou trois
fois par an dans certaines conditions d'atmosphère
exceptionnelles, quand l'air, d'une limpidité parfaite,
ne la cache plus par ces brumes de vapeur d'eau qui
voilent toujours les lointains [1].

On distinguait vaguement les crêtes, on crut re-
connaître la neige des sommets. Et tout le monde
restait surpris, troublé, presque effrayé par cette
brusque apparition d'un monde, par ce fantôme
sorti de la mer. Peut-être eurent-ils de ces visions
étranges, ceux qui partirent, comme Colomb, à tra-
vers les océans inexplorés.

Alors un vieux monsieur, qui n'avait pas encore
parlé, prononça :

— Tenez, j'ai connu dans cette île, qui se dresse
devant nous, comme pour répondre elle-même à ce
que nous disions et me rappeler un singulier souvenir,
j'ai connu un exemple admirable d'un amour constant,
d'un amour invraisemblablement heureux.

Le voici.

*

Je fis, voilà cinq ans, un voyage en Corse. Cette
île sauvage est plus inconnue et plus loin de nous que

l'Amérique, bien qu'on la voie quelquefois des côtes
de France, comme aujourd'hui.

Figurez-vous un monde encore en chaos, une
tempête de montagnes que séparent des ravins étroits
où roulent des torrents ; pas une plaine, mais
d'immenses vagues de granit et de géantes ondula-
tions de terre couvertes de maquis ou de hautes forêts
de châtaigniers et de pins. C'est un sol vierge, inculte,
désert, bien que parfois on aperçoive un village,
pareil à un tas de rochers au sommet d'un mont.
Point de culture, aucune industrie, aucun art. On ne
rencontre jamais un morceau de bois travaillé, un
bout de pierre sculptée, jamais le souvenir du goût
enfantin ou raffiné des ancêtres pour les choses gra-
cieuses et belles. C'est là même ce qui frappe le plus
en ce superbe et dur pays : l'indifférence héréditaire
pour cette recherche des formes séduisantes qu'on
appelle l'art.

L'Italie, où chaque palais, plein de chefs-d'œuvre,
est un chef-d'œuvre lui-même, où le marbre, le
bois, le bronze, le fer, les métaux et les pierres
attestent le génie de l'homme, où les plus petits
objets anciens qui traînent dans les vieilles maisons
révèlent ce divin souci de la grâce, est pour nous
tous la patrie sacrée que l'on aime parce qu'elle nous
montre et nous prouve l'effort, la grandeur, la puis-
sance et le triomphe de l'intelligence créatrice.

Et, en face d'elle, la Corse sauvage est restée
telle qu'en ses premiers jours. L'être y vit dans sa
maison grossière, indifférent à tout ce qui ne touche
point son existence même ou ses querelles de famille.
Et il est resté avec les défauts et les qualités des races
incultes, violent, haineux, sanguinaire avec incons-
cience, mais aussi hospitalier, généreux, dévoué, naïf,
ouvrant sa porte aux passants et donnant son amitié
fidèle pour la moindre marque de sympathie.

Donc, depuis un mois, j'errais à travers cette île
magnifique, avec la sensation que j'étais au bout

du monde. Point d'auberges, point de cabarets, point
de routes. On gagne, par des sentiers à mulets, ces
hameaux accrochés au flanc des montagnes, qui
dominent des abîmes tortueux d'où l'on entend
monter, le soir, le bruit continu, la voix sourde et
profonde du torrent. On frappe aux portes des mai-
sons. On demande un abri pour la nuit et de quoi
vivre jusqu'au lendemain. Et on s'assoit à l'humble
table, et on dort sous l'humble toit ; et on serre, au
matin, la main tendue de l'hôte qui vous a conduit
jusqu'aux limites du village.

Or, un soir, après dix heures de marche, j'attei-
gnis une petite demeure toute seule au fond d'un
étroit vallon qui allait se jeter à la mer une lieue
plus loin. Les deux pentes rapides de la montagne,
couvertes de maquis, de rocs éboulés et de grands
arbres, enfermaient comme deux sombres murailles
ce ravin lamentablement triste.

Autour de la chaumière, quelques vignes, un petit
jardin, et plus loin, quelques grands châtaigniers, de
quoi vivre enfin, une fortune pour ce pays pauvre.

La femme qui me reçut était vieille, sévère et
propre, par exception. L'homme, assis sur une chaise
de paille, se leva pour me saluer, puis se rassit sans
dire un mot. Sa compagne me dit :

— Excusez-le ; il est sourd maintenant. Il a quatre-
vingt-deux ans.

Elle parlait le français de France. Je fus surpris.
Je lui demandai :

— Vous n'êtes pas de Corse ?

Elle répondit :

— Non ; nous sommes des continentaux. Mais
voilà cinquante ans que nous habitons ici.

Une sensation d'angoisse et de peur me saisit à
la pensée de ces cinquante années écoulées dans ce
trou sombre, si loin des villes où vivent les hommes.
Un vieux berger rentra, et l'on se mit à manger le
seul plat du dîner, une soupe épaisse où avaient cuit

ensemble des pommes de terre, du lard et des choux.

Lorsque le court repas fut fini, j'allai m'asseoir devant la porte, le cœur serré par la mélancolie du morne paysage, étreint par cette détresse qui prend parfois les voyageurs en certains soirs tristes, en certains lieux désolés. Il semble que tout soit près de finir, l'existence et l'univers. On perçoit brusquement l'affreuse misère de la vie, l'isolement de tous, le néant de tout et la noire solitude du cœur qui se berce et se trompe lui-même par des rêves jusqu'à la mort.

La vieille femme me rejoignit et, torturée par cette curiosité qui vit toujours au fond des âmes les plus résignées :

— Alors, vous venez de France ? dit-elle.

— Oui, je voyage pour mon plaisir.

— Vous êtes de Paris, peut-être ?

— Non, je suis de Nancy.

Il me sembla qu'une émotion extraordinaire l'agitait. Comment ai-je vu ou plutôt senti cela, je n'en sais rien.

Elle répéta d'une voix lente :

— Vous êtes de Nancy ?

L'homme parut dans la porte, impassible comme sont les sourds.

Elle reprit :

— Ça ne fait rien. Il n'entend pas.

Puis, au bout de quelques secondes :

— Alors, vous connaissez du monde à Nancy ?

— Mais oui, presque tout le monde.

— La famille de Sainte-Allaize ?

— Oui, très bien ; c'étaient des amis de mon père.

— Comment vous appelez-vous ?

Je dis mon nom. Elle me regarda fixement, puis prononça, de cette voix basse qu'éveillent les souvenirs :

— Oui, oui, je me rappelle bien. Et les Brisemare, qu'est-ce qu'ils sont devenus ?

— Tous sont morts.

— Ah! Et les Sirmont, vous les connaissiez?

— Oui, le dernier est général.

Alors elle dit, frémissante d'émotion, d'angoisse, de je ne sais quel sentiment confus, puissant et sacré, de je ne sais quel besoin d'avouer, de dire tout, de parler de ces choses qu'elle avait tenues jusque-là enfermées au fond de son cœur, et de ces gens dont le nom bouleversait son âme :

— Oui, Henri de Sirmont. Je le sais bien. C'est mon frère.

Et je levai les yeux vers elle, effaré de surprise. Et tout d'un coup le souvenir me revint.

Cela avait fait, jadis, un gros scandale dans la noble Lorraine. Une jeune fille, belle et riche, Suzanne de Sirmont, avait été enlevée par un sous-officier de hussards du régiment que commandait son père.

C'était un beau garçon, fils de paysans, mais portant bien le dolman bleu, ce soldat qui avait séduit la fille de son colonel. Elle l'avait vu, remarqué, aimé en regardant défiler les escadrons, sans doute. Mais comment lui avait-elle parlé, comment avaient-ils pu se voir, s'entendre? comment avait-elle osé lui faire comprendre qu'elle l'aimait? Cela, on ne le sut jamais.

On n'avait rien deviné, rien pressenti. Un soir, comme le soldat venait de finir son temps, il disparut avec elle. On les chercha, on ne les retrouva pas. On n'en eut jamais des nouvelles et on la considérait comme morte.

Et je la retrouvais ainsi dans ce sinistre vallon.

Alors je repris à mon tour :

— Oui, je me rappelle bien. Vous êtes mademoiselle Suzanne.

Elle fit « oui », de la tête. Des larmes tombaient de ses yeux. Alors, me montrant d'un regard le vieillard immobile sur le seuil de sa masure, elle me dit :

— C'est lui.

Et je compris qu'elle l'aimait toujours, qu'elle le voyait encore avec ses yeux séduits.

Je demandai :

— Avez-vous été heureuse au moins?

Elle répondit, avec une voix qui venait du cœur :

— Oh! oui, très heureuse. Il m'a rendue très heureuse. Je n'ai jamais rien regretté.

Je la contemplais, triste, surpris, émerveillé par la puissance de l'amour! Cette fille riche avait suivi cet homme, ce paysan. Elle était devenue elle-même une paysanne. Elle s'était faite à sa vie sans charmes, sans luxe, sans délicatesse d'aucune sorte ; elle s'était pliée à ses habitudes simples. Et elle l'aimait encore. Elle était devenue une femme de rustre, en bonnet, en jupe de toile. Elle mangeait dans un plat de terre sur une table de bois, assise sur une chaise de paille, une bouillie de choux et de pommes de terre au lard. Elle couchait sur une paillasse à son côté.

Elle n'avait jamais pensé à rien, qu'à lui! Elle n'avait regretté ni les parures, ni les étoffes, ni les élégances, ni la mollesse des sièges, ni la tiédeur parfumée des chambres enveloppées de tentures, ni la douceur des duvets où plongent les corps pour le repos. Elle n'avait eu jamais besoin que de lui ; pourvu qu'il fût là, elle ne désirait rien.

Elle avait abandonné la vie, toute jeune, et le monde, et ceux qui l'avaient élevée, aimée. Elle était venue, seule avec lui, en ce sauvage ravin. Et il avait été tout pour elle, tout ce qu'on désire, tout ce qu'on rêve, tout ce qu'on attend sans cesse, tout ce qu'on espère sans fin. Il avait empli de bonheur son existence, d'un bout à l'autre.

Elle n'aurait pas pu être plus heureuse.

Et toute la nuit, en écoutant le souffle rauque du vieux soldat étendu sur son grabat, à côté de celle qui l'avait suivi si loin, je pensais à cette étrange et simple aventure, à ce bonheur si complet, fait de si peu.

Et je partis au soleil levant, après avoir serré la main des deux vieux époux [1].

*

Le conteur se tut. Une femme dit :

— C'est égal, elle avait un idéal trop facile, des besoins trop primitifs et des exigences trop simples. Ce ne pouvait être qu'une sotte.

Une autre prononça d'une voix lente :

— Qu'importe! elle fut heureuse.

Et là-bas, au fond de l'horizon, la Corse s'enfonçait dans la nuit, rentrait lentement dans la mer, effaçait sa grande ombre apparue comme pour raconter elle-même l'histoire des deux humbles amants qu'abritait son rivage.

LA CHEVELURE [1]

Les murs de la cellule étaient nus, peints à la chaux [2]. Une fenêtre étroite et grillée, percée très haut de façon qu'on ne pût pas y atteindre, éclairait cette petite pièce claire et sinistre ; et le fou, assis sur une chaise de paille, nous regardait d'un œil fixe, vague et hanté. Il était fort maigre, avec des joues creuses et des cheveux presque blancs qu'on devinait blanchis en quelques mois. Ses vêtements semblaient trop larges pour ses membres secs, pour sa poitrine rétrécie, pour son ventre creux. On sentait cet homme ravagé, rongé par sa pensée, par une Pensée, comme un fruit par un ver. Sa Folie, son idée était là, dans cette tête, obstinée, harcelante, dévorante. Elle mangeait le corps peu à peu. Elle, l'Invisible, l'Impalpable, l'Insaisissable, l'Immatérielle Idée minait la chair, buvait le sang, éteignait la vie.

Quel mystère que cet homme tué par un Songe ! Il faisait peine, peur et pitié, ce Possédé ! Quel rêve étrange, épouvantable et mortel habitait dans ce front, qu'il plissait de rides profondes, sans cesse remuantes ?

Le médecin me dit : « Il a de terribles accès de fureur, c'est un des déments les plus singuliers que j'aie vus. Il est atteint de folie érotique et macabre. C'est une sorte de nécrophile. Il a d'ailleurs écrit son journal qui nous montre le plus clairement du monde

la maladie de son esprit. Sa folie y est pour ainsi dire
palpable. Si cela vous intéresse, vous pouvez parcourir
ce document. » Je suivis le docteur dans son cabinet,
et il me remit le journal de ce misérable homme [1].
« Lisez, dit-il, et vous me direz votre avis. »

Voici ce que contenait ce cahier :

*

Jusqu'à l'âge de trente-deux ans, je vécus tran-
quille, sans amour. La vie m'apparaissait très simple,
très bonne et très facile. J'étais riche. J'avais du
goût pour tant de choses que je ne pouvais éprouver
de passion pour rien. C'est bon de vivre! Je me ré-
veillais heureux, chaque jour, pour faire des choses
qui me plaisaient, et je me couchais satisfait, avec
l'espérance paisible du lendemain et de l'avenir sans
souci.

J'avais eu quelques maîtresses sans avoir jamais
senti mon cœur affolé par le désir ou mon âme meur-
trie d'amour après la possession. C'est bon de vivre
ainsi. C'est meilleur d'aimer, mais terrible. Encore,
ceux qui aiment comme tout le monde doivent-ils
éprouver un ardent bonheur, moindre que le mien
peut-être, car l'amour est venu me trouver d'une
incroyable manière.

Étant riche, je recherchais les meubles anciens et
les vieux objets [2] ; et souvent je pensais aux mains
inconnues qui avaient palpé ces choses, aux yeux
qui les avaient admirées, aux cœurs qui les avaient
aimées, car on aime les choses! Je restais souvent
pendant des heures, des heures et des heures, à regar-
der une petite montre du siècle dernier. Elle était
si mignonne, si jolie, avec son émail et son or ciselé.
Et elle marchait encore comme au jour où une
femme l'avait achetée dans le ravissement de pos-
séder ce fin bijou. Elle n'avait point cessé de palpiter,
de vivre sa vie de mécanique, et elle continuait tou-

jours son tic tac régulier, depuis un siècle passé. Qui
donc l'avait portée la première sur son sein dans la
tiédeur des étoffes, le cœur de la montre battant
contre le cœur de la femme ? Quelle main l'avait
tenue au bout de ses doigts un peu chauds, l'avait
tournée, retournée, puis avait essuyé les bergers de
porcelaine ternis une seconde par la moiteur de la
peau ? Quels yeux avaient épié sur ce cadran fleuri
l'heure attendue, l'heure chérie, l'heure divine ?

Comme j'aurais voulu la connaître, la voir, la
femme qui avait choisi cet objet exquis et rare ! Elle
est morte ! Je suis possédé par le désir des femmes
d'autrefois ; j'aime, de loin, toutes celles qui ont
aimé ! — L'histoire des tendresses passées m'emplit
le cœur de regrets. Oh ! la beauté, les sourires, les
caresses jeunes, les espérances ! Tout cela ne devrait-il
pas être éternel !

Comme j'ai pleuré, pendant des nuits entières, sur
les pauvres femmes de jadis, si belles, si tendres, si
douces, dont les bras se sont ouverts pour le baiser et
qui sont mortes ! Le baiser est immortel, lui ! Il va
de lèvre en lèvre, de siècle en siècle, d'âge en âge. —
Les hommes le recueillent, le donnent et meurent [1].

Le passé m'attire, le présent m'effraye parce que
l'avenir c'est la mort. Je regrette tout ce qui s'est
fait, je pleure tous ceux qui ont vécu ; je voudrais
arrêter le temps, arrêter l'heure. Mais elle va, elle va,
elle passe, elle me prend de seconde en seconde un
peu de moi pour le néant de demain. Et je ne revivrai
jamais [2].

Adieu celles d'hier. Je vous aime.

Mais je ne suis pas à plaindre. Je l'ai trouvée, moi,
celle que j'attendais ; et j'ai goûté par elle d'in-
croyables plaisirs.

Je rôdais dans Paris par un matin de soleil, l'âme
en fête, le pied joyeux, regardant les boutiques avec
cet intérêt vague du flâneur. Tout à coup, j'aperçus
chez un marchand d'antiquités un meuble italien

du XVII^e siècle. Il était fort beau, fort rare. Je l'at-
tribuai à un artiste vénitien du nom de Vitelli, qui
fut célèbre à cette époque.

Puis je passai.

Pourquoi le souvenir de ce meuble me poursuivit-il
avec tant de force que je revins sur mes pas ? Je
m'arrêtai de nouveau devant le magasin pour le
revoir, et je sentis qu'il me tentait.

Quelle singulière chose que la tentation ! On regarde
un objet et, peu à peu, il vous séduit, vous trouble,
vous envahit comme ferait un visage de femme. Son
charme entre en vous, charme étrange qui vient de sa
forme, de sa couleur, de sa physionomie de chose ;
et on l'aime déjà, on le désire, on le veut. Un besoin
de possession vous gagne, besoin doux d'abord, comme
timide, mais qui s'accroît, devient violent, irrésistible.

Et les marchands semblent deviner à la flamme du
regard l'envie secrète et grandissante.

J'achetai ce meuble et je le fis porter chez moi tout
de suite. Je le plaçai dans ma chambre.

Oh ! je plains ceux qui ne connaissent pas cette
lune de miel du collectionneur avec le bibelot qu'il
vient d'acheter. On le caresse de l'œil et de la main
comme s'il était de chair, on revient à tout moment
près de lui, on y pense toujours, où qu'on aille, quoi
qu'on fasse. Son souvenir aimé vous suit dans la rue,
dans le monde, partout ; et quand on rentre chez soi,
avant même d'avoir ôté ses gants et son chapeau, on
va le contempler avec une tendresse d'amant.

Vraiment, pendant huit jours, j'adorai ce meuble.
J'ouvrais à chaque instant ses portes, ses tiroirs ; je
le maniais avec ravissement, goûtant toutes les joies
intimes de la possession.

Or, un soir, je m'aperçus, en tâtant l'épaisseur d'un
panneau, qu'il devait y avoir là une cachette. Mon
cœur se mit à battre, et je passai la nuit à chercher le
secret sans le pouvoir découvrir.

J'y parvins le lendemain en enfonçant une lame

dans une fente de la boiserie. Une planche glissa et j'aperçus, étalée sur un fond de velours noir, une merveilleuse chevelure de femme!

Oui, une chevelure, une énorme natte de cheveux blonds, presque roux, qui avaient dû être coupés contre la peau, et liés par une corde d'or.

Je demeurai stupéfait, tremblant, troublé! Un parfum presque insensible, si vieux qu'il semblait l'âme d'une odeur, s'envolait de ce tiroir mystérieux et de cette surprenante relique.

Je la pris, doucement, presque religieusement, et je la tirai de sa cachette. Aussitôt elle se déroula, répandant son flot doré qui tomba jusqu'à terre, épais et léger, souple et brillant comme la queue en feu d'une comète.

Une émotion étrange me saisit. Qu'était-ce que cela? Quand? comment? pourquoi ces cheveux avaient-ils été enfermés dans ce meuble? Quelle aventure, quel drame cachait ce souvenir?

Qui les avait coupés? un amant un jour d'adieu? un mari un jour de vengeance? ou bien celle qui les avait portés sur son front, un jour de désespoir?

Était-ce à l'heure d'entrer au cloître qu'on avait jeté là cette fortune d'amour, comme un gage laissé au monde des vivants? Était-ce à l'heure de la clouer dans la tombe, la jeune et belle morte, que celui qui l'adorait avait gardé la parure de sa tête, la seule chose qu'il pût conserver d'elle, la seule partie vivante de sa chair qui ne dût point pourrir, la seule qu'il pouvait aimer encore et caresser, et baiser dans ses rages de douleur?

N'était-ce point étrange que cette chevelure fût demeurée ainsi, alors qu'il ne restait plus une parcelle du corps dont elle était née?

Elle me coulait sur les doigts, me chatouillait la peau d'une caresse singulière, d'une caresse de morte. Je me sentais attendri comme si j'allais pleurer.

Je la gardai longtemps, longtemps en mes mains, puis il me sembla qu'elle m'agitait, comme si quelque chose de l'âme fût resté caché dedans. Et je la remis sur le velours terni par le temps, et je repoussai le tiroir, et je refermai le meuble, et je m'en allai par les rues pour rêver.

*

J'allais devant moi, plein de tristesse, et aussi plein de trouble, de ce trouble qui vous reste au cœur après un baiser d'amour. Il me semblait que j'avais vécu autrefois déjà, que j'avais dû connaître cette femme.

Et les vers de Villon me montèrent aux lèvres, ainsi qu'y monte un sanglot :

> *Dictes-moy où, ne en quel pays*
> *Est Flora, la belle Romaine,*
> *Archipiada, ne Thaïs,*
> *Qui fut sa cousine germaine ?*
> *Écho parlant quand bruyt on maine,*
> *Dessus rivière, ou sus estan ;*
> *Qui beauté eut plus que humaine ?*
> *Mais où sont les neiges d'antan ?*
>
> *La royne blanche comme un lys*
> *Qui chantoit à voix de sereine,*
> *Berthe au grand pied, Bietris, Allys,*
> *Harembourges qui tint le Mayne,*
> *Et Jehanne la bonne Lorraine*
> *Que Anglais bruslèrent à Rouen ?*
> *Où sont-ils, Vierge souveraine ?*
> *Mais où sont les neiges d'antan [1] ?*

Quand je rentrai chez moi, j'éprouvai un irrésistible désir de revoir mon étrange trouvaille ; et je la repris, et je sentis, en la touchant, un long frisson qui me courut dans les membres.

Durant quelques jours cependant, je demeurai

dans mon état ordinaire, bien que la pensée vive de
cette chevelure ne me quittât plus.

Dès que je rentrais, il fallait que je la visse et que je
la maniasse. Je tournais la clef de l'armoire avec ce
frémissement qu'on a en ouvrant la porte de la bien-
aimée, car j'avais aux mains et au cœur un besoin
confus, singulier, continu, sensuel de tremper mes
doigts dans ce ruisseau charmant de cheveux morts.

Puis, quand j'avais fini de la caresser, quand
j'avais refermé le meuble, je la sentais là toujours,
comme si elle eût été un être vivant, caché, prisonnier ;
je la sentais et je la désirais encore ; j'avais de nouveau
le besoin impérieux de la reprendre, de la palper, de
m'énerver jusqu'au malaise par ce contact froid, glis-
sant, irritant, affolant, délicieux.

Je vécus ainsi un mois ou deux, je ne sais plus.
Elle m'obsédait, me hantait. J'étais heureux et tor-
turé, comme dans une attente d'amour, comme après
les aveux qui précèdent l'étreinte.

Je m'enfermais seul avec elle pour la sentir sur
ma peau, pour enfoncer mes lèvres dedans, pour la
baiser, la mordre. Je l'enroulais autour de mon visage,
je la buvais, je noyais mes yeux dans son onde dorée
afin de voir le jour blond, à travers.

Je l'aimais! Oui, je l'aimais. Je ne pouvais plus me
passer d'elle, ni rester une heure sans la revoir.

Et j'attendais... j'attendais... quoi ? Je ne le savais
pas ? — Elle.

Une nuit, je me réveillai brusquement avec la
pensée que je ne me trouvais pas seul dans ma cham-
bre.

J'étais seul pourtant. Mais je ne pus me rendormir ;
et comme je m'agitais dans une fièvre d'insomnie,
je me levai pour aller toucher la chevelure. Elle me
parut plus douce que de coutume, plus animée. Les
morts reviennent-ils ? Les baisers dont je la réchauf-
fais me faisaient défaillir de bonheur ; et je l'emportai
dans mon lit, et je me couchai, en la pressant sur mes

lèvres, comme une maîtresse qu'on va posséder.

Les morts reviennent! Elle est venue. Oui, je l'ai vue, je l'ai tenue, je l'ai eue, telle qu'elle était vivante autrefois, grande, blonde, grasse, les seins froids, la hanche en forme de lyre ; et j'ai parcouru de mes caresses cette ligne ondulante et divine qui va de la gorge aux pieds en suivant toutes les courbes de la chair.

Oui, je l'ai eue, tous les jours, toutes les nuits. Elle est revenue, la Morte, la belle Morte, l'Adorable, la Mystérieuse, l'Inconnue, toutes les nuits.

Mon bonheur fut si grand, que je ne l'ai pu cacher. J'éprouvais près d'elle un ravissement surhumain, la joie profonde, inexplicable de posséder l'Insaisissable, l'Invisible, la Morte! Nul amant ne goûta des jouissances plus ardentes, plus terribles!

Je n'ai point su cacher mon bonheur. Je l'aimais si fort que je n'ai plus voulu la quitter. Je l'ai emportée avec moi toujours, partout. Je l'ai promenée par la ville comme ma femme, et conduite au théâtre en des loges grillées, comme ma maîtresse. Mais on l'a vue... on a deviné... on me l'a prise... Et on m'a jeté dans une prison, comme un malfaiteur. On l'a prise... Oh! misère!...

*

Le manuscrit s'arrêtait là. Et soudain, comme je relevais sur le médecin des yeux effarés, un cri épouvantable, un hurlement de fureur impuissante et de désir exaspéré s'éleva dans l'asile.

— Écoutez-le, dit le docteur. Il faut doucher cinq fois par jour ce fou obscène. Il n'y a pas que le sergent Bertrand [1] qui ait aimé les mortes.

Je balbutiai, ému d'étonnement, d'horreur et de pitié :

— Mais... cette chevelure... existe-t-elle réellement ?

Le médecin se leva, ouvrit une armoire pleine de

fioles et d'instruments, et il me jeta, à travers son
cabinet, une longue fusée de cheveux blonds qui vola
vers moi comme un oiseau d'or.

Je frémis en sentant sur mes mains son toucher
caressant et léger. Et je restai le cœur battant de
dégoût et d'envie, de dégoût comme au contact des
objets traînés dans les crimes, d'envie comme devant
la tentation d'une chose infâme et mystérieuse [1].

Le médecin reprit en haussant les épaules :

— L'esprit de l'homme est capable de tout.

LE CRIME AU PÈRE BONIFACE [1]

Ce jour-là le facteur Boniface, en sortant de la maison de poste, constata que sa tournée serait moins longue que de coutume, et il en ressentit une joie vive. Il était chargé de la campagne autour du bourg de Vireville [2], et, quand il revenait, le soir, de son long pas fatigué, il avait parfois plus de quarante kilomètres dans les jambes.

Donc la distribution serait vite faite ; il pourrait même flâner un peu en route et rentrer chez lui vers trois heures de relevée. Quelle chance !

Il sortit du bourg par le chemin de Sennemare et commença sa besogne. On était en juin, dans le mois vert et fleuri, le vrai mois des plaines.

L'homme, vêtu de sa blouse bleue et coiffé d'un képi noir à galon rouge, traversait par des sentiers étroits les champs de colza, d'avoine ou de blé, enseveli jusqu'aux épaules dans les récoltes ; et sa tête, passant au-dessus des épis, semblait flotter sur une mer calme et verdoyante qu'une brise légère faisait mollement onduler.

Il entrait dans les fermes par la barrière de bois plantée dans les talus qu'ombrageaient deux rangées de hêtres, et saluant par son nom le paysan : « Bonjour, maît' Chicot », il lui tendait son journal Le Petit Normand. Le fermier essuyait sa main à son fond de culotte, recevait la feuille de papier et la

glissait dans sa poche pour la lire à son aise après le
repas de midi. Le chien, logé dans un baril, au pied
d'un pommier penchant, jappait avec fureur en tirant
sur sa chaîne ; et le piéton [1], sans se retourner, repar-
tait de son allure militaire, en allongeant ses grandes
jambes, le bras gauche sur sa sacoche, et le droit
manœuvrant sur sa canne qui marchait comme lui
d'une façon continue et pressée.

Il distribua ses imprimés et ses lettres dans le
hameau de Sennemare, puis il se remit en route à
travers champs pour porter le courrier du percep-
teur qui habitait une petite maison isolée à un kilo-
mètre du bourg.

C'était un nouveau percepteur, M. Chapatis, arrivé
la semaine dernière, et marié depuis peu.

Il recevait un journal de Paris, et, parfois, le fac-
teur Boniface, quand il avait le temps, jetait un coup
d'œil sur l'imprimé, avant de le remettre au desti-
nataire.

Donc, il ouvrit sa sacoche, prit la feuille, la fit
glisser hors de sa bande, la déplia, et se mit à lire tout
en marchant. La première page ne l'intéressait guère ;
la politique le laissait froid ; il passait toujours la
finance, mais les faits-divers le passionnaient [2].

Ils étaient très nourris ce jour-là. Il s'émut même
si vivement au récit d'un crime accompli dans le
logis d'un garde-chasse, qu'il s'arrêta au milieu d'une
pièce de trèfle, pour le relire lentement. Les détails
étaient affreux. Un bûcheron, en passant au matin
auprès de la maison forestière, avait remarqué un
peu de sang sur le seuil, comme si on avait saigné du
nez. « Le garde aura tué quelque lapin cette nuit »,
pensa-t-il ; mais en approchant il s'aperçut que la
porte demeurait entr'ouverte et que la serrure avait
été brisée.

Alors, saisi de peur, il courut au village prévenir le
maire, celui-ci prit comme renfort le garde champêtre
et l'instituteur : et les quatre hommes revinrent

ensemble. Ils trouvèrent le forestier égorgé devant la
cheminée, sa femme étranglée sous le lit, et leur petite
fille, âgée de six ans, étouffée entre deux matelas.

Le facteur Boniface demeura tellement ému à la
pensée de cet assassinat dont toutes les horribles
circonstances lui apparaissaient coup sur coup, qu'il
se sentit une faiblesse dans les jambes, et il prononça
tout haut :

— Nom de nom, y a-t-il tout de même des gens
qui sont canaille !

Puis il repassa le journal dans sa ceinture de papier
et repartit, la tête pleine de la vision du crime. Il
atteignit bientôt la demeure de M. Chapatis ; il
ouvrit la barrière du petit jardin et s'approcha de la
maison. C'était une construction basse, ne contenant
qu'un rez-de-chaussée, coiffé d'un toit mansardé. Elle
était éloignée de cinq cents mètres au moins de la
maison la plus voisine.

Le facteur monta les deux marches du perron, posa
la main sur la serrure, essaya d'ouvrir la porte et
constata qu'elle était fermée. Alors, il s'aperçut que
les volets n'avaient point été ouverts, et que personne
encore n'était sorti ce jour-là.

Une inquiétude l'envahit, car M. Chapatis, depuis
son arrivée, s'était levé assez tôt. Boniface tira sa
montre. Il n'était encore que sept heures dix minutes
du matin, il se trouvait donc en avance de près d'une
heure. N'importe, le percepteur aurait dû être de-
bout.

Alors il fit le tour de la demeure en marchant avec
précaution, comme s'il eût couru quelque danger. Il
ne remarqua rien de suspect, que des pas d'homme
dans une plate-bande de fraisiers.

Mais tout à coup, il demeura immobile, perclus
d'angoisse, en passant devant une fenêtre. On gémis-
sait dans la maison.

Il s'approcha, et enjambant une bordure de thym,
colla son oreille contre l'auvent pour mieux écouter ;

assurément on gémissait. Il entendait fort bien de
longs soupirs douloureux, une sorte de râle, un bruit
de lutte. Puis, les gémissements devinrent plus forts,
plus répétés, s'accentuèrent encore, se changèrent
en cris.

Alors Boniface, ne doutant plus qu'un crime s'ac-
complissait en ce moment-là même, chez le percep-
teur, partit à toutes jambes, retraversa le petit jardin,
s'élança à travers la plaine, à travers les récoltes,
courant à perdre haleine, secouant sa sacoche qui lui
battait les reins, et il arriva, exténué, haletant,
éperdu, à la porte de la gendarmerie.

Le brigadier Malautour raccommodait une chaise
brisée, au moyen de pointes et d'un marteau. Le gen-
darme Rautier tenait entre ses jambes le meuble
avarié et présentait un clou sur les bords de la cas-
sure ; alors le brigadier, mâchant sa moustache, les
yeux ronds et mouillés d'attention, tapait à tous
coups sur les doigts de son subordonné.

Le facteur, dès qu'il les aperçut, s'écria :

— Venez vite, on assassine le percepteur, vite, vite!

Les deux hommes cessèrent leur travail et levèrent
la tête, ces têtes étonnées de gens qu'on surprend et
qu'on dérange.

Boniface, les voyant plus surpris que pressés, répéta :

— Vite, vite! Les voleurs sont dans la maison,
j'ai entendu les cris, il n'est que temps.

Le brigadier, posant son marteau par terre, demanda :

— Qu'est-ce qui vous a donné connaissance de ce
fait ?

Le facteur reprit :

— J'allais porter le journal avec deux lettres quand
je remarquai que la porte était fermée et que le per-
cepteur n'était pas levé. Je fis le tour de la maison
pour me rendre compte, et j'entendis qu'on gémissait
comme si on eût étranglé quelqu'un ou qu'on lui eût
coupé la gorge, alors je m'en suis parti au plus vite
pour vous chercher. Il n'est que temps.

Le brigadier se redressant, reprit :

— Et vous n'avez pas porté secours en personne ?

Le facteur effaré répondit :

— Je craignais de n'être pas en nombre suffisant [1].

Alors le gendarme, convaincu, annonça :

— Le temps de me vêtir et je vous suis.

Et il entra dans la gendarmerie, suivi par son soldat qui rapportait la chaise.

Ils reparurent presque aussitôt, et tous trois se mirent en route, au pas gymnastique, pour le lieu du crime.

En arrivant près de la maison, ils ralentirent leur allure par précaution, et le brigadier tira son revolver, puis ils pénétrèrent tout doucement dans le jardin et s'approchèrent de la muraille. Aucune trace nouvelle n'indiquait que les malfaiteurs fussent partis. La porte demeurait fermée, les fenêtres closes.

— Nous les tenons, murmura le brigadier.

Le père Boniface, palpitant d'émotion, le fit passer de l'autre côté, et, lui montrant un auvent :

— C'est là, dit-il.

Et le brigadier s'avança tout seul, et colla son oreille contre la planche. Les deux autres attendaient, prêts à tout, les yeux fixés sur lui.

Il demeura longtemps immobile, écoutant. Pour mieux approcher sa tête du volet de bois, il avait ôté son tricorne et le tenait de sa main droite.

Qu'entendait-il ? Sa figure impassible ne révélait rien, mais soudain sa moustache se retroussa, ses joues se plissèrent comme pour un rire silencieux, et enjambant de nouveau la bordure de thym [2], il revint vers les deux hommes, qui le regardaient avec stupeur.

Puis il leur fit signe de le suivre en marchant sur la pointe des pieds ; et, revenant devant l'entrée, il enjoignit à Boniface de glisser sous la porte le journal et les lettres.

Le facteur, interdit, obéit cependant avec docilité.

— Et maintenant, en route, dit le brigadier.

Mais, dès qu'ils eurent passé la barrière, il se retourna vers le piéton, et, d'un air goguenard, la lèvre narquoise, l'œil retroussé et brillant de joie :

— Que vous êtes un malin, vous ?

Le vieux demanda :

— De quoi ? j'ai entendu, j'vous jure que j'ai entendu.

Mais le gendarme, n'y tenant plus, éclata de rire. Il riait comme on suffoque, les deux mains sur le ventre, plié en deux, l'œil plein de larmes, avec d'affreuses grimaces autour du nez. Et les deux autres, affolés, le regardaient.

Mais comme il ne pouvait ni parler, ni cesser de rire, ni faire comprendre ce qu'il avait, il fit un geste, un geste populaire et polisson.

Comme on ne le comprenait toujours pas, il le répéta, plusieurs fois de suite, en désignant d'un signe de tête la maison toujours close.

Et son soldat, comprenant brusquement à son tour, éclata d'une gaieté formidable.

Le vieux demeurait stupide entre ces deux hommes, qui se tordaient.

Le brigadier, à la fin, se calma, et lançant dans le ventre du vieux une grande tape d'homme qui rigole, il s'écria :

— Ah! farceur, sacré farceur, je le retiendrai l'crime au père Boniface!

Le facteur ouvrait des yeux énormes et il répéta :

— J'vous jure que j'ai entendu.

Le brigadier se remit à rire. Son gendarme s'était assis sur l'herbe du fossé pour se tordre tout à son aise.

— Ah! t'as entendu. Et ta femme, c'est-il comme ça que tu l'assassines, hein, vieux farceur ?

— Ma femme ?...

Et il se mit à réfléchir longuement, puis il reprit :

— Ma femme... Oui, all' gueule quand j'y fiche

des coups.., Mais all' gueule, que c'est gueuler, quoi.
C'est-il donc que M. Chapatis battait la sienne ?

Alors le brigadier, dans un délire de joie, le fit
tourner comme une poupée par les épaules, et il lui
souffla dans l'oreille quelque chose dont l'autre
demeura abruti d'étonnement.

Puis le vieux, pensif, murmura :

— Non... point comme ça..., point comme ça...,
point comme ça... all' n' dit rien, la mienne... J'au-
rais jamais cru... si c'est possible... on aurait juré
une martyre...

Et, confus, désorienté, honteux, il reprit son che-
min à travers les champs, tandis que le gendarme
et le brigadier, riant toujours et lui criant, de loin,
de grasses plaisanteries de caserne, regardaient s'éloi-
gner son képi noir, sur la mer tranquille des récoltes.

Quand le capitaine Épivent passait dans la rue, toutes les femmes se retournaient. Il présentait vraiment le type du bel officier de hussards. Aussi paradait-il toujours et se pavanait-il sans cesse, fier et préoccupé de sa cuisse, de sa taille et de sa moustache. Il les avait superbes, d'ailleurs, la moustache, la taille et la cuisse. La première était blonde, très forte, tombant martialement sur la lèvre en un beau bourrelet couleur de blé mûr, mais fin, soigneusement roulé, et qui descendait ensuite des deux côtés de la bouche en deux puissants jets de poils tout à fait crânes. La taille était mince comme s'il eût porté corset, tandis qu'une vigoureuse poitrine de mâle, bombée et cambrée, s'élargissait au-dessus. Sa cuisse était admirable, une cuisse de gymnaste, de danseur, dont la chair musclée dessinait tous ses mouvements sous le drap collant du pantalon rouge.

Il marchait en tendant le jarret et en écartant les pieds et les bras, de ce pas un peu balancé des cavaliers, qui sied bien pour faire valoir les jambes et le torse, qui semble vainqueur sous l'uniforme, mais commun sous la redingote.

Comme beaucoup d'officiers, le capitaine Épivent portait mal le costume civil. Il n'avait plus l'air, une fois vêtu de drap gris ou noir, que d'un commis de magasin. Mais en tenue il triomphait. Il avait d'ail-

leurs une jolie tête, le nez mince et courbé, l'œil bleu,
le front étroit. Il était chauve, par exemple, sans
qu'il eût jamais compris pourquoi ses cheveux étaient
tombés. Il se consolait en constatant qu'avec de
grandes moustaches un crâne un peu nu ne va pas mal.

Il méprisait tout le monde en général avec beau-
coup de degrés dans son mépris.

D'abord, pour lui, les bourgeois n'existaient point.
Il les regardait, ainsi qu'on regarde les animaux, sans
leur accorder plus d'attention qu'on n'en accorde
aux moineaux ou aux poules. Seuls, les officiers
comptaient dans le monde, mais il n'avait pas la même
estime pour tous les officiers. Il ne respectait, en
somme, que les beaux hommes, la vraie, l'unique
qualité du militaire devant être la prestance. Un
soldat c'était un gaillard, que diable, un grand gail-
lard créé pour faire la guerre et l'amour, un homme
à poigne, à crins et à reins, rien de plus. Il classait
les généraux de l'armée française en raison de leur
taille, de leur tenue et de l'aspect rébarbatif de leur
visage. Bourbaki [1] lui apparaissait comme le plus
grand homme de guerre des temps modernes.

Il riait beaucoup des officiers de la ligne, qui sont
courts et gros et soufflent en marchant, mais il avait
surtout une invincible mésestime qui frisait la répu-
gnance pour les pauvres gringalets sortis de l'École
Polytechnique, ces maigres petits hommes à lunettes,
gauches et maladroits, qui semblent autant faits pour
l'uniforme qu'un lapin pour dire la messe, affirmait-il.
Il s'indignait qu'on tolérât dans l'armée ces avortons
aux jambes grêles qui marchent comme des crabes,
qui ne boivent pas, qui mangent peu et qui semblent
mieux aimer les équations que les belles filles.

Le capitaine Épivent avait des succès constants,
des triomphes auprès du beau sexe.

Toutes les fois qu'il soupait en compagnie d'une
femme, il se considérait comme certain de finir la
nuit en tête à tête, sur le même sommier, et si des

obstacles insurmontables empêchaient sa victoire le
soir même, il était sûr au moins de la « suite à demain ».
Les camarades n'aimaient pas lui faire rencontrer
leurs maîtresses, et les commerçants en boutiques,
qui avaient de jolies femmes au comptoir de leur
magasin, le connaissaient, le craignaient et le haïs-
saient éperdument.

Quand il passait, la marchande échangeait, malgré
elle, avec lui, un regard, à travers les vitres de la de-
vanture ; un de ces regards qui valent plus que les
paroles tendres, qui contiennent un appel et une
réponse, un désir et un aveu. Et le mari, qu'une sorte
d'instinct avertissait, se retournant brusquement,
jetait un coup d'œil furieux sur la silhouette fière et
cambrée de l'officier. Et quand le capitaine était passé,
souriant et content de son effet, le commerçant, bous-
culant d'une main nerveuse les objets étalés devant
lui, déclarait :

— En voilà un grand dindon. Quand est-ce qu'on
finira de nourrir tous ces propres à rien qui traînent
leur ferblanterie dans les rues? Quant à moi, j'aime
mieux un boucher qu'un soldat. S'il a du sang sur son
tablier, c'est du sang de bête au moins ; et il est utile
à quelque chose, celui-là ; et le couteau qu'il porte
n'est pas destiné à tuer des hommes. Je ne comprends
pas qu'on tolère sur les promenades que ces meur-
triers publics promènent leurs instruments de mort.
Il en faut, je le sais bien, mais qu'on les cache au moins,
et qu'on ne les habille pas en mascarade avec des
culottes rouges et des vestes bleues. On n'habille pas
le bourreau en général, n'est-ce pas [1]?

La femme, sans répondre, haussait imperceptible-
ment les épaules, tandis que le mari, devinant le geste
sans le voir, s'écriait :

— Faut-il être bête pour aller voir parader ces
cocos-là.

La réputation de conquérant du capitaine Épivent
était d'ailleurs établie dans toute l'armée française.

*

Or, en 1868, son régiment, le 102ᵉ hussards, vint
tenir garnison à Rouen.

Il fut bientôt connu dans la ville. Il apparaissait
tous les soirs, vers cinq heures, sur le cours Boïeldieu,
pour prendre l'absinthe au café de la Comédie [1], mais
avant d'entrer dans l'établissement, il avait soin de
faire un tour sur la promenade pour montrer sa jambe,
sa taille et sa moustache.

Les commerçants rouennais qui se promenaient
aussi, les mains derrière le dos, préoccupés des affaires
et parlant de la hausse et de la baisse, lui jetaient
cependant un regard et murmuraient :

— Bigre, voilà un bel homme.

Puis, quand ils le connurent :

— Tiens, le capitaine Épivent! Quel gaillard tout
de même!

Les femmes, à sa rencontre, avaient un petit mou-
vement de tête tout à fait drôle, une sorte de frisson
de pudeur comme si elles s'étaient senties faibles ou
dévêtues devant lui. Elles baissaient un peu la tête
avec une ombre de sourire sur les lèvres, un désir
d'être trouvées charmantes et d'avoir un regard de
lui. Quand il se promenait avec un camarade, le cama-
rade ne manquait jamais de murmurer avec une ja-
lousie envieuse, chaque fois qu'il revoyait le même
manège :

— Ce bougre d'Épivent, a-t-il de la chance!

Parmi les filles entretenues de la ville, c'était une
lutte, une course, à qui l'enlèverait. Elles venaient
toutes, à cinq heures, l'heure des officiers, sur le cours
Boïeldieu, et elles traînaient leurs jupes, deux par
deux, d'un bout à l'autre du cours, tandis que, deux
par deux, lieutenants, capitaines et commandants
traînaient leurs sabres sur le trottoir, avant d'entrer
au café.

Or, un soir, la belle Irma, la maîtresse, disait-on,
de M. Templier-Papon, le riche manufacturier, fit
arrêter sa voiture en face de la Comédie, et, descen-
dant, eut l'air d'aller acheter du papier ou commander
des cartes de visite chez M. Paulard, le graveur, cela
pour passer devant les tables d'officiers et jeter au
capitaine Épivent un regard qui voulait dire : « Quand
vous voudrez », si clairement que le colonel Prune,
qui buvait la verte liqueur avec son lieutenant-colo-
nel, ne put s'empêcher de grogner :

— Cré cochon ! A-t-il de la chance, ce bougre-là !

Le mot du colonel fut répété ; et le capitaine Épi-
vent, ému de cette approbation supérieure, passa le
lendemain, en grande tenue, et plusieurs fois de suite,
sous les fenêtres de la belle.

Elle le vit, se montra, sourit.

Le soir même, il était son amant.

Ils s'affichèrent, se donnèrent en spectacle, se
compromirent mutuellement, fiers tous deux d'une
pareille aventure.

Il n'était bruit dans la ville que des amours de la
belle Irma avec l'officier. Seul, M. Templier-Papon
les ignorait.

Le capitaine Épivent rayonnait de gloire ; et, à
tout instant il répétait :

— Irma vient de me dire — Irma me disait cette
nuit — hier, en dînant avec Irma...

Pendant plus d'un an, il promena, étala, déploya
dans Rouen cet amour, comme un drapeau pris à
l'ennemi. Il se sentait grandi par cette conquête,
envié, plus sûr de l'avenir, plus sûr de la croix tant
désirée, car tout le monde avait les yeux sur lui, et
il suffit de se trouver bien en vue pour n'être pas oublié.

*

Mais voilà que la guerre éclata et que le régiment
du capitaine fut envoyé à la frontière un des premiers.

Les adieux furent lamentables. Ils durèrent toute une nuit.

Sabre, culotte rouge, képi, dolman chavirés du dos d'une chaise par terre ; les robes, les jupes, les bas de soie répandus, tombés aussi, mêlés à l'uniforme, en détresse sur le tapis, la chambre bouleversée comme après une bataille, Irma, folle, les cheveux dénoués, jetait ses bras désespérés autour du cou de l'officier, l'étreignant, puis, le lâchant, se roulait sur le sol, renversait les meubles, arrachait les franges des fauteuils, mordait leurs pieds, tandis que le capitaine, fort ému, mais inhabile aux consolations, répétait :

— Irma, ma petite Irma, pas à dire, il le faut.

Et il essuyait parfois, du bout du doigt, une larme éclose au coin de l'œil.

Ils se séparèrent au jour levant. Elle suivit en voiture son amant jusqu'à la première étape. Et elle l'embrassa presque en face du régiment à l'instant de la séparation. On trouva même ça très gentil, très digne, très bien, et les camarades serrèrent la main du capitaine en lui disant :

— Cré veinard, elle avait du cœur tout de même, cette petite.

On voyait vraiment là-dedans quelque chose de patriotique.

*

Le régiment fut fort éprouvé pendant la campagne. Le capitaine se conduisit héroïquement et reçut enfin la croix ; puis, la guerre terminée il revint à Rouen en garnison.

Aussitôt de retour, il demanda des nouvelles d'Irma, mais personne ne put lui en donner de précises.

D'après les uns, elle avait fait la noce avec l'état-major prussien.

D'après les autres, elle s'était retirée chez ses parents, cultivateurs aux environs d'Yvetot.

Boule de suif. 24

Il envoya même son ordonnance à la mairie pour consulter le registre des décès. Le nom de sa maîtresse ne s'y trouva pas.

Et il eut un grand chagrin dont il faisait parade. Il mettait même au compte de l'ennemi son malheur, attribuait aux Prussiens qui avaient occupé Rouen la disparition de la jeune femme et déclarait :

— A la prochaine guerre, ils me le payeront, les gredins.

Or, un matin, comme il entrait au mess à l'heure du déjeuner, un commissionnaire, vieil homme en blouse, coiffé d'une casquette cirée, lui remit une enveloppe. Il l'ouvrit et lut :

« Mon chéri,

« Je suis à l'hôpital, bien malade, bien malade. Ne reviendras-tu pas me voir ? Ça me ferait tant plaisir !

« Irma. »

Le capitaine devint pâle, et, remué de pitié, il déclara :

— Nom de nom, la pauvre fille ! J'y vais aussitôt le déjeuner.

Et pendant tout le temps, il raconta à la table des officiers qu'Irma était à l'hôpital ; mais qu'il l'en ferait sortir, cré mâtin. C'était encore la faute de ces sacré nom de Prussiens. Elle avait dû se trouver seule, sans le sou, crevant de misère, car on avait certainement pillé son mobilier.

— Ah ! les salopiauds !

Tout le monde était ému en l'écoutant.

A peine eut-il glissé sa serviette roulée dans son rond de bois, qu'il se leva ; et, ayant cueilli son sabre au porte-manteau, bombant sa poitrine pour se faire mince, il agrafa son ceinturon, puis partit d'un pas accéléré pour se rendre à l'hôpital civil.

Mais l'entrée du bâtiment hospitalier où il s'attendait à pénétrer immédiatement lui fut sévèrement

refusée et il dut même aller trouver son colonel à qui il expliqua son cas et dont il obtint un mot pour le directeur.

Celui-ci, après avoir fait poser quelque temps le beau capitaine dans son antichambre, lui délivra enfin une autorisation, avec un salut froid et désapprobateur.

Dès la porte il se sentit gêné dans cet asile de la misère, de la souffrance et de la mort. Un garçon de service le guida.

Il allait sur la pointe des pieds, pour ne pas faire de bruit, dans les longs corridors où flottait une odeur fade de moisi, de maladie et de médicaments. Un murmure de voix, par moments, troublait seul le grand silence de l'hôpital.

Parfois, par une porte ouverte, le capitaine apercevait un dortoir, une file de lits dont les draps étaient soulevés par la forme des corps. Des convalescentes, assises sur des chaises au pied de leurs couches, cousaient, vêtues d'une robe d'uniforme en toile grise, et coiffées d'un bonnet blanc.

Son guide soudain s'arrêta devant une de ces galeries pleines de malades. Sur la porte on lisait, en grosses lettres : « Syphilitiques. » Le capitaine tressaillit ; puis il se sentit rougir. Une infirmière préparait un médicament sur une petite table de bois à l'entrée.

— Je vais vous conduire, dit-elle, c'est au lit 29.

Et elle se mit à marcher devant l'officier.

Puis elle indiqua une couchette :

— C'est là.

On ne voyait rien qu'un renflement des couvertures. La tête elle-même était cachée sous le drap.

Partout des figures se dressaient au-dessus des couches, des figures pâles, étonnées, qui regardaient l'uniforme, des figures de femmes, de jeunes femmes et de vieilles femmes, mais qui semblaient toutes laides, vulgaires, sous l'humble caraco réglementaire.

Le capitaine, tout à fait troublé, qui soutenait son sabre d'une main et portait son képi de l'autre, murmura :

— Irma.

Un grand mouvement se fit dans le lit et le visage de sa maîtresse apparut, mais si changé, si fatigué, si maigre, qu'il ne le reconnaissait pas.

Elle haletait, suffoquée par l'émotion, et elle prononça :

— Albert!... Albert!... C'est toi!... Oh!... c'est bien... c'est bien...

Et des larmes coulèrent de ses yeux.

L'infirmière apportait une chaise :

— Asseyez-vous, monsieur.

Il s'assit, et il regardait la face pâle, si misérable de cette fille qu'il avait quittée si belle et si fraîche.

Il dit :

— Qu'est-ce que tu as eu ?

Elle répondit, tout en pleurant :

— Tu as bien vu, c'est écrit sur la porte.

Et elle cacha ses yeux sous le bord de ses draps.

Il reprit, éperdu, honteux :

— Comment as-tu attrapé ça, ma pauvre fille ?

Elle murmura :

— C'est ces salops de Prussiens. Ils m'ont prise presque de force et ils m'ont empoisonnée.

Il ne trouvait plus rien à ajouter. Il la regardait et tournait son képi sur ses genoux.

Les autres malades le dévisageaient, et il croyait sentir une odeur de pourriture, une odeur de chair gâtée et d'infamie dans ce dortoir plein de filles atteintes du mal ignoble et terrible.

Elle murmurait ·

— Je ne crois pas que j'en réchappe. Le médecin dit que c'est bien grave.

Puis apercevant la croix sur la poitrine de l'officier, elle s'écria :

— Oh! tu es décoré, que je suis contente! Que

je suis contente! Oh! si je pouvais t'embrasser?

Un frisson de peur et de dégoût courut sur la peau du capitaine, à la pensée de ce baiser.

Il avait envie de s'en aller, maintenant, d'être à l'air, de ne plus voir cette femme. Il restait cependant, ne sachant comment faire pour se lever, pour lui dire adieu. Il balbutia :

— Tu ne t'es donc pas soignée.

Une flamme passa dans les yeux d'Irma : « Non, j'ai voulu me venger, quand j'aurais dû en crever! Et je les ai empoisonnés aussi, tous, tous, le plus que j'ai pu. Tant qu'ils ont été à Rouen je ne me suis pas soignée. »

Il déclara, d'un ton gêné, où perçait un peu de gaieté :

— Quant à ça, tu as bien fait.

Elle dit, s'animant, les pommettes rouges :

— Oh oui, il en mourra plus d'un par ma faute, va. Je te réponds que je me suis vengée.

Il prononça encore :

— Tant mieux.

Puis, se levant :

— Allons, je vais te quitter parce qu'il faut que je sois chez le colonel à quatre heures.

Elle eut une grosse émotion :

— Déjà! tu me quittes déjà! Oh! tu viens à peine d'arriver!...

Mais il voulait partir à tout prix. Il prononça :

— Tu vois bien que je suis venu tout de suite; mais il faut absolument que je sois chez le colonel à quatre heures.

Elle demanda :

— C'est toujours le colonel Prune?

— C'est toujours lui. Il a été blessé deux fois.

Elle reprit :

— Et tes camarades, y en a-t-il eu de tués?

— Oui. Saint-Timon, Savagnat, Poli, Sapreval, Robert, de Courson, Pasafil, Santal, Caravan et Poi-

vrin sont morts. Sahel a eu le bras emporté et Cour-
voisin une jambe écrasée ; Paquet a perdu l'œil droit.

Elle écoutait, pleine d'intérêt. Puis, tout à coup
elle balbutia :

— Veux-tu m'embrasser, dis, avant de me quitter,
M^me Langlois n'est pas là.

Et, malgré le dégoût qui lui montait aux lèvres, il
les posa sur ce front blême, tandis qu'elle, l'entourant
de ses bras, jetait des baisers affolés sur le drap bleu
de son dolman.

Elle reprit :

— Tu reviendras, dis, tu reviendras. Promets-moi
que tu reviendras.

— Oui, je te le promets.

— Quand ça? Peux-tu jeudi?

— Oui, jeudi.

— Jeudi, deux heures.

— Oui, jeudi deux heures.

— Tu me le promets?

— Je te le promets.

— Adieu, mon chéri.

— Adieu.

Et il s'en alla, confus, sous les regards du dortoir,
pliant sa haute taille pour se faire petit ; et, quand il
fut dans la rue, il respira.

*

Le soir, ses camarades lui demandèrent :

— Eh bien! Irma?

Il répondit d'un ton gêné :

— Elle a eu une fluxion de poitrine, elle est bien
mal.

Mais un petit lieutenant, flairant quelque chose à
son air, alla aux informations et, le lendemain, quand
le capitaine entra au mess, il fut accueilli par une
décharge de rires et de plaisanteries. On se vengeait,
enfin.

On apprit, en outre, qu'Irma avait fait une noce enragée avec l'état-major prussien, qu'elle avait parcouru le pays à cheval avec un colonel de hussards bleus et avec bien d'autres encore, et que, dans Rouen, on ne l'appelait plus que la « femme aux Prussiens ».

Pendant huit jours, le capitaine fut la victime du régiment. Il recevait, par la poste, des notes révélatrices des ordonnances, des indications de médecins spécialistes, même des médicaments dont la nature était inscrite sur le paquet.

Et le colonel, mis au courant, déclara d'un ton sévère :

— Eh bien, le capitaine avait là une jolie connaissance. Je lui en ferai mes compliments.

Au bout d'une douzaine de jours, il fut appelé par une nouvelle lettre d'Irma. Il la déchira avec rage et ne répondit pas.

Huit jours plus tard, elle lui écrivit de nouveau qu'elle était tout à fait mal, et qu'elle voulait lui dire adieu.

Il ne répondit pas.

Après quelques jours encore, il reçut la visite de l'aumônier de l'hôpital.

La fille Irma Pavolin, à son lit de mort, le suppliait de venir.

Il n'osa pas refuser de suivre l'aumônier, mais il entra dans l'hôpital le cœur gonflé de rancune méchante, de vanité blessée, d'orgueil humilié.

Il ne la trouva guère changée et pensa qu'elle s'était moquée de lui.

— Qu'est-ce que tu me veux ? dit-il.

— J'ai voulu te dire adieu. Il paraît que je suis tout à fait bas.

Il ne la crut pas.

— Écoute, tu me rends la risée du régiment, et je ne veux pas que ça continue.

Elle demanda :

— Qu'est-ce que je t'ai fait, moi ?

Il s'irrita de n'avoir rien à répondre.

— Ne compte pas que je reviendrai ici pour me faire moquer de moi par tout le monde!

Elle le regarda de ses yeux éteints où s'allumait une colère, et elle répéta :

— Qu'est-ce que je t'ai fait, moi? Je n'ai pas été gentille avec toi, peut-être? Est-ce que je t'ai quelquefois demandé quelque chose? Sans toi, je serais restée avec M. Templier-Papon et je ne me trouverais pas ici aujourd'hui. Non, vois-tu, si quelqu'un a des reproches à me faire, ça n'est pas toi.

Il reprit, d'un ton vibrant :

— Je ne te fais pas de reproches, mais je ne peux pas continuer à venir te voir, parce que ta conduite avec les Prussiens a été la honte de toute la ville.

Elle s'assit, d'une secousse, dans son lit :

— Ma conduite avec les Prussiens? Mais quand je te dis qu'ils m'ont prise, et quand je te dis que, si je ne me suis pas soignée, c'est parce que j'ai voulu les empoisonner. Si j'avais voulu me guérir, ça n'était pas difficile, parbleu! mais je voulais les tuer, moi, et j'en ai tué, va!

Il restait debout :

— Dans tous les cas, c'est honteux, dit-il.

Elle eut une sorte d'étouffement, puis reprit :

— Qu'est-ce qui est honteux, de m'être fait mourir pour les exterminer, dis? Tu ne parlais pas comme ça quand tu venais chez moi, rue Jeanne-d'Arc? Ah! c'est honteux! Tu n'en aurais pas fait autant, toi, avec ta croix d'honneur! Je l'ai plus méritée que toi, vois-tu, plus que toi, et j'en ai tué plus que toi, des Prussiens!

Il demeurait stupéfait devant elle, frémissant d'indignation.

— Ah! tais-toi... tu sais... tais-toi... parce que... ces choses-là... je ne permets pas... qu'on y touche...

Mais elle ne l'écoutait guère :

— Avec ça que vous leur avez fait bien du mal aux Prussiens! Ça serait-il arrivé si vous les aviez em-

pêchés de venir à Rouen? Dis ¹? C'est vous qui deviez
les arrêter, entends-tu. Et je leur ai fait plus de mal
que toi, moi, oui, plus de mal, puisque je vais mourir,
tandis que tu te balades, toi, et que tu fais le beau
pour enjôler les femmes...

Sur chaque lit une tête s'était dressée et tous les
yeux regardaient cet homme en uniforme qui bé-
gayait :

— Tais-toi... tu sais... tais-toi...

Mais elle ne se taisait pas. Elle criait :

— Ah! oui, tu es un joli poseur. Je te connais, va.
Je te connais. Je te dis que je leur ai fait plus de mal
que toi, moi, et que j'en ai tué plus que tout ton régi-
ment réuni... va donc... capon!

Il s'en allait, en effet, il fuyait, allongeant ses grandes
jambes, passant entre les deux rangs de lits où s'agi-
taient les syphilitiques. Et il entendait la voix hale-
tante, sifflante, d'Irma, qui le poursuivait :

— Plus que toi, oui, j'en ai tué plus que toi, plus
que toi...

Il dégringola l'escalier quatre à quatre, et courut
s'enfermer chez lui.

Le lendemain, il apprit qu'elle était morte ².

L'AVEU [1]

Le soleil de midi tombe en large pluie sur les champs. Ils s'étendent, onduleux, entre les bouquets d'arbres des fermes, et les récoltes diverses, les seigles mûrs et les blés jaunissants, les avoines d'un vert clair, les trèfles d'un vert sombre, étalent un grand manteau rayé, remuant et doux sur le ventre nu de la terre.

Là-bas, au sommet d'une ondulation, en rangée comme des soldats, une interminable ligne de vaches, les unes couchées, les autres debout, clignant leurs gros yeux sous l'ardente lumière, ruminent et pâturent un trèfle aussi vaste qu'un lac.

Et deux femmes, la mère et la fille, vont, d'une allure balancée l'une devant l'autre, par un étroit sentier creusé dans les récoltes, vers ce régiment de bêtes.

Elles portent chacune deux seaux de zinc maintenus loin du corps par un cerceau de barrique ; et le métal, à chaque pas qu'elles font, jette une flamme éblouissante et blanche sous le soleil qui le frappe.

Elles ne parlent point. Elles vont traire les vaches. Elles arrivent, posent à terre un seau, et s'approchent des deux premières bêtes, qu'elles font lever d'un coup de sabot dans les côtes. L'animal se dresse, lentement, d'abord sur ses jambes de devant, puis soulève avec plus de peine sa large croupe, qui semble alourdie par l'énorme mamelle de chair blonde et pendante.

Et les deux Malivoire, mère et fille, à genoux sous le ventre de la vache, tirent par un vif mouvement des mains sur le pis gonflé, qui jette, à chaque pression, un mince fil de lait dans le seau. La mousse un peu jaune monte aux bords et les femmes vont de bête en bête jusqu'au bout de la longue file.

Dès qu'elles ont fini d'en traire une, elles la déplacent, lui donnant à pâturer un bout de verdure intacte.

Puis elles repartent, plus lentement, alourdies par la charge du lait, la mère devant, la fille derrière.

Mais celle-ci brusquement s'arrête, pose son fardeau, s'assied et se met à pleurer.

La mère Malivoire, n'entendant plus marcher, se retourne et demeure stupéfaite.

— Qué qu'tas ? dit-elle.

Et la fille, Céleste, une grande rousse aux cheveux brûlés, aux joues brûlées, tachées de son comme si des gouttes de feu lui étaient tombées sur le visage, un jour qu'elle peinait au soleil, murmura en geignant doucement comme font les enfants battus :

— Je n'peux pu porter mon lait !

La mère la regardait d'un air soupçonneux. Elle répéta :

— Qué qu't'as ?

Céleste reprit, écroulée par terre entre ses deux seaux, et se cachant les yeux avec son tablier.

— Ça me tire trop. Je ne peux pas.

La mère, pour la troisième fois, reprit :

— Qué que t'as donc ?

Et la fille gémit :

— Je crois ben que me v'là grosse.

Et elle sanglota.

La vieille à son tour posa son fardeau, tellement interdite qu'elle ne trouvait rien. Enfin elle balbutia :

— Te... te... te v'là grosse, manante, c'est-il ben possible ?

C'étaient de riches fermiers les Malivoire, des gens cossus, posés, respectés, malins et puissants.

Céleste bégaya :

— J'crais [1] ben que oui, tout de même.

La mère effarée regardait sa fille abattue devant elle et larmoyant. Au bout de quelques secondes elle cria :

— Te v'là grosse! Te v'là grosse! Où qu't'as attrapé ça, roulure?

Et Céleste, toute secouée par l'émotion, murmura :

— J'crais ben que c'est dans la voiture à Polyte.

La vieille cherchait à comprendre, cherchait à deviner, cherchait à savoir qui avait pu faire ce malheur à sa fille. Si c'était un gars bien riche et bien vu, on verrait à s'arranger. Il n'y aurait encore que demi-mal ; Céleste n'était pas la première à qui pareille chose arrivait ; mais ça la contrariait tout de même, vu les propos et leur position.

Elle reprit :

— Et qué que c'est qui t'a fait ça, salope?

Et Céleste, résolue à tout dire, balbutia :

— J'crais ben qu' c'est Polyte.

Alors la mère Malivoire, affolée de colère, se rua sur sa fille et se mit à la battre avec une telle frénésie qu'elle en perdit son bonnet.

Elle tapait à grands coups de poing sur la tête, sur le dos, partout ; et Céleste, tout à fait allongée entre les deux seaux, qui la protégeaient un peu, cachait seulement sa figure entre ses mains.

Toutes les vaches, surprises, avaient cessé de pâturer, et, s'étant retournées, regardaient de leurs gros yeux. La dernière meugla, le mufle tendu vers les femmes.

Après avoir tapé jusqu'à perdre haleine, la mère Malivoire, essoufflée, s'arrêta ; et, reprenant un peu ses esprits, elle voulut se rendre tout à fait compte de la situation :

— Polyte! Si c'est Dieu possible! Comment que t'as pu, avec un cocher de diligence. T'avais ti perdu les sens? Faut qu'i t'ait jeté un sort, pour sûr, un propre à rien!

Et Céleste, toujours allongée, murmura dans la poussière :

— J'y payais point la voiture!

Et la vieille Normande comprit.

*

Toutes les semaines, le mercredi et le samedi, Céleste allait porter au bourg les produits de la ferme, la volaille, la crème et les œufs.

Elle partait dès sept heures avec ses deux vastes paniers aux bras, le laitage dans l'un, les poulets dans l'autre ; et elle allait attendre sur la grand'route la voiture de poste d'Yvetot.

Elle posait à terre ses marchandises et s'asseyait lans le fossé, tandis que les poules au bec court et pointu, et les canards au bec large et plat, passant la tête à travers les barreaux d'osier, regardaient de leur œil rond, stupide et surpris.

Bientôt la guimbarde, sorte de coffre jaune coiffé d'une casquette de cuir noir, arrivait, secouant son cul au trot saccadé d'une rosse blanche.

Et Polyte, le cocher, un gros garçon réjoui, ventru bien que jeune, et tellement cuit par le soleil, brûlé par le vent, trempé par les averses, et teinté par l'eau-de-vie qu'il avait la face et le cou couleur de brique, criait de loin en faisant claquer son fouet :

— Bonjour, Mam'zelle Céleste. La santé ça va-t-il?

Elle lui tendait, l'un après l'autre, ses paniers qu'il casait sur l'impériale ; puis elle montait en levant haut la jambe pour atteindre le marchepied, en montrant un fort mollet vêtu d'un bas bleu.

Et chaque fois Polyte répétait la même plaisanterie : « Mazette, il n'a pas maigri. »

Et elle riait, trouvant ça drôle.

Puis il lançait un « Hue Cocotte », qui remettait en route son maigre cheval. Alors Céleste, atteignant

son porte-monnaie dans le fond de sa poche, en tirait lentement dix sous, six sous pour elle et quatre pour les paniers, et les passait à Polyte par-dessus l'épaule. Il les prenait en disant :

— C'est pas encore pour aujourd'hui, la rigolade ?

Et il riait de tout son cœur en se retournant vers elle pour la regarder à son aise.

Il lui en coûtait beaucoup, à elle, de donner chaque fois ce demi-franc pour trois kilomètres de route. Et quand elle n'avait pas de sous elle en souffrait davantage encore, ne pouvant se décider à allonger une pièce d'argent.

Et un jour, au moment de payer, elle demanda :

— Pour une bonne pratique comme mé, vous devriez bien ne prendre que six sous ?

Il se mit à rire :

— Six sous, ma belle, vous valez mieux que ça, pour sûr.

Elle insistait :

— Ça vous fait pas moins deux francs par mois.

Il cria en tapant sur sa rosse :

— T'nez, j'suis coulant, j'vous passerai ça pour une rigolade.

Elle demanda d'un air niais :

— Qué que c'est que vous dites ?

Il s'amusait tellement qu'il toussait à force de rire.

— Une rigolade, c'est une rigolade, pardi ; une rigolade fille et garçon, en avant deux sans musique.

Elle comprit, rougit, et déclara :

— Je n'suis pas de ce jeu-là, m'sieu Polyte.

Mais il ne s'intimida pas, et il répétait, s'amusant de plus en plus :

— Vous y viendrez, la belle, une rigolade fille et garçon !

Et, depuis lors chaque fois qu'elle le payait il avait pris l'usage de demander :

— C'est pas encore pour aujourd'hui, la rigolade ?

Elle plaisantait aussi là-dessus, maintenant, et elle répondait :

— Pas pour aujourd'hui, m'sieu Polyte, mais c'est pour samedi, pour sûr alors !

Et il criait en riant toujours :

— Entendu pour samedi, ma belle.

Mais elle calculait en dedans que, depuis deux ans que durait la chose, elle avait bien payé quarante-huit francs à Polyte, et quarante-huit francs à la campagne ne se trouvent pas dans une ornière ; et elle calculait aussi que, dans deux années encore, elle aurait payé près de cent francs.

Si bien qu'un jour, un jour de printemps qu'ils étaient seuls, comme il demandait selon sa coutume :

— C'est pas encore pour aujourd'hui, la rigolade ?

Elle répondit :

— A vot'désir, m'sieu Polyte.

Il ne s'étonna pas du tout et enjamba la banquette de derrière en murmurant d'un air content :

— Et allons donc. J'savais ben qu'on y viendrait.

Et le vieux cheval blanc se mit à trottiner d'un train si doux qu'il semblait danser sur place, sourd à la voix qui criait parfois du fond de la voiture : « Hue donc, Cocotte ! Hue donc, Cocotte ! »

Trois mois plus tard Céleste s'aperçut qu'elle était grosse.

*

Elle avait dit tout cela d'une voix larmoyante, à sa mère. Et la vieille, pâle de fureur, demanda :

— Combien que ça y a coûté, alors ?

Céleste répondit :

— Quat' mois, ça fait huit francs, pour sûr.

Alors la rage de la campagnarde se déchaîna éperdument, et, retombant sur sa fille, elle la rebattit jusqu'à perdre le souffle. Puis, s'étant relevée :

— Y as-tu dit, que t'étais grosse ?

— Mais non, pour sûr.

— Pourqué que tu y as point dit?

— Parce qu'i m'aurait fait r'payer p'têtre ben!

Et la vieille songea, puis, reprenant ses seaux :

— Allons, lève-té, et tâche à v'nir.

Puis, après un silence, elle reprit :

— Et pis n'li dis rien tant qu'i n'verra point ; que j'y gagnions ben six ou huit mois!

Et Céleste, s'étant redressée, pleurant encore, décoiffée et bouffie, se remit en marche d'un pas lourd, en murmurant :

— Pour sûr que j'y dirai point.

LA DOT [1]

Personne ne s'étonna du mariage de maître Simon Lebrument avec Mlle Jeanne Cordier. Maître Lebrument venait d'acheter l'étude de notaire de maître Papillon ; il fallait, bien entendu, de l'argent pour la payer ; et Mlle Jeanne Cordier avait trois cent mille francs liquides, en billets de banque et en titres au porteur.

Maître Lebrument était un beau garçon, qui avait du chic, un chic notaire, un chic province, mais enfin du chic, ce qui était rare à Boutigny-le-Rebours [2].

Mlle Cordier avait de la grâce et de la fraîcheur, de la grâce un peu gauche et de la fraîcheur un peu fagotée ; mais c'était, en somme, une belle fille désirable et fêtable.

La cérémonie d'épousailles mit tout Boutigny sens dessus dessous.

On admira fort les mariés, qui rentrèrent cacher leur bonheur au domicile conjugal, ayant résolu de faire tout simplement un petit voyage à Paris après quelques jours de tête-à-tête.

Il fut charmant ce tête-à-tête, maître Lebrument ayant su apporter dans ses premiers rapports avec sa femme une adresse, une délicatesse et un à-propos remarquables. Il avait pris pour devise : « Tout vient à point à qui sait attendre. » Il sut être en même

temps patient et énergique. Le succès fut rapide et complet.

Au bout de quatre jours, Mᵐᵉ Lebrument adorait son mari. Elle ne pouvait plus se passer de lui, il fallait qu'elle l'eût tout le jour près d'elle pour le caresser, l'embrasser, lui tripoter les mains, la barbe, le nez, etc. Elle s'asseyait sur ses genoux, et, le prenant par les oreilles, elle disait : « Ouvre la bouche et ferme les yeux. » Il ouvrait la bouche avec confiance, fermait les yeux à moitié, et il recevait un bon baiser bien tendre, bien long, qui lui faisait passer de grands frissons dans le dos. Et à son tour, il n'avait pas assez de caresses, pas assez de lèvres, pas assez de mains, pas assez de toute sa personne pour fêter sa femme du matin au soir et du soir au matin.

*

Une fois la première semaine écoulée, il dit à sa jeune compagne :

— Si tu veux, nous partirons pour Paris mardi prochain. Nous ferons comme les amoureux qui ne sont pas mariés, nous irons dans les restaurants, au théâtre, dans les cafés-concerts, partout, partout.

Elle sautait de joie.

— Oh! oui, oh! oui, allons-y le plus tôt possible.

Il reprit :

— Et puis, comme il ne faut rien oublier, préviens ton père de tenir ta dot toute prête ; je l'emporterai avec nous et je payerai par la même occasion maître Papillon.

Elle prononça :

— Je le lui dirai demain matin.

Et il la saisit dans ses bras pour recommencer ce petit jeu de tendresse qu'elle aimait tant, depuis huit jours.

Le mardi suivant, le beau-père et la belle-mère

accompagnèrent à la gare leur fille et leur gendre qui partaient pour la capitale.

Le beau-père disait :

— Je vous jure que c'est imprudent d'emporter tant d'argent dans votre portefeuille. Et le jeune notaire souriait.

— Ne vous inquiétez de rien, beau-papa, j'ai l'habitude de ces choses-là. Vous comprenez que, dans ma profession, il m'arrive quelquefois d'avoir près d'un million sur moi. De cette façon, au moins, nous évitons un tas de formalités et un tas de retards. Ne vous inquiétez de rien.

L'employé criait :

— Les voyageurs pour Paris en voiture!

Ils se précipitèrent dans un wagon où se trouvaient deux vieilles dames.

Lebrument murmura à l'oreille de sa femme :

— C'est ennuyeux, je ne pourrai pas fumer.

Elle répondit tout bas :

— Moi aussi, ça m'ennuie bien, mais ça n'est pas à cause de ton cigare.

Le train siffla et partit. Le trajet dura une heure, pendant laquelle ils ne dirent pas grand'chose, car les deux vieilles femmes ne dormaient point.

Dès qu'ils furent dans la cour de la gare Saint-Lazare, maître Lebrument dit à sa femme :

— Si tu veux, ma chérie, nous allons d'abord déjeuner au boulevard : puis nous reviendrons tranquillement chercher notre malle pour la porter à l'hôtel.

Elle y consentit tout de suite :

— Oh oui, allons déjeuner au restaurant. Est-ce loin?

Il reprit :

— Oui, un peu loin, mais nous allons prendre l'omnibus.

Elle s'étonna :

— Pourquoi ne prenons-nous pas un fiacre?

Il se mit à la gronder en souriant :

— C'est comme ça que tu es économe, un fiacre pour cinq minutes de route, six sous par minute, tu ne te priverais de rien.

— C'est vrai, dit-elle, un peu confuse.

Un gros omnibus passait, au trot des trois chevaux. Lebrument cria :

— Conducteur ! eh ! conducteur !

La lourde voiture s'arrêta. Et le jeune notaire, poussant sa femme, lui dit, très vite :

— Monte dans l'intérieur, moi je grimpe dessus pour fumer au moins une cigarette avant mon déjeuner.

Elle n'eut pas le temps de répondre ; le conducteur, qui l'avait saisie par le bras pour l'aider à escalader le marchepied, la précipita dans sa voiture, et elle tomba, effarée, sur une banquette, regardant avec stupeur, par la vitre de derrière, les pieds de son mari qui grimpait sur l'impériale.

Et elle demeura immobile entre un gros monsieur qui sentait la pipe et une vieille femme qui sentait le chien.

Tous les autres voyageurs, alignés et muets, — un garçon épicier, une ouvrière, un sergent d'infanterie, un monsieur à lunettes d'or coiffé d'un chapeau de soie aux bords énormes relevés comme des gouttières, deux dames à l'air important et grincheux, qui semblaient dire par leur attitude : — Nous sommes ici, mais nous valons mieux que ça, — deux bonnes sœurs, une fille en cheveux et un croque-mort, — avaient l'air d'une collection de caricatures, d'un musée des grotesques, d'une série de charges de la face humaine, semblables à ces rangées de pantins comiques qu'on abat, dans les foires, avec des balles.

Les cahots de la voiture ballottaient un peu leurs têtes, les secouaient, faisaient trembloter la peau flasque des joues ; et, la trépidation des roues les abrutissant, ils semblaient idiots et endormis.

La jeune femme demeurait inerte :

— Pourquoi n'est-il pas venu avec moi ? se disait-elle. Une tristesse vague l'oppressait. Il aurait bien pu, vraiment, se priver de cette cigarette.

Les bonnes sœurs firent signe d'arrêter, puis elles sortirent l'une devant l'autre, répandant une odeur fade de vieille jupe.

On repartit, puis on s'arrêta de nouveau. Et une cuisinière monta, rouge, essoufflée. Elle s'assit et posa sur ses genoux son panier aux provisions. Une forte senteur d'eau de vaisselle se répandit dans l'omnibus.

— C'est plus loin que je n'aurais cru, pensait Jeanne.

Le croque-mort s'en alla et fut remplacé par un cocher qui fleurait l'écurie. La fille en cheveux eut pour successeur un commissionnaire dont les pieds exhalaient le parfum de ses courses.

La notairesse se sentait mal à l'aise, écœurée, prête à pleurer sans savoir pourquoi.

D'autres personnes descendirent, d'autres montèrent. L'omnibus allait toujours par les interminables rues, s'arrêtait aux stations, se remettait en route.

— Comme c'est loin ! se disait Jeanne. Pourvu qu'il n'ait pas eu une distraction, qu'il ne soit pas endormi ! Il s'est bien fatigué depuis quelques jours.

Peu à peu tous les voyageurs s'en allaient. Elle resta seule, toute seule. Le conducteur cria :

— Vaugirard !

Comme elle ne bougeait point, il répéta :

— Vaugirard !

Elle le regarda, comprenant que ce mot s'adressait elle, puisqu'elle n'avait plus de voisins.

L'homme dit, pour la troisième fois :

— Vaugirard !

Alors elle demanda :

— Où sommes-nous ?

Il répondit d'un ton bourru :

— Nous sommes à Vaugirard, parbleu, voilà vingt fois que je le crie.

— Est-ce loin du boulevard? dit-elle.

— Quel boulevard?

— Mais le boulevard des Italiens.

— Il y a beau temps qu'il est passé!

— Ah! Voulez-vous bien prévenir mon mari?

— Votre mari? Où ça?

— Mais sur l'impériale.

— Sur l'impériale! v'là longtemps qu'il n'y a plus personne.

Elle eut un geste de terreur.

— Comment ça? ce n'est pas possible. Il est monté avec moi. Regardez bien ; il doit y être!

Le conducteur devenait grossier :

— Allons, la p'tite, assez causé, un homme de perdu, dix de retrouvés. Décanillez, c'est fini. Vous en trouverez un autre dans la rue.

Des larmes lui montaient aux yeux, elle insista :

— Mais, monsieur, vous vous trompez, je vous assure que vous vous trompez. Il avait un gros portefeuille sous le bras.

L'employé se mit à rire :

— Un gros portefeuille. Ah! oui, il est descendu à la Madeleine. C'est égal, il vous a bien lâchée, ah! ah! ah!...

La voiture s'était arrêtée. Elle en sortit, et regarda, malgré elle, d'un mouvement instinctif de l'œil, sur le toit de l'omnibus. Il était totalement désert.

*

Alors elle se mit à pleurer et tout haut, sans songer qu'on l'écoutait et qu'on la regardait, elle prononça :

— Qu'est-ce que je vais devenir?

L'inspecteur du bureau s'approcha :

— Qu'y a-t-il?

Le conducteur répondit d'un ton goguenard :

— C'est une dame que son époux a lâchée en route.

L'autre reprit :

— Bon, ce n'est rien, occupez-vous de votre service.

Et il tourna les talons.

Alors, elle se mit à marcher devant elle, trop effarée, trop affolée pour comprendre même ce qui lui arrivait. Où allait-elle aller! Qu'allait-elle faire? Que lui était-il arrivé à lui? D'où venaient une pareille erreur, un pareil oubli, une pareille méprise, une si incroyable distraction?

Elle avait deux francs dans sa poche. A qui s'adresser? Et, tout d'un coup, le souvenir lui vint de son cousin Barral, sous-chef de bureau à la marine.

Elle possédait juste de quoi payer la course en fiacre ; elle se fit conduire chez lui. Et elle le rencontra comme il partait pour son ministère. Il portait, ainsi que Lebrument, un gros portefeuille sous le bras.

Elle s'élança de sa voiture.

— Henry! cria-t-elle.

Il s'arrêta, stupéfait :

— Jeanne?... ici?... toute seule?... Que faites-vous, d'où venez-vous?

Elle balbutia, les yeux pleins de larmes :

— Mon mari s'est perdu tout à l'heure.

— Perdu, où ça?

— Sur un omnibus.

— Sur un omnibus?... Oh!...

Et elle lui conta en pleurant son aventure.

Il l'écoutait, réfléchissant. Il demanda :

— Ce matin, il avait la tête bien calme?

— Oui.

— Bon. Avait-il beaucoup d'argent sur lui?

— Oui, il portait ma dot.

— Votre dot?... tout entière?

— Tout entière... pour payer son étude tantôt.

— Eh bien, ma chère cousine, votre mari à l'heure qu'il est, doit filer sur la Belgique.

Elle ne comprenait pas encore. Elle bégayait.

— ... Mon mari... vous dites?...

— Je dis qu'il a raflé votre... votre capital... et voilà tout.

Elle restait debout, suffoquée, murmurant :

— Alors c'est... c'est... c'est un misérable!...

Puis, défaillant d'émotion, elle tomba sur le gilet de son cousin, en sanglotant.

Comme on s'arrêtait pour les regarder, il la poussa, tout doucement, sous l'entrée de sa maison, et, la soutenant par la taille, il lui fit monter son escalier, et comme sa bonne interdite ouvrait la porte, il commanda :

— Sophie, courez au restaurant chercher un déjeuner pour deux personnes. Je n'irai pas au ministère aujourd'hui [1].

LE PORT [1]

I

Sorti du Havre le 3 mai 1882, pour un voyage dans les mers de Chine, le trois-mâts carré *Notre-Dame-des-Vents* rentra au port de Marseille le 8 août 1886, après quatre ans de voyages. Son premier chargement déposé dans le port chinois où il se rendait, il avait trouvé sur-le-champ un fret nouveau pour Buenos-Ayres, et, de là, avait pris des marchandises pour le Brésil.

D'autres traversées, encore des avaries, des réparations, les calmes de plusieurs mois, les coups de vent qui jettent hors la route, tous les accidents, aventures et mésaventures de mer, enfin, avaient tenu loin de sa patrie ce trois-mâts normand qui revenait à Marseille le ventre plein de boîtes de fer-blanc contenant des conserves d'Amérique.

Au départ il avait à bord, outre le capitaine et le second, quatorze matelots, huit normands et six bretons. Au retour il ne lui restait plus que cinq bretons et quatre normands, le breton était mort en route, les quatre normands disparus en des circonstances diverses avaient été remplacés par deux américains, un nègre et un norvégien racolé, un soir, dans un cabaret de Singapour.

Le gros bateau, les voiles carguées, vergues en croix

sur sa mâture, traîné par un remorqueur marseillais qui haletait devant lui, roulant sur un reste de houle que le calme survenu laissait mourir tout doucement, passa devant le château d'If, puis sous tous les rochers gris de la rade que le soleil couchant couvrait d'une buée d'or, et il entra dans le vieux port où sont entassés, flanc contre flanc, le long des quais, tous les navires du monde, pêle-mêle, grands et petits, de toute forme et de tout gréement, trempant comme une bouillabaisse de bateaux en ce bassin trop restreint, plein d'eau putride où les coques se frôlent, se frottent, semblent marinées dans un jus de flotte [1].

Notre-Dame-des-Vents prit sa place, entre un brick italien et une goélette anglaise qui s'écartèrent pour laisser passer ce camarade ; puis, quand toutes les formalités de la douane et du port eurent été remplies, le capitaine autorisa les deux tiers de son équipage à passer la soirée dehors.

La nuit était venue. Marseille s'éclairait. Dans la chaleur de ce soir d'été, un fumet de cuisine à l'ail flottait sur la cité bruyante, pleine de voix, de roulements, de claquements, de gaieté méridionale.

Dès qu'ils se sentirent sur le port, les dix hommes que la mer roulait depuis des mois se mirent en marche tout doucement, avec une hésitation d'êtres dépaysés, désaccoutumés des villes, deux par deux, en procession.

Ils se balançaient, s'orientaient, flairant les ruelles qui aboutissent au port, enfiévrés par un appétit d'amour qui avait grandi dans leurs corps pendant leurs derniers soixante-dix jours de mer. Les normands marchaient en tête, conduits par Célestin Duclos, un grand gars fort et malin qui servait de capitaine aux autres chaque fois qu'ils mettaient pied à terre. Il devinait les bons endroits, inventait des tours de sa façon et ne s'aventurait pas trop dans les bagarres si fréquentes entre matelots dans les ports. Mais quand il y était pris il ne redoutait personne.

Après quelque hésitation entre toutes les rues ob-

scures qui descendent vers la mer comme des égouts et dont sortent des odeurs lourdes, une sorte d'haleine de bouges, Célestin se décida pour une espèce de couloir tortueux où brillaient, au-dessus des portes, des lanternes en saillie portant des numéros énormes sur leurs verres dépolis et colorés. Sous la voûte étroite des entrées, des femmes en tablier, pareilles à des bonnes, assises sur des chaises de paille, se levaient en les voyant venir, faisant trois pas jusqu'au ruisseau qui séparait la rue en deux et coupaient la route à cette file d'hommes qui s'avançaient lentement, en chantonnant et en ricanant, allumés déjà par le voisinage de ces prisons de prostituées.

Quelquefois, au fond d'un vestibule, apparaissait, derrière une seconde porte ouverte soudain et capitonnée de cuir brun, une grosse fille dévêtue, dont les cuisses lourdes et les mollets gras se dessinaient brusquement sous un grossier maillot de coton blanc. Sa jupe courte avait l'air d'une ceinture bouffante ; et la chair molle de sa poitrine, de ses épaules et de ses bras, faisait une tache rose sur un corsage de velours noir brodé d'un galon d'or. Elle appelait de loin : « Venez-vous, jolis garçons ? » et parfois sortait elle-même pour s'accrocher à l'un d'eux et l'attirer vers sa porte, de toute sa force, cramponnée à lui comme une araignée qui traîne une bête plus grosse qu'elle. L'homme, soulevé par ce contact, résistait mollement, et les autres s'arrêtaient pour regarder, hésitant entre l'envie d'entrer tout de suite et celle de prolonger encore cette promenade appétissante. Puis, quand la femme après des efforts acharnés avait attiré le matelot jusqu'au seuil de son logis, où toute la bande allait s'engouffrer derrière lui, Célestin Duclos, qui s'y connaissait en maisons, criait soudain : « Entre pas là, Marchand, c'est pas l'endroit. »

L'homme alors obéissant à cette voix se dégageait d'une secousse brutale et les amis se reformaient en bande, poursuivis par les injures immondes de la fille

exaspérée, tandis que d'autres femmes, tout le long de
la ruelle, devant eux, sortaient de leurs portes, attirées
par le bruit, et lançaient avec des voix enrouées
des appels pleins de promesses. Ils allaient donc de
plus en plus allumés, entre les cajoleries et les séduc-
tions annoncées par le chœur des portières d'amour
de tout le haut de la rue, et les malédictions ignobles
lancées contre eux par le chœur d'en bas, par le chœur
méprisé des filles désappointées. De temps en temps
ils rencontraient une autre bande, des soldats qui
marchaient avec un battement de fer sur la jambe,
des matelots encore, des bourgeois isolés, des employés
de commerce. Partout, s'ouvraient de nouvelles rues
étroites, étoilées de fanaux louches. Ils allaient toujours
dans ce labyrinthe de bouges, sur ces pavés gras où
suintaient des eaux putrides, entre ces murs pleins de
chair de femme.

Enfin Duclos se décida et s'arrêtant devant une
maison d'assez belle apparence, il y fit entrer tout son
monde.

II

La fête fut complète! Quatre heures durant, les
dix matelots se gorgèrent d'amour et de vin. Six mois
de solde y passèrent.

Dans la grande salle du café, ils étaient installés en
maîtres, regardant d'un œil malveillant les habitués
ordinaires qui s'installaient aux petites tables, dans
les coins, où une des filles demeurées libres, vêtue en
gros baby ou en chanteuse de café-concert [1], courait
les servir, puis s'asseyait près d'eux.

Chaque homme, en arrivant, avait choisi sa compa-
gne qu'il garda toute la soirée, car le populaire n'est
pas changeant. On avait rapproché trois tables et,
après la première rasade, la procession dédoublée,
accrue d'autant de femmes qu'il y avait de mathu-

rins [1], s'était reformée dans l'escalier. Sur les marches
de bois, les quatre pieds de chaque couple sonnèrent
longtemps, pendant que s'engouffrait, dans la porte
étroite qui menait aux chambres, ce long défilé d'amou-
reux.

Puis on redescendit pour boire, puis on remonta de
nouveau, puis on redescendit encore.

Maintenant, presque gris, ils gueulaient! Chacun
d'eux, les yeux rouges, sa préférée sur les genoux,
chantait ou criait, tapait à coups de poing la table,
s'entonnait du vin dans la gorge, lâchait en liberté
la brute humaine. Au milieu d'eux, Célestin Duclos,
serrant contre lui une grande fille aux joues rouges, à
cheval sur ses jambes, la regardait avec ardeur. Moins
ivre que les autres, non qu'il eût moins bu, il avait
encore d'autres pensées, et, plus tendre, cherchait à
causer. Ses idées le fuyaient un peu, s'en allaient, re-
venaient et disparaissaient sans qu'il pût se souvenir
au juste de ce qu'il avait voulu dire.

Il riait, répétant :

— Pour lors, pour lors... v'là longtemps que t'es
ici.

— Six mois, répondit la fille.

Il eut l'air content pour elle, comme si c'eût été une
preuve de bonne conduite, et il reprit :

— Aimes-tu c'te vie-là?

Elle hésita, puis résignée :

— On s'y fait. C'est pas plus embêtant qu'autre
chose. Être servante ou bien rouleuse, c'est toujours
des sales métiers.

Il eut l'air d'approuver encore cette vérité.

— T'es pas d'ici? dit-il.

Elle fit « Non » de la tête, sans répondre.

— T'es de loin?

Elle fit « Oui » de la même façon.

— D'où ça?

Elle parut chercher, rassembler des souvenirs, puis
murmura :

— De Perpignan.

Il fut de nouveau très satisfait et dit :

— Ah oui!

A son tour elle demanda :

— Toi, t'es marin?

— Oui, ma belle.

— Tu viens de loin?

— Ah oui! J'en ai vu des pays, des ports et de tout.

— T'as fait le tour du monde, peut-être?

— Je te crois, plutôt deux fois qu'une.

De nouveau elle parut hésiter, chercher en sa tête une chose oubliée, puis, d'une voix un peu différente, plus sérieuse :

— T'as rencontré beaucoup de navires dans tes voyages?

— Je te crois, ma belle.

— T'aurais pas vu *Notre-Dame-des-Vents*, par hasard?

Il ricana :

« Pas plus tard que l'autre semaine. »

Elle pâlit, tout le sang quittant ses joues, et demanda :

— Vrai, bien vrai?

— Vrai, comme je te parle.

— Tu mens pas, au moins?

Il leva la main.

— D'vant l'bon Dieu! dit-il.

— Alors, sais-tu si Célestin Duclos est toujours dessus?

Il fut surpris, inquiet, voulut avant de répondre en savoir davantage.

— Tu l' connais?

A son tour, elle devint méfiante.

— Oh, pas moi! c'est une femme qui l' connaît.

— Une femme d'ici?

— Non, d'à côté.

— Dans la rue?

— Non, dans l'autre.

— Qué femme?

— Mais, une femme donc, une femme comme moi.

— Qué qué l'y veut, c'te femme?

— Je sais t'y mé, quéque payse!

Ils se regardèrent au fond des yeux, pour s'épier, sentant, devinant que quelque chose de grave allait surgir entre eux.

Il reprit.

— Je peux t'y la voir, c'te femme?

— Quoi que tu l'y dirais?

— J'y dirais... j'y dirais... que j'ai vu Célestin Duclos.

— Il se portait ben, au moins?

— Comme toi et moi, c'est un gars.

Elle se tut encore rassemblant ses idées, puis, avec lenteur:

— Oùs qu'elle allait, *Notre-Dame-des-Vents?*

— Mais, à Marseille, donc.

Elle ne put réprimer un sursaut.

— Ben vrai?

— Ben vrai!

— Tu l'connais Duclos?

— Oui je l'connais.

Elle hésita encore, puis tout doucement:

— Ben. C'est ben!

— Qué que tu l'y veux?

— Écoute, tu y diras... non, rien!

Il la regardait toujours de plus en plus gêné. Enfin il voulut savoir.

— Tu l'connais itou, té?

— Non, dit-elle.

— Alors qué que tu l'y veux?

Elle prit brusquement une résolution, se leva, courut au comptoir où trônait la patronne, saisit un citron qu'elle ouvrit et dont elle fit couler le jus dans un verre, puis elle emplit d'eau pure ce verre, et, le rapportant:

— Bois ça!

— Pourquoi?

— Pour faire passer le vin. Je te parlerai d'ensuite.

Il but docilement, essuya ses lèvres d'un revers de main, puis annonça :

— Ça y est, je t'écoute.

— Tu vas me promettre de ne pas l'y conter que tu m'as vue, ni de qui tu sais ce que je te dirai. Faut jurer.

Il leva la main, sournois.

— Ça, je le jure.

— Su l' bon Dieu ?

— Su l' bon Dieu.

— Eh ben tu l'y diras que son père est mort, que sa mère est morte, que son frère est mort, tous trois en un mois, de fièvre typhoïde, en janvier 1883, v'là trois ans et demi.

A son tour, il sentit que tout son sang lui remuait dans le corps, et il demeura pendant quelques instants tellement saisi qu'il ne trouvait rien à répondre ; puis il douta et demanda :

— T'es sûre ?

— Je suis sûre.

— Qué qui te l'a dit ?

Elle posa les mains sur ses épaules, et le regardant au fond des yeux :

— Tu jures de ne pas bavarder.

— Je le jure.

— Je suis sa sœur !

Il jeta ce nom, malgré lui :

— Françoise ?

Elle le contempla de nouveau fixement, puis, soulevée par une épouvante folle, par une horreur profonde, elle murmura tout bas, presque dans sa bouche :

— Oh! oh! c'est toi, Célestin ?

Ils ne bougèrent plus, les yeux dans les yeux.

Autour d'eux, les camarades hurlaient toujours. Le bruit des verres, des poings, des talons scandant les refrains et les cris aigus des femmes se mêlaient au vacarme des chants.

Il la sentait sur lui, enlacée à lui, chaude et terrifiée, sa sœur! Alors, tout bas, de peur que quelqu'un l'écoutât, si bas qu'elle-même l'entendit à peine :

— Malheur! j'avons fait de la belle besogne [1]!

Elle eut, en une seconde, les yeux pleins de larmes et balbutia :

— C'est-il de ma faute?

Mais lui soudain :

— Alors ils sont morts?

— Ils sont morts.

— Le pé, la mé, et le fré?

— Les trois en un mois, comme je t'ai dit. J'ai resté seule, sans rien que mes hardes, vu que je devions le pharmacien, l' médecin et l'enterrement des trois défunts, que j'ai payé avec les meubles.

J'entrai pour lors comme servante chez maît'e Cacheux, tu sais bien, l' boiteux. J'avais quinze ans tout juste à çu moment-là pisque t'es parti quand j'en avais point quatorze. J'ai fait une faute avec li. On est si bête quand on est jeune. Pi j'allai comme bonne du notaire qui m'a aussi débauchée et qui me conduisit au Havre dans une chambre [2]. Bientôt il n'est point r'venu ; j'ai passé trois jours sans manger et pi ne trouvant pas d'ouvrage, je suis entrée en maison, comme bien d'autres. J'en ai vu aussi du pays, moi! ah! et du sale pays! Rouen, Évreux, Lille, Bordeaux, Perpignan, Nice, et pi Marseille, où me v'là!

Les larmes lui sortaient des yeux et du nez, mouillaient ses joues, coulaient dans sa bouche.

Elle reprit :

— Je te croyais mort aussi, té! mon pauv'e Célestin.

Il dit :

— Je t'aurais point r'connue, mé, t'étais si p'tite alors, et te v'là si forte! mais comment que tu ne m'as point reconnu, té?

Elle eut un geste désespéré.

— Je vois tant d'hommes qu'ils me semblent tous
pareils.

Il la regardait toujours au fond des yeux, étreint
par une émotion confuse et si forte qu'il avait envie de
crier comme un petit enfant qu'on bat. Il la tenait
encore dans ses bras, à cheval sur lui, les mains ouver-
tes dans le dos de la fille, et voilà qu'à force de la
regarder il la reconnut enfin, la petite sœur laissée
au pays avec tous ceux qu'elle avait vus mourir, elle,
pendant qu'il roulait sur les mers. Alors prenant sou-
dain dans ses grosses pattes de marin cette tête re-
trouvée, il se mit à l'embrasser comme on embrasse
de la chair fraternelle. Puis des sanglots, de grands
sanglots d'homme, longs comme des vagues, montè-
rent dans sa gorge pareils à des hoquets d'ivresse.

Il balbutiait :

— Te v'là, te r'voilà, Françoise, ma p'tite Fran-
çoise...

Puis tout à coup il se leva, se mit à jurer d'une voix
formidable en tapant sur la table un tel coup de poing
que les verres culbutés se brisèrent. Puis il fit trois
pas, chancela, étendit les bras, tomba sur la face. Et
il se roulait par terre en criant, en battant le sol de
ses quatre membres, et en poussant de tels gémisse-
ments qu'ils semblaient des râles d'agonie.

Tous ses camarades le regardaient en riant.

— Il est rien saoul, dit l'un.

— Faut le coucher, dit un autre, s'il sort on va le
fiche au bloc.

Alors comme il avait de l'argent dans ses poches,
la patronne offrit un lit, et les camarades, ivres eux-
mêmes à ne pas tenir debout, le hissèrent par l'étroit
escalier jusqu'à la chambre de la femme qui l'avait
reçu tout à l'heure, et qui demeura sur une chaise,
au pied de la couche criminelle, en pleurant autant que
lui, jusqu'au matin.

Dossier

CHRONOLOGIE

1850 — *5 août*. Naissance de Guy de Maupassant, au château de Miromesnil (Seine-Maritime) selon les uns, à Fécamp selon les autres. Cette dernière thèse a pour elle d'assez sérieuses vraisemblances. M. est fils de Gustave de Maupassant (1821-1900) et de Laure Le Poittevin (1821-1903). De cette union naît un autre garçon, Hervé, qui mourra fou (1856-1889). Le ménage Maupassant n'est pas très uni : une séparation à l'amiable est prononcée en 1863. Il n'y a pas lieu de s'arrêter à l'hypothèse, avancée par certains, selon laquelle Flaubert serait le père de Guy ; la seule vérité est que le frère aîné de Laure fut le grand ami de jeunesse de Gustave

1851 — *2 décembre*. Coup d'Etat de Louis-Napoléon, futur Napoléon III en 1852.

1857 — Publication de *Madame Bovary* de Flaubert, et des *Fleurs du mal* de Baudelaire. L'année suivante : traduction française des *Récits d'un chasseur* de Tourgueniev.

1859-1860 — Guy est élève au lycée impérial Napoléon, à Paris (actuel lycée Henri-IV).

1863 — Pensionnaire à l'Institution ecclésiastique d'Yvetot. Il y reste jusqu'en 1868. Discipline et claustration lui pèsent. Premiers essais poétiques. « Salon des Refusés » (Manet, Pissarro, Cézanne, etc.).

1864 — Maupassant passe ses vacances dans la villa des Verguies, propriété de sa mère à Étretat. Il rencontre Swinburne.

1868 — M. entre comme interne au lycée de Rouen. Il y fera ses classes de rhétorique et philosophie. Son correspondant est Louis Bouilhet, poète, ami de Flaubert.

1869 — *27 juillet*. M. est reçu bachelier ès lettres.
Octobre. Il s'inscrit à la Faculté de droit de Paris.
Novembre. Flaubert : *L'Éducation sentimentale*.

1870 — *Juillet*. Guerre franco-prussienne. M. est appelé et versé dans l'Intendance ; il est affecté à Rouen.
Septembre. Défaite de Sedan ; déchéance de l'Empire ; proclamation de la République ; siège de Paris. M. est muté de Rouen dans la capitale.

1871 — *Mars-mai*. La Commune de Paris.
Septembre. M. se fait remplacer et quitte l'armée.
Octobre. Zola publie *La Fortune des Rougon*, premier volume de la série des *Rougon-Macquart*.
M., qui poursuit théoriquement ses études, cherche en fait du travail. Par ailleurs, il écrit et soumet ses essais à Flaubert. Il se livre aux plaisirs du canotage... et autres.

1872 — *Octobre*. Il est nommé surnuméraire au ministère de la Marine.

1873 — *Février*. M. est payé 125 francs par mois (il deviendra titulaire un an plus tard).
Les pouvoirs de Mac-Mahon sont prorogés pour sept ans ; l' « ordre moral » va régner.
Dans les lettres : en poésie, de jeunes inconnus publient sans grande audience (Tristan Corbière, Charles Cros, Arthur Rimbaud) ; gros succès, en revanche, *Le Ventre de Paris*.
Pour la première fois, avec *Le Bon Bock*, Manet n'effarouche pas le public.

1874 — Par l'intermédiaire de Flaubert (qui publie *La Tentation de saint Antoine*), M. entre en relations avec Goncourt, Zola et quelques-uns de ceux qui deviendront les « naturalistes ».
Première exposition des « impressionnistes ».

1875 — Publication de « La Main d'écorché », premier conte de M. (sous le pseudonyme de Joseph Prunier). Il tra-

vaille à une pièce de théâtre (*La Comtesse de Rhune*) et compose, avec quelques camarades, une pièce fort libre, *A la feuille de rose. Maison turque*, qu'il représente en privé devant un auditoire qui compte Flaubert et Tourgueniev.

Grande époque des promenades en banlieue et des randonnées au bord de la Seine (Bezons, Bougival, Chatou, Croissy, « La Grenouillère »).

1876 — M. écrit *Une répétition* (pièce en un acte ; jouée en 1904 seulement).

Sous le pseudonyme de Guy de Valmont, il publie des poèmes dans *La République des lettres*. Articles dans le quotidien *La Nation*.

L'équipe du futur « groupe de Médan » est désormais constituée (Zola, Huysmans, Alexis, Hennique, Céard) ; il faut y ajouter Mendès et Mirbeau.

1877 — Crise politique (*mai*) ; dissolution de la Chambre les élections d'octobre amènent une majorité républicaine.

Avril. Dîner chez Trap, autour de Flaubert, Goncourt et Zola, organisé par le jeune groupe de Médan.

Été. M. fait une cure dans le Valais, à Loèche.

Publication de *La Fille Élisa* de Goncourt et de *L'Assommoir* de Zola.

1878 — M. démissionne du ministère de la Marine et passe à celui de l'Instruction publique.

1879 — *Février*. Représentation d'*Histoire du vieux temps*, au troisième Théâtre français (théâtre Déjazet).

M. publie, dans *La Réforme* et dans le recueil de l'éditeur Tresse, *Saynètes et monologues*.

A l'*automne*, voyage en Bretagne et à Jersey.

Novembre. La reprise, par la *Revue moderne et naturaliste*, d'un poème paru en 1876 déclenche, quelques semaines plus tard, une information du parquet d'Étampes pour outrage à la morale publique.

M. travaille à « Boule de suif ».

Décembre. Il est nommé officier d'académie.

1880 — *Février*. Non-lieu dans l'affaire d'Étampes.

Mars. Troubles oculaires ; ils s'aggraveront d'année en

année et s'accompagneront de violentes migraines.
Avril. Publication des *Soirées de Médan* (qui contient
« Boule de suif ») ; succès considérable : M. est brusque-
ment célèbre. Le même mois, son recueil *Des vers* paraît
chez Charpentier.
8 mai. Mort de Flaubert.
Juin. Sollicite un congé ; en fait, il ne reprendra jamais
son emploi au ministère et vivra de sa plume. Il va,
notamment, collaborer au *Gaulois*. C'est, avec *Gil Blas*,
le quotidien dans lequel se retrouve la majorité de ses
contes et chroniques (parfois sous des pseudonymes :
Chaudrons du Diable, ou : Maufrigneuse). Au total,
plus de trois cents contes et environ deux cents chro-
niques.
Juillet. Loi d'amnistie pour les condamnés de la Commune.
Le 14 juillet devient fête nationale.
Septembre. M. est en Corse. A son retour, en *octobre*, il
est sollicité de participer au lancement d'une revue,
La Comédie humaine, qui ne verra jamais le jour.
Cette année paraissent : *Le Roman expérimental* de Zola,
et les *Pensées, maximes et fragments* de Schopenhauer
(traduits par J. Bourdeau).

1881 — M. collabore à *La Nouvelle Revue* et à la *Revue bleue*.
Mai. Publication du recueil *La Maison Tellier*.
Soulèvements en Afrique du Nord ; en *juillet*, M. part
pour l'Algérie. Il y effectue une sorte de reportage.
Décembre. Début de la collaboration de M. à *Gil Blas*.

1882 — Krach de l'Union Générale ; lois sur l'instruction
obligatoire ; fondation de la Ligue des Patriotes par
Déroulède.
Huysmans publie *A vau-l'eau*.
Avril. M. séjourne dans le Midi (Menton, Saint-Raphaël).
Mai. *Mademoiselle Fifi*, recueil de contes.
Été. Voyage en Bretagne.

1883 — Expédition du Tonkin.
Mort de Manet et de Tourgueniev. Publication des
Contes cruels de Villiers de L'Isle-Adam et de *Ainsi par-
lait Zarathoustra* de Nietzsche.
M. publie : *Une vie*, roman, et les *Contes de la Bécasse*,
recueil ; nouvelle édition de *Mademoiselle Fifi*.

Février. Naissance du premier des trois enfants naturels que M. a de Joséphine Litzelmann.

Novembre. François Tassart entre, comme valet de chambre, au service de M. Il sera le témoin minutieux, mais discuté, des dix dernières années de la vie de l'écrivain.

Décembre. Séjour à Cannes, qui se renouvellera, assez régulièrement, durant les années suivantes.

1884 — Une des années les plus fécondes en publications : contes et chroniques dans *Gil Blas* et *Le Gaulois*. Recueils : *Miss Harriet, Les Sœurs Rondoli, Clair de lune*. Notes de voyage : *Au soleil. Préface* aux lettres de G. Flaubert à G. Sand.

Il travaille à *Bel-Ami*.

J.-K. Huysmans publie *A rebours*.

1885 — Chute du ministère Jules Ferry.

Mort de Victor Hugo.

Zola publie *Germinal* et Laforgue *Les Complaintes*.

Avril-mai. Voyage en Italie et en Sicile.

M. achète un bateau qu'il baptise le « Bel-Ami », d'après le titre du roman qu'il publie, en *mai*, chez l'éditeur Havard.

Juillet-août. M. à Châtelguyon.

Automne. Séjour à Étretat.

Nouvelle édition des *Contes du jour et de la nuit* ; publication des recueils *Toine* et *Yvette*.

1886 — Plusieurs événements littéraires ou artistiques importants : dernière exposition des Impressionnistes ; publication du *Manifeste* de Moréas sur le Symbolisme, des *Illuminations* de Rimbaud, de *Par-delà le bien et le mal* de Nietzsche, de *L'Œuvre* de Zola, de *La France juive* de Drumont.

M. publie deux recueils . *La Petite Roque* et *Monsieur Parent*.

Mai. Sous le nom transparent de Beaufrilan, Jean Lorrain offre, dans son roman *Très Russe*, un portrait peu flatté de Maupassant : « *C'est l'étalon modèle littéraire et plastique du grand haras Flaubert, Zola et Cte ; il roucoule et paonne* », etc. Un duel manque de peu de s'ensuivre.

Juillet-octobre. Séjours à Châtelguyon, Étretat, Antibes.

1887 — Crise boulangiste. Affaire Wilson ; démission de Jules Grévy.

Janvier. Mont-Oriol, roman.

M. fréquente la haute société et se lie avec un certain nombre de jeunes femmes (H. Lecomte du Noüy — depuis plusieurs années ; la comtesse Potocka ; Marie Kann).

Mai. Le Horla, recueil.

Juillet. Voyage en ballon de Paris en Hollande.

Août. Manifeste des Cinq contre *La Terre* de Zola ; il marque la fin de l'« école » naturaliste.

Octobre. M. s'embarque pour l'Afrique du Nord où il demeurera jusqu'en janvier 1888. Autres séjours, cette année-là : Antibes, Chatou, Étretat.

Hervé, frère de Guy, est interné une première fois.

1888 — *Janvier.* Publication de *Pierre et Jean*, précédé d'une importante préface sur « Le Roman ».

Publication de *Sur l'eau*, récits de voyages ; *Le Rosier de M*me *Husson*, recueil de contes.

1889 — Année de l'Exposition universelle : « *Je ne suis pas créé pour ces plaisirs-là* », écrit M. Et il fuit la toute jeune tour Eiffel.

Séjours à Cannes, Étretat et en Italie.

Mars. La Main gauche, contes.

Mai. Fort comme la mort, roman.

Août. Internement et mort de son frère, Hervé.

Une nouvelle génération littéraire se lève : Barrès (qui a commencé à publier la série du *Culte du moi*) ; Claudel : *Tête d'Or* ; Jarry a déjà écrit le premier état d'*Ubu roi* et *Ubu cocu*.

1890 — La production littéraire de M. diminue.

Publie cependant : *Notre cœur*, roman ; *La Vie errante*, voyages ; *L'Inutile Beauté*, contes.

Très nombreux séjours et déplacements : on croirait que M. tente de se fuir lui-même.

1891 — Jules Huret publie son *Enquête sur l'évolution littéraire* ; on y trouve le célèbre télégramme de Paul Alexis : « *Naturalisme pas mort. Lettre suit.* »

M. travaille à un roman qui restera inachevé : *L'Angélus*.

Mars. Première, au Gymnase, de *Musotte*, drame en 3 actes.

Juin-août. Luchon ; cures à Divonne et Champel (Suisse).

Décembre. M. rédige son testament.

1892 — *1er janvier.* Tentative de suicide.

7 janvier. Il est conduit à la maison de santé du Dr Blanche à Passy. Une agonie d'un an commence ; M. est syphilitique ; petit à petit, il est gagné par le délire et la paralysie générale.

1893 — *6 mars. La Paix du ménage*, pièce en 2 actes, est créée à la Comédie-Française.

6 juillet. Mort de Maupassant. Il est enterré le 8 au cimetière Montparnasse.

NOTE SUR LE TEXTE

Pour établir le texte que je propose, j'ai recouru aux éditions originales, aux publications en revue et, dans les rares cas où ils subsistent, aux manuscrits. En effet, le succès des œuvres de Maupassant a fini par entraîner, à force de rééditions, une foule d'altérations de détail qui se sont propagées jusqu'aux éditions les plus récentes. Une révision complète du texte s'imposait ; je l'ai faite. Je n'ai pas cru, pour autant, infliger au lecteur la surcharge d'un apparat critique inutile dans une édition comme celle-ci. Je n'ai signalé que les variantes qui m'ont paru significatives.

En ce qui concerne « Boule de suif », je suis le texte de la dernière édition des *Soirées de Médan* parue du vivant de l'auteur (Paris, Charpentier, 1890). Pour *La Maison Tellier*, je reproduis l'édition définitive (Paris, Ollendorff, 1891). Restent les autres contes ; certains furent arbitrairement retirés de deux recueils (*Contes du jour et de la nuit*, 1885 ; *Toine*, 1886) pour constituer, à des fins connues du premier éditeur, un volume posthume, intitulé *Boule de suif*, paru chez Ollendorff, en 1901. On les trouvera ici, augmentés de « Madame Baptiste » et « Le Port » (publiés, respectivement, d'après le texte des recueils où ils parurent : *Mlle Fifi*, 1883, et *La Main gauche*, 1889). Puisque Maupassant lui-même n'avait ni voulu, ni préparé ce recueil, j'ai cru pouvoir disposer d'une certaine latitude de classement. Aussi, ai-je renvoyé tous ces contes à la fin du présent volume, et adopté, en ce qui les concerne, l'ordre chronologique de première publication et la version qui était la leur dans *Contes du jour et de la nuit* ou *Toine*, ou pour ceux qui n'avaient jamais été recueillis (au nombre de six) la version qui était la leur dans la préoriginale en revue

Une brève indication bibliographique, en tête de chaque texte, donne les indications utiles. Enfin, j'ai corrigé les coquilles manifestes des éditions originales, ainsi que les incohérences de ponctuation.

Je tiens à dire, pour terminer, ce que je dois aux éditeurs et commentateurs qui m'ont précédé : M.-Cl. Bancquart, P. Cogny, G. Delaisement, A. Lanoux, P. Pia, A.-M. Schmidt, G. Sigaux et A.-M. Vial.

NOTES

BOULE DE SUIF

Page 27.

1. Cette nouvelle parut dans *Les Soirées de Médan* qui sortirent, sous la célèbre couverture jaune de l'éditeur Charpentier, en avril 1880. Le volume a sa légende, dont Maupassant lui-même est en partie responsable ; le 17 avril 1880, il publiait, en effet, dans *Le Gaulois*, un article consacré aux *Soirées* et intitulé « Comment ce livre a été fait ». Il en présente la genèse comme celle d'une sorte de nouveau *Décaméron*, chacun des collaborateurs — lui-même, Huysmans, Céard, Alexis, Hennique, Zola — racontant à son tour, dans la propriété du dernier, à Médan, une histoire relative à la guerre de 1870.

Nous savons que la réalité fut sensiblement différente. Avant d'être recueillies en volume, les nouvelles de Zola, Céard et Huysmans avaient fait l'objet de publication dans des revues. Quant à Maupassant, il travaille à son texte depuis les derniers mois de l'année 1879. En novembre, il en parle à son maître Flaubert ; en décembre, il lui écrit : « Je travaille ferme à ma nouvelle sur les Rouennais et la guerre. Je serai désormais obligé d'avoir des pistolets dans mes poches pour traverser Rouen. » En janvier, la nouvelle est achevée et remise à l'imprimeur ; un mois plus tard, Flaubert lit « Boule de suif » en épreuves. Parmi les compliments, qu'il ne ménage pas à son disciple, il glisse quelques remarques dont Maupassant tint compte comme le prouvent les variantes qu'on peut relever entre le manuscrit et le texte définitif : certaines corres-

pondent précisément aux objections du « vieux » de Croisset.

Le volume, dans une préface aussi courte que mordante, s'affirmait comme représentant une *philosophie* et des *tendances littéraires* nouvelles. Il fut, en effet, reçu à la manière d'un manifeste, celui du naturalisme, et provoqua l'indignation d'un certain nombre de critiques, dont celui du *Figaro*. Dans ce concert, discordant, une note s'élevait cependant, toujours la même : l'hommage rendu à la supériorité de « Boule de suif » sur les autres nouvelles du recueil. Déjà, les collaborateurs de Maupassant l'avaient reconnu quand il leur avait lu son travail achevé ; déjà Flaubert l'écrivait : « le conte de mon disciple, dont j'ai lu ce matin les épreuves, est un *chef-d'œuvre* ; je maintiens le mot, un chef-d'œuvre de composition, de comique et d'observation » (1er février 1880). Sous la plume de Flaubert, l'éloge n'était pas mince ; et il écrivait encore : « Ce petite conte *restera*, soyez-en sûr ! » (1er février 1880) ; « *Boule de suif* écrase le volume dont le titre est stupide » (vers le 25 avril 1880).

Les six collaborateurs des *Soirées* avaient d'abord songé à intituler autrement leur volume et à l'appeler *L'Invasion comique*. La formule fut jugée trop provocante. Elle reflète pourtant bien l'un des aspects du livre, ce comique amer et noir au plus profond de l'horreur des combats. Le sentiment de l'absurde est essentiel à ce livre. Il représente, pour quelques jeunes romanciers, une façon nouvelle d'interpréter la défaite de 1870 et va à contre-courant des convictions que certains, Déroulède par exemple, s'efforçaient d'inculquer à l'opinion. Aux larmoiements sur la France vaincue succédait une tendance revancharde qui allait aboutir, en 1882, à la création de la Ligue des Patriotes et, à plus long terme, à la boucherie de 1914-1918. Maupassant, avec toutes les nuances voulues, définit clairement son dessein : « Nous n'avons eu, en faisant ce livre, aucune intention antipatriotique, ni aucune intention quelconque ; nous avons voulu seulement tâcher de donner à nos récits une note juste sur la guerre, de les dépouiller du chauvinisme à la Déroulède, de l'enthousiasme faux jugé jusqu'ici nécessaire dans toute narration où se trouve une culotte rouge et un fusil. »

Pour ce faire, l'auteur inscrit son œuvre dans la plus exacte réalité : celle de la Normandie durant l'hiver de 1870-1871. Sous des noms empruntés, on reconnaît quelques traits appartenant à des personnages réels : Boule de suif serait une certaine

Adrienne Legay ; Carré-Lamadon est un avatar de Pouyer-Quertier, maire de Rouen ; Cornudet tire une part de son attitude de celle d'un oncle de Maupassant, Charles Cord'-homme. Et c'est même ce dernier qui aurait narré à l'écrivain l'anecdote qui fait le sujet de la nouvelle.

En fait, Maupassant va au-delà même de cette vision de la guerre. En opposant à une femme dite « immorale » les représentants de la morale bourgeoise, voire républicaine, il condamne en bloc ces derniers. La conclusion jette sur la nouvelle une note pessimiste.

En 1901, les éditions Ollendorff publièrent, sous le titre général *Boule de suif*, un recueil comportant les nouvelles suivantes, dans l'ordre : « Boule de suif », « L'Ami Patience », « La Dot », « La Moustache », « Le Lit 29 », « Le Protecteur », « La Chevelure », « Le Crime au père Boniface », « Rose », « L'Aveu », « La Parure », « Le Bonheur », « Une vendetta », « Coco », « Auprès d'un mort », « La Serre », « Un duel », « Une soirée », « Le Vengeur », « L'Attente » et « Première neige ». On trouvera ces nouvelles à la fin du présent volume. Certaines d'entre elles avaient déjà paru, en 1900, dans un recueil collectif intitulé *Le Colporteur* (Ollendorff) : ce sont les sept dernières citées ci-dessus.

Oscar Méténier a tiré de *Boule de suif* une pièce en 3 actes et 4 tableaux, représentée au théâtre Antoine le 6 mai 1902, éditée la même année chez Ollendorff. De son côté, Christian-Jaque a tiré de cette nouvelle un film qui emprunte aussi quelques-uns de ses éléments à « Mlle Fifi » (1946).

Page 28.

1. On surnommait *moblots* les soldats de la Garde nationale mobile, formation réorganisée en 1868, peu disciplinée et mal entraînée. Les *culottes rouges* désignent l'infanterie, dont le célèbre pantalon garance subsista jusqu'en 1914 ; les artilleurs étaient vêtus de gris et les dragons portaient un casque à crinière. Les *francs-tireurs*, aux noms à consonance révolutionnaire, constituaient des unités en marge de l'armée régulière. La *Garde nationale* était recrutée, dans les agglomérations, parmi les hommes de vingt-cinq à cinquante ans ; son efficacité était limitée !

Après s'être préparée à soutenir un siège, Rouen fut abandonnée sans combat. Les Prussiens y entrèrent le 5 décembre 1870.

2. Saint-Sever est un faubourg de Rouen, sur la rive gauche ; Bourg-Achard est un petit village, à mi-chemin de Rouen à Pont-Audemer.

Page 29.

1. Trois faubourgs de Rouen, sur la rive droite, par lesquels, effectivement, les Prussiens entrèrent simultanément dans la ville.

Page 31.

1. Localités riveraines, en aval et au sortir de Rouen Flaubert demeurait dans la première.

2. L'armée française conserva la poche du Havre jusqu'après l'armistice.

Page 32.

1. Cet hôtel de Rouen est aussi celui où Homais offre à déjeuner à Léon, dans *Madame Bovary* (IIIe partie, chap. VI).

Page 34.

1. Ancienne rue commerçante du centre de Rouen (détruite en 1944). Elle allait de la cathédrale au pont suspendu, aujourd'hui pont Boïeldieu.

Page 36.

1. Le modèle d'Élisabeth Rousset, dans la nouvelle, est une prostituée de Rouen nommée Adrienne Legay. Elle portait réellement, dit-on, le surnom de « Boule de suif ». Elle mourut en 1892.

Page 38.

1. Sur la route de Dieppe, à 29 km de Rouen. Flaubert avait situé dans ce village les débuts de Charles Bovary comme médecin.

Page 40.

1. Nom local d'un pain léger consommé avec le café.

Page 43.

1. Surnom de Napoléon III. Il lui vient du nom de l'ouvrier maçon qui lui céda son vêtement et lui permit de s'évader, en 1846, du fort de Ham où Louis-Philippe le tenait emprisonné.

Page 45.

1. L'original de l'Hôtel du Commerce est l'Hôtel du Cygne, à Tôtes. Voir une reproduction d'époque dans l'*Album Flaubert* de la Bibl. de la Pléiade (1972, p. 107).

Page 49.

1. Tonneau de vin d'une capacité de 135 litres environ.

Page 50.

1. Maupassant avait d'abord écrit (manuscrit) : « Boule de suif *dont le ventre et les tétons se mêlaient* sous un peignoir » ; Flaubert avait conseillé d'enlever le mot *tétons* : le disciple a suivi la suggestion du maître.

Page 51.

1. Mouchoir noué autour de la tête.

Page 53.

1. Le fils de Napoléon III et de l'impératrice Eugénie avait quatorze ans en 1870. Il fut tué au Zoulouland en 1879.

Page 55.

1. Jeu de cartes qui consiste à réunir ou approcher trente et un points.

Page 56.

1. Jeu où l'on a la faculté de mettre de côté, ou *écarter*, les cartes qui ne conviennent pas.

Page 69.

1. Jeu de cartes analogue à celui communément appelé « mariage ».

Page 71.

1. *La Marseillaise* n'était hymne national que depuis un an.

LA MAISON TELLIER

Page 75.

1. Le recueil qui tire son nom de cette nouvelle parut, en mai 1881, chez Victor Havard, un jeune éditeur qui avait

l'ambition de concurrencer Charpentier, libraire attitré des naturalistes, et flairait dans les œuvres de Maupassant une bonne affaire financière. Il ne se trompait pas : le volume connut plusieurs tirages, l'année même de sa publication. La critique se partagea entre ceux qui, à l'imitation de Léon Chapron dans *L'Événement*, criaient à « l'ordure » et ceux qui parlaient de chef-d'œuvre, comme Zola dans *Le Figaro*.

Pour constituer son recueil, Maupassant avait repris ou remanié un certain nombre de contes. Les uns vieux de quelques mois, voire de quelques années : « Le Papa de Simon », « En famille », « Sur l'eau » ; les autres tout récents : « Histoire d'une fille de ferme » et « Une partie de campagne ». Enfin, sans doute au dernier moment et pour donner au livre une taille normale, il adjoignit « Au printemps » et « La Femme de Paul » pour lesquels on ne connaît pas de publication préoriginale.

En 1891, alors que la vente diminuait, Maupassant profita de la fin de son contrat avec Havard pour traiter, chez Ollendorff, en vue d'une nouvelle édition, qui parut, en effet, cette même année, augmentée d'un conte, « Les Tombales ».

La Maison Tellier

On ne connaît pas de publication préoriginale de la nouvelle proprement dite qui donne son nom au recueil. Trop longue pour un quotidien ? Trop « raide et... audacieuse », selon le mot de Havard, pour une revue ? Simplement destinée, d'emblée, par Maupassant à constituer l'essentiel d'un volume ? On ne sait. En tout cas, elle fut écrite, pour l'essentiel, dans la fin de 1880. Maupassant lui-même n'en était pas mécontent, puisqu'il écrivait à sa mère, en janvier 1881 : « C'est au moins égal à *Boule de suif*, sinon supérieur. » Peu après, il demande à Tourgueniev quel hymne peuvent chanter des matelots anglais en bordée (voir ci-dessous, p. 82, note 1). Début mars, le manuscrit est entièrement achevé.

Pourtant, les amis auxquels Maupassant s'était ouvert de son dessein ne croyaient pas qu'un tel sujet fût possible. Sans doute, prostituées et maisons de tolérance avaient-elles place en littérature : on citerait *Marthe* de Huysmans, *La Fille Élisa* de Goncourt, *Nana* de Zola et *La Fin de Lucie Pellegrin* d'Alexis. Mais l'idée de cette fermeture *pour cause de première communion* choquait les esprits. Le succès déjoua les pronos-

tics pessimistes. Nombreux furent alors ceux qui prétendirent
avoir fourni le sujet à Maupassant. Il est probable, en tout cas,
que la nouvelle se développe sur un fond de réalité et que c'est
un de ses amis rouennais, Charles Lapierre, qui conta l'anec-
dote à l'écrivain. La « maison » aurait été située rue des Corde-
liers, à Rouen, et la communion se serait déroulée à Bois-
Guillaume, dans les environs de cette ville. On voit combien,
de toute façon, le récit transpose le fait brut.

A une donnée cocasse, Maupassant ajoute des éléments
subversifs : l'exemplarité des filles au cours de l'office, l'er-
rance éperdue des bourgeois sevrés de leurs petits passe-temps.
Avec une évidente pitié, il s'intéresse à ces filles grisées par
un instant de bonheur et de liberté. L'histoire polissonne se
charge d'humour et de tendresse.

« La Maison Tellier » a été adaptée au cinéma par Max
Ophüls. Elle constitue l'un des sketches du film *Le Plaisir*
(1952).

2. L'église Saint-Étienne de Fécamp. Du chevet de l'église,
dans la rue des Prés, on aperçoit les bassins du port, avec, au
fond, les dominant, la chapelle Notre-Dame-du-Salut.

Page 76.

1. La rivière de Valmont coule dans une agréable vallée, à
l'ouest de Fécamp. C'est le pays d'enfance de Maupassant qui
en tirera l'un de ses premiers pseudonymes : Guy de Valmont.

Page 78.

1. Dans *A la feuille de rose*, pièce libre de Maupassant,
jouée en privé en 1875, Raphaële est aussi le nom de la fille
dont Guy interprétait le rôle en travesti.

Page 80.

1. La législation exigeait des filles de maisons closes une
visite médicale périodique. Elles offraient donc une sécurité
relativement plus grande que les prostituées non déclarées
ou clandestines.

Page 81.

1. Actuellement, quai Guy-de-Maupassant. C'est là que
s'élevait la maison familiale de la mère de l'écrivain ; c'est
aussi là que, selon toute vraisemblance, il est né.

2. L'abbaye des Bénédictins de Fécamp, transformée en

fabrique de liqueur. De l'endroit où l'on peut situer la maison Tellier, on s'y rend par la rue Saint-Étienne.

Page 82.

1. La première pensée de Maupassant avait été de faire chanter à ses matelots *God save the queen*. C'est Tourgueniev qui suggéra cet autre hymne fort populaire chez les Anglais ; il a été composé par Thomson, le poète des *Saisons*.

Maupassant avait fait la connaissance de Tourgueniev chez Flaubert. Une sympathie s'établit entre eux qui dura jusqu'à la mort de l'écrivain russe (1883). Celui-ci contribua à faire connaître Maupassant dans la Russie des Tsars ; Guy, de son côté, lui consacra plusieurs articles et lui dédia, comme on peut le voir p. 74, *La Maison Tellier*.

2. Il n'y a pas de Virville dans l'Eure ; quant au Virville de la Seine-Maritime, il ne répond nullement au trajet de chemin de fer indiqué plus loin. Maupassant a brouillé les pistes.

Page 84.

1. Les chemins de fer comportaient, alors, trois classes. Voyager en seconde implique une certaine tenue et un désir de paraître : les ouailles Tellier ne sortent pas de n'importe quelle « maison » !

2. Bréauté-Beuzeville. Embranchement de la ligne Rouen-Le Havre vers Fécamp et Étretat.

3. Première gare après Bréauté en direction de Rouen.

Page 87.

1. A trente kilomètres de Rouen. Embranchement de la ligne de Saint-Valery-en-Caux.

2. A peu de distance au sud de Rouen ; changement pour Elbeuf. La première gare après Oissel est Tourville.

Page 92.

1. Vêtement féminin de longueur variable ajusté comme un corsage.

Page 94.

1. Instrument de musique à vent, de forme contournée, et qui tenait lieu d'orgue dans la plupart des églises de village. Les musicologues lui reprochaient ses sonorités fausses.

Page 100.

1. Pierre-Jean de Béranger (1780-1857) restait un chansonnier très populaire. Maupassant lui vouait, en commun avec Flaubert, un mépris à peu près total.

2. *Le Gros Curé de Meudon* relève du répertoire de salle de garde ; mais *Ma grand'mère* n'est pas davantage un cantique de première communion! On y célèbre l'atavisme en matière de légèreté féminine.

Page 105.

1. L'épinette était une sorte de clavecin. Elle n'était plus communément usitée depuis près d'un siècle.

2. A la différence du quadrille dansé à la Grenouillère (cf. « La Femme de Paul »), celui de la maison Tellier se recommande par la sagesse et la tenue qui conviennent aux endroits bien fréquentés!

Les Tombales

Page 107.

1. Publié dans *Gil Blas*, le 9 janvier 1891 ; c'est le dernier conte que Maupassant donne à ce quotidien, c'est aussi le seul qu'il ajoute à l'édition définitive de *La Maison Tellier* (Ollendorff, 1891).

Selon une note inédite citée par André Vial (*Guy de Maupassant et l'art du roman*, p. 314), c'est Henry Céard qui aurait fourni à l'écrivain le sujet du conte.

2. Le portrait de Joseph de Bardon n'est pas sans comporter des ressemblances avec celui de Guy de Maupassant.

Page 109.

1. Le tombeau des Cavaignac est orné d'une statue couchée en bronze par Rude, qui représente le plus jeune des deux frères, Eugène (1802-1857), président de la République en 1848. Le tombeau de Louis de Brézé, sénéchal de Normandie, se trouve dans la chapelle de la Vierge ; on l'attribue à Noël Quesnel sur un dessin de Jean Goujon.

2. Depuis 1889, les restes de Jean-Baptiste Baudin, né en 1811, « représentant du peuple mort en défendant le Droit et la Loi, le 3 décembre 1851 », reposaient au Panthéon. Son tombeau, au cimetière Montmartre, comportait une statue couchée par Aimé Millet, sculpteur (1819-1891). Ce dernier

avait également exécuté la statuette de la Jeunesse qui se trouve sur la tombe du poète de la bohème, Henri Murger (1822-1861). Le monument de Théophile Gautier (1811-1872) est un sarcophage, avec une statue de la Poésie par Godebski et des inscriptions.

Page 110.

1. Eugène Labiche (1815-1888) et Henry Meilhac (1831-1897) sont deux auteurs de pièces comiques à succès. Paul de Kock (1794-1871) est un romancier d'une extraordinaire fécondité ; il a peint avec verve, et parfois polissonnerie, les milieux estudiantins et bourgeois de Paris.

Page 111.

1. La grande période des combats au Tonkin se situe entre 1883 et 1886. En 1887, la pacification était réalisée, mais il y eut des accrochages avec les « pirates » du haut Tonkin jusqu'en 1896.

Sur l'eau

Page 116.

1. Sous la forme définitive qu'il présente, ce conte paraît pour la première fois dans *La Maison Tellier*. Il n'est, pourtant, que le remaniement de « En canot », inséré en mars 1876 dans *Le Bulletin français*.

2. A partir de 1873, Maupassant avait loué une chambre dans une auberge d'Argenteuil, en bordure de la Seine.

Page 117.

1. Victor Hugo, *Les Rayons et les ombres*, « Oceano nox ».

Page 118.

1. Vraisemblablement Chatou.

2. Maupassant utilisait réellement un gros bateau qu'il avait baptisé *L'Étretat*.

Page 122.

1. On rapprochera ce conte de « La Peur », « Le Horla » et du volume de voyages intitulé *Sur l'eau*. Pour la passion de la rivière, comparer avec « Mouche ».

Histoire d'une fille de ferme

Page 123.

1. Préoriginale : *Revue politique et littéraire* (*Revue bleue*), 26 mars 1881.

Page 124.

1. Se couvrait de crème.

Page 127.

1. Voir *La Maison Tellier*, note 1 de la page 92.

Page 135.

1. Valet de ferme (voir « Coco », note 1 de la page 311).

Page 136.

1. On trouve une situation semblable dans un poème de Maupassant, « Vénus rustique » (achevé en 1878), recueilli dans *Des vers*.

Page 143.

1. Relique renfermant du sang du Christ. Parvenue miraculeusement à Fécamp, elle fut d'abord conservée dans l'abbaye bénédictine, puis dans l'église de la Trinité où on la vénère encore. Il existe aussi, à Fécamp, une fontaine du Précieux Sang qui possédait, disait-on, le pouvoir de guérir les rachitiques.

En famille

Page 146.

1. La nouvelle fut d'abord publiée dans *La Nouvelle Revue*, dirigée par M^me Adam (Juliette Lamber), le 15 février 1881. Peu après sa parution, Jules Laforgue jugeait ainsi cette œuvre : « *La Nouvelle Revue* a publié *En famille*, une nouvelle à la Mérimée de Guy de Maupassant, aussi forte que *Boule de suif* » (*Lettres à un ami*, p. 37).

2. Ce tramway assurait le service entre l'Étoile et l'actuel ensemble de la Défense (anciennement rond-point de Courbevoie).

Page 147.

1. Le quotidien visé est, sans doute, *Le Petit Journal*, large

ment diffusé auprès d'une clientèle modeste de petits bour-
geois. Il tirait à 500 000 exemplaires en 1876, ce qui est consi-
dérable pour l'époque.

Page 149.

 1. Le conte intitulé « Décoré! » exploitera ce désir du petit
fonctionnaire pour la *croix*, et son orgueil d'en être porteur.

Page 150.

 1. Graphie qui traduit la prononciation familière du mot
« aztèque », souvent employé péjorativement.
 2. Passe-temps médiocre par excellence, mais alors très
répandu, et que raillent à l'envi romanciers et poètes (Musset,
Cros, Flaubert, etc.).

Page 152.

 1. Félix Potin, d'abord destiné au notariat, avait fondé
en 1844 un commerce d'épicerie qui prospéra très vite et prit
l'ampleur qu'on sait. En 1882, plus de cinquante voitures de
livraison à son nom sillonnaient Paris.

Page 160.

 1. On a bien souvent noté l'extrême sensibilité olfactive
de Maupassant. Son héros lui ressemble et fournit, de plus,
l'exemple d'un fait de mémoire involontaire.

Page 164.

 1. Le motif décoratif est volontairement grotesque. Il
caricature un jeu qui semble avoir fait fureur à l'époque (cf.
Bel-Ami, collection Folio, p. 81).

Page 174.

 1. On reconnaît, ici, au moins une formule célèbre de
Proudhon. L'ensemble de ces affirmations faisait partie du
programme politique des Républicains les plus avancés, des
libertaires et des anarchistes (cf. Jean Grave, *Quarante
ans de propagande anarchiste*, édité par Mireille Delfau, Flam-
marion, 1973).

Page 175.

 1. On peut rapprocher ce conte du « Vieux ».

Le Papa de Simon

Page 176.

1. Publié le 1er décembre 1879 dans *La Réforme politique, littéraire, philosophique, scientifique et économique*. Le conte semble cependant avoir été composé plus tôt, en 1877.

« Le Papa de Simon » propose au lecteur l'un des très rares personnages d'ouvrier campés par Maupassant. De là à conclure à son dédain pour cette classe, il n'y a qu'un pas. La vérité est peut-être, comme l'a suggéré André Vial, qu'il refuse d'exercer son génie satirique aux dépens des ouvriers.

2. Ce mot s'employait couramment, au siècle dernier, pour : déjeuner.

3. Polissonner, même emploi page 151.

Page 179.

1. Maupassant a toujours été très sensible aux mouvements collectifs et à leurs élans imprévisibles et cruels. Voir l'article intitulé « Les Foules », donné par l'écrivain au *Gaulois* du 23 mars 1882.

Page 184.

1. Le personnage du bon ouvrier forgeron est en passe de devenir un poncif du temps. On en décèle la présence de Thiers à Zola, en passant par Coppée et Rimbaud.

Une partie de campagne

Page 187.

1. Publié dans *La Vie moderne*, 2 et 9 avril 1881. La nouvelle se réfère à l'époque où Maupassant pratiquait le canotage sur les bords de Seine, vers Bougival et Chatou (voir : « Sur l'eau » et « La Femme de Paul »). Jean Renoir a tiré de ces pages un très beau film, bien qu'inachevé (1937).

2. Sainte Pétronille — évidemment Maupassant s'amuse de ce nom — se fête le 31 mai.

3. Actuel ensemble de la Défense. Maupassant l'a déjà cité dans « En famille ».

Page 188.

1. Autres vues panoramiques de la Seine dans « Une triste histoire », « Monsieur Parent » et *Bel-Ami* (coll. Folio, p. 244).

2. Le restaurant Poulin était situé au pont de Bezons. Maupassant y disposait d'une chambre et y passait le plus clair de son temps libre.

Page 190.

1. Dans une chronique du *Gaulois* (12 mai 1881), Maupassant parle des balançoires comme d'*odieux engins de plaisir, la joie des femmes à la campagne, instruments de migraines et de maux de cœur, qui, le dimanche, emplissent la banlieue parisienne de leur mouvement régulier, incessant, monotone, étourdissant.*

Page 194.

1. Cet « idéal » fournit le sujet de contes comme « Deux amis » ou « Le Trou ».

Page 195.

1. Une des extrémités de l'île d'Herblay.

Au printemps

Page 201.

1. Ce conte parut pour la première fois dans le recueil *La Maison Tellier*. Quelques mois plus tard, *La Vie populaire* (supplément hebdomadaire du *Petit Parisien*) le publiait à nouveau, le 9 octobre.

Page 202.

1. Ce n'est pas le nom d'un bâtiment particulier, mais le terme générique par lequel on désignait les bateaux omnibus qui assuraient un service au long de la Seine, entre Paris et la banlieue.

Page 204.

1. Maupassant parle en connaissance de cause, ayant été lui-même employé du même ministère de 1872 à 1878.

Page 205.

1. Célèbre chanson figurant dans la pièce que Murger, en collaboration avec Théodore Barrière, a tirée des *Scènes de la*

vie de bohème. Musette, une des deux héroïnes, y représente la jeune femme charmante et facile. La musique de cette chanson est de Nargeot.

Page 206.

1. Paragraphe surprenant, sous la plume de Maupassant. Ce qui s'y trouve exprimé paraît provenir, pour l'essentiel, des *Sœurs Vatard* de Huysmans.

La Femme de Paul

Page 209.

1. Pas de préoriginale connue ; première publication dans le recueil *La Maison Tellier*.

2. Ce nom en dissimule un autre : celui du célèbre restaurant Fournaise, en dessous du pont de Chatou. C'était un lieu de rendez-vous pour la jeunesse et les artistes, impressionnistes en particulier. Renoir et Monet s'en inspirèrent. C'est là que se situe le célèbre déjeuner des canotiers.

3. On peut reconnaître, dans ces lignes, le portrait d'Hercule Fournaise (dont le vrai prénom était Alphonse), patron du restaurant.

4. La Grenouillère était un établissement de bains. Installé entre l'île de Chatou et la rive droite de la Seine, il faisait guinguette le dimanche et les promeneurs y venaient en foule. Maupassant parle encore de la Grenouillère dans « Yvette ».

Page 211.

1. Jeune élégant maniéré. L'appellation est péjorative.

2. *Yole* : embarcation de deux à six rameurs, longue, légère et rapide ; le *skif*, tendu de toile et destiné à un seul rameur, est plus rapide et léger que la yole ; la *périssoire* est assez semblable au skif, elle se manœuvre à la pagaie ; le *podoscaphe* était un canot de plaisance mû à la pagaie, cf. le tableau de Courbet *La Dame au podoscaphe* ; on appelle *gig* une sorte de yole à quatre, six ou huit avirons.

Page 213.

1. Au sens propre, le chahuteur est celui qui exécute le *chahut*, danse dépourvue de retenue et, d'ailleurs, interdite dans les lieux publics.

2. Surnom familier de l'employé en magasin de nouveautés.

3. Le duel était, alors, chose courante et banale. Maupassant le rappelle dans la préface qu'il donne, en 1883, au livre du baron Ludovic de Vaux, *Les Tireurs au pistolet*. Guy pratiquait lui-même avec talent l'escrime et le tir.

Page 216.

1. Saint-Lazare (située au niveau de la rue Cardinal-Mercier, dans la rue de Clichy) était une prison pour femmes. Elle fut utilisée jusqu'en 1935 et démolie en 1940.

Page 223.

1. Le cancan est une danse populaire. Le plus célèbre fut mené par la Goulue et Valentin-le-Désossé qu'on pouvait aller voir au Moulin-Rouge. Il y a, dans cette partie de la nouvelle de Maupassant, une atmosphère à la Toulouse-Lautrec.

Page 229.

1. La braise, en argot, c'est l'argent ; d'où, ici, un pourboire.

AUTRES CONTES

Madame Baptiste

Page 233.

1. Ce conte parut d'abord dans *Gil Blas*, le 28 novembre 1882, avant d'être inséré dans l'édition de *M^{lle} Fifi* qui fut publiée par l'éditeur Victor Havard, en 1883.

2. Nom inventé.

Auprès d'un mort

Page 240.

1. Première publication dans *Gil Blas* du 30 janvier 1883. L'influence de Schopenhauer (1788-1860) sur Maupassant est considérable. Il doit au philosophe allemand l'essentiel de son pessimisme. Il le connaît à travers la traduction des *Pensées et fragments* par J. Bourdeau (1880). C'est à la préface

de ce dernier qu'il emprunte probablement plusieurs détails du présent conte. Les grandes lignes de la pensée de Schopenhauer étaient alors largement répandues, non seulement chez les écrivains, mais aussi parmi le grand public.

2. « Première neige » reprendra les mêmes notations, qu'on trouve aussi dans le volume *Sur l'eau*.

Page 241.

1. Ces deux vers célèbres sont extraits de la IVe partie de *Rolla*.

2. On trouverait des opinions analogues sur l'influence de Schopenhauer chez Paul Bourget, Edmond de Goncourt et Zola.

Page 242.

1. Challemel-Lacour, qui avait écrit un article sur Schopenhauer dans *La Revue des Deux Mondes* (15 mars 1870), et à propos duquel J. Bourdeau cite une anecdote semblable.

Page 244.

1. Le thème de la peur va devenir de plus en plus important, chez Maupassant, à partir de cette date.

La Serre

Page 245.

1. Préoriginale : *Gil Blas*, 26 juin 1883.

2. Les rouenneries étaient des toiles de coton de couleur, originellement fabriquées à Rouen.

Page 250.

1. La notation de ce rendez-vous dans la serre fait écho à un célèbre passage de *La Curée* (IVe partie) ; un peu auparavant, dans le roman de Zola, il est question de la bonne de Renée Saccard, nommée Céleste comme ici. Simple hasard ?

La Moustache

Page 252.

1. Première publication dans *Gil Blas* du 31 juillet 1883. Repris dans la deuxième édition du recueil *Toine* (1886).

2. Le nom du château paraît imaginaire. En revanche, le 30 juillet 1883 était bien un lundi ; de plus, c'était précisément

le jour où paraissait ce conte, car les numéros de *Gil Blas* étaient datés du lendemain (on achetait donc le 30 le numéro marqué du 31). Le lecteur avait vraiment l'impression d'une lettre « au présent ».

3. Cette année-là, juillet fut, effectivement, frais et pluvieux : on voit, sur cet exemple, quels éléments de vraisemblance (aujourd'hui imperceptibles) Maupassant utilisait à l'égard de ses lecteurs.

4. Saynètes et monologues, pièces pour théâtres de campagne, dont Tresse et Ollendorff publiaient des volumes, sont visés ici. La plupart étaient d'une affligeante médiocrité.

Page 253.

1. Le Père Henri Didon (1840-1900), célèbre prédicateur ⟩minicain, faisait l'admiration des dames de la bonne société. Maupassant lui rendit visite, en 1880, au monastère de Corbara, en Corse. Sur cette « séduction » du religieux, lire la chronique « Galanterie sacrée » (*Gil Blas*, 17 novembre 1881).

Page 254.

1. Jules Méline (1838-1925) était ministre de l'Agriculture depuis février 1883. Il le resta jusqu'en 1885.

2. Célèbre roman d'Henri Murger, publié en revue de 1847 à 1849. Maupassant a déjà fait allusion, dans « Au printemps », à la pièce tirée de cette œuvre.

3. Il est exact que Méline s'est rendu à Amiens, en mai 1883, à l'occasion du concours régional.

Page 256.

1. Ce conte est une fantaisie sans rime ni raison, passant volontairement du coq à l'âne, à la façon de ces jeunes femmes que Maupassant adore pour leur physique plus que pour leur esprit.

2. Dans *Gil Blas*, ce conte était signé Maufrigneuse. Ce pseudonyme balzacien est celui sous lequel Maupassant publia la plupart de ses contes du *Gil Blas*. Cet anonymat ne trompait personne.

Un duel

Page 257.

1. Paru dans *Le Gaulois* du 14 août 1883.

2. Les préliminaires de paix furent ratifiés par l'Assemblée

le 1er mars 1871. Les Allemands se retirèrent de Paris le 2.

3. Voir « Boule de suif », note 1 de la page 28.

Page 258.

1. Ce nom évoque celui de Phalsbourg, près de Saverne, qui se rendit célèbre, durant l'hiver de 1870, par une résistance acharnée à l'armée prussienne.

Page 259.

1. L'Autriche fut défaite par les Prussiens à Sadowa, en 1866.

2. Voir « Boule de suif », note 1 de la page 28.

Page 261.

1. Il faut lire : *ville*, naturellement.

L'Ami Patience

Page 263.

1. Publié dans *Gil Blas* du 4 septembre 1883, sous le titre « L'Ami », repris avec le titre définitif dans *Toine* (1re éd. 1886).

2. L'emplacement évoqué par Maupassant n'existe plus. Après démolition des vieux bâtiments, on a élevé autour d'une vaste place des immeubles neufs et un théâtre de conception moderne.

Page 264.

1. Alcool de genièvre, très répandu au siècle dernier, dans lequel a macéré de la gentiane, de l'orange amère et du quinquina.

2. *Le Temps* avait été fondé en 1861. Il comptait parmi ses collaborateurs les journalistes les plus célèbres de l'époque. Il disparut en 1942. Sa formule a été reprise par l'actuel *Monde*.

Page 266.

1. Il n'existe et, que je sache, n'a jamais existé, à Limoges, de rue du Coq-qui-chante. Maupassant fait ici allusion à une vieille gauloiserie qui prend tout son sens une fois révélée la destination de la maison de l'ami Patience.

2. La Tôque était aussi le surnom d'un des plus anciens amis de Maupassant, Robert Pinchon. La similitude est peut-être un simple hasard.

Page 268.

1. L'art du xviii^e siècle avait été remis en honneur par les Goncourt. On peut aisément identifier quelques-unes de ces gravures libertines : par exemple, la jeune femme au chien évoque un célèbre dessin de Fragonard, *La Femme au carlin.*

Une soirée

Page 270.

1. Première publication dans *Le Gaulois* du 21 septembre 1883.

2. *Le Saïs*, « conte arabe », paroles et musique de M^{me} Madeleine Olagnier, fut créé à la Renaissance le 18 décembre 1881.

Page 271.

1. *Henri VIII* est un opéra de Camille Saint-Saëns, livret de Léonce Détroyat et Armand Silvestre. Il avait été créé le 5 mars 1883, donc quelques mois avant la date de ce conte.

Page 272.

1. Parmi les cafés artistiques des boulevards extérieurs, on peut citer le Chat-Noir et, surtout, deux établissements fréquentés par les impressionnistes : le Guerbois et la Nouvelle-Athènes. Le café du Rat-Mort, situé à Pigalle, tirait sa célébrité d'un plafond de Léon Goupil, représentant un rat mort

2. Il n'existe pas de peintre de ce nom ; tout au plus la sonorité évoque-t-elle Desboutin, ou Guillaumin.

3. Quelques-uns parmi les peintres célèbres ou officiels du temps : Léon Bonnat (1833-1922), portraitiste minutieux ; Antoine Guillemet (1842-1918), paysagiste ; Henri Gervex (1852-1929), auteur de tableaux anecdotiques ; Jean Béraud (1849-1935), peintre de la vie bourgeoise contemporaine ; Ernest Hébert (1817-1908), le plus officiel de tous ; Ernest Duez (1843-1896), peintre de genre ; Georges Clairin (1843-1920), portraitiste et auteur de peintures murales (Opéra, Sorbonne, Hôtel de Ville de Paris) ; Jean-Paul Laurens (1838-1921), auteur lui aussi de peintures murales (Panthéon).

Une vendetta

Page 281.

1. Préoriginale : *Le Gaulois*, 14 octobre 1883. Recueilli pour la première fois dans *Contes du jour et de la nuit* (1885).

2. Maupassant s'est rendu en Corse durant la fin de l'été 1880. Ce séjour lui a inspiré plusieurs contes et un long passage d'*Une vie*.

Page 283.

1. Petit village de 500 habitants environ, à l'époque où le conte a été écrit, situé au nord de la Sardaigne et à l'entrée ouest du détroit de Bonifacio.

Page 286.

1. La vendetta est encore évoquée par l'auteur dans « Histoire corse » et « Un bandit corse ».

Le Vengeur

Page 287.

1. Publié dans *Gil Blas*, 6 novembre 1883.

2. Autrefois, homme qui se chargeait des commissions du public, et particulièrement du port des lettres.

Page 292.

1. Ce thème de la jalousie rétrospective d'un homme à l'égard d'un autre sera repris par Maupassant dans une chronique du *Figaro* (12 juin 1884) et dans *Bel-Ami* où sera décrite la rancune de Duroy à l'égard du premier mari de Madeleine Forestier.

L'Attente

Page 293.

1. Préoriginale : *Le Gaulois*, 11 novembre 1883.

Page 295.

1. Un surnom est en train de se former qui, à peine modifie, deviendra le titre du roman *Bel-Ami* : c'est ainsi que la petite Laurine appelle Duroy.

Page 297.

1. Même réaction, en des circonstances différentes, chez Jeanne, l'héroïne d'*Une vie* (chap. VII).

Page 298.

1. On comparera ces propos à ceux que tient la vieille femme de « Rencontre », conte paru en mai 1882.

Première neige

Page 300.

1. Paru dans *Le Gaulois*, 11 décembre 1883.

2. Ce spectacle offert par les tuberculeux, sur la Côte d'Azur, a déjà été évoqué dans « Auprès d'un mort ». Mais il sera surtout repris, avec même description de la Croisette et de l'Esterel, dans *Sur l'eau* (1888).

Page 308.

1. Réminiscence, presque dans les mêmes termes, du passage d'*Une vie* où l'on voit Jeanne se lancer à travers la campagne couverte de neige quand elle découvre l'infidélité de Julien (chap. VII).

Coco

Page 310.

1. Le manuscrit destiné à l'impression a figuré dans une vente à l'hôtel Drouot, 4 juillet 1972. Le conte a été publié en revue dans *Le Gaulois* du 21 janvier 1884 et recueilli dans les *Contes du jour et de la nuit* en 1885.

Page 311.

1. Au sens propre, dans l'ancien français, le mot signifiait « garçon », « valet » (spécialement en langage militaire). Ici, le mot a son double sens propre et figuré.

Page 312.

1. Changer de place.

Rose

Page 315.

1. Publié dans *Gil Blas* du 29 janvier 1884 ; repris, en 1885, dans les *Contes du jour et de la nuit*. On rapprochera ce conte de « Joseph » et de « L'Enfant ».

2. Nom commun de la giroflée sauvage.

3. Cette rue traverse le centre de Cannes d'ouest en est ; elle se prolonge par l'avenue d'Antibes.

4. Actuel boulevard Carnot. La bataille de fleurs eut lieu le 24 janvier 1884 (renseignements communiqués par M. Ed. Viglieno, conservateur de la bibliothèque de Cannes).

Page 316.

1. C'est l'actuelle route nationale 7 (elle-même continuation de la rue et de l'avenue d'Antibes).

Page 319.

1. Ce dernier mot, selon un procédé cher à Maupassant (cf. « L'Ami Patience », « La Parure »), ne prend tout son sens qu'une fois achevée la lecture de tout le conte.

Page 321.

1. L'édition originale porte : *Margot*. Erreur évidente si l'on suit le déroulement du dialogue. J'ai corrigé.

Le Protecteur

Page 322.

1. D'abord publié dans *Gil Blas* (5 février 1884) avant d'être incorporé à *Toine* (1re éd. 1886).

2. Marin répond à la typologie du républicain selon Maupassant : Cornudet, dans « Boule de suif », est présenté de la même façon.

Page 323.

1. Énumération des plus célèbres cafés-restaurants des boulevards. A l'exception du café glacier Napolitain et du café Américain, situés boulevard des Capucines, ces établissements s'échelonnaient de part et d'autre du boulevard des Italiens.

Page 327.

1. Républicains et socialistes, les radicaux (Clemenceau, Floquet) sont dans l'opposition. Ils attaquent à la fois le

cléricalisme et l'opportunisme gouvernemental. Un des organes de ce groupe était, précisément, *Le Radical*.

2. Les Jésuites avaient été expulsés en 1880.

La Parure

Page 329.

1. Ce conte parut dans *Le Gaulois* du 17 février 1884 et fut recueilli dans les *Contes du jour et de la nuit* (1885).

2. Maupassant, qui a été employé au ministère de l'Instruction publique, a bien connu ce milieu. Il en a d'abord peint les travers ; maintenant, il en décrit la vie misérable et vouée à l'absurde.

Page 330.

1. Cette comparaison, qu'on trouvait déjà à la fin de « Rose », exprime parfaitement la représentation que peintres et écrivains se font de la femme autour de 1885.

Page 331.

1. Il y a quelque ironie à donner au ministre le nom d'un des plus célèbres cabaretiers parisiens de la fin du XVIIIe siècle!

Page 332.

1. Ce nom évoque évidemment l'un des personnages principaux de *Bel-Ami*. Nous savons que, dès cette époque, Maupassant travaille à son roman.

Page 338.

1. L'idée que le monde est mené par le hasard est essentielle chez Maupassant.

Page 339.

1. Voilà une des conclusions qui fait le mieux apparaître le tragique de la destinée. D'un postulat inverse — des diamants crus faux sont reconnus vrais — l'auteur tire une morale aussi pessimiste (voir « Les Bijoux »).

Le Bonheur

Page 340.

1. Préoriginale : *Le Gaulois*, 16 mars 1884. Recueilli dans les *Contes du jour et de la nuit* (1885).

Page 341.

1. Ce conte mêle des souvenirs lointains d'un voyage en Corse, effectué en 1880, et les impressions actuelles éprouvées à l'occasion d'une villégiature à Cannes dans les premiers mois de 1884. On s'explique, de la même façon, le cadre dans lequel l'écrivain a situé un précédent écrit : « Rose ».

Page 347.

1. En 1888, publiant *Sur l'eau*, Maupassant y inclut une anecdote tout à fait semblable à celle-ci, à la conclusion près. Il imagine, en effet, que le vieillard (dont il situe la maison dans le massif des Maures et non plus en Corse) entretenait une liaison, depuis trente ans, avec une jeune femme d'un village voisin. Un jour, sa femme l'apprend et se tue. La variante est significative.

La Chevelure

Page 348.

1. Publié dans *Gil Blas* du 13 mai 1884 et incorporé à *Toine* (1re éd. 1886).

2. Il y a, chez Maupassant, dès ses premiers écrits, une fascination et une répulsion devant les asiles d'aliénés. On sait qu'il s'intéressait aux phénomènes parapsychologiques et aux anomalies mentales. Il avait suivi les cours de Charcot à la Salpêtrière. Le problème de la folie, en ce qu'il est une ouverture sur l'inconnaissable, l'obsède de plus en plus à partir de 1884.

Page 349.

1. Le procédé qui consiste à supposer le « journal d'un fou » se retrouve dans « Fou » et dans « Le Horla » - nouvelle.

2. Il y a là un goût réel de Maupassant. Il développe encore la même idée dans *Une vie*, « Vieux objets » et dans la chronique « Bibelots ».

Page 350.

1. Ce paragraphe avait fait l'objet d'un long développement avec « Le Baiser » (14 novembre 1882).

2. En ces années, une très vive inquiétude sur la destinée humaine se décèle chez Maupassant, accompagnée d'une angoisse de la mort.

Page 353.

1. La « Ballade des Dames du temps jadis » fait partie des citations qui reviennent le plus souvent chez Maupassant.

Page 355.

1. En 1848 et 1849, l'affaire du sergent-major François Bertrand, monomane qui se livrait au viol des sépultures, fit grand bruit. Maxime Du Camp en a raconté les détails dans ses volumes sur *Paris.*

Page 356.

1. Dans un autre conte, « Le Portrait », un homme cherche à reconstituer l'histoire d'une femme dont il admire le portrait. Mais il n'y a pas démence du héros.

Le Crime au père Boniface

Page 357.

1. Cette gaudriole normande parut dans *Gil Blas* (24 juin 1884) et, quelques mois plus tard, dans les *Contes du jour et de la nuit* (1885). L'aventure serait réelle et le sujet en aurait été fourni à Maupassant par un de ses amis, Aubourg.

2. Vireville et, plus bas, Sennemare sont des noms imaginaires. Peut-être proviennent-ils de la dissociation d'un nom réel : Senneville (Eure).

Page 358.

1. Nom administratif du facteur de campagne qui fait sa tournée à pied.

2. Exactement comme Maupassant qui trouva, dans cette rubrique des quotidiens, le sujet de nombreux contes.

Page 361.

1. Ce dialogue est du Courteline. Précisément, celui-ci venait de publier, cinq jours plus tôt, une chronique « militaire » (« La Soupe ») qui eut un grand retentissement et fut le point de départ de toute une série de souvenirs de l'escadron.

2. Par inadvertance, Maupassant avait écrit : *buis.* A la suite des éditeurs précédents, je corrige.

Le Lit 29

Page 364.

1. Publication dans *Gil Blas* du 8 juillet 1884, puis dans le recueil *Toine* (1re éd. 1886).

Page 365.

1. Charles Bourbaki (1816-1897) fut général et commanda l'armée de l'Est en 1871.

Page 366.

1. L'indignation de Maupassant devant la guerre devient de plus en plus vive. On s'en convaincra en lisant la chronique « La Guerre » qui a paru dans *Gil Blas* le 11 décembre 1883.

Page 367.

1. Le cours Boïeldieu était parallèle à l'actuel quai de la Bourse ; le café de la Comédie avoisinait le théâtre des Arts.

Page 377.

1. On a vu, à propos de « Boule de suif », que Rouen s'était livré sans combattre.

2. Selon un document cité par André Vial (*G. de M. et l'art du roman*, p. 314), le sujet de ce conte aurait été fourni à Maupassant par son ami Henry Céard, en 1876.

L'Aveu

Page 378.

1. Avant de prendre place dans les *Contes du jour et de la nuit* (1885), ce récit parut dans *Gil Blas* (22 juillet 1884).

Page 380.

1. Forme dialectale : *je crois*.

La Dot

Page 385.

1. Première publication dans *Gil Blas* (9 septembre 1884) ; recueilli dans *Toine* (1re éd. 1886).

2. Il existe un Boutigny près de Corbeil (Essonne) ; il ne

saurait s'agir de ce lieu, puisque les jeunes mariés débarquent à la gare Saint-Lazare. Maupassant use d'une géographie imaginaire.

Page 392.

1. L'essentiel de l'anecdote (l'aventure d'une femme que son mari abandonne, juste après son mariage, en emportant la dot) avait été suggéré, en quelques lignes, par Alexandre Dumas fils dans un volume à succès : *L'Homme-femme* (1872).

Le Port

Page 393.

1. Publié le 15 mars 1889, dans *L'Écho de Paris*, « Le Port » fut inséré dans l'avant-dernier recueil de contes de Maupassant, paru la même année chez Ollendorff et intitulé *La Main gauche*. Plus qu'un retour à « La Maison Tellier », on reconnaîtra une étude de la destinée et des directions qu'impose à celle de chacun le fait d'appartenir à une classe défavorisée.

Page 394.

1. Marseille avait déjà été évoqué par Maupassant au début d'*Au soleil* (1884).

Page 396.

1. De même, dans « La Maison Tellier », les deux filles du rez-de-chaussée, déguisées l'une en *Liberté*, l'autre en Espagnole, paraissaient « habillées pour un carnaval ».

Page 397.

1. Nom donné par les matelots aux anciens navires à voiles ; puis, nom des matelots eux-mêmes.

Page 401.

1. Le thème de l'inceste a déjà été développé par Maupassant dans « M. Jocaste » et « L'Ermite » (recueilli dans *La Petite Roque*).

2. Françoise correspond au signalement type de la prostituée du temps : à peine vingt ans, fille de paysans, venue à son état par le biais de la domesticité. Comparer avec le conte intitulé : « L'Odyssée d'une fille ».

Table

DOSSIER

DU MÊME AUTEUR

Dans la même collection

BEL-AMI. *Édition présentée et établie par Jean-Louis Bory.*

UNE VIE. *Édition présentée par André Fermigier.*

MONT-ORIOL. *Édition présentée et établie par Marie-Claire Bancquart.*

MADEMOISELLE FIFI. *Édition présentée et établie par Hubert Juin.*

MISS HARRIET. *Édition présentée par Dominique Fernandez.*

CONTES DE LA BÉCASSE. *Édition présentée par Hubert Juin.*

PIERRE ET JEAN. *Édition présentée et établie par Bernard Pingaud.*

FORT COMME LA MORT. *Édition présentée et établie par Gérard Delaisement.*

CONTES DU JOUR ET DE LA NUIT. *Édition présentée et établie par Pierre Reboul.*

LE HORLA. *Édition présentée par André Fermigier.*

Impression Bussière à Saint-Amand (Cher),
le 11 décembre 1986.
Dépôt légal : décembre 1986.
1er dépôt légal dans la collection : décembre 1973.
Numéro d'imprimeur : 3410.
ISBN 2-07-036904-8./Imprimé en France.